LA TECHNIQUE ET L'HISTOIRE DU TS'EU

詞的技法和歷史

冯沅君 著

焦宏丽 译

车振华、关家铮 审校

浙江古籍出版社

图书在版编目（CIP）数据
词的技法和历史 / 冯沅君著 ; 焦宏丽译. -- 杭州 : 浙江古籍出版社, 2025. 7. -- ISBN 978-7-5540-3378-4
Ⅰ. I207.23
中国国家版本馆CIP数据核字第20250UP651号

词的技法和历史

冯沅君 著　焦宏丽 译　车振华、关家铮 审校

出版发行　浙江古籍出版社
（杭州环城北路 177 号　电话：0571-85068292）
特约校对　郑　蕾
责任编辑　周　密
封面设计　沈　蔚
责任校对　叶静超
责任印务　楼浩凯
照　　排　杭州立飞图文制作有限公司
印　　刷　浙江新华印刷技术有限公司
开　　本　787mm×1092mm　1/32
印　　张　14.5
字　　数　279 千字
版　　次　2025 年 7 月第 1 版
印　　次　2025 年 7 月第 1 次印刷
书　　号　ISBN 978-7-5540-3378-4
定　　价　98.00 元

初为大学教师时的冯沅君

冯沅君与陆侃如

序

冯沅君先生和陆侃如先生留学法国，获得博士学位，这是学术界都知道的。但是学位论文题目是什么，指导老师是谁，都没有看到准确的正式信息。冯、陆先生早年撰写并出版了《中国诗史》，受到鲁迅先生高评，所以成名甚早而且声望颇隆。应大江百科全书之约，冯、陆两位先生根据在上海中国公学、安徽大学和北京大学等学校所用的讲稿，于 1932 年出版了《中国文学史简编》，本书文字简约、文体完备，出版后大获好评。

二十世纪五十年代，冯沅君和陆侃如先生出版了《中国诗史》和《中国文学史简编》的修订本，其中，新《简编》是新中国成立后第一部用新观点编撰的文学史著作，对后来高教部组织编写的《中国文学史教学大纲》以及游国恩教授、王起教授、萧涤非教授、季镇淮教授、费振刚教授主编的《中国文学史》都产生了重要影响。

作为杰出的俗文学研究专家，冯沅君先生积极推动山东大学的中国俗文学学科建设，1953 年，她把关德栋教授从福建引进山大中文系。关德栋先生在俗文学和民间文学教材编写、学术研究、田野调查、人才培养方面都卓有成就，直到近年，关先生哲嗣关家铮同志还陆续整理出版先生多种遗著。关德栋先生与冯、陆先生交往密切，有着特殊的学术感情和友谊，家铮同志因为这个原因，而多闻老辈轶事，对老辈史料用心收集研究，也是一种学术传承吧。

近年家铮同志求助于友人，从法国获得冯、陆先生的博士论文，并掌握了许多他们在法留学的史料。经过家铮同志和友人合作翻译整理，冯沅君先生的博士论文终于可以和读者见面了。我想这是中国学术史和中法学术交流上的重要文献，其意义远不止于冯沅君先生个人学术生平的研究。家铮同志因为我对关德栋先生遗著的出版有过力所能及的帮助，并且在学术研究方面志趣相投，要我写几句话，因而简述闻见，以表达对老辈的景仰。

2024 年 8 月 24 日后学杜泽逊拜序。

译者前言

1932年，著名作家、学者冯沅君与丈夫陆侃如一起赴法国巴黎留学，于1935年同获博士学位。冯沅君回国后极少提及在法读书的情形，至于其博士学位论文，学界更是一无所知，或言戏剧研究，或言诗学研究，但都没有资料支撑。袁世硕、张可礼两位先生编纂的《陆侃如冯沅君合集》基本囊括了目前学界所能见到的包括冯沅君文学创作在内的所有著作，但因为缺少冯沅君的博士论文，编者深以为憾。《合集》第一册“前言”部分“冯沅君传略及学术贡献”中说:“遗憾的是现在我们不知道冯先生的博士学位论文的题目是什么。”第十五册“陆侃如、冯沅君论著创作译著年表”的“有待查考、未编年部分”中也注明缺少冯沅君在法国撰写的博士学位论文。留学法国是冯沅君学术生涯的一个重要节点，其博士学位论文的重要意义不言自明。

冯沅君的博士学位论文用法文写作，标题为 LA TECHNIQUE ET L’HISTOIRE DU TS’EU，中文译为《词的技法和历史》，授予博士学位的单位是巴黎大学文学院。论文署冯沅君的本名冯淑兰（FENG SHU=LAN），身份为原北京大学讲师、女子师范大学文学学士。

《词的技法和历史》正文分为五章，第一章讨论词的词牌、韵律、修辞等基本知识和作词的技法规则，第二章至第五章梳理出一条清晰的从唐末五代到清代的词学发展史，并对代表性作家作品进行简要论述。正文前有“前言”，后有中文索引，以及用法文写作的参考文献（列出了主要词人的著作及版本）。冯沅君在“前言”中阐明她的研究动机并致谢：

> “词”是中国诗歌的主要体裁之一。但是在欧洲，词却鲜为人知：据我所知，欧洲既没有词的翻译，也缺乏相关的批评研究。甚至在中国，直至今日，虽然几乎所有的文学院都在教授词，但进行词的系统研究者也是寥寥无几。这就是我开展本项研究的原因所在。

由“前言”可知，冯沅君选择以词学作为博士论文选题，在于欧洲对于词的了解不多，更没有词的翻译和批评研究，因此，她要补齐这块短板，向海外的学者和读者全面普及词的知识。

冯沅君赴法之前的词学研究重点是词人生平和作品风格，而对于词的形式技法则未给予充分关注。在《词的技法和历史》中，冯沅君改变了这一格局，开篇第一章“词的技法”就是对词的形式的探讨。“词的技法”分为“词牌”“调式、声调、韵脚”“音律”“词的修辞”四部分。冯沅君认为，词是诗歌的一种，但词的作法不同于其他的诗歌形式，她做这项工作意在让读者了解词独特的表达手法。她对词牌的定义、类别、来源做了叙述，认为就创作词牌而言，音乐人的作用比词人重要，但音乐人由于自身社会地位低下，经常会被忽略掉，而且通常情况下音乐人并不会创作词句，因此他们的作品被遗忘就是自然而然的事。

冯沅君介绍了词的调式，并根据戈载的《词林正韵》列举了词的19个韵部。她梳理总结了苏轼、辛弃疾、周邦彦、姜夔等人使用最多的词牌，认为不同的词牌都有其独特的调性，在词牌的调性和根据这一词牌创作的词作的风格之间存在着非常紧密的联系。冯沅君认为，音律在“词”中的作用要比在“诗”（真正意义上的诗歌）中重要得多，她推荐万树的《词律》和《钦定词谱》作为参考资料，并以词人的具体作品为例讨论词的音律。冯沅君从词句的结构、词语修辞和思想修辞以及诗性的语言几方面探讨了词的修辞问题，列举了倒置、反复、借喻等八种语言修辞和影射、拟人、夸张等八种思想修辞。冯沅君强调，她无意对词的技法和规则做完整的论述，只是想给予那些想要创作或者阅读“词”的人以必要的信息。

《词的技法和历史》将词的历史分为“词的产生”“词

的繁荣”“词的衰落”“词的中兴”四个阶段。冯沅君认为，唐和五代十国是词的产生期，出现了两个代表性流派：一派是精致之风格，开创者是温庭筠，于九世纪中期产生，十世纪后期衰落；另一派是简洁之风格，代表人物有韦庄、冯延巳和李煜，产生于九世纪末期，直到北宋时期仍然繁荣。她对温庭筠的评价是:“追求风格是作者的优点，同时也是他的不足。我们经常着迷于温庭筠用词的华丽，但是有时又厌倦它们的晦涩”，“尽管温庭筠的词作晦涩，但他仍然是所有深耕词作的创作者中最伟大的先驱。”冯沅君也关注到敦煌千佛洞中的藏书，她引用《彊村丛书》《敦煌零拾》，对那些无名作者创作的词给予了高度评价，认为“虽然作品的风格欠雅致，但其中包含的感情却是深挚感人的”。对十国的词人，冯沅君重点评述了韦庄、冯延巳与李煜这“三位伟大的词人”，认为韦庄的才能充分体现在有关他旅居江南的词中；冯延巳那些表达爱情之痛苦或者赞美牺牲之美好的词作中真挚和热烈的情感直击读者灵魂，其影响几乎遍及宋朝初期所有的词人；认为李煜对痛苦的深刻体验和真实描写是他成功的原因。

冯沅君打通北宋、南宋的界限，将宋代定义为“词的繁荣期”，认为这一时期词人数量和传世作品众多，词得到了普及，成为个人表达感情的常用形式，其形式也越来越成熟，涌现出一批著名的评论家。她将宋代词人分为“周派”“苏派”“辛派”“姜派”“独立词人”五类，认为周派的文学功绩在于发展了慢词，并且创造了新的词牌。其特点是情感热烈、描写细致、表达精炼和用语通俗，张先、柳永和欧阳修是这一派别的首创者，周邦彦是领导者。冯沅君认为，周邦彦有能力创造既工巧又新颖的表达，尤其精于融化前人词句，创作了一些超越所有前辈的词，这些词预示了姜派的产生。“在所有词人中，没有人像他一样拥有如此强大的影响力”，冯沅君给予周邦彦极高的评价。

“苏派”的创始人是苏轼，追随者有黄庭坚、晁补之、叶梦得和向子諲。苏派与周派分庭抗礼，开创了豪放的词风，标志着词的一次解放。冯沅君认为，苏轼在词中描述所有能给予他灵感的内容，也把一些散文的表达引入他的词中，其风格是豪迈、刚毅、充满力量的，他的作品是他正直而坚定的性格的反映，“读者们被某种美所吸引，但这种美不是世俗的女性之美，而是高山之美，大河之美，一种在其他的词人身上找不到的美”。

以辛弃疾为代表的“辛派”是苏派的继承者，他们开启了一个转向和延续，使得主题变得更加多样，表达更加散文化，风格更加遒劲。他们不甘于仅仅做个词人，而是在作品中抒发爱国主义情怀和描绘自己的英雄梦想。冯沅君指出，辛弃疾善于在他的词中融入前人的作品，还经常使用通常只是被用于散文中的字和短语。针对辛弃疾受到的恃才傲物以及他的词太散文化、缺乏诗意的批评，冯沅君辩护道:“他的天赋使得他可以做所有他想做的事情。他的作品具有骑士般的优雅以至于读者忘却了他的弱点，如果他有的话。”

“姜派”的领导者是姜夔，拥护者有史达祖、吴文英、赵以夫、蒋捷、周密、陈允平、王沂孙和张炎等。这个词派将音律视为重中之重，同时也没有忽略修辞的规则，他们非常接近周派，但是绝对禁止色情描写。冯沅君对姜夔为南宋词的光辉历史作出的巨大贡献给予高度肯定，同时也指出，他过于突出音乐和修辞的重要性，为后来的词人开辟了一条危险的道路。

冯沅君将晏氏父子、秦观、贺铸、李清照和范成大作为“独立词人”分别加以论述，她认为李清照是宋朝甚至整个中国历史上最伟大的女词人。

《词的技法和历史》除了论述词的高峰期，还将研究视野投向金、元、明、清，鲜明体现出冯沅君文学史观的丰富和发展。在出版于1931年的冯沅君与陆侃如合著的《中国诗史》中，词的研究是“近代史诗”的一部分，分为“李煜时代”（中晚唐、五代十国）、“苏轼时代”（北宋）、“姜夔时代”（南宋）三篇。冯沅君秉承王国维“一代有一代之文学”的文学史观，只叙述词的“光荣时期”，在论完张炎之后便宣布“词的光荣的时代到此已结束了，以后便是散曲的时代了”，对于宋代以后词的情况只字不提。出版于1932年的冯、陆合著《中国文学史简编》也只谈宋词。虽说《中国诗史》立意不在于建构一部完备的中国诗歌通史，但摒弃成就很高的清词，未能展示词史的整体面貌，以现代学术眼光来看，不能不说是一种缺憾。

虽然在《词的技法和历史》里冯沅君仍然认为“曲”（戏剧化的诗）这种新文学体裁的盛行，使得包括词在内的其他文学体裁或多或少都被忽视了，但是她打破了《中国诗史》只论唐五代词和两宋词的局限，承认文学发展的内在规律性，并沿着词的发展脉络向下追踪，将金代、元代、明代作为词的衰微期，将清代作为词的中兴期。她说:“就像散文、戏剧和‘诗’（真正意义上的诗）一样，元代的词也可以说是前两个朝代的词的继承者。”她列举了元好问、白朴、赵孟頫、张翥等名家的词作，并将后三位称为元代的“大师级词人”。

冯沅君对金、元、明三代的词人评价并不高，认为他们只是模拟前人而无自己的创造:“韦庄和李煜的影响体现在赵孟頫、陈子龙等人的作品中；苏轼和辛弃疾的影响体现在元好问、白朴、高启等词人的作品中；张炎和史达祖的影响体现在张翥、仇远、杨基等的作品中。但是，事实上，他们中没有任何一位能创作出一流的作品。”虽然如此，肯为金、元、明三代的词作史，对于冯沅君来说是一个巨大的突破。

冯沅君高度评价清词的成就，认为这一时期涌现出很多大家。她将清词分为“陈派”“朱派”“纳兰派”，其中“陈派”代表人物是陈维崧，主要成员有吴绮、万树、黄景仁、张惠言和文廷式，传承自苏轼和辛弃疾；“朱派”代表人物是朱彝尊，主要成员有曹溶、厉鹗、项鸿祚、郑文焯等，传承自周邦彦和姜夔；“纳兰派”的代表人物是纳兰性德，主要成员有彭孙遹、王士祯、顾贞观等，传承自韦庄、冯延巳和李煜。

《词的技法和历史》对清词的关注不限于词人和词作，冯沅君专列一节“批评研究”来讨论清词的理论批评，介绍了《词律》《钦定词谱》《词林正韵》等关于词的技法方面的研究著作，以及《词综》《历代诗余》两部词选，《词苑丛谈》《词林纪事》《听秋声馆词话》《赌棋山庄词话》和《人间词话》等词学批评著作。

冯沅君对词的未来作了展望。她认为“新诗”“自由诗”“散文诗”等新文体的兴起打破了诗、词、曲在一千多年的时间里就一直恪守着的规则，词在某种程度上被宣判了死亡。冯沅君悲观地断言，试图复活词的“新词”运动注定失败。词的研究只是一种历史研究，“词”这一术语也将成为过去式。

《词的技法和历史》可看作冯沅君词学研究的第三个阶段。二十世纪二十年代，冯沅君开始以古人治经史之学的方法和精神来治词，在《北京大学研究所国学门月刊》和《语丝》发表以《南宋词人小记》为总题的七篇考证文章，包括研究周密的三篇：《周草窗年谱》《周草窗朋辈考》《周草窗词学之渊源》，研究张炎的三篇：《玉田先生年谱》《玉田家世与其词学》《玉田朋辈考》，附录研究张炎曾祖张镃的《张镃略传》，对周密、张炎的家世、生平、交游、词学渊源和创作情况进行了深入探究，尽显其文献考据的深厚功力。这是冯沅君词学研究的第一个阶段。

《中国诗史》是冯沅君词学研究的第二个阶段。她在文献考据和传统诗学品评评点的基础上，充分运用比较研究、文化研究等方法，辅以精警透辟的评论，构建了一幅美轮美奂的“近代诗史”的宏大图景。《中国诗史》对词的论述非常学理化，每一篇由“导论”引起，包含历史背景和鸟瞰总论，涉及作家、作品等具体问题时，多引诸家之说加以考证辨析，其结构框架与学术观点奠定了后来词史研究的基本格局。

在兼顾史的线索与风格流派上，《词的技法和历史》承袭了《中国诗史》。但是，以词学知识普及为主的创作动机，决定了《词的技法和历史》的写作风格，即舍弃那些略显烦琐的综述和引证文献，代之以简洁平实的描述性语言，力求高度凝练地讲清楚词的形式技法和一千多年来的发展史。其作为学术著作的严谨性并不因知识性和普及性的行文风格而受到影响，论文中中文索引多达两千余条。另有五百余条脚注，对涉及的人物、著作、职官、地理等文史知识进行解释说明，其中大多是中国读者习见的常识，例如，把“翰林学士”注释为“类似于法兰西学院院士”，把“丞相”注释为“相当于总理”，把“赋”注释为“有韵律的散文”，极大方便了西方读者的接受。

《词的技法和历史》既是冯沅君词学研究的一个新阶段，也预示着其学术历程的重大转折。在此之后，虽有零星论文发表，但冯沅君已不再系统从事词学研究，而是独辟蹊径、开疆拓土，以会通中西的眼界，以历史考证的方法，开启了戏曲俗文学研究的光辉旅程。

车振华　焦宏丽

目　录

前　言　1

第一章　词的技法　3

第一节　词　牌　3
第二节　调式、声调、韵脚　11
第二节　音　律　29
第四节　词的修辞　58

第二章　词的产生　60

第一节　词的起源　69
第二节　唐代的词　72
第三节　五代的词　81
第四节　十国的词　83

第三章　词的繁荣　97

第一节　周　派　98

第二节　苏　派　108
第三节　辛　派　115
第四节　姜　派　123
第五节　独立词人　130

第四章　词的衰落　136

第一节　金代的词　136
第二节　元代的词　140
第三节　明代的词　147

第五章　词的中兴　152

第一节　陈　派　153
第二节　朱　派　158
第三节　纳兰派　163
第四节　批评研究　167

参考文献　172

附　录　177

影印法文原稿　177
冯沅君自传　437

后　记　442

学院对论文中所表达的观点不予以认可或否定；这些观点应被视为论文作者的个人见解。

前　言

“词”是中国诗歌的主要体裁之一。但是在欧洲，词却鲜为人知：据我所知，欧洲既没有词的翻译，也缺乏相关的批评研究。甚至在中国，直至今日，虽然几乎所有的文学院都在教授词，但进行词的系统研究者也是寥寥无几。这就是我开展本项研究的原因所在。

我很荣幸地向我的两位老师伯希和先生和马伯乐先生表达深深的感激之情；他们在中国文学方面的渊博学识极大促进了我这项研究的顺利进行。

第一章　词的技法

中国诗歌体裁多样，“词”便是其中之一。从公元八世纪起，词逐渐兴盛。它的创作手法与其他的诗歌形式截然不同。本研究旨在让读者了解词的独特的技巧及其在历经数百年的演变。

第一节　词　牌

要想了解词，首先需要研究词谱（亦叫做“词牌”或“词调”。译者按，本译文下文采用“词牌”的说法）。词牌是具有音乐性的句子的指示，有时词牌就是词的题目，在其他情况下，跟在后边的才是真正的词题。词牌决定着一首词应遵循的填词和作曲规范。如果没有词牌，歌者难以吟唱，读者也没法理解。

据目前统计，词的词牌数量为875个[1]。这些词牌可分为以下几类，见下图：

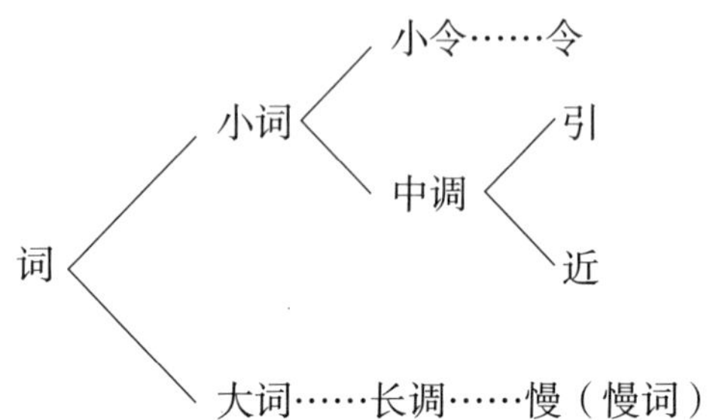

若从音乐的角度看，我们几乎完全不清楚这种划分的缘由。我们只知道“令”“引”“近”和“慢”都是唐宋“大曲”的不同部分[2]。正因如此，包括毛先舒[3]在内的一些评论家会依据词作的字数来给出他们自己的界定标准。“小词”通常少于90字，而“大词”（“长调”或“慢词”）的字数则多些。有些“小词”的字数少于58个[4]，叫做“小令”（或“令”）；其他超过58字的词，叫做“中调”（或“引”或“近”）。的确，从字数的角度看，虽然存在一些例外，但并不多见。

---

〔1〕参阅万树《词律》、徐本立《词律拾遗》、杜文澜《词律补遗》（参照本研究第五章）。

〔2〕参阅王灼《碧鸡漫志》。（“大曲”的解释见后）

〔3〕参阅毛先舒《填词名解》，第1卷。

〔4〕很多“令”的字数超过58个，例如《洞先歌令》《师师令》等，或许最好把字数上限设置为70个。

随着时间的推移，词变得越来越长，越来越复杂。那些公元1000年前的原创作品，都属于“小词”。有记载的最先创作“慢词”的词人，例如张先[1]、柳永[2]、聂冠卿[3]等，都生活在十一世纪初。宋翔凤[4]写道:“其慢词盖起宋仁宗朝，中原息兵，汴京繁庶，歌台舞席，竞赌新声。耆卿失意无俚，流连坊曲，遂尽收俚俗语言，编入词中，以便伎人传习。一时动听，散播四方。其后东坡、少游、山谷辈，相继有作，慢词遂盛。”

除了几首“小令”[5]，每个词牌的词都可以划分成几个段落，也叫“片”或“阕”。通常情况下，一个词牌包含两片[6]；也有的词牌包含三或四片[7]，但这类词的数量极少。

张炎在他的《词源》[8]中谈到过“韵”。这个“韵”字指的不是一个韵脚，而是表达完整意义的一个或几个词句，在这些词句的后面，歌者可以稍作停顿。例如，《捣练子》由五个词句构成，包含两个韵，第一个韵包括前三句，第二个韵包括后两句。韵的数量根据词牌长度而变化。“令”

---

〔1〕 参照本研究第三章。
〔2〕 同上。
〔3〕 他唯一的词《多丽》被收入黄昇的《花庵词选》。
〔4〕 清代评论家，参阅他的《乐府余论》。
〔5〕《渔父》《风流子》《南乡子》《如梦令》等。
〔6〕《醉花间》《河渎神》《拜星月慢》《石州慢》等。
〔7〕《夜半乐》《兰陵王》《添字莺啼序》等。
〔8〕 参照本研究第三章。

的韵的数量通常为两个[1]、三个[2]、四个[3]或者六个[4]；“引”或者“近”，有六个[5]或者八个[6]韵；而“慢”有八个[7]、十个[8]、十二个[9]或者十六个[10]韵。

这些词牌从何而来？主要来源有两个：一些来自于唐宋时期的“大曲”，另一些则由词人和乐工创作而来。

汉代时，已经存在大曲[11]这一音乐术语。《宋书》[12]列举了大曲这一音乐体裁的九个曲目[13]。但我们不能把汉代的大曲和后来的大曲混为一谈。后者来自中亚国家。词人姜夔在其作品《大乐议》[14]中写道：“大食、小食、般涉者，胡语；《伊州》《石州》《甘州》《婆罗门》者，胡曲；……凡有催衮者，皆胡曲耳，法曲无是也。”

大曲的一个乐章称为“遍”或者“解”。每个曲目

---

〔1〕《南乡子》《南歌子》等。
〔2〕《抛球乐》《河满子》等。
〔3〕《菩萨蛮》《清平乐》等。
〔4〕《师师令》《且坐令》等。
〔5〕《千秋岁引》《祝英台近》等。
〔6〕《阳关引》《隔浦莲近》等。
〔7〕《木兰花慢》《上林春慢》等。
〔8〕《破阵乐》《玉女摇仙佩》等。
〔9〕《六州歌头》《穆护砂》等。
〔10〕《戚氏》等。
〔11〕蔡邕的《女训》中有所提及，引自《太平御览》，第557卷。
〔12〕《乐志》一章。
〔13〕译注：也有说法是15个曲目。
〔14〕引自《宋史·乐志》。

包含几十个遍（或解）[1]。要唱完整个曲目，需要将近一天的时间[2]。这就是为什么人们往往只熟悉或演奏其中的一两个部分。这些独立的唱段最终转变成了词的词牌。例如[3]：

1.《梁州令》来自大曲《梁州》。

2.《六幺令》来自大曲《绿腰》或《六幺》。

3.《齐天乐》来自大曲《齐天乐》。

4.《万年欢》来自大曲《万年欢》。

5.《剑气近》来自大曲《剑器》。

6.《薄媚摘遍》来自大曲《薄媚》。

7.《大圣乐》来自大曲《大圣乐》。

8.《石州引》来自大曲《石州》。

9.《水调歌头》来自大曲《新水调》。

10.《熙州慢》来自大曲《熙州》。

和大曲有关的词牌共计三十余种，而由词人们所创制的词牌则远超此数。从八世纪中叶到十三世纪末，词人们时不时会创造出新的词牌。在此，我们列举其中十例：

1.《望江南》由李德裕[4]首创。

---

〔1〕例如《破阵乐》分为52遍。

〔2〕沈括《梦溪笔谈》，第5卷。

〔3〕王国维《唐宋大曲考》（收录于他的全集第一部分）。

〔4〕段安节《乐府杂录》。

2.《酒泉子》，温庭筠[1]首创。

3.《一叶落》，李存勖[2]首创。

4.《甘州曲》，王衍[3]首创。

5.《望梅》，柳永[4]首创。

6.《红窗迥》，周邦彦[5]首创。

7.《淡黄柳》，姜夔[6]首创。

8.《玉京谣》，吴文英[7]首创。

9.《采绿吟》，杨缵[8]首创。

10.《楚宫春》，周密[9]首创。

在词牌的创造方面，我们推测乐工所扮演的角色比词人更重要。但是，由于乐工的社会地位低下，其作用往往被忽略。乐工通常是不懂填词的，因此，他们的创作被遗忘也就是自然而然的事。令人意外的是，以下资料被保存了下来：

1.《菩萨蛮》是由一位佚名乐工创作[10]。

---

〔1〕 刘毓盘《词史》，第20页。
〔2〕 孙光宪《北梦琐言》。
〔3〕 吴任臣《十国春秋》。
〔4〕 毛先舒《填词名解》。
〔5〕 同上。
〔6〕 参阅姜夔《淡黄柳·空城晓角》序言。
〔7〕 吴文英《玉京谣·蝶梦迷清晓》序言。
〔8〕 周密《采绿吟·采绿鸳鸯浦》序言。
〔9〕 周密《楚宫春·香迎晓白》序言。
〔10〕 苏鹗《杜阳杂编》。

2.《天仙子》也是由一位佚名乐工创作[1]。

3.《越调解愁》，由乐工花日新创作[2]。

随着技法的变化，词牌的数量不断增加。同一个词牌可能存在不同形式，其字数往往不尽相同，例如《九张机》[3]和《思帝乡》[4]。有时是断句不同，例如柳永[5]和周邦彦[6]的《浪淘沙慢》，刘过[7]和萧烈[8]的《八声甘州》。还有一些变化在于词牌韵脚的声调，例如《如梦令》[9]和《永遇乐》[10]。另外，如果在词牌中添加一个段落，那么词牌长度就可以得到延长，例如温庭筠的《荷叶杯》[11]和韦庄的《天仙子》[12]只有一个段落，然而皇甫松的《荷叶杯》[13]

---

〔1〕《唐书》，第22卷。

〔2〕苏轼《无愁可解·光景百年》序言。

〔3〕《九张机》的创作存在两种方式：29字和30字。参阅无名氏作品《春衣》和《五张机》。

〔4〕《思帝乡》的创作有三种方式：33字、34字和36字。参阅韦庄作品《春日游》和《云髻堕》以及温庭筠作品《花花》。

〔5〕他的词的第一句为“梦觉透窗风一线”。

〔6〕他的词的首句为“晓阴重，霜凋岸草”和“万叶战，秋声露结”。

〔7〕第一句为“问紫岩去后汉公卿”。

〔8〕第一句为“可怜生，飘零到荼蘼”。

〔9〕参照秦观作品《如梦令·遥夜月明如水》以及吴文英作品《如梦令·秋千争闹粉墙》中韵脚的声调。

〔10〕参照李清照作品《永遇乐·落日熔金》和陈允平作品《永遇乐·玉腕笼寒》中韵脚的声调。

〔11〕第一句为“镜水夜来秋月”。

〔12〕第一句为“晴野鹭鸶飞一只”。

〔13〕第一句为“记得那年花下”。（译注：疑为韦庄的作品。）

和张先的《天仙子》[1]却有两个。

我们也留意到不同名称的词牌之间的密切联系。例如，如果在《浣溪沙》和《忆江南》中添加几个字，便得到新的词牌《摊破浣溪沙》[2]和《法驾导引》[3]；如果在《木兰花》和《瑞鹧鸪》中去掉几个字，就会得到《减字木兰花》[4]和《鹧鸪天》[5]两个词牌。还有《烛影摇红》是双倍的《忆故人》[6],《小梅花》是重复的《梅花引》[7]。最后，还存在一些词牌，如《江月晃江山》[8]《四犯剪梅花》[9]《八音谐》[10]等，它们是由几种词牌的词句混合在一起组

---

〔1〕第一句为“水调数声持酒听”。

〔2〕参照张泌《浣溪沙・枕障熏炉隔绣帏》(译注:《浣溪沙・枕障熏炉隔绣帏》是唐代诗人张曙的词作,《花间集》中认为作者为张泌)和李璟《摊破浣溪沙・菡萏香销翠叶残》。

〔3〕参照白居易《忆江南・江南忆》和陈与义《法驾导引・东风起》。

〔4〕参照欧阳炯《木兰花・儿家夫婿心容易》与欧阳修《减字木兰花・楼台向晓》。

〔5〕参照冯延巳《瑞鹧鸪・才罢严妆怨东风》(译注：应为“严妆才罢怨春风”)与晏几道《鹧鸪天・彩袖殷勤捧玉钟》。

〔6〕参照毛滂《忆故人・老景萧条》与周邦彦《烛影摇红・香脸轻匀》。

〔7〕参照王特起《梅花引・山之麓》与贺铸《小梅花・城下路》。

〔8〕这个词牌由《西江月》和《小重山》的词句串合组成。例如陆游作品《江月晃江山・芳草洲前道路》(译注：应为“江月晃重山”)。

〔9〕其中 2/4 是由《醉蓬莱》的词句组成；1/4 由《解连环》的词句组成；另外 1/4 由《雪狮儿》的词句组成。参阅刘过作品《四犯剪梅花・水殿风凉》。

〔10〕该词牌词句取自八个不同的词牌，分别是《春草碧》《望春回》《茅山逢故人》《迎春乐》《飞雪满群山》《兰陵王》《孤鸾》《眉妩》。参阅曹勋作品《八音谐・芳草到横塘》(译注：应为“芳景到横塘”)；亦参照谢元淮《碎金词谱》。

成的。

然而，值得注意的是，同一个词牌经常会有几个不同的名称，但在作词法上却没有任何区别，例如《忆江南》[1]和《念奴娇》[2]就是这种情况。另外，同一个名称可以是没有任何关系的不同词牌，例如《乌夜啼》[3]和《卖花声》[4]。我们要对此加以重视，不要搞错。

第二节　调式、声调、韵脚

词的词牌根据不同的调式——宫调进行分类，例如，《还京乐》属于“大石调”（“大食调”）这种调式，《石湖仙》属于“越调”，《举楼吟》属于“双调”[5]，等等。这些调式自何而来呢？

在中国古代的音乐中，存在着“音”和“律”。音有7个，名称为宫、商、角、变徵、徵、羽、变宫。理论上，

---

〔1〕《忆江南》另有6个别名：《梦江南》《谢秋娘》《梦江口》《望江南》《望江梅》《春去也》。

〔2〕《念奴娇》另有11个别名：《百字令》《百字谣》《大江东去》《酹江月》《大江西上曲》《壶中天》《淮甸春》《无俗念》《大江乘》《赛天香》《湘月》。

〔3〕《相见欢》和《锦堂春》，也被称作《乌夜啼》。

〔4〕《卖花声》亦是《浪淘沙》和《谢池春》的名称。

〔5〕参阅本研究关于音律的部分，该部分列出了每个词牌的调式。

它们就像西方音乐中的 7 个音符：do，ré，mi，fa，sol，la，si。律有 12 个：黄钟、大吕、太簇、夹钟、姑洗、中吕、蕤宾、林钟、夷则、南吕、无射和应钟。这些是音的相对时值。每个音有 12 个时值，于是就产生了 84 个宫调。钱德明神父采用“调式”一词[1]来翻译“宫调”。下面是这些调式的完整列表。

（一）宫

1. 黄钟宫（正黄钟宫）[2]
2. 大吕宫（高宫）
3. 太簇宫（中管高宫）
4. 夹钟宫（中吕宫）
5. 姑洗宫（中管中吕宫）
6. 中吕宫（道宫）
7. 蕤宾宫（中管道宫）
8. 林钟宫（南吕宫）
9. 夷则宫（仙吕宫）
10. 南吕宫（中管仙吕宫）
11. 无射宫（黄钟宫）
12. 应钟宫（中管黄钟宫）

---

〔1〕《中华杂纂》，第 6 卷，第 113 页。
〔2〕 括号里的名称是每个调式的俗称。

（二）商

13. 黄钟商（大石调）
14. 大吕商（高大石调）
15. 太簇商（中宽高大石调）
16. 夹钟商（双调）
17. 姑洗商（中管双调）
18. 中吕商（小石调）
19. 蕤宾商（中管小石调）
20. 林钟商（歇指调）
21. 夷则商（商调）
22. 南吕商（中管商调）
23. 无射商（越调）
24. 应钟商（中管越调角）

（三）角

25. 黄钟角（正黄钟宫角）
26. 大吕角（高宫角）
27. 太簇角（中管高宫角）
28. 夹钟角（中吕正角）
29. 姑洗角（中管中吕角）
30. 中吕角（道宫角）
31. 蕤宾角（中管道宫角）

32. 林钟角（南吕角）

33. 夷则角（仙吕角）

34. 南吕角（中管仙吕角）

35. 无射角（黄钟角）

36. 应钟角（中管黄钟角）

（四）变徵

37. 黄钟变徵（正黄钟宫变徵）

38. 大吕变徵（高宫变徵）

39. 太簇变徵（中管高宫变徵）

40. 夹钟变徵（中吕变徵）

41. 姑洗变徵（中管中吕变徵）

42. 中吕变徵（道宫变徵）

43. 蕤宾变徵（中管道宫变徵）

44. 林钟变徵（南吕变徵）

45. 夷则变徵（仙吕变徵）

46. 南吕变徵（中管仙吕变徵）

47. 无射变徵（黄钟变徵）

48. 应钟变徵（中管黄钟变徵）

（五）徵

49. 黄钟徵（正黄钟宫正徵）

50. 大吕徵（高宫正徵）

51. 太簇徵（中管高宫正徵）
52. 夹钟徵（中吕正徵）
53. 姑洗徵（中管中吕正徵）
54. 中吕徵（道宫正徵）
55. 蕤宾徵（中管道宫正徵）
56. 林钟徵（南吕正徵）
57. 夷则徵（仙吕正徵）
58. 南吕徵（中管仙吕正徵）
59. 无射徵（黄钟正徵）
60. 应钟徵（中管黄钟正徵）

（六）羽

61. 黄钟羽（般涉调）
62. 大吕羽（高般涉调）
63. 太簇羽（中管高般涉调）
64. 夹钟羽（中吕调）
65. 姑洗羽（中管中吕调）
66. 中吕羽（正平调）
67. 蕤宾羽（中管正平调）
68. 林钟羽（高平调）
69. 夷则羽（仙吕调）
70. 南吕羽（中管仙吕调）
71. 无射羽（羽调）

72. 应钟羽（中管羽调）

（七）变宫

73. 黄钟变宫（大石角）
74. 大吕变宫（高大石角）
75. 太簇变宫（中管高大石角）
76. 夹钟变宫（双角）
77. 姑洗变宫（中管双角）
78. 中吕变宫（小石角）
79. 蕤宾变宫（中管小石角）
80. 林钟变宫（歇指角）
81. 夷则变宫（商角）
82. 南吕变宫（中管商角）
83. 无射变宫（越角）
84. 应钟变宫（中管越角）

无论哪个词牌的词，词中所运用的每个字，都属于一个声调。声调是同一个音可能具有的不同高度，有“平”（平调）、“上”（升调）、“去”（降调）、“入”（短调）。

这四个声调自古代起就在中国语言和音乐中发挥着重要作用。在《诗经》的韵脚中，我们能够很明显地观察到存在两种不同的类别[1]：第一类包括平声、上声和去声；第

〔1〕 例如《召南·江有汜》和《大雅·卷阿》。

二类是入声。《楚辞》也是如此分类[1]。今天被誉为“声调研究之父”的沈约（441—513），是第一个有意识地观察汉语中四个声调的学者。他声称在这四个声调中发现了以前的诗人没有捕捉到的诗文的秘密。在他之后，这四个声调被认为是中国诗律学的主要元素。

《梁书》[2]中记载，南梁高祖皇帝（梁武帝萧衍）曾发问："何谓四声？"对此，著名作家周舍给出“天子圣哲”的四字答案。尽管梁武帝并没有立刻理解这四个字在声调上的区别，但这个答案却长久以来被视为经典范例，广为流传。在这四个字中，“天”指的是上天，是平声；“子”指的是儿子，属于上声；“圣”指的是圣人，属于去声；“哲”代表智慧，属于入声。这四个字的组合意味着天之子既神圣又具智慧，这是任何一位皇帝都喜欢听到的恭维之辞。

词的韵脚不同于其他诗歌形式。例如，在有关诗（真正意义上的诗）的韵脚的辞书中，各种类别的划分更加严格[3]。

在十二世纪之前，有关词的韵脚的辞书尚未出现。直

---

〔1〕参阅《离骚》《九辨》等。

〔2〕《梁书·沈约传》。

〔3〕例如，词的第二组韵脚包括诗的韵脚“江”“阳”部；词的第八组韵脚包括“萧”“豪”部等。

到南宋才开始有人撰写这类书籍[1]。然而这些辞书也都已难觅踪迹。现在仅存的是清朝时期的一些著作，主要有沈谦的《词韵》，赵钥和曹亮武的《词韵》，李渔的《词韵》，吴烺与程名世合撰的《学宋斋词韵》，郑春波的《绿漪亭词韵》，叶申芗的《天籁轩词韵》，仲恒的《词韵》，吴子安的《榕园词韵》和戈载的《词林正韵》。

所有这些著作中，戈载的《词林正韵》被奉为圭臬[2]。该书根据丁度的《集韵》撰写而成[3]。不过，戈载纠正了《集韵》中的某些谬误[4]。最恰当的词的韵脚分类是将韵脚划分为以下 19 个韵部。

第一部（ong 韵）

A. 平声：一东[5]

二冬

三钟

B. 上声：一董

二肿

C. 去声：一送

---

〔1〕参阅《词林正韵》的序言，由作者本人撰写。

〔2〕参照本研究第五章。

〔3〕《集韵》编撰于 1037—1067 年间，共计 10 卷。作者把韵脚划分为 206 个韵部。

〔4〕例如，《集韵》的代部中，缺少了“奈”字，戈载做了增补。（参阅戈载所写的《词林正韵》序言）

〔5〕“Dong”是《集韵》其中一个部目的名称；“（第）一”是丁度的用语。我们给出这些是为让大家了解戈载划分的每一部的内容。

二宋

三用

第二部（ang 韵）

A. 平声：四江

十阳

十一唐

B. 上声：三讲

三十六养

三十七荡

C. 去声：四绛

四十一漾

四十二宕

第三部（韵脚 i；或现在的发音 e，i，ei）

A. 平声：五支

六脂

七之

八微

十二齐

十五灰

B. 上声：四纸

五旨

六止

七尾

十一荠（在上声里）

十四贿

C. 去声： 五置

六至

七志

八未

十二霁

十三祭

十四太（半）[1]

十八队

二十废

第四部（韵脚 ou，u）

A. 平声： 九鱼

十虞

十一模

B. 上声： 八语

九噳

十姥

C. 去声： 九御

十遇

十一暮

〔1〕另一半属于第五部。

第五部（韵脚 ai）

A. 平声： 十三佳（半）[1]

十四皆

十六咍

B. 上声： 十二蟹

十三骇

十五海

C. 去声： 十四太（半）

十五卦（半）[2]

十六怪

十七夬

十九代

第六部（韵脚 en，wen，in= 以前的 iĕn）

A. 平声： 十七真

十八谆

十九臻

二十文

二十一欣

二十三魂

二十四痕

---

〔1〕另一半属于第十部。

〔2〕另一半属于第十部。

B. 上声：十六轸

十七准

十八吻

十九隐

二十一混

二十二很

C. 去声：二十一震

二十二稕

二十三问

二十四焮

二十六慁

二十七恨

第七部（韵脚 ien，wien 现在发音为 yuan）

A. 平声：二十二元

二十五寒

二十六桓

二十七删

二十八山

一先

二仙

B. 上声：二十阮

二十三旱

二十四缓

二十五潸

二十六产

二十七铣

二十八狝

C. 去声： 二十五愿

二十八翰

二十九换

二十谏

三十一裥

三十二霰

三十三线

第八部（韵脚 ao，iao）

A. 平声： 三萧

四宵

五爻

六豪

B. 上声： 二十九篠

三十小

三十一巧

三十二皓

C. 去声： 三十四笑

三十五啸

三十六效

三十七号

第九部（韵脚 o）

A. 平声：七歌

八戈

B. 上声：三十三哿

三十四果

C. 去声：三十八个

三十九过

第十部（韵脚 a）

A. 平声：十三佳（半）

九麻

B. 上声：三十五马

C. 去声：十五卦（半）

四十祃

第十一部（韵脚 eng，ing，有时 iong，wiěng 在今天变成了 iong）

A. 平声：十二庚

十三耕

十四清

十五青

十六蒸

十七登

B. 上声：三十八梗

三十九耿

四十静

四十一迥

四十二拯

四十三等

C. 去声： 四十三映

四十四诤

四十五劲

四十六径

四十七证

四十八隥

第十二部（韵脚 eou，ieou）

A. 平声： 十八尤

十九侯

二十幽

B. 上声： 四十四有

四十五厚

四十六黝

C. 去声： 四十九宥

五十候

五十一幼

第十三部（韵脚 in，以前的 iĕn）

A. 平声： 二十一侵

B. 上声：　四十七寝

C. 去声：　五十二沁

第十四部（韵脚 en，an，ien）

A. 平声：　二十二覃

二十三谈

二十四盐

二十五沾

二十六严

二十七咸

二十八衔

二十九凡

B. 上声：　四十八敢

四十九感

五十琰

五十一忝

五十二俨

五十三豏

五十四槛

五十五范

C. 去声：　五十三勘

五十四阚

五十五艳

五十六栝

五十七验

五十八陷

五十九鼸

六十梵

第十五部（韵脚 ou）

A. 入声： 一屋

二沃

三烛

第十六部（韵脚 o）

A. 入声： 四觉

十八药

十九铎

第十七部（韵脚 e，i，等）

A. 入声： 五质

六数

七栉

二十陌

二十一麦

二十二昔

二十三锡

二十四职

二十五德

二十六缉

第十八部（韵脚 o，ie，等）

A. 入声：八勿

九迄

十月

十一末

十二曷

十三末

十四黠

十五辖

十六屑

十七薛

二十九叶

三十帖

第十九部（韵脚 o，a，等）

A. 入声：二十七合

二十八盍

三十一业

三十二洽

三十三狎

三十四乏

第三节　音　律

在词的音律方面，我们首先研究与调式和词牌相关的内容。

创作一首词的首要任务是选择调式。正如元代著名文学家周德清所指出，每个调式都有其独特的调性。他在《中原音韵》中如下描述这种调性[1]：

1. 仙吕宫：清新绵邈
2. 南吕宫：感叹伤悲
3. 中吕宫：高下闪赚
4. 黄钟宫：富贵缠绵
5. 正宫：惆怅雄壮
6. 道宫：飘逸清幽
7. 大石调：风流蕴藉
8. 小石调：绮丽妩媚
9. 般涉调：拾缀坑堑
10. 商角：悲伤宛转

〔1〕尽管他在书里讨论的是曲（戏剧化的诗歌）的调式，却也让我们了解了词的调式，因为在这一点上，这两种体裁并没有很大的区别。（参照梁启勋先生《词学》，第1卷，第56—57页）

11. 高平调：条物滉漾

12. 歇指调：急并虚歇

13. 宫调：典雅沉重

14. 商调：凄怆怨慕

15. 角调：呜咽悠扬

16. 羽调[1]：陶写冷笑

17. 双调：健捷激袅[2]

如果我们对这些特性缺乏了解，而选择例如南吕宫表达开心欢愉的情感，或者选择大石调来描写英勇的战斗，就会出现调式和作品内容不相匹配的问题。即使作品写得不错，也不会令人满意。

然而，因为词的配乐已经失传，想要知道各个词牌属于哪个调式就不是件轻而易举的事情。通过研究一些宋词集，特别是张先的《张子野词》、柳永的《乐章集》、周邦彦的《清真集》、姜夔的《白石道人歌曲》以及吴文英的《梦窗词集》，我们可以做出以下列表：

（一）黄钟宫（正黄钟宫）

1. 醉垂鞭

2. 黄莺儿

---

〔1〕 译注：应为越调。

〔2〕 周德清只讨论了 17 个调式，这是因为元代只使用这 17 个调式。

3. 玉女摇仙佩

4. 雪梅香

5. 尾犯

6. 早梅芳

7. 斗百花

8. 甘草子

9. 齐天乐

10. 虞美人

（二）太蔟宫（中管高宫）

1. 喜迁莺慢

（三）夹钟宫（中吕宫）

1. 菩萨蛮

2. 南乡子

3. 踏莎行

4. 小重山

5. 庆金枝

6. 浣溪沙

7. 相思儿令

8. 师师令

9. 山亭宴慢

10. 谢池春慢

11. 惜双双

12. 送征衣

13. 昼夜乐

14. 柳腰轻

15. 西江月

16. 梁州令

17. 扬州慢

18. 长亭怨慢

（四）中吕宫（道宫）

1. 夜飞鹊

（五）林钟宫（南吕宫）

1. 江南柳

2. 八宝妆

3. 一丛花

（六）夷则宫（仙吕宫）

1. 宴春台慢

2. 好事近

3. 倾杯乐

4. 笛家弄

5. 满江红

6. 点绛唇

7. 蕙兰芳引

8. 满路花

9. 六么令

10. 吉了犯

11. 归去难

12. 玉楼春

13. 暗香

14. 疏影

15. 绛都春

（七）无射宫（黄钟宫）

1. 鹤冲天

2. 惜红衣

3. 尾犯

（八）黄钟商（大石调）

1. 清平乐

2. 醉桃源

3. 恨春迟

4. 倾杯乐

5. 迎新春

6. 曲玉管

7. 满朝欢

8. 凤衔杯

9. 梦还京

10. 鹤冲天

11. 受恩深

12. 看花回

13. 柳初新

14. 两同心

15. 女冠子

16. 玉楼春

17. 金蕉叶

18. 惜春郎

19. 传花枝

20. 瑞龙吟

21. 还京乐

22. 玲珑四犯

23. 蓦山溪

24. 望江南

25. 隔浦莲近拍

26. 法曲献仙音

27. 过秦楼

28. 侧犯

29. 塞翁吟

30. 霜叶飞

31. 塞垣春

32. 阮郎归

33. 丑奴儿

34. 西河

35. 尉迟杯

36. 绕佛阁

37. 红罗袄

38 感皇恩

39. 三部乐

40. 夜飞鹊

41. 风流子

42. 荔枝香近

43. 高山流水

44. 烛影摇红

45. 东风第一枝

46. 夜合花

47. 丑奴儿慢

（九）夹钟商（双调）

1. 庆佳节

2. 玉连环

3. 武陵春

4. 百媚娘
5. 梦仙乡
6. 相思令
7. 少年游
8. 贺圣朝
9. 生查子
10. 雨霖铃
11. 定风波
12. 尉迟杯
13. 慢卷绸
14. 征部乐
15. 佳人醉
16. 迷仙引
17. 御街行
18. 归朝欢
19. 采莲令
20. 秋夜月
21. 巫山一段云
22. 婆罗门令
23. 扫地花
24. 秋蕊香
25. 迎春乐
26. 一络索

27. 红林檎近

28. 玉烛新

29. 黄鹂绕碧树

30. 翠楼吟

31. 湘月

32. 扫花游

33. 倒犯

34. 秋思

35. 金盏子

36. 惜秋华

37. 汉宫春

（十）中吕商（小石调）

1. 夜厌厌

2. 迎春乐

3. 凤栖梧

4. 法曲献仙音

5. 法曲第二

6. 秋蕊香

7. 渡江云

8. 西平月

9. 四园竹

10. 花犯

11. 一寸金
12. 西河
13. 江南春
14. 昼锦堂
15. 渡江云三犯

（十一）林钟商（歇指调）

1. 双雁儿
2. 卜算子慢
3. 更漏子
4. 南歌子
5. 踏莎行
6. 减字木兰花
7. 醉落魄
8. 喜朝天
9. 三字令
10. 卜算子
11. 鹊桥仙
12. 浪淘沙
13. 夏云峰
14. 浪淘沙令
15. 荔枝香
16. 古倾杯

17. 倾杯

18. 破阵乐

19. 双声子

20. 阳台路

21. 内家娇

22. 二郎神

23. 醉蓬莱

24. 宣清

25. 锦堂春

26. 定风波

27. 诉衷情近

28. 留客住

29. 迎春乐

30. 隔帘听

31. 凤归云

32. 抛球乐

33. 集贤宾

34. 殢人娇

35. 思归乐

36. 应天长

37. 合欢带

38. 少年游

39. 长相思

40. 尾犯
41. 驻马听
42. 诉衷情
43. 木兰花
44. 祭天神
45. 荔枝香近
46. 蕙兰芳引
47. 永遇乐

（十二）夷则商（商调）

1. 应天长
2. 解连环
3. 浪淘沙
4. 南乡子
5. 垂丝钓
6. 丁香结
7. 氐州第一
8. 解蹀躞
9. 少年游
10. 诉衷情
11. 蝶恋花
12. 三部乐
13. 品令

14. 定风波

15. 霓裳中序第一

16. 浪淘沙慢

17. 玉京谣

18. 玉漏迟

19. 玉蝴蝶

20. 醉蓬莱

21. 三姝媚

22. 龙山会

（十三）无射商（羽调）

1. 清平乐
2. 锁窗寒
3. 丹凤吟
4. 忆旧游
5. 庆春宫
6. 大酺
7. 水龙吟
8. 兰陵王
9. 凤来朝
10. 石湖仙
11. 秋宵吟
12. 霜花腴

（十四）无射角（黄钟角）

1. 角招

（十五）无射徵（黄钟正徵）

1. 徵招

（十六）黄钟羽（般涉调）

1. 塞姑
2. 瑞鹧鸪
3. 洞仙歌
4. 安公子
5. 长寿乐
6. 倾杯
7. 渔家傲
8. 苏幕遮
9. 夜游宫

（十七）夹钟羽（中吕调）

1. 虞美人
2. 醉红妆
3. 天仙子
4. 菩萨蛮

5. 戚氏

6. 轮台子

7. 引驾行

8. 望远行

9. 彩云归

10. 洞仙歌

11. 离别难

12. 夜半乐

13. 击梧桐

14. 祭天神

15. 过涧歇近

16. 安公子

17. 菊花新

18. 归去来

19. 燕归梁

20. 迷神引

21. 探芳信

22. 新雁过妆楼

23. 满庭芳

24. 宴清都

25. 六丑

26. 绮寮怨

27. 如梦令

28. 意难忘

（十八）中吕羽（正平调）

1. 菩萨蛮
2. 淡黄柳

（十九）林钟羽（高平调）

1. 怨春风
2. 于飞乐
3. 临江仙
4. 江城子
5. 转声虞美人
6. 燕归梁
7. 酒泉子
8. 定西番
9. 瑞鹤仙
10. 木兰花令
11. 解语花
12. 拜星月慢
13. 玉梅令
14. 澡兰香
15. 探芳信
16. 倦寻芳

（二十）夷则羽（仙吕调）

1. 河传
2. 偷声木兰花
3. 千秋岁
4. 醉桃源
5. 天仙子
6. 望海潮
7. 如鱼水
8. 玉蝴蝶
9. 满江红
10. 洞仙歌
11. 引驾行
12. 望远行
13. 八声甘州
14. 临江仙
15. 竹马子
16. 小镇西
17. 小镇西犯
18. 迷神引
19. 促拍满路花
20. 柳腰轻
21. 剔银灯

22. 红窗听

23. 凤归云

24. 女冠子

25. 玉山枕

26. 减字木兰花

27. 木兰花令

28. 甘州令

29. 西施

30. 郭郎儿近

31. 吉了犯

32. 鬲溪梅令

（二十一）无射羽（羽调）

1. 婆罗门引[1]

上述罗列的词牌只构成全部词牌的三分之一，调式的选择十分重要，但操作起来却并非易事。

需要补充的是，不同的词牌，就像各种各样的调式一样，每一个都有其独特的调性。词牌的调性和根据这一词牌创作的词的风格之间存在着非常紧密的联系。在这一点上，我们的想法尚显模糊。现在我们尝试着一方面通过分

〔1〕 本列表内的很多词牌同时对应多个调式。

析苏轼、辛弃疾、刘过、刘克庄最喜欢的词牌，另一方面通过考察周邦彦、姜夔、吴文英、张炎青睐的词牌，来明晰我们的观点。我们之所以选择这两组研究对象，是因为这八位作者都是一流的词人，而且代表着两种迥然不同的风格[1]。以下为苏轼、辛弃疾等人使用最多的词牌：

1. 水龙吟
2. 水调歌头
3. 满庭芳
4. 满江红
5. 哨遍
6. 西江月
7. 鹧鸪天
8. 卜算子
9. 临江仙
10. 菩萨蛮
11. 蝶恋花
12. 谒金门
13. 好事近
14. 鹊桥仙
15. 六州歌头
16. 贺新郎

---

〔1〕 参阅本研究第三章。

17. 念奴娇

18. 沁园春

19. 八声甘州

20. 祝英台近

21. 清平乐

22. 柳梢青

23. 洞仙歌

24. 木兰花慢

25. 汉宫春

26. 醉高楼

27. 朝中措

28. 定风波

29. 南乡子

30. 减字木兰花

31. 一剪梅

32. 踏莎行

33. 玉楼春

34. 昭君怨

35. 生查子

36. 摸鱼儿

37. 永遇乐

38. 浣溪沙

39. 南歌子

40. 行香子

41. 点绛唇

42. 虞美人

43. 雨中花慢

接下来是周邦彦、姜夔等人青睐的词牌：

1. 锁窗寒

2. 渡江云

3. 还京乐

4. 解连环

5. 满江红

6. 瑞鹤仙

7. 忆旧游

8. 浣溪沙

9. 点绛唇

10. 法曲献仙音

11. 塞翁吟

12. 诉衷情

13. 齐天乐

14. 霜叶飞

15. 庆宫春

16. 阮郎归

17. 如梦令

18. 夜飞鹊

19. 虞美人

20. 采桑子

21. 青玉案

22. 一剪梅

23. 解语花

24. 水龙吟

25. 蝶恋花

26. 西河

27. 菩萨蛮

28. 长相思

29. 醉落魄

30. 月下笛

31. 好事近

32. 鹧鸪天

33. 踏莎行

34. 念奴娇

35. 探春慢

36. 暗香

37. 疏影

38. 惜红衣

39. 吉了犯

40. 卜算子

我们发现这两组词人使用的大部分词牌是不同的。为了完美呈现一部作品，需要选择一个调性与风格相匹配的词牌。因为如果用细腻的风格创作《沁园春》或者用雄浑的风格创作《瑞鹤仙》，都非常别扭。每个词牌的特殊性大概在于它的配乐。但由于配乐已经失传，我们只能以前辈词人们的代表性作品为参照。

现在，我们开始研究声调和韵脚的规则。

声调在词中的作用要比在“诗”（真正意义上的诗歌）中重要得多。在创作诗的过程中，诗人只需要关注“平”和“仄”（上声、去声和入声），就是说在应该用“仄”的地方，诗人可以在除平声以外的三个声调中任选其一。但是，在创作词的时候却没有这么自由。另外，“诗”只有十几种平仄格式，然而对于词而言，几乎所有的词牌都分别对应着一种专门的格律。我们在此不可能探讨所有词牌的格律——它们的数量超过 800 个——读者可以参阅一些专门的著作，例如《词律》（万树）和《钦定词谱》[1]等。在此，我们将只做一些最重要的点评，尤其是有关“仄”的三个声调之间区别的点评：

1.《采桑子》《水调歌头》《沁园春》等的韵脚应该是平声的汉字[2]。

2.《清商怨》《鱼游春水》《秋宵吟》等的韵脚应该是

〔1〕 参阅本研究第五章。

〔2〕 例如，李煜《采桑子·亭前春逐红英尽》，辛弃疾《水调歌头·我志在寥阔》和刘克庄《沁园春·何处相逢》。

上声[1]。

3.《玉楼春》《翠楼吟》《菊花新》等的韵脚应该是去声[2]。

4.《暗香》《疏影》《雨霖铃》等的韵脚应该是入声[3]。

5.《西江月》[4]《渡江云》[5]《哨遍》[6]等的韵脚,可以是平声和仄声(入声除外)。

6.《柳梢青》[7]《声声慢》[8]《满江红》[9]等的韵脚,有时是平声,有时是仄声(只能是入声)。

7.在一个词句中,禁止连续使用两个上声或两个去声

---

〔1〕参阅晏殊《清商怨·关河愁思望处满》,佚名作者《鱼游春水·秦楼东风里》和姜夔《秋宵吟·古帘空》。

〔2〕参阅晏殊《玉楼春·燕鸿过后春归去》(译注:作者应为欧阳修)、姜夔《翠楼吟·月冷龙沙》和柳永《菊花新·欲掩香帏论缱绻》。

〔3〕参阅例如姜夔《暗香·旧时月色》和《疏影·苔枝缀玉》以及柳永《雨霖铃·寒蝉凄切》。

〔4〕《西江月》的韵脚大多是平声的汉字,但是上下两片的最后一个词句的韵脚都应该换成仄声的字,可以是上声,最好是去声,但是不能是入声。参阅例如辛弃疾作品《西江月·千丈悬崖削翠》。

〔5〕《渡江云》的韵脚通常都是平声,但是下片第四句的韵脚应是仄声(最好是去声)。参阅周邦彦作品《渡江云·晴岚低楚甸》。

〔6〕《哨遍》的韵脚是平声、上声、去声的字,混在一起使用,参阅例如刘克庄的词作《哨遍·胜处可宫》。

〔7〕参阅朱敦儒词作《柳梢青·红分翠别》以及陆游作品《柳梢青·十载江湖》。

〔8〕参阅李清照词作《声声慢·寻寻觅觅》和辛弃疾作品《声声慢·征埃成阵》。

〔9〕参阅周邦彦词作《满江红·昼日移阴》和姜夔作品《满江红·仙姥来时》。

的字[1]。

8. 去声的字除外，仄声的字可以代替平声的字[2]。

9. 入声的字不仅可以代替平声的字，甚至还可以代替上声和去声的字[3]。

10. 上声和去声的字不可以互换，尤其是在一首词作的最后一句中[4]。

11. 如果词牌要求押韵句子的倒数第二个字是仄声，当韵脚是平声或者上声的时候，优先考虑去声[5]，但是当韵脚是去声或者入声的时候，则必须是上声[6]。

12. 根据含义的不同，同一个汉字可以归入不同的声调

---

〔1〕这就是为什么当词牌要求两个连续的仄声字时，前辈词人们经常使用一个上声字和一个去声字。我们可以在周邦彦《齐天乐·绿芜凋尽台城路》找到四个例子，在吴文英《梦芙蓉·西风摇步绮》中找到五个例子，周密《一枝春·淡碧春姿》（译注：应为“碧淡春姿”）中找到八个，王沂孙《花犯·古婵娟》中找到十二个。

〔2〕在《宴清都·细草沿阶软》中，何籀使用一些上声字来代替平声字（参照上片最后两句），在《瑞鹤仙·软烟笼细柳》（译注：应为“暖烟笼细柳”）中，周邦彦用入声字代替平声字（参照下片第三句）。

〔3〕例如，秦观《望海潮·梅英疏淡》上片的第四句和辛弃疾《丑奴儿近·千峰云起》的最后一句。

〔4〕例如《永遇乐》的最后一句。参阅例如辛弃疾作品《永遇乐·千古江山》。

〔5〕例如，《浣溪沙》上片的第一句。参照周邦彦作品《浣溪沙·争挽桐花两鬓垂》《浣溪沙·雨过残红湿未飞》和《浣溪沙·楼上晴天碧四垂》。

〔6〕例如在“迎春乐”下片的第一句中。参照周邦彦《迎春乐·清池小圃开云屋》和《迎春乐·桃蹊柳曲闲踪迹》。

之中[1]。混淆这些声调则可能导致严重的错误。

在韵脚方面，每个词牌都有自己的格式。我们恳请那些想要创作词的那些人参考万树的著作，以及《钦定词谱》等著作。然而，为了让读者对于词的韵脚的多样性有一个大概的认识，我们将罗列出那些最为常见的韵脚。除去在整首词里[2]或者在词的每一片中[3]，韵脚没有变化的情况，仍然存在五十多种形式：

1. AABCCB[4].—例：温庭筠《荷叶杯·楚女欲归南浦》。

2. AABBBB.—例：顾敻《荷叶杯 · 歌发谁家筵上》。

3. AABBB.—例：欧阳炯《南乡子 · 岸远沙平》。

4. AABAACC.—例：温庭筠《蕃女怨·万枝香雪开已遍》。

5. AABCCCD.—例：牛峤《西溪子 · 捍拨双盘金凤》。

6. AABBCC.—例：冯延巳《调笑令 · 春色春色》

7. ABC；DEFFFA[5].—例：孙光宪《上行杯 · 草草离亭鞍马》。

8. AABB；CBBDB.—例：牛峤《感恩多 · 两条红粉泪》。

9. ABCBD；EEFED.—例：孙光宪《酒泉子·空碛无边》。

---

〔1〕 jiao（睡眠）是去声，jue（经受）是入声，它们是同一个汉字的两个不同的音。同样，sai（边境）是去声，和 se（堵住）是入声；shu（数量）是去声，shuo（经常）是入声。

〔2〕 例如，《孤鸾》《双头莲》《苏幕遮》等。

〔3〕《河渎神》《忆萝月》《清平乐》等。

〔4〕 每个字母代表着一个词句；同一个字母指的是同一个韵脚；单独的一个字母表示该句没有押韵。

〔5〕 分号（ ; ）表示每首词的分片情况。

10. AABB；CCDD.—例：顾敻《醉公子·岸柳垂金线》。

11. ABBCDD；EEEFGG.—例：温庭筠《更漏子·玉炉香》。

12. ABBCDD；EFFGHH.—例：韦庄《更漏子·钟鼓寒》。

13. AAAA；BBAA.—例：顾敻《杨柳枝·秋夜香闺思寂寥》。

14. ABAB；CDBEB.—例：毛文锡《纱窗恨·新春燕子还来至》。

15. AABCB；DBEB.—例：韦庄《女冠子·四月十七》。

16. AABA；BBBCA.—例：毛文锡《罗衣湿·豆蔻花繁烟艳深》。

17. ABCBA；ADEDA.—例：温庭筠《酒泉子·罗带惹香》。

18. ABCBA；DDEAD.—例：韦庄《酒泉子·月落星沉》。

19. ABCDC；EEEC.—例：牛峤《酒泉子·记得去年》。

20. AABB；BBCB.—例：毛文锡《恋情深·滴滴铜壶寒漏咽》。

21. ABCC；CDEE.—例：顾敻《酒泉子·水碧风清》。

22. ABAA；BBCAA.—例：顾敻《酒泉子·黛怨红羞》。

23. ABCBB；DDBB.—例：毛文锡《河桥柳·河桥柳》[1]。

24. ABCDD；EEFF.—例：毛文锡《河桥柳·隋堤柳》[2]。

---

〔1〕译注：应为《柳含烟·河桥柳》。

〔2〕译注：应为《柳含烟·隋堤柳》。

25. ABBBB；CCCDD.—例：欧阳修《鹤冲天·梅谢粉》。

26. AABBB；CCDDD.—例：韦庄《荷叶杯·绝代佳人难得》。

27. AABBBB；CCCDDD.—例：张泌《河传·红杏》。

28. AABACDA；EEEFFFF.—例：顾敻《河传·曲槛》。

29. AABCBB；AAADEE.—例：韦庄《河传·锦浦，春女》。

30. ABCCC；DDDCCC.—例：阎选《河传·秋雨，秋雨》。

31. ABCBDD；EEEFGG.—例：李清照《怨王孙·梦断漏悄》。

32. ABACA；DDDEEEE.—例：顾敻《河传·燕扬晴景》。

33. AABACC；DDDCCC.—例：黄昇《月照梨花·昼景，方永》。

34. ABACAA；DDDEEEE.—例：孙光宪《河传·太平天子》。

35. AAAAAA；AAABBB.—例：孙光宪《河传·柳拖金缕》。

36. AABACCC；DDDEEEE.—例：顾敻《河传·棹举》。

37. ABCBBDEB；FFFBBGHB.—例：欧阳修《芳草渡·梧桐落》。

38. AAAABAA；CCCDDDD.—例：孙光宪《河传·风飐》。

39. ABBBBB；CCCDDDD.—例：温庭筠《河传·湖上闲望》。

40. AAABACC；DDDEE.—例：李珣《河传·去去》。

41. AABACB；DDEFE.—例：李煜《虞美人·春花秋月何时了》。

42. AAABBCB；DDEEFE.—例：万俟咏《梅花引·晓风酸》。

43. AAABBCB；DDEEFE.—例：王特起《梅花引·山之麓》。

44. AABBB；CCDDD.—例：毛文锡《虞美人·宝檀金缕鸳鸯枕》。

45. AAABBCBB；AAADDEDD.—例：吕滨老《惜分钗·重帘挂》。

46. AAABBCBB；DDDEEFEE.—例：高深甫《惜分钗·桃花路》。

47. AABCDEC；FCGHC.—例：晏殊《玉堂春·斗城池馆》。

48. AABBA；CCADDA.—例：叶梦得《定风波·破萼初惊一点红》。

49. ABBAA；CCAAA.—例：张先《醉垂鞭·酒面滟金鱼》。

50. AAABBCB；AAADDED.—例：佚名《折红英·风摇动》。

51. AAABBCBDDDEEFE；GGGHHIHJJKKLK.— 例：贺铸《小梅花·城下路》。

这些形式以外，还存在其他的形式，例如暗韵（隐藏的韵），雌韵（女韵），福唐独木桥体（独韵）。

暗韵是准押韵位于一个词句中间的形式，这种形式常见于词牌《霜叶飞》[1]和《木兰花慢》[2]中。

在女韵中，一个词句的倒数第二个字押韵。这种用法比较稀少。辛弃疾的《水龙吟·听兮清佩琼瑶些》和蒋捷的《水龙吟·醉兮琼瀣浮觞些》都是很好的例子。

独韵就是整首词用一个韵脚（押同一个韵）。黄庭坚[3]、刘克庄[4]、蒋捷[5]等词人经常使用独韵。

第四节　词的修辞

关于词的修辞，我们将从词句的结构、词语和思想的修辞以及诗性的语言几方面进行研究。

每首词都由不规则长度的词句组成。每种类型的词句

---

〔1〕在周邦彦《霜叶飞·露迷衰草疏星挂》和吴文英《霜叶飞·断烟离绪关心事》两首词中，上片第一句的第四个字（“草”和“绪”）与同一片第二句的最后一个字（“表”和“树”）押韵。

〔2〕在周密的作品《木兰花慢·恰芳菲梦醒》和吕渭川的《木兰花慢·朝天门外路》中，上片第七句的第二个字与下片第一句和第七句的第二个字押韵。

〔3〕参阅黄庭坚《瑞鹤仙·环滁皆山也》。

〔4〕参阅刘克庄《转调二郎神·抽还手版》《转调二郎神·黄粱梦觉》《转调二郎神·一筇两屦》《转调二郎神·近来塞上》《转调二郎神·人言官冗》等。

〔5〕参阅蒋捷《声声慢·黄花深巷》。

的结构有其特殊性，任何词人都应该尊重这一特殊性。在《词律》的前言中，万树已经给我们指明了这一点，但是不够全面。通过参阅其他名家的作品，我们发现以下形式更为常见：

1. 单字词句。——数量不允许改变。另外，这种形式相对来说很少见。我们只是在《十六字令》的第一句中见到过这种情况[1]。

2. 双字词句。——这种词句可以有两种形式：其中一种包括两个不同的汉字[2]；另一种是重复同一个汉字[3]。

3. 三字词句。——我们知道，一个包含两个以上汉字的词句通常被分成两部分，并且在第一部分结尾处会有一个停顿。在一个三字词句中，有三种可能的形式。第一种形式只包含一个重复的单一汉字[4]，另外两种形式根据停顿的位置被称为“一二”结构[5]和“二一”结构[6]。

4. 四字词句。——有三种书写方式：第一种是“一三”

---

〔1〕例如蔡伸的《十六字令·天》和张孝祥的《十六字令·归》。

〔2〕例如欧阳炯《南乡子·岸远沙平》第四句和王沂孙《无闷·阴积龙荒》下片第一句。

〔3〕参照苏轼《南乡子·霜降水痕收》上下片第四句以及李清照《凤凰台上忆吹箫·香冷金猊》下片第一句。

〔4〕参照陆游《钗头凤·红酥手》上片最后一句和下片最后一句，以及无名作者《玉珑璁·城南路》的相同的词句。

〔5〕例如，寇准《江南春·波渺渺》的前两句：“波渺渺”（波浪遥远），“柳依依”（柳树有情）。

〔6〕参照温庭筠《望江南·梳洗罢》的第一句和辛弃疾《锦帐春·春色难留》上片最后一句。

结构[1]；第二种是“二二”结构[2]；最后一种是两个汉字，每个汉字各重复一次[3]。

5. 五字词句。——有三种结构形式：“一四”结构[4]，即停顿出现在第一个字的后边；“二三”结构[5]，停顿紧跟着第二个字；“三二”结构[6]，停顿在第三个字后边。

6. 六字词句。——根据停顿的位置，有“二四”结构[7]，“三三”结构[8]，以及“四二”结构[9]。

7. 七字词句。——同样也有三种形式：“二五”结构[10]，

---

〔1〕参照辛弃疾《水龙吟·楚天千里清秋》下片最后一句以及孙光宪《风流子·茅舍槿篱溪曲》第六句。

〔2〕参照欧阳炯《南乡子·嫩草如烟》第一句以及顾敻《河传·曲槛》的第二句和第三句。

〔3〕参照冯延巳《调笑·春色春色》（译注：应为“调笑令”）第一句和第五句以及曹元宠《如梦令·门外绿阴千顷》第五句。

〔4〕参照蒋捷《木兰花慢·傍池阑倚遍》下片第一句和姜夔《惜红衣·簟枕邀凉》上片最后一句。

〔5〕参照方巨山（方岳）《水调歌头·秋雨一何碧》上片前两句和赵令畤《锦堂春·楼上萦帘飞絮》（译注：应为“楼上萦帘弱絮”）下片的最后一句。

〔6〕参照周密《疏影·冰条木叶》下片第二句和秦观《一落索·杨花终日空飞舞》上片第二句。

〔7〕参照和凝《望梅·春草全无消息》前两句和孙光宪《何满子·冠剑不随君去》前两句。

〔8〕参照牛峤《水晶帘·极浦烟消水鸟飞》最后一句和徐俯《百尺楼·胸中千种愁》下片最后一句。

〔9〕参照苏轼《西江月·照野弥弥浅浪》下片最后一句和朱敦儒《杏花天·浅春庭院东风晓》下片最后一句。

〔10〕参照晏殊《踏莎行·小径红稀》上下片的最后两句以及张先《玉连环·来时露裛衣香润》上片第一句。

“三四”结构[1]和“四三”结构[2]。这些结构也都根据停顿的位置进行划分。

8. 八字词句。——这类词句有四种书写方式:“一七”结构[3],“二六”结构[4],“三五”结构[5]和“五三”结构[6]。

9. 九字词句。——这类词句也有四种结构:“三六”结构[7],“四五”结构[8],“五四”结构[9]和“六三”结构[10]。

10. 十字词句。——根据停顿的位置,同样分为四种

[1] 参照刘过《唐多令·芦叶满汀洲》上下片的第三句以及王安石《桂枝香·登临送目》下片第一句。

[2] 参照柳永《蝶恋花·伫倚危楼风细细》上片第一句和第四句以及朱敦儒《鹧鸪天·我是清都山水郎》下片最后一句。

[3] 参照蔡伸《侍香金童·宝马行春》上片第三句以及柳永《过涧歇·淮楚旷望极千里》下片第二句。

[4] 参照欧阳修《越溪春·三月十三寒食日》下片第三句以及晁叔用《传言玉女·一夜东风》下片最后一句。

[5] 参照宋祁《锦缠道·燕子呢喃》下片第三句以及辛弃疾《寻芳草·有得许多泪》下片第三句。

[6] 参照姜夔《淡黄柳·空城晓角》下片第五句以及辛弃疾《一枝花·千丈擎天手》上片第二句。

[7] 参照韩驹《念奴娇·海天向晓》(译注:应为“海天向晚”)上片第四句以及吴文英《西子妆·流水曲尘》下片最后一句。

[8] 参照辛弃疾《江城子·一川松竹任欹斜》(译注:应为“一川松竹任横斜”)上下片第四句以及周邦彦《解蹀躞·候馆丹枫吹尽》下片第四句。

[9] 参照赵鼎臣《念奴娇·旧游何处》上片第五句和冯寿伟(译注:应为冯伟寿)《春云怨·春风恶劣》上片第二句。

[10] 参照周邦彦《六丑·正单衣试酒》下片第三句以及康与之《江城梅花引·娟娟霜月冷浸门》(译注:应为“娟娟霜月冷侵门”)下片第六句。

结构:“一九”结构[1]，“三七”结构[2]，“四六”结构[3]和“六四”结构[4]。

因为词句中的顿挫，也就是停顿的位置，是绝对不能变动的，所以，虽然这种列举非常单调，但我们并没有省略。我们不能把一句“四三”结构的词句写成“二五”结构，也不能够将“二二”结构的词句写成“一三”结构。

另外，还存在两种特殊的结构。一种是对称词句，无论是从声调还是从汉字的意义上看都是对称的。词牌《南歌子》[5]《女冠子》[6]《鹧鸪天》[7]《永遇乐》[8]《满庭芳》[9]

---

〔1〕参照柳永《倾杯·禁漏花深》(译注：应为“倾杯乐”)下片最后一句和周邦彦《女冠子·同云密布》下片第二句。

〔2〕参照辛弃疾《上西平·九衢中》上片最后一句和江纬《向湖边·退处乡关》下片第七句。

〔3〕参照僧仲殊《新荷叶·雨过回塘》下片第三句以及周邦彦(译注：一说作者为无名氏)《百字谣·太真姑女》下片最后一句。

〔4〕参照朱敦儒《念奴娇·别离情绪》上片最后一句和徐干臣《二郎神·闷来弹鹊》上片第四句。

〔5〕参照温庭筠《南歌子·手里金鹦鹉》前两句和张泌《南歌子·柳色遮楼暗》前两句。

〔6〕参照韦庄《女冠子·四月十七》上片最后两句和下片前两句以及薛昭蕴《女冠子·求仙去也》上片最后两句和下片前两句。

〔7〕参照晏几道《鹧鸪天·彩袖殷勤捧玉钟》上片最后两句和秦观《鹧鸪天·枝上流莺和泪闻》上片最后两句。

〔8〕参照解昉《永遇乐·风暖莺娇》前几句和李清照《永遇乐·落日熔金》前几句。

〔9〕参照秦观《满庭芳·山抹微云》和周邦彦《满庭芳·风老莺雏》的相同几句。

《绮罗香》[1]等中可以找到这样的例子。另一种是重复词句，主要见于词牌《荷叶杯》[2]和《一剪梅》[3]中。

接下来，我们将考察词人们最常使用的语言修辞和思想修辞。对于语言修辞，通常有以下八种：

1. 倒置。——这种修辞颠倒词语的自然顺序。例如，李存勖《一叶落·一叶落》最后一句[4]和辛弃疾《清平乐·绕床饥鼠》第一句[5]。

2. 反复。——这种修辞是用来强调事实或者刻画感情。例如，李清照《添字采桑子 · 窗前谁种芭蕉树》上下片的第二句和第三句[6]以及朱敦儒《柳梢青 · 红分翠别》的最后三句[7]。

3. 借喻。——这种修辞在思维上是一种完整的比喻，但在语言中被省略了主体和喻词。例如，姜夔《踏莎行·燕

---

〔1〕参照史达祖《绮罗香·做冷欺花》上片第一、第二、第六和第七句；下片第六和第七句以及张炎《绮罗香 · 候馆灯深》（译注：应为“候馆深灯”）同一些句子。

〔2〕参照顾敻《荷叶杯·一去又乖音信》（译注：应为“一去又乖期信”）《荷叶杯 · 春尽小庭花落》最后两句。

〔3〕参照辛弃疾《一剪梅 · 近来愁似天来大》（译注：应为“丑奴儿”）上片和下片的第二句和第三句。

〔4〕“往事思量着”。

〔5〕“绕床饥鼠”。

〔6〕上片中，二三句重复“绿满中庭”，下片中，二三句重复“点滴凄清”。

〔7〕“心下难弃，眼前难觅，口头难说。”这三句中，“难”字使用了三次。

燕轻盈》上片前两句[1]和黄庭坚[2]《好女儿·春去几时还》上片最后一句[3]。

4. 比兴 allégorie。——比兴只是一种持续的比喻。例如，朱敦儒《桃源忆故人·飘萧我是孤飞雁》[4]和刘克庄《贺新郎·妾出于微贱》[5]。

5. 比拟。——对于一种观念而言，语言中找不到表达这种观念的词语，因此需要使用比拟这种比喻修辞。例如，温庭筠《更漏子·玉炉香》上片第二句[6]和秦观《满庭芳·晓色云开》上片第六句[7]。

6. 代换。——这种修辞是使用一个普通名词代替专有名词，或使用一个专有名词代替普通名词。例如，辛弃疾《贺新郎·绿树听鹈鴂》下片第一句[8]和周邦彦《苏幕遮·燎沉香》下片第四句[9]。

7. 提喻。——这是借喻的一种，用局部代替整体或者用整体代替局部。例如，温庭筠《望江南·梳洗罢》第三

---

〔1〕作者用“燕”和“莺”二词借指漂亮的女性。

〔2〕译注：应为张先。

〔3〕作者用雪借指梨花。

〔4〕作者自比作野雁。

〔5〕作者自比作贞洁的歌女。

〔6〕作者用“泪”字指称融化流淌的蜡烛。

〔7〕译注：作者用“钱”字指称榆树的种子。

〔8〕“将军百战身名裂”：普通名词将军指的是汉代的李陵将军。

〔9〕“久作长安旅”：专有名词“长安”（西汉和唐朝都城）泛指都城。

句[1]；刘克庄《贺新郎·北望神州路》下片第一句[2]；周邦彦《蓦山溪·楼前疏柳》下片第三句[3]以及张先《菩萨蛮·佳人学得平阳曲》上片第二句[4]。

8. 借代。——这种修辞是用一种事物的名称代指另一个事物。例如，晏殊《浣溪沙·宿酒残醒厌玉卮》上片第一句[5]和韦庄《菩萨蛮·如今却忆江南乐》上片最后一句[6]。

关于思想修辞，同样存在八种类型，以下是我们从一些著名作家那儿挑选的例子。

1. 对比。——这是将不同观念对立起来的修辞手法。例如，冯延巳《蝶恋花·几度凤楼同饮宴》下片最后一句[7]和张炎《高阳台·接叶巢莺》上片最后两句[8]。

2. 影射。——这是一种用表达出的观点唤起没有表达

〔1〕“过尽千帆皆不是”：“帆”字指的是船，局部代指整体。

〔2〕“两河萧瑟惟狐兔”：“狐”和“兔”二字泛指哺乳动物（以物种泛指类群）。

〔3〕“十载却归来”：“十载”泛指任意一段时间（用确定的一段时间指代不确定的一段时间）。

〔4〕“纤纤玉笋横孤竹”：汉字“竹”指笛子，用做笛子的材料竹子指代笛子。

〔5〕“宿酒残醒厌玉卮”（译注：应为“宿酒才醒厌玉卮”）：作者用玉卮指代酒。这是用容器指代内容的一个例子。

〔6〕“满楼红袖招”：作者用红袖指称女子。这是用“符号”代指被指之物（人）。

〔7〕“阳关一曲肠千断”：这儿作者将“一（次）曲”和“千（次）断”对照。

〔8〕“万绿西泠，一抹荒烟”：这儿作者对比西泠的两种形态：以前万棵绿树，如今一抹荒烟。

的观点的修辞。例如，辛弃疾《贺新郎·绿树听鹈鴂》[1]和姜夔《疏影 · 苔枝缀玉》[2]。

3. 比较。——这种修辞是对比两个本来在很多方面或者某一方面相似的事物。例如，冯延巳《蝶恋花 · 萧索清秋珠泪坠》上片最后一句[3]以及辛弃疾《沁园春·叠嶂西驰》下片前九句[4]。

4. 列举。——这种修辞把一个整体分成各个不同的部分，并将它们相继列举出来。例如，辛弃疾《清平乐 · 茅檐低小》下片[5]和朱敦儒《念奴娇 · 老来可喜》下片第四句和第五句[6]。

5. 层递。——这种修辞手法用于介绍在一系列递升或递降的观念中的思想的发展。例如，蒋捷《虞美人 · 少年

---

〔1〕这首词影射了王嫱、汉代陈皇后、卫国庄姜夫人、李陵将军以及刺客荆轲。

〔2〕这首词影射了王嫱、南朝宋寿阳公主等。

〔3〕“月明如练天如水”：这儿被指称的事物是“月”和“天”，用到的术语是“练”（白绢）和“水”。

〔4〕“争先见面重重，看爽气朝来三四峰。似谢家子弟，衣冠磊落；相如庭户，车骑雍容。我觉其间，雄深雅健，如对文章太史公。”这儿被指称的事物是“三四峰”（由三四座山峰的整体），用到的专门用语是“谢家子弟（贵族谢家的成员）”“相如庭户（大作家司马相如的客人）”及“文章太史公（著名史学家司马迁的作品）”。

〔5〕“大儿锄豆溪东。中儿正织鸡笼。最喜小儿亡赖，溪头卧剥莲蓬。”词人列举了一个农夫的三个儿子：老大耕地，老二织鸡笼，老三溪边玩耍。

〔6〕“也不蕲仙不佞佛，不学栖栖孔子。”

听雨歌楼上》[1]及欧阳修《玉楼春·别后不知君远近》上片第三句[2]。

6. 对话。——这种修辞只有两个人物之间的对话，目的是更好地展现人物的情感。例如，刘克庄《沁园春·剥啄谁欤》[3]和《念奴娇·小孙盘问》[4]。

7. 夸张。——这种修辞为了更好地表达一个观念而将其夸大。例如，辛弃疾《沁园春·叠嶂西驰》上片第十句[5]和陆游《好事近·挥袖上西峰》第一句[6]。

8. 拟人。——这种修辞赋予无生命之物、不在场者、死者等生命和话语。例如，辛弃疾《沁园春·杯汝来前》[7]和刘过《沁园春·斗酒彘肩》[8]。

最后，我们将关注那些只是在诗歌，特别是在词中用到的字词和短语。这些字词和短语的特殊意义应该被所有作者和读者所理解。下面就列举词人们最常用到的一些例子：

1. 或（再，也，还，同样）[9]。

---

〔1〕作者首先讲少年，然后讲中年，最后讲老年。

〔2〕“渐行渐远渐无书”：（我的爱人）离开，越来越远，没有给我任何消息。

〔3〕来访者和看门人之间的对话。

〔4〕对话发生在祖父和孙子之间。

〔5〕“检校长身十万松”：毫无疑问“十万松”被夸大了。

〔6〕“孤绝去天无尺”：诗人夸大山的高度，说山与天之间的距离不到一尺。

〔7〕词人赋予酒杯生命和话语。

〔8〕词人让已经逝去的白居易、林逋和苏轼开口说话。

〔9〕参照秦观《水龙吟·小楼连苑横空》和《阮郎归·湘天风雨破寒初》。

2. 漫（真的）[1]。

3. 争（如何？）[2]。

4. 怎（如何？）[3]。

5. 浑（完全地）[4]。

6. 却（但是，相反）[5]。

7. 生（强烈地）[6]。

8. 底事（为什么？）[7]

9. 无端（突然地、没有理由地）[8]。

10. 见说（听说）[9]。

我们相信，已经为那些希望创作或者阅读词的人提供了所有必要的信息。自然地，我们并不奢望对这种诗歌体裁的技法做出全面的论述，而只是期待后续内容的阅读更加简便。

---

〔1〕参照姜夔《探春慢·衰草愁烟》和詹玉《霓裳中序第一·一规古蟾魄》。

〔2〕参照张先《恨春迟·欲借红梅荐饮》和姜夔《百宜娇·看垂杨迷苑》（译注：应为“看垂杨连苑”）。

〔3〕参照王沂孙《高阳台·残雪庭阴》和张炎《绮罗香·候馆灯深》。

〔4〕参照冯延巳《蝶恋花·萧索清秋珠泪坠》和张炎《三姝媚·芙蓉城伴侣》。

〔5〕参照欧阳修《梁州令·翠树芳条飐》和张先《木兰花·青钱贴水萍无数》。

〔6〕参照欧阳修《风流子·东风吹碧草》和周邦彦《丹凤吟·迤逦春光无赖》。

〔7〕参照陆游《柳梢青·十载江湖》和张炎《壶中天·扬舲万里》。

〔8〕参照张炎《国香·莺柳烟堤》和《台城路·十年前事》。

〔9〕参照张炎《高阳台·接叶巢莺》和《台城路·十年前事》。

第二章　词的产生

在展示了词的技法之后，我们继而研究词的历史。词的历史可以被划分为四个时期：产生、繁荣、衰落和中兴。首先，我们关注从八世纪中期到十世纪中期这一阶段内词的产生。

第一节　词的起源

词这种诗歌体裁是如何产生的呢？这个问题前辈学者们已经研究讨论过。在彭孙遹的《词统源流》，徐釚《词苑从谈》等著作中，我们可以读到各种不同的观点。然而，这些观点实则未尽周全。我们需要找到一种新的解释。为此，我们将从两个视角进行探讨：音乐的视角和文学的视角。

首先考察音乐方面。从四世纪初期到七世纪中期，外族音乐输入中国，并且引起了中国音乐上的变化。这一引进是通过战争[1]、国际贸易、宗教宣传和不同民族间的通婚实现的。这样，在隋朝（589—617）以及在唐朝初期（七世纪），不论是贵族还是平民，所有的人都痴迷于新的音乐，几乎无人欣赏旧的音乐了[2]。

然后我们进入文学的视角。在唐朝，大部分歌曲都是“律诗”和“绝句”[3]。这些歌曲与外来音乐完全不匹配，然而，当时盛行的是外来音乐。律诗和绝句来源于南朝的诗歌，它们的创作手法非常特殊，绝对不允许有任何变化；可外来音乐是不规律的，总是处于变化之中[4]。如何将这两种完全不同的事物和谐地融合到一起？唯一的方法是为规律的诗词加入一些“泛声”[5]，让其变得和外来音乐一样不规律。更晚时，诗人直接根据这些词牌进行创作，这样创作出来的新的歌曲被称为“词”。

那么，这种新体裁的第一首作品是何时出现的？我们的首要任务是排除掉那些不可靠的作品。

杨广，即隋朝皇帝炀帝，他的八首《望江南》是最古

---

〔1〕参阅《隋书·乐志》和《旧唐书·音乐志》等。

〔2〕参阅《隋书·乐志》《新唐书·宋务光传》和《册府元龟》，第570卷等。

〔3〕参阅 胡仔《苕溪渔隐丛话》。需要注意的是律诗有八句，绝句有四句。每句包含或五个或七个汉字。

〔4〕根据《隋书·乐志》，音乐体系迟早都会发生变化。

〔5〕例如，如果词牌要求词的第一句含有八个字，然而这个词句只有七个字，这种情况下添加一个字进行协调。被添加的字叫做“泛声”（朱熹），或“虚声”（胡仔），或“散声”（方成培），或“和声”（《全唐诗》）。

老的一批伪词。我们可以在韩偓的传奇小说《海山记》中读到这些词。据《海山记》记载，隋炀帝下令建造“西苑”并挖掘了五个湖。这八首词的创作目的都是赞美那里的旖旎风光及其奢华的生活。如果《海山记》的记载属实，词大概是产生于七世纪初期。不过，《海山记》的可信度并不高，因为韩偓从来没有撰写过任何一部传奇小说[1]。词牌《望江南》最早由唐代政治家李德裕[2]创造。那杨广是如何能够创作出这些作品的呢？另外，唐代诗人使用这个词牌进行创作时，创作出的作品只有一片。该词牌被写成两片是从宋代才开始。很难想象隋炀帝会按照宋代的方式进行创作。

也有人认为《好时光》这首词是由唐朝玄宗皇帝李隆基创作的。尽管这首词收录在最早的词选之一的《尊前集》中，但我们却不能凭此认为它就是最早有记载的词。其措辞非常规整，因此，这是一首诗（真正意义上的诗），而不是一首词[3]。郭绍孔甚至说它压根儿就不是玄宗皇帝的作品[4]。

李白创作了很多词：两首《桂殿秋》，两首《连理枝》，三首《菩萨蛮》，一首《忆秦娥》，五首《清平乐》。李白

〔1〕 参阅鲁迅先生的《稗边小缀》。
〔2〕 参阅段安节《乐府杂录》。
〔3〕 参照刘毓盘《词史》，第 17 页。
〔4〕 引自毛先舒《填词名解》。

的词要比杨广和李隆基的词的知名度更高，被视为词的开山之作。但是，许多学者指出这些词也并非由李白本人所作[1]。例如，词牌《菩萨蛮》是唐朝宣宗皇帝统治初期（847—859）[2]由乐工发明的，这样李白便不可能在一个世纪以前就根据这个词牌填出了这些词句。

因此，我们支持公元750年之前不存在真正的词的说法。词这种新的体裁是在公元750年左右出现的。

第二节　唐代的词

接下来我们将研究词的真正开创者：颜真卿、张松龄、张志和、陆羽、徐士衡、李成矩、顾况、戴叔伦、韦应物、王建、刘禹锡、白居易、柳宗元和南卓。[3]鉴于颜、陆、徐、李、柳和南的作品久已亡佚不传，我们在此将只研究另外八位词人。

张松龄和张志和是亲兄弟，金华人。哥哥张松龄的生

---

〔1〕尤其是苏鹗（参照其《杜阳杂编》），胡仔（参照前文引用的著作），胡应麟（参照其《少室山房笔丛》），王琦（参照其《〈李太白全集〉辑注》），况周仪（颐）（参照其《蕙风词话》），胡适先生（参照他的《词选》附录，第2页）。

〔2〕参阅《杜阳杂编》。

〔3〕参阅张棣（译注：应为张宗棣）《词林纪事》、曹元忠《〈金奁集〉跋》等。

平鲜为人知。我们仅仅知道他在浦阳县做官。弟弟张志和，字子同，生于730年左右，卒于810年左右。在经历了几年的政治生涯后，他放浪江湖，尤其钟爱渔父的生活。兄弟二人共创作了六首《渔父》[1]。其中，哥哥张松龄的那首非常蹩脚，而弟弟张志和的那些词则好很多，尤其是首句为“西塞山前白鹭飞”的那首尤其出色。张志和创作的词形式清晰，情感高尚，影响颇为深远[2]。

顾况，字逋翁，海盐县人。他于757年进士及第，被节度使韩滉召为判官[3]，后得到好友，政治家李泌的力荐，入为著作郎[4]。李泌死后，他便被贬，晚年隐居茅山，直到820年左右与世长辞。在他的词中，只有《渔父吟》留存了下来。这首词和张志和的词是同一个主题，只是没有后者那般成功。

戴叔伦，金坛人，字幼公，任抚州刺史。他能力超群，深受唐德宗皇帝的赏识。戴叔伦卒于789年，终年57岁。他的《调笑令》用一种动人的方式抒发了边地戍卒的哀怨情绪。

韦应物，长安人，出生于贵族家庭。他的青年时期是在唐玄宗皇帝的宫廷里度过的。接近壮年时，他被任命为

---

〔1〕《全唐词选》几乎收录了所有宋代之前创作的词。
〔2〕在他的模仿者中，我们特别列举李珣、孙光宪、李煜、苏轼、黄庭坚等。
〔3〕地方长官的僚属。
〔4〕负责编修国史的官名。

京兆府功曹[1]，几年后，他做了户县县令，后成为苏州刺史。他于830年前后去世，终年90余岁。韦应物的两首《调笑令》[2]非常有名。他也在词中歌唱边地戍卒，取得了和戴叔伦的那首《调笑令》一样的成功。

王建，字仲初，颍川人，775年考中进士，后来做过渭南尉[3]、秘书丞[4]及陕州司马[5]等。他于835年前后去世。在其四首《调笑令》中，后宫佳丽和侍女的生活是激发他灵感的唯一主题。他呈现给我们的是取自于现实的生活图景。代表作是首句为“团扇团扇”的那首。

刘禹锡，生于彭城，字梦得。他一生动荡，于793年进士及第，历任监察御史[6]和度支员外郎[7]，后来被流放到偏远落后的地区，例如播州、连州等。841年左右，他被任命为礼部尚书，但不久之后，在70岁时就去世了（772—842）。在胡适先生[8]看来，刘禹锡一生只创作了两首《忆江南》。作者在这两首词中抒发了自己对于春天的热爱，不足之处是写作方式较为平庸。

白居易，下邽人，字乐天，晚年时期，用香山居士为

---

〔1〕为刺史的主要佐吏。主管公共教育、礼仪等。

〔2〕他也创作了两首《三台》，更像诗而非词。（参照《词选》附录，第4页）

〔3〕负责犯罪和监狱的官员。

〔4〕档案部官员。

〔5〕刺史的辅官。

〔6〕负责监察的官员。

〔7〕财务部官员。

〔8〕同前文所引，第4页。

号。白居易自幼聪慧，早年中进士，26岁就成为校书郎[1]，后又历任知制诰[2]和刑部侍郎[3]，最后封为冯翊县侯。他于846年去世，终年74岁。白居易给我们留下了九首词。不过，真正由他本人创作的词只有三首《忆江南》[4]。正如题目所示，这些词都是歌咏白居易对南方的回忆。被吟诵最多的是首句为“江南好，风景旧曾谙”的那首。

之后，词坛大师温庭筠出现。

温庭筠（820？－870？），太原人，是唐朝初期著名的政治家温大临（唐初宰相）的后裔。他字飞卿，又被叫做“八叉”[5]。温庭筠幼年时就表现出极强的天赋，很早就和同时代的大诗人李商隐齐名。但他屡试不第，只是被辟为节度使徐商的巡官[6]，亦担任过方城尉，最终卒于方城。

温庭筠恃才放旷，整日和一些风流浪子一起纵酒玩乐。当时的文人都不欣赏他。他所有的悲惨遭遇也源于此。

他的词被收录在《握兰集》和《金荃集》两部词集中。遗憾的是这两部集子都散佚已久。只有其中六十几首词被保存至今。

---

〔1〕档案部官员。

〔2〕皇家秘书。

〔3〕刑部副长官。

〔4〕参见《词选》附录，第3页；吴梅先生《词学通论》，第63页。

〔5〕八叉的意思是双手交叉八次。就是说他能在做这个动作的时间内迅速写出一首诗。

〔6〕节度使的辅官。

追求风格是作者的优点，同时也是他的不足。我们经常着迷于温庭筠用词的华丽，但是有时又厌倦它们的晦涩。他的那些最负盛名的词都是如此这般，例如，《归国遥·香玉》《南歌子·脸上金霞细》《菩萨蛮·水精帘里颇黎枕》《酒泉子·楚女不归》等。其中，《更漏子》和《诉衷情》因不那么晦涩而被认为是最好的：

梧桐树，
三更雨，
不道离情正苦。
一叶叶，
一声声，
空阶滴到明。　（《更漏子》）

莺语，
花舞，
春昼午。
雨霏微。
……
辽阳音信稀，
梦中归。　（《诉衷情》）

尽管温庭筠的词作晦涩，但他仍然是所有深耕词作的创作者中最伟大的先驱。他只专注于词的创作，他的先辈们，如张志和、白居易等，都更加注重诗（本义上的诗歌）的创作，他们的词作都只是出现在诗集末尾的附录中。而温庭筠则著有两部专门的词集。

他也创造了很多的词牌，例如《归国遥》《定西番》《南歌子》《河渎神》《遐方怨》《诉衷情》《思帝乡》《河传》等。[1]

温庭筠的影响十分巨大：十世纪上半期，模仿他的词人不计其数。

他同时代的词人里，词作被保存下来的有段成式、张希复、郑符、皇甫松、司空图、韩偓和李晔。前三位词人没那么重要，我们在此将只研究后边的四位。

皇甫松，字子奇，新安人。他的生平鲜为人知。在他保存至今的词作中，两首《望江南》最具代表性。这两首词描述了作者的梦境，梦里他见到了江南绮丽的景致。直到今天，我们仍然对这两首词清新的表达和雅致的风格赞赏不已。

司空图，虞乡人，字表圣。他于869年考中进士。在担任礼部郎中[2]、知制诰等职务之后，他归隐中条山王官谷。唐朝覆灭后，梁太祖皇帝封他为朝廷重臣。为表对唐

〔1〕参阅刘毓盘《词史》，第20页，以及吴梅先生《词学通论》，第65页。
〔2〕礼部长官。

朝的衷心，他拒绝了这个册封，并于908年自杀身亡，时年71岁。在他所有的词中，只保留下了一首《酒泉子》。这首词创作于作者晚年时，其中流露出悲观的情感，但是风格却十分雅致。

韩偓，号致尧，京兆万年人，889年进士及第，担任过左拾遗〔1〕、兵部侍郎〔2〕等官职。彼时掌权的是朱全忠。韩偓因不肯依附于梁王朱全忠，被贬为濮州司马。十世纪初，他前往闽国，晚年栖止于此。纵观他所有的词作，《生查子·侍女动妆奁》是名气最大的一首。他在这首词中颇具匠心地为我们描绘了一位忧郁又矜贵的女郎。

李晔，唐昭宗皇帝，是唐懿宗皇帝的第七个儿子。他在唐朝灭亡前夕登上皇位，这就导致他的整个一生都很灰暗。他先是被关押，后被迫逃到凤翔，最后37岁（867—904）时被朱全忠杀死。李晔流传下来的词中只有两首《菩萨蛮》是由他本人所写〔3〕。作者在其中描写了自己的不幸，读者在阅读后总是心绪难平，尤其是《菩萨蛮·登楼遥望秦宫殿》更加令人唏嘘不已。

另外，我们也不应该忘记这个时期的那些无名作者的作品。他们的词作分成两组：一组收于《金奁集》中，另一组于1907年在敦煌的千佛洞中被发现。

---

〔1〕皇家谏官。

〔2〕兵部副部长。

〔3〕两首《巫山一段云》由一个宫女所写。

第一组有15首作品，其题目都是《渔父》，很可能是由张志和的朋友们所写[1]。和张志和的作品一样，他的朋友们也是用简单的文风歌颂渔父的生活。从文学的角度看，这些作品也同样非常成功。我们一起欣赏下面的这首：

残霞返照四山明。
云起云收阴复晴。
风脚动，
浪头生。
听取虚篷夜雨。

第二组由朱孝臧[2]和罗振玉先生[3]发表，共计24首。根据朱孝臧[4]和刘毓盘[5]的观点，这些词都是唐代的作品，而且很可能并非由文人创作。虽然作品的风格欠雅致，但其中包含的情感却是深挚感人的。

征夫数载，
萍寄他邦。

---

〔1〕参阅朱孝臧所写《金奁集》序言。
〔2〕在他的《彊村丛书》中。
〔3〕在他的《敦煌零拾》中。
〔4〕参阅他所写《云谣集杂曲子》序言。
〔5〕参阅他的《词史》，第21页。

去便无消息，
累换星霜。
月下愁听砧杵起，
寒雁南行。
孤眠鸾帐里，
枉劳魂梦，
夜夜飞扬。
想君薄行，
更不思量。
谁为传书与？
表妾衷肠。
倚牖无言垂血泪，
暗祝三光〔1〕。
万般无奈处，
一炉香尽，
又更添香。　　（《凤归云》）

〔1〕即太阳、月亮和星星。

第三节　五代的词

唐朝灭亡之后进入五代时期，分别是后梁[1]、后唐[2]、后晋[3]、后汉[4]和后周[5]。从文学角度看，这几个朝代的重要性微乎其微。只有四位词人的词作流传了下来，他们是李存勖、毛文锡、牛希济与和凝。

李存勖，后唐庄宗皇帝，晋王李克用的长子。他年轻时骁勇善战，908 年袭任晋王。15 年后，他灭掉后梁称帝，926 年被叛军杀死。真正由他创作的词只有《阳台梦》《如梦令》和《一叶落》[6]。《一叶落》凭借其简洁的表达、真挚的情感，当之无愧地成为他的代表作。

毛文锡，字平珪，生于南阳，进士及第。唐朝时期，他在前蜀国做过司徒[7]。前蜀被后唐灭掉后，他入后唐，被任

〔1〕 907 年由朱全忠建立，923 年被后唐推翻。

〔2〕 932 年由李存勖建立，936 年被后晋推翻。

〔3〕 936 年由石敬瑭建立，946 年被契丹（东方蛮族）推翻。

〔4〕 947 年刘知远建立，950 年被后周推翻。

〔5〕 950 年郭威建立，960 年被宋推翻。

〔6〕 人们还认为他创作了《歌头》。但吴梅先生认为该词由后来的一位歌者所写。见他的《词学通论》，第 68 页。

〔7〕 相当于总理。

命为内廷供奉[1]。他创作了三十几首词。但实事求是地说，这些词都很平庸，灵感也很匮乏，不过《醉花间·休相问》《虞美人·宝檀金缕鸳鸯枕》和《更漏子·春夜阑》除外。

牛希济，词人牛峤[2]的侄子，陇西人。他在前蜀国官至御史中丞[3]，后唐时，成为雍州节度副使。他的词被保留下来的有十几首。这些词的价值在于其形式的清疏。《生查子·春山烟欲敛》[4]就是一个很好的例子。

和凝，又称曲子相公[5]，生于郓州，字成绩。他有幸经历了五代中的每一个朝代。917 年，后梁皇帝将他纳为进士，在后唐和后晋接连担任知制诰和宰相[6]。在后汉时期，他受封鲁国公，最终后周皇帝追封他为侍中[7]。他的词集《红叶稿》现在已经失传[8]。刘毓盘收录了和凝的三十多首作品。从文学的角度看，这些词多为艳曲，格调卑下，风格浮夸，价值不高，正如我们读到的《临江仙·披袍窣地红宫锦》和《小重山·春入神京万木芳》等。

---

〔1〕宫廷中职责不确定的侍臣，主要是官方诗（词）人。
〔2〕见本研究牛峤部分。
〔3〕监察官员长官。
〔4〕译注：应为“春山烟欲收”。
〔5〕意指擅长写曲的宰相。（参阅《古今词话》）
〔6〕相当于总理。
〔7〕朝廷重臣。
〔8〕该集子被保存在学者杜文澜家中直至清朝末年。

第四节　十国的词

众所周知，五代的领土非常狭窄。与五代并立的，还有十国，分别是前蜀[1]、后蜀[2]、吴[3]、南唐[4]、荆南[5]、南汉[6]、北汉[7]、吴越[8]、楚[9]、闽[10]。正是在这一时期，词的创作走向繁荣。众多词人中，尤以韦庄、冯延巳和李煜最负盛名。

韦庄，字端己，杜陵人，唐代名相韦见素后代。虽然出生在贵族之家，他却生活在困顿之中。880 年，为参加科举考试，他居住在唐朝都城长安。也就是在那儿，他亲身经历了黄巢率领的农民起义军占领长安时兵荒马乱的局面。不过，对于韦庄而言，这却是个契机。三年之后，他流亡

---

〔1〕 908 年由王建建立，925 年被后唐灭亡。

〔2〕 934 年由孟知祥建立，965 年被宋灭亡。

〔3〕 919 年由杨行密建立，937 年被南唐灭亡。译注：902 年杨行密被封为吴王。

〔4〕 937 年由李昪建立，975 年被宋灭亡。

〔5〕 923 年由高季兴建立，963 年被宋灭亡。

〔6〕 917 年由刘岩建立，971 年被宋灭亡。

〔7〕 951 年由刘崇（刘旻）建立，979 年被宋灭亡。

〔8〕 907 年由钱镠建立，978 年被宋灭亡。

〔9〕 900 年前后由马殷建立，951 年被南唐灭亡。

〔10〕 909 年由王审知建立，945 年被南唐灭亡。

洛阳，将这段经历作为主题写出长篇叙事诗《秦妇吟》，因此一举成名，获得了“秦妇吟秀才”[1]的文学称号。

而后，因为中国北方动荡不安，韦庄和家人逃到南方避难，作为很多节度使府上的幕僚，他在南方旅居了十年左右。为了参加科举考试，他于 892 年左右返回长安。经历过一次失败后，894 年他再次参加科考并且取得了成功。之后，他出任校书郎。数年后，他奉命配合使者李珣入蜀。蜀国节度使王建封他为书记[2]。王建称帝之后，他升至宰相，前蜀所有的政治机构都是由他创设的。他于 910 年去世，终年 60 岁左右。

他的词被保存下来的有 50 余首。为了更深入地了解这些词的风格，我们需要将之分成三类：关于他在江南旅居的词，在蜀国创作的词以及其他的词。

韦庄的才能充分体现在第一类词中。五首《菩萨蛮》不仅可以被视为他的代表性作品，甚至可以算得上他那个时代最好的作品。词中描写的漂泊生活、情感经历及对于南方的向往让我们为之动容，而且这些词的表达疏朗质朴，情感浓烈真诚。例如：

人人尽说江南好，

---

〔1〕《秦妇吟》的作者是位才华出众的人物。
〔2〕 节度使秘书。

游人只合江南老。
春水碧于天，
画船听雨眠。
垆边人似月，
皓腕凝霜雪。
未老莫还乡，
还乡须断肠。

第二类词中，例如《荷叶杯·绝代佳人难得》《清平乐·何处游女》《河传·春晚风暖》和《河传·锦浦春女》等，作者没有刻画他本人的生活，而是更多描绘宫女的娇媚和浪子的疯狂。这时的风格变得有些造作。由于缺少灵感和真情实感，这些词表现得很颓废，没有给词人的声誉带来任何积极的影响。

第三类词是那些写作日期不明确的词。其中不乏风格各异的优秀词作，《女冠子》便是其中一首：

四月十七，
正是去年今日，
别君时。
忍泪佯低面，
含羞半敛眉。
不知魂已断，

空有梦相随。
除却天边月，
没人知。

总而言之，简洁清疏是韦庄词的主要特色。他以这样的方式为我们描绘了《谒金门·春雨足》中的美丽风景，《天仙子·金似衣裳玉似身》中的女性优雅以及《木兰花·独上小楼春欲暮》中的浓情蜜意。

与温庭筠齐名的韦庄影响了当时乃至后世的很多词人，例如李珣、薛昭蕴、孙光宪等。值得一提的是，冯延巳和李煜也受到他的影响。

韦庄去世前八年，伟大的词人冯延巳出生在广陵。冯延巳（903—960），字正中，其父冯令頵深受南唐开国君主李昪器重。冯延巳不仅在政治上才华横溢，文学上也颇有建树，他毛遂自荐，获得了李昪的赏识，被任命为秘书郎〔1〕。他与南唐中主李璟的友情笃深。得益于此，他相继担任了谏议大夫〔2〕、户部侍郎〔3〕等官职。之后，946年，他升为宰相。不久之后，被贬为太子少傅〔4〕。952年，冯延巳再一次被任命为宰相，直至生命的最后时刻。他在57岁

---

〔1〕档案部官员。
〔2〕皇家顾问。
〔3〕相当于财务部副部长。
〔4〕太子的老师。

时去世。

他的词集《阳春集》在宋朝初年就已失传。现在的版本由王鹏运编纂，只包含了119首词。事实上，其中有些词[1]由其他作者创作，特别是温庭筠、李煜、和凝、韦庄、牛峤、牛希济、薛昭蕴、顾敻、张泌、孙光宪等的作品较多。因此，冯延巳的作品只有不到100首。

从风格的角度来看，冯延巳的作品总是简洁明快。但是从他的词所饱含的情感角度来看，却又存在着细微的差别。据此，我们可以把他的词分成两类。

一些词作表达的情感是温柔的，就好似柔和温润的春风：

小堂深静无人到，
满院春风。
惆怅墙东，
一树樱桃带雨红。
愁心似醉兼如病，
欲语还慵。
日暮疏钟，
双燕归栖画阁中。　　（《采桑子》）

另一些词作揭露爱情的痛苦或赞颂牺牲的美好。这些

〔1〕 参阅先前的词选，例如《花间集》《尊前集》等。

作品中真挚而热烈的情感直击读者灵魂。

几度凤楼同饮宴，
此夕相逢，
却胜当时见。
低语前欢频转面，
双眉敛恨春山远。
蜡烛泪流羌笛怨，
偷整罗衣，
欲唱情犹懒。
醉里不辞金爵满，
阳关[1]一曲肠千断。（《蝶恋花》）

这两类词作中的每一类自然都有其价值。但在其他词人的作品中，我们很容易发现可与冯延巳的第一类词相媲美的作品，然而却找不到与第二类词匹敌的作品。因此，词人真正的代表作无疑存在于第二类词当中。

冯延巳的影响力要超过温庭筠和韦庄。宋朝初期，几乎所有的词人都模仿南唐的词，尤其是冯延巳的词。

在冯延巳同时代的词人中，最年轻最突出的当属南唐后主李煜。李煜出生于937年，字重光，是南唐中主李璟

---

〔1〕著名的离别曲。

的第六个儿子。他初封安定郡公和郑王，后于961年继承王位。15年之后，因为宋朝势力不断壮大，以及他自身的政治错误，李煜和亲信们沦为宋太宗皇帝的阶下囚，于978年中毒身亡。

仅仅研究李煜的政治生活，对于深入了解他的作品而言是不足够的。李煜是位主观性很强的词人：他的每一首词都深刻反映了他的人生经历，尤其是他的私生活。

李煜出身于贵族之家，同时也是艺术世家。他的父亲是我们后面要研究的那个世纪的著名词人之一。他的兄弟李从善和李从谦也为我们留下了一些词句。然而，李煜最大的快乐来自于他有位既美丽又聪慧的妻子。其妻谥号昭惠。正因如此，李煜在27岁之前一直过着非常幸福的生活。

可是，964年，灾难不期而至：他的妻子去世了。从那时起，李煜的人生变得暗淡起来。他对所有事情都失去了兴趣。他的那些遭遇只会让他更加痛苦。被俘入狱之后，除了物质上的贫穷，他还要承受数不尽的凌辱。“此中日夕以泪洗面”，他写道[1]。由此，我们不难想象他是多么悲伤。

不得不提的是，李煜只是位词人。除了文学，他对其他领域几乎一无所知，也对其他事情毫不关心。因此，他作为君主显得十分平庸，但作为词人却是不朽的。

现存的李煜词集，即刘毓盘所编的版本，为我们呈现

〔1〕《避暑漫钞》记载。

了他的 40 多首作品。但这只是他全部作品中的一小部分。为了更好地理解这些词，我们将其按时间顺序划分为三个时期。

创作于他的妻子去世前的那些词属于第一个时期。大约有 20 首，其中包括《菩萨蛮·花明月暗笼轻雾》《一斛珠·晚妆初过》《木兰花·晓妆初了明肌雪》等，这几首是他最为知名的作品。

因为作者在那个时期过着幸福的生活，作品主题大都是男欢女爱、女子的娇媚以及奢华的生活。

花明月暗笼轻雾，
今宵好向郎边去。
划袜步香阶，
手提金缕鞋。
画堂南畔见，
一晌偎人颤。
奴为出来难，
教君恣意怜。　　（《菩萨蛮》）

964 年到 975 年是李煜的第二个创作时期。这一时期的词作大约有 10 首。其中最为出色的有《浣溪沙·转烛飘蓬一梦归》《相见欢·无言独上西楼》《谢新恩·樱花落尽阶前月》等。失去心爱之人成为他创作的一个转折点，从此他的创作主题发生了变化，他把更多的笔墨用于描写生活的孤独和对逝去之人的追忆：

无言独上西楼，
月如钩。
寂寞梧桐深院锁清秋。
剪不断，
理还乱，
是离愁。
别是一般滋味在心头。　　（《相见欢》）

第三个创作时期是在975年之后。从文学角度来看，这一时期最为重要。正是在这一时期，李煜全面展现了他非凡的创作才华，并创作了许多杰出的作品，特别是《虞美人·春花秋月何时了》《浪淘沙令·帘外雨潺潺》《望江南·多少恨》等。在这些作品中，词人抒发了对生活的厌倦和对过往的惋惜，其写作方式也更加扣人心弦：

春花秋月何时了？
往事知多少。
小楼昨夜又东风，
故国不堪回首月明中。
雕栏玉砌应犹在，

只是朱颜改。

问君能有几多愁?

恰似一江春水向东流。　　(《虞美人》)

李煜的风格与韦庄、冯延巳相似，但也有自己的独特之处，那就是对痛苦的深刻体验和真实描写。“最美丽的诗歌是最绝望的诗歌。”“使我痛苦者，必使我强大。”这正是他成功的原因。然而，由于他的优点并不容易被模仿，他的影响力相较于这两位同行，也就没有那么广泛。

除了以上三位伟大的词人，还有许多重要性略逊一筹的词人仍然值得我们着墨研究。他们是牛峤、李珣、魏承班、薛昭蕴、张泌、欧阳炯、顾夐、毛熙震、李璟和孙光宪。这些词人分别来自四个政权：前蜀、后蜀、南唐和荆南。

我们首先关注前蜀的词人。

牛峤，陇西人，唐朝著名宰相牛僧孺的后人。他字松卿，于878年考中进士，最初在王建手下做判官，王建称王(850？—920？)后升任给事中[1]。他的词风与温庭筠极为相似。例如,《菩萨蛮·舞裙香暖金泥凤》《女冠子·锦江烟水》和《应天长·玉楼春望晴烟灭》。

李珣，字德润，梓州人。其祖先为波斯人[2]。他自幼刻

〔1〕 监察官员。

〔2〕 根据陈垣先生《回回教进中国的源流》所述。

苦学习，很早就考中秀才。因与前蜀国王有亲戚关系，前蜀（855？—930？）灭亡后，他便过起了隐居的生活。他的词集《琼瑶集》现已失传。传承下来的词作因形式清疏，情感真挚而著称[1]。其中几首《南乡子》的灵感来源于南越[2]，展现了显著的当地特色。我们在这些词作中可以读到动物和植物的描写，而这些动植物在其他地方几乎不存在。

魏承班的父亲王宗弼（魏宏夫）是前蜀国王的养子。在前蜀国中，魏承班历任驸马都尉[3]、太尉[4]等官职。和同辈牛峤一样，魏承班的写作风格也类似于温庭筠。我们要特别提及《菩萨蛮·罗裾薄薄秋波染》和《生查子·寂寞画堂空》。

薛昭蕴，生于河东，官至前蜀侍郎。他最好的词作是《浣溪沙·粉上依稀有泪痕》和《谒金门·春满院》。这两首词的价值在于风格的简洁清晰。

张泌的生平对于我们而言较为陌生。普遍认为[5]他是淮南人，曾在南唐国担任内史舍人[6]。然而，根据胡适先生[7]的记载，他更可能是前蜀的官员。这位词人在创作时

---

〔1〕参阅《菩萨蛮·回塘风起波文细》和《酒泉子·秋雨连绵》。

〔2〕今天的广东和广西。

〔3〕管理皇家车马的官员。

〔4〕兵部部长。

〔5〕见张宗橚的《词林纪事》和《历代诗余》附录。

〔6〕皇家秘书。

〔7〕《词选》，第20页。

同时模仿温庭筠和韦庄。因此，其风格时而简洁，这一点在《浣溪沙·枕障薰炉隔绣帏》和《江城子·碧阑干外小中庭》中有明显体现；时而讲究，例如在《南歌子·锦荐红㶉鶒》和《满宫花·花正芳》中，这一特点较为突出。

接下来，让我们把目光转向后蜀的词人。

欧阳炯（896—971）是华阳人。他在前蜀国担任中书舍人〔1〕，之后，被后唐皇帝任命为秦州从事〔2〕。最终他前往后蜀，被任命为礼部侍郎〔3〕，后来，他官至宰相。宋朝时，他仍然担任职务。他的一部分词作，尤其是几首《南乡子》，非常接近于李珣的《南乡子》。但总体而言，他的词风和温庭筠更为接近。《三字令·春欲尽》和《凤楼春·凤髻绿云丛》便是最好的例子。

我们对顾敻的生活也不是很了解，只知道他担任过前蜀国茂州刺史和后蜀国太尉。其词的创作受到温庭筠影响。在他的词作中，《醉公子·漠漠秋云澹》和《诉衷情·永夜抛人何处去》大概是最受读者喜爱的两首。

毛熙震是蜀国人。他在后蜀国担任秘书监〔4〕一职。他创作的大部分词风格较为华丽。但真正使他闻名的是一些风格简洁生动的词，就如同《菩萨蛮·绣帘高轴临塘看》

〔1〕皇家秘书。
〔2〕刺史辅官。
〔3〕礼部副部长。
〔4〕档案部部长。

和《清平乐·春欲暮》[1]所呈现的。

对于南唐国来说，唯一一个值得我们研究的词人是南唐中主李璟。

李璟（916—961），徐州人，字伯玉。其父李昪是南唐的开国皇帝。943年，李璟子承父业。他最初的野心是建立一个帝国，然而南唐军队被后周打败，他被迫于958年将国土的一大部分割让给后周。不久之后，他悲痛而亡。李璟的词有多少首被保存下来了呢？很难说出准确的数字。在选本中，人们总是混淆李煜或者晏殊的词与他的词。也许只有三首由他本人所创作：一首《浣溪沙》和两首《摊破浣溪沙》。李璟尤其擅长描写自己的忧愁，其风格和他的儿子李煜接近。

最后，我们将关注荆南唯一的词人孙光宪（卒于968年）。

孙光宪，生于贵平，字孟文。后唐时期，他被任命为陵州判官。后来他前往荆南，从此与皇室建立了密切的联系。荆南三位君主统治期间，他担任过数个重要的官职，特别是御史中丞。荆南王国覆灭后，宋朝皇帝任命他为黄州刺史。他擅长描写风景、人物以及表达细腻的情感，这一点体现在《河渎神·江上草芊芊》《浣溪沙·乌帽斜欹倒佩鱼》《谒金门·留不得》等作品中。其风格和韦庄的风格相仿，但是和温庭筠风格相去甚远。

---

〔1〕译注：应为“春光欲暮”。

以上我们对唐朝、五代和十国的词做了浮光掠影的介绍。我们回顾了从750年到950年的200年间，这种诗歌体裁的产生及发展。除很小的比例外，前面所研究的词人代表了两个流派：一派是精致之风格，另一派是简洁之风格。前一派的开创者是温庭筠，于九世纪中期出现，十世纪后期衰落。后一派的代表人物有韦庄、冯延巳和李煜，产生于九世纪末期，北宋时期仍然繁荣。

第三章 词的繁荣

现在我们进入宋朝——词的繁荣时期。

这一时期，词人的数量日益增多，留存下来的148部[1]词集就佐证了这一状况。词的使用也就得到普及。不再只有文人热衷于这种体裁，军人[2]或者宗教人士——佛教徒[3]和道教徒[4]，也都对词表现出极大兴趣。词成为表达个人情感的正常形式，甚至是侍女[5]、匪盗[6]以及妓女[7]也都参与到词的创作中。

与此同时，一批知名评论家，例如李清照、王灼、沈

〔1〕参阅毛晋《六十一家词》、侯文燦《汇刻名家词》、王鹏运《四印斋汇刻词》、江标《灵鹣阁汇刻名家词》、吴昌绶《双照楼汇刻词》、朱孝臧《彊村丛书》、刘毓盘《词家选集》等。

〔2〕参阅《西湖志余》《宋史·余玠传》。

〔3〕参阅《石门文字禅》《东溪词话》。

〔4〕参阅夏元鼎《蓬莱鼓吹》和葛长庚《玉蟾先生诗余》。

〔5〕参阅《苕溪渔隐丛话》。

〔6〕参阅《词苑丛谈》。

〔7〕参阅《齐东野语》。

义父、杨缵、张炎等[1]涌现出来。在他们的引领和鼓励下，众多作者开始进行词的创作。

正如上述所提到的[2]，一种新的词的形式——慢词——应运而生。慢词的词牌较之前的更长，词人可以更自如地进行表达，他们的才华也可以更充分地得到施展。

总而言之，与唐诗（真正意义上的诗）和元曲（戏剧化的诗）一样，宋词也是时代的特殊产物。为了更清晰地展示词的主要发展倾向，我们将首先研究四个主要派别，然后再探究其他独立的作者。

第一节　周　派

我们首先关注周派。这一派别发端于宋仁宗皇帝（1023—1063）统治初期，徽宗皇帝（1101—1125）在位时走向繁荣。周派的文学功绩在于发展了慢词，并且创造了很多新词牌。情感热烈、描写细致、表达精炼和用语通俗是这个派别的创作特点，张先、柳永和欧阳修是这一派别的首创者，周邦彦是著名的领袖。

---

〔1〕参照《苕溪渔隐丛话》《碧鸡漫志》《乐府指迷》《词源》等。
〔2〕第一章《词的技法》。

张先，990 年出生于吴兴，字子野。他 1030 年中进士，先后担任吴县县丞和都官郎中[1]。之后，他隐居钱塘，于 1078 年去世。

他的词集被称作《张子野词》。我们注意到作者喜欢华丽的表达，有时他甚至自己创造一些表达方式[2]。因此，他经常使用“代字”[3]的方法，即使用另外一个词来替代本来应该使用的那个词。另外，他是最早创作慢词[4]的作家之一。在他的慢词中，我们会读到对于都市美景或者爱情遭遇的细腻描写。

柳永（990？—1050？），崇安人，字耆卿。柳永是位不幸的词人。他参加过数次进士考试，终于在 1034 年荣登进士榜。在他承担过的职责里，只有屯田员外郎[5]算得上是个级别较高的官职。有一天，他为谄媚皇帝，创作了《醉蓬莱·渐亭皋叶下》，但是其中几行词句颇为冒失，惹得龙颜大怒。柳永去世的时候，其钱财已经全部耗尽，只有一些青楼女子及他以前的相好们将他安葬在一个偏远的山岗边上。

---

〔1〕司法部官员。

〔2〕例如“酒艳”（酒后脸上泛出的红艳之色），“冰齿”（牙齿像冰一样洁白干净）等。参阅《庆春泽·艳色不须妆样》《河满子·溪女送花》等。

〔3〕在《庆金枝·青螺添远山》和《菩萨蛮·佳人学得平阳曲》中，他使用“竹”而不用“笛子”，“雪和云”而不用“女性的肉体”，因为笛子是由竹子制作的，肉体和雪、云一样洁白。

〔4〕例如，《破阵乐·四堂互映》《宴春台慢·丽日千门》等。

〔5〕工部官员，负责农业开发。

柳永的词集名称为《乐章集》。他的作品取得了巨大的成功，弥补了他的人生不幸。“凡有井水处，皆能歌柳词”[1]，叶梦得如是说[2]。他最常使用细腻的描述[3]和通俗的用语[4]，而且用得非常精妙。柳永喜欢阐发以下主题：大都市的繁华[5]，美丽的青楼女子及其爱情[6]，流浪者的悲伤[7]以及对帝王的歌颂[8]。他的缺点通常是谄媚过度[9]，以及情感肤浅又放荡[10]。无论如何，他让宋代的词变得更加丰富，甚至影响了其他派别的词人[11]，伟大词人周邦彦这样评价道。

欧阳修（1007—1072），字永叔，庐陵人。宋仁宗皇帝统治期间，他进士及第，之后又有数次升迁，于 1061 年官至参知政事[12]。大约 10 年后，他被贬离开京城，到外地做官。之后，他辞去官职，于 65 岁时去世。

---

〔1〕意思是人们到处在吟唱他的词。
〔2〕引自《词林纪事》。
〔3〕参阅《夜半乐·冻云黯淡天气》《雨霖铃·寒蝉凄切》和《诉衷情近·雨晴气爽》。
〔4〕参阅《秋夜月·当初聚散》《昼夜乐·洞房记得初相遇》等。
〔5〕参阅《玉楼春·皇都今夕知何夕》和《望海潮·东南形胜》。
〔6〕参阅《玉蝴蝶·误入平康小巷》和《鹤冲天·黄金榜上》。
〔7〕参阅《塞孤·一声鸡，又报残更歇》《八声甘州·对潇潇暮雨洒江天》和《少年游·长安古道马迟迟》。
〔8〕参阅《送征衣·过韶阳》和《玉楼春·凤楼郁郁呈佳瑞》。
〔9〕参阅《倾杯乐·禁漏花深》。
〔10〕参阅《玉女摇仙佩·飞琼伴侣》。
〔11〕例如苏轼、黄庭坚、秦观、赵长卿、石孝友等。
〔12〕宰相的副手。

欧阳修为后人留下两部词集:《六一词》和《醉翁琴趣外篇》。这两部词集风格各异。一部简单明晰，继承了南唐词的特点[1]；另一部用语通俗，情感表达不羁，似乎是受到柳永的影响[2]。从文学发展的角度看,《醉翁琴趣外篇》更为重要，因为它代表着当时蓬勃发展的新趋势。另外，也只有在这部词集中，我们可以见到鲜活的人物，也会被炽烈的情感所触动。尽管其他评论家将欧阳修视为冯延巳的继承者，我们却认为他更接近柳永的风格。

欧阳修去世前 16 年，周邦彦，周派的领袖，在钱塘出生。周邦彦（1056—1121），字美成，号清真居士。我们对于他的童年时期知之甚少。1079 年，他前往宋朝首都，在太学读书。大都市的繁华激发了他的灵感，他创作了《汴都赋》[3]并且在 1083 年秋将其呈献给宋神宗。宋神宗对此极为满意。这部作品在宫廷里广为传诵，词的作者升任太学正[4]，开始崭露头角。

四年之后，他前往庐州任教授[5]。随后，他到今天的湖北省游历，创作了《少年游·南都石黛扫晴山》《渡江云·晴岚低楚甸》《风流子·枫林凋晚叶》等作品。1093

〔1〕参阅《采桑子·群芳过后西湖好》和《踏莎行·候馆梅残》。

〔2〕参阅《洞仙歌令·楼前乱草》《怨春郎·为伊家，终日闷》和《南歌子·凤髻金泥带》。

〔3〕赋是有韵律的散文。

〔4〕学官名，太学职员。

〔5〕公立学校教师。

年春，他被任命为溧水知县，并久居于此。这段时间里，他过着田园般的生活。他让人在房后的花园里修建了萧闲堂和姑射亭[1]，每年夏天都在无想山里度过。《满庭芳·风老莺雏》《隔浦莲近·新篁摇动翠葆》等词作就创作于这一时期。

1097年，周邦彦被任命为国子主簿[2]，返回京城。第二年，宋哲宗皇帝因回忆起《汴都赋》，便把他召至崇政殿。我们的这位词人又重新抄录了一遍这篇赋文，并呈献给朝廷。从那时起到1118年，他有时在京城，有时在京城外，担任一些官职，如校书郎、秘书监、隆德府知府、真定府知府等。从文学角度看，在所有这些职务当中，最重要的当属出知大晟府[3]。在这儿，在同僚的帮助下，他创造了很多新的词牌。而且，为了便于这些新的词牌流传下去，他为每一词牌创作了一首词。[4]

1119年后，周邦彦辞去官职，先是留在睦州，然后回到家乡杭州。后来，他到达扬州。1121年春，他于南京谢世，终年65岁。

《清真集》是周邦彦的词集。赵师岃[5]是第一个注意到

---

〔1〕参阅强焕所写《清真集》序言。

〔2〕太学秘书。

〔3〕掌管音乐和诗歌的官署。

〔4〕参阅张炎《词源》。

〔5〕参阅他的《圣求词序》。

周邦彦和柳永之间的相似之处的人。他们两位是慢词的领军人物，精通细腻的描写[1]，擅长使用通俗的表达[2]。他们也有共同的缺点：多颂谀词[3]以及多涉狎媟[4]。受柳永影响而创作的词作中，《少年游》无疑是最出色的一首。

并刀如水，
吴盐胜雪，
纤手破新橙。
锦幄初温，
兽烟不断，
相对坐调笙。
低声问：
向谁行宿？
城上已三更。
马滑霜浓，
不如休去，
直是少人行！

---

〔1〕 参阅《六丑·正单衣试酒》和《兰陵王·柳阴直》。
〔2〕 参阅《归去难·佳约人未知》和《红窗迥·几日来、真个醉》。
〔3〕 据《浩然斋雅谈》记载，周邦彦年轻时很可能创作了大量的艳词，但是这些词都已经难觅踪迹。
〔4〕 参阅《青玉案·良夜灯光簇如豆》和《满路花·帘烘泪雨干》。

但是，周邦彦还创作了一些超越所有前辈的词作，而且这些词预示了姜派[1]的产生。在创作过程中，为避免出现任何的音律不和谐或是思想上的细小偏差，他用黄金天平斟酌每个词句、每个用字。他擅长创造既工巧又新颖的表达，尤其精于融化前人词句，并且让这些词句变得更加出色。这也是中国词人最喜欢的方式之一，但是做到这点实非易事。我们看到很多词人有过失败的尝试。然而，周邦彦在这方面却取得了很大的成功。我们很难用具体的事例佐证这一点，翻译会损失掉那些堪称完美的词句效果[2]。我们仅选取他的其中一首代表作品《满庭芳》，用以呈现他的整体艺术特色。

风老莺雏，
雨肥梅子，
午阴嘉树清圆。
地卑山近，
衣润费炉烟。
人静乌鸢自乐，
小桥外、
新绿溅溅。

〔1〕 参阅后边我们研究姜派的部分。

〔2〕 参阅《满路花·帘烘泪雨干》《玉楼春·大堤花艳惊郎目》《蝶恋花·月皎惊乌栖不定》《夜游宫 · 叶下斜阳照水》等。

凭阑久，
黄芦苦竹，
拟泛九江船。

年年。
如社燕，
飘流瀚海，
来寄修椽。
且莫思身外，
长近尊前。
憔悴江南倦客，
不堪听、
急管繁弦。
歌筵畔，
先安簟枕，
容我醉时眠。

周邦彦不仅影响了我们随后要研究的那些他同时代的词人，还影响了后代的词人。南宋时期，有方千里、杨泽民和陈允平[1]这三位词人模仿他，甚至达到模仿每个字、每个韵的程度。在所有词人中，没有人像他一样拥有如此

---

〔1〕参阅方千里、杨泽民《和清真词》，陈允平《西麓继周集》。

巨大的影响力。

周邦彦在大晟府任职时，周围聚集了一群词人，其中万俟咏、晁端礼和田为最为引人注目。

万俟咏（1050？—1130？），字雅言，号大梁词隐[1]。他一生中大部分时间时运不济，不过仍于1111年左右被任命为大晟府制撰[2]。

万俟咏的词集《大声集》现已散佚。据刘毓盘辑本，万俟咏的词和周邦彦的词存在相同的不足之处[3]。然而，两者在优点上却各有千秋。万俟咏的出色之处尤为表现在他善于运用简洁的表达[4]。

晁端礼（1050？—1125？），巨野人，字次膺。他进士及第，曾两次担任县令，后和万俟咏同时期进入大晟府，二人头衔亦相同。

他留给后人的词集叫做《闲斋琴趣外篇》。我们从这部词集中可以感受到他简单而豪迈的风格[5]。但他还创作了很多颂谀词和狎媟词，在这一点上与周邦彦相似[6]。

田为，字不伐，官至大晟府制撰。我们对他的生平几乎一无所知。

---

〔1〕我们不知道他的家乡在哪。但根据他的文号推测，他应该是大梁人。
〔2〕官方创作人。
〔3〕参阅《三台·见梨花初带夜月》，参考王灼《碧鸡漫志》。
〔4〕参阅《昭君怨·春到南楼雪尽》。
〔5〕参阅《满江红》。
〔6〕参阅《黄河清慢·晴景初升风细细》和《殢人娇》。

与其同僚不同的是，田为的词句既不淫荡，也不谄媚。他接近周邦彦之处在于他喜欢使用，甚至创造典雅的表达[1]。

除大晟府的词人外，还有另两位词人也属于这个流派：吕滨老和蔡伸。

吕滨老，秀州人，字圣求，是宋朝徽宗皇帝的朝臣。

吕滨老的作品集是《圣求词》。其作品和周邦彦的作品有着某种相似之处[2]。在亲历了北宋的衰亡之后，他创作的爱国诗词风格遒劲。[3]

蔡伸，字伸道，莆田人。他于1120年左右出任彭城倅[4]。

蔡伸的词集是《友古词》，在其中我们很明显能感受到柳永和周邦彦的风格，例如《苏武慢·雁落平沙》和《飞雪满群山·冰结金壶》两首词中就十分明显。

---

〔1〕参阅《探春慢·小雨分山》。

〔2〕参阅《百宜娇·隙月垂篦》。

〔3〕参阅《齐天乐》和《满江红》。

〔4〕知县辅官。

第二节　苏　派

十一世纪中期，出现了一个新的词派，其创始人是苏轼。该派可以说是对周派的反拨，发展方向和周派完全相反。对于苏轼和他的朋友们而言，爱情已经不是一个时兴的主题，他们在日常琐事中汲取灵感，并以豪迈的风格加以发展。苏派不再看重表达的工巧周至，词人们甚至在词作中采用散文的措辞。周派的词人所珍视的音律就或多或少被苏派忽略了。总而言之，苏派的词标志着词的一次解放。

苏轼，苏派创始人，眉山人，出生于宋仁宗景祐三年（1036）农历十二月十九日，字子瞻，号东坡居士。他的父亲苏洵在文学界中颇有名望。他的母亲出生于贵族家庭，十分聪慧博学。在母亲的教导下，苏轼自小习作，21 岁进士及第。

之后，他被任命为大理评事〔1〕等官职。但王安石〔2〕的新政是他遭遇不幸的原因之一。宋神宗皇帝支持新的制度，然而我们的这位词人却被划归王安石主要的反对者行列。

〔1〕大法官。
〔2〕当时的宰相，因其政治革新而知名。

被迫离开朝廷后，从1071年到1079年，他历任杭州、密州、徐州和湖州的通判[1]。1079年秋天，受奸人陷害，他锒铛入狱。后来，他失去了皇帝的信任，被贬黜到黄州做小官，被迫在那儿生活了数年。

宋哲宗皇帝继位时尚未成年，由他的祖母临朝听政。太后完全反对王安石的新政，权力掌握在以太后为首的反对派手里。苏轼也是其中之一。他再一次担任一些重要的职务，例如礼部侍郎、兵部尚书[2]等，并在京城外履行一些职务。

然而，灾难很快就再次降临到苏轼身上。哲宗皇帝和他的父亲一样，支持王安石的新政。在其祖母去世后，哲宗皇帝把反对派的所有代表驱逐出朝廷。苏轼因此被放逐到非常偏远、蛮荒的一些地方，如惠州和昌化。宋徽宗皇帝即位后，苏轼于1100年被调廉州、永州，这些地方没有那么偏远。第二年，趁徽宗大赦天下之机，苏轼被召还朝。这年农历的七月二十八日，他在返回途中不幸去世，终年65岁。

苏轼是个乐观勇敢的人，他对一切都不挑剔，也毫不畏惧任何事情。在职时，不管职务大小高低，他都忠于职守，也会大胆地批评他的政敌。流放和入狱都不能让他屈

〔1〕知州副职。
〔2〕兵部部长。

服。就算被放逐，居无定所，苏轼在困难面前也始终甘之如饴。他的个性体现在他的绘画、书法、散文以及诗词中。

有一天，苏轼回复一个年轻的作家说:“作文如行云流水，初无定质，但常行于所当行，止于所不可不止。”这些至理箴言可以被我们用来评价他的作品。实际上，苏轼能够恰如其分地、毫不费力地表达他的所见、所闻、所感。在他的词集《东坡乐府》中，我们挑选不出哪一个表达，哪一个词句是最好的。令人震撼的是，几乎所有的诗词都非常出色。举例如下:

春未老，
风细柳斜斜。
试上超然台上望，
半壕春水一城花。
烟雨暗千家。　　(《望江南》)

苏轼之前的词人通常只描绘爱情，而苏轼却并非如此，他描述所有能给予词人灵感的内容。在他的词里，他探讨哲理[1]，笑谈人生[2]，讲述旅行见闻[3]，描绘自然风光[4]。他

〔1〕 参阅《无愁可解·光景百年》。
〔2〕 参阅《减字木兰花·维熊佳梦》。
〔3〕 参阅《醉落魄·轻云微月》。
〔4〕 参阅《南乡子·晚景落琼杯》。

也经常用词来与友人交流[1]。沈德潜[2]这样评价他:“苏子瞻胸有洪炉，金银铅锡，皆归镕铸。”我们从中能够看到这位大词人善于运用各种不同的原材料，创作出一部新的作品，即他自己的词作。苏轼对词这种诗歌体裁的发展功不可没。

另外，他把一些散文的表达引入词中，他喜欢使用“而”[3],“已”[4],“哉”[5]等汉字。在他的作品中,他也改编了古代文学，尤其是散文。例如,《哨遍 · 为米折腰》就是一篇删改自陶渊明的《归去来辞》的篇章。最让我们惊讶的是,他甚至借用《论语》[6]中的一些段落。所有这些对他同时代的以及后来的词人都产生了深远影响。

苏轼的风格是豪迈的、刚毅的、充满力量的，这让苏派与周派形成对立。他的作品是他正直而坚定的性格的反映。读者们被某种美所吸引，但这种美不是世俗的女性之美，而是高山之美，大河之美，一种在其他的词人身上找不到的美。让我们一起来欣赏《水调歌头》:

明月几时有?

---

〔1〕参阅《江城子·翠蛾羞黛怯人看》《定风波·今古风流阮步兵》和《满江红 · 天岂无情》。

〔2〕清朝伟大诗人。参阅他的《说诗晬语》。

〔3〕参阅《醉翁操 · 琅然》。

〔4〕参阅《满庭芳 · 三十三年》。

〔5〕参阅《水调歌头 · 落日绣帘卷》。

〔6〕参阅《减字木兰花 · 贤哉令尹》和《醉翁操 · 琅然》。

把酒问青天。
不知天上宫阙，
今夕是何年。
我欲乘风归去，
又恐琼楼玉宇，
高处不胜寒。
起舞弄清影，
何似在人间。
转朱阁，
低绮户，
照无眠。
不应有恨，
何事长向别时圆？
人有悲欢离合，
月有阴晴圆缺，
此事古难全。
但愿人长久，
千里共婵娟。

《东坡乐府》最后一卷中，有几首词作的风格非常接近柳永。[1]这让我们颇为诧异，但是又不能否认这一点。在

〔1〕参阅《雨中花慢·邃院重帘》和《雨中花慢·嫩脸羞蛾》。

王灼[1]看来，他那个时代的年轻人已经认为苏轼在效仿柳永。但很快，苏轼发现了他的前辈的缺陷，旋即便成为反对派的领袖。

毋庸置疑，苏轼对于后代词人的影响是深远的。辛弃疾、元好问、陈维崧等就是其中的代表。

接下来我们将目光转向这一派别的支持者，例如黄庭坚、晁补之、叶梦得和向子湮。

黄庭坚（1045—1105），分宁人，字鲁直，号山谷道人。1067年左右，他进士及第。之后，他历任国子监教授[2]、校书郎、秘书丞等。1095年，他被流放至黔州和戎州。后来，短暂担任太平知州后，他再一次被流放到宜州。60岁时，词人去世。

黄庭坚留给后人的词集是《山谷词》。他的创作受苏轼和柳永的影响。其作品《水调歌头·瑶草何碧》显然是在模仿我们在前文中翻译的苏轼的那首。如同苏轼改编了陶渊明的《归去来辞》一样，他在《瑞鹤仙》[3]中仿写了欧阳修的《醉翁亭记》。但是当他阐发爱情这一主题时——当然这种情况并不多见——他的词几乎和柳永的词并无二致[4]。

---

〔1〕《碧鸡漫志》。

〔2〕太学老师。

〔3〕首句为“环滁皆山也”。

〔4〕参阅《沁园春·把我身心》。

晁补之（1053—1110），字无咎，出生于钜野。1080年左右，他中进士，在之后的15年间，他相继担任澧州司户参军[1]、国子监教授、校书郎和著作郎。虽然1095年遭到贬谪，但在其生命的最后几年里，晁补之仍出任礼部郎中。最后他在任泗州知州时去世。

晁补之的词集是《晁氏琴趣》。他一直都忠诚于苏轼，风格也和其恩师一样的豪迈，如《摸鱼儿·买陂塘、旋栽杨柳》《满江红·东武城南》《永遇乐·松菊堂深》等。他也从以前的作品中借用一些段落，例如在《洞仙歌·当时我醉》中借用了卢仝的《有所思》。晁补之和苏轼之间的差别在于苏轼不常抒发忧伤之情，而忧伤却是晁补之经常阐发的主题，令人心碎[2]。

叶梦得，出生于1077年，去世于1148年，原籍吴县，字少蕴。他年少时就中进士，1107年成为翰林学士[3]。南宋初年，他被任命为户部尚书[4]，后来任福建安抚使。

他的词集《石林词》表明了他作为苏轼弟子的身份。叶梦得的词作对很多前人的经典作品进行了改编。拒绝赞颂爱情，风格充满力量，这些都是其作品的特点。代表性的作品是《水调歌头》和《鹧鸪天》。

---

〔1〕知州辅官。

〔2〕例如《满江红》和《生查子》。

〔3〕翰林院长官。

〔4〕财政部部长。

向子禋（1086—1153），字伯恭，生于临江，乃皇亲。1106年任开封府尹。在迁都之后，他担任秘阁修撰[1]和平江知府。当时的宰相秦桧对他心怀怨恨，迫使他辞官。他去世时67岁。

《酒边词》是他的词集，分为两卷。其中一卷创作于北宋末期，题为《江北旧词》。作者在其中描绘了他本人奢华而浪漫的生活，这和我们关注这一流派没有丝毫关系。另一卷题为《江南新词》，是南宋初期的作品。如果我们阅读《水调歌头》《满江红》《八声甘州》等作品，就能够发现他和苏轼在主题，特别是在风格方面的相似性。

第三节　辛　派

一般来说，辛派是苏派的继承者，但是这个继承者与其前辈又不完全一样。辛派标志着一个转型，或者更恰当地说，一种扩展。主题变得更加多样，愈加接近散文的表达，风格更加遒劲。总而言之，辛派在前人的基础上走得更远。

值得一提的是，先前没有歌颂过的爱国主义主题从此以后却成了最受欢迎的主题，这是由于这一派别的词人们

〔1〕皇家图书馆管理员。

都经历了北宋王朝的覆灭。他们中无一人仅仅满足于做个词人，而是每人都在自己的词中做着英雄梦。

我们先将目光转向这一派别的领袖辛弃疾。辛弃疾于绍兴十年（1140）农历五月十一出生于历城，字幼安，号稼轩。在北宋时期，他的家族颇负盛誉，其祖父被封为陇西郡开国男。

在我们的这位词人出生的时候，他的家乡已经被金占领，双方即将签署和平条约。作为爱国人士，辛弃疾的抱负是收复失去的国土。参加了几场惊心动魄的战斗后，虽然没有取得赫赫战功，但他于1160年左右得以入宫觐见。为了奖励他的英勇，宋高宗皇帝任命他为江阴签判[1]。

宋孝宗皇帝时，宋朝国力较为强盛，他立誓要击退金人。因此，1170年，辛弃疾得到了与孝宗皇帝在延和殿共商军事问题的绝佳机会。随后，他呈献给皇帝三篇文章，分别为《九议》《应问》和《美芹十论》。不幸的是，因为其他朝廷重臣的反对，他的努力付诸东流。

数年之后，辛弃疾先是当上了湖北安抚使，然后是江西安抚使，最后又做过湖南安抚使。1188年被免职后，他于1191年被任命为福建安抚使。七年之后，他当上浙江安抚使，后于开禧三年（1207）九月初十去世，终年67岁。

和之前的大多数词人不同，辛弃疾是一位卓越的人物。

---

〔1〕知县秘书。

在他身上我们几乎能发现人类的所有优点：直率、正直、勇敢、忠诚、智慧。对于他的祖国，这是一个忠诚的臣子；对于他的朋友，这是一个可靠的伙伴。在军务上，这是一个骁勇的将军；在文学上，这是一个别出心裁的作家；作为一个人，他非常接近苏轼。作为一名词人，我们将看到他是苏派的后继者和改革者。

如果我们阅读他的12卷词集《稼轩长短句》，便可以对上述描述有更清晰的认识。

首先，引人注目的自然是辛弃疾受爱国精神和英雄梦激发而创作的词。这些词充满了力量和新意。它们所激发的情感非常像军乐带给我们的感受。尤其是下面这首《贺新郎》：

将军百战身名裂。
向河梁、回头万里，故人长绝[1]。
易水萧萧西风冷，
满座衣冠似雪。
正壮士、悲歌未彻[2]。
啼鸟还知如许恨，
料不啼清泪长啼血，

〔1〕影射汉朝将军李陵。
〔2〕影射战国时期的著名武士荆轲。

谁共我，
醉明月。

然而，辛弃疾没有机会实现自己的梦想。多次失败之后，他回归了自然。他描述乡间生活的那些词和他的爱国词一样让我们着迷。这些词同样铸就了词人的荣耀：

青山意气峥嵘。
似为我归来妩媚生。
解频教花鸟，前歌后舞，
更催云水，暮送朝迎。
酒圣诗豪，可能无势，
我乃而今驾驭卿。
清溪上，被山灵却笑，
白发归耕。　　（《沁园春》）

辛弃疾善于在他创作的词中融入前人的作品。例如《诗经》[1]、《论语》[2]、《接舆歌》[3]、《庄子》[4]、《楚辞》[5]、

〔1〕《沁园春 · 我见君来》和《一剪梅 · 独立苍茫醉不归》。
〔2〕《贺新郎 · 甚矣吾衰矣》和《水调歌头 · 唤起子陆子》。
〔3〕《婆罗门引 · 落花时节》。
〔4〕《哨遍·蜗角斗争》《哨遍·池上主人》以及《水调歌头·上古八千岁》。
〔5〕《水调歌头·长恨复长恨》《醉翁操·长松》和《水调歌头·我亦卜居者》。

《国策》[1]、《神女赋》[2]、贾谊的《鹏鸟赋》[3]、《李延年歌》[4]、司马迁的《李广列传》[5]、王羲之的《兰亭诗序》[6]、《世说新语》[7]、陶渊明的《归去来辞》[8]和《停云》[9]、王勃的《滕王阁诗序》[10]、李白的《襄阳曲》[11]、孟郊的《借车》[12]、范仲淹的《岳阳楼记》[13]，等等。另外，他还经常使用通常只是被人们用于散文中的字和短语，如“矣”[14]、“耳”[15]、“者”[16]、“耶”[17]、“乎”[18]、“哉”[19]、“而已”[20]、“丁是焉”[21]等。自然地，这些做法招致了很多严厉的批评。

---

〔1〕《水龙吟·昔时曾有佳人》。
〔2〕 同上。
〔3〕《六州歌头·晨来问疾》。
〔4〕《水龙吟·昔时曾有佳人》。
〔5〕《卜算子·千古李将军》。
〔6〕《新荷叶·曲水流觞》。
〔7〕《永遇乐·投老空山》。
〔8〕《哨遍·一壑自专》。
〔9〕《声声慢·停云霭霭》。
〔10〕《沁园春·我试评君》。
〔11〕《水调歌头·今日复何日》。
〔12〕《水调歌头·我亦卜居者》。
〔13〕《沁园春·有美人兮》。
〔14〕《贺新郎·乌倦飞还矣》。
〔15〕《贺新郎·甚矣吾衰矣》。
〔16〕《贺新郎·翠浪吞平野》。
〔17〕《哨遍·一壑自专》。
〔18〕《六州歌头·晨来问疾》。
〔19〕《沁园春·杯汝前来》。
〔20〕《哨遍·蜗角斗争》。
〔21〕 同上。

一些人认为他的词太散文化，缺乏诗意，就像是论文；另一些人认为这是一位卖弄学问的词人。不过，这些批评都过于极端。他的天赋允许他可以做所有他想做的事情。他的作品具有骑士般的优雅，以至于读者忘却了他的弱点，如果他有的话。

辛弃疾的词经常以对话〔1〕或者是誓言〔2〕的形式呈现。他也经常采用《天问》〔3〕《抽思》〔4〕和《招魂》〔5〕的形式进行创作。有时候也会有一些药剂的名称出现在他的词中〔6〕。他甚至在几首词中押同样的韵〔7〕。他的前人从未尝试过这些做法，但是，在他之后，人们会自觉地使用这些独特的形式。

苏轼和李清照对我们的这位词人影响颇大。我们已经谈及苏轼和辛弃疾特点的相似之处。此外，还需要补充的是，辛弃疾在去往南方之前，跟着蔡松年〔8〕学习填词。

---

〔1〕《沁园春·杯汝前来》。

〔2〕《水调歌头·带湖吾甚爱》。

〔3〕《木兰花慢·可怜今夕月》。(《天问》是屈原的一首著名的诗，诗中只包含一些哲学和历史问题。)

〔4〕《水调歌头·我志在寥阔》。(《抽思》也是屈原的作品，其中一个特色诗节由“少歌曰”起。)

〔5〕《水龙吟·听兮清佩琼瑶些》。(《招魂》是著名词人宋玉的作品。语气助词“些”字出现在每两句的末尾。)

〔6〕《定风波·仄月高寒水石乡》和《定风波·山路风来草木香》。

〔7〕《卜算子·一以我为牛》《卜算子·夜雨醉瓜庐》《卜算子·千古李将军》《卜算子·珠玉作泥沙》《卜算子·百郡怯登车》《卜算子·万里篆浮云》。

〔8〕我们会在下一章中专门研究。

蔡松年是金代著名词人，极为推崇苏轼的文学创作。他充当了苏轼和辛弃疾之间的中间人。至于伟大的女词人李清照[1]，她和辛弃疾出生在同一个地方，自然而然二者的风格较为相近。从辛弃疾的词，尤其是《西江月·万事云烟忽过》和《最高楼·花知否》中，我们很明显可以看出李清照对他的影响。另外，在《丑奴儿近·千峰云起》的前言中，他也承认自己模仿李清照。

我们在下列词人的作品中体验到了辛弃疾的独特写作方式，他们是朱敦儒、陆游、刘过和刘克庄。

朱敦儒（1080？—1175？），洛阳人，字希真。南宋初年，曾任秘书正字[2]和鸿胪卿[3]。至于他余生的其他事情，我们则知之甚少。

他的词收入词集《樵歌》中。受北宋悲惨结局的影响，他具有和辛弃疾一样雄浑豪放的写作风格，并在作品中流露出爱国主义情感。老年时期，他也像辛弃疾一样，亲近自然，歌颂自然。《雨中花·故国当年得意》《水龙吟·放船千里凌波去》《朝中措·先生筇杖是生涯》《感皇恩·一个小园儿》都是具体体现。

陆游（1125—1210），字务观，山阴人。他先是被任命为建康通判和夔州通判，后成为蜀州统帅范成大的参议

---

〔1〕之后会再回到这一点上。

〔2〕档案部官员。

〔3〕皇家侍卫首领。（译注：朱敦儒当为鸿胪少卿。）

官[1]，最后官至待制[2]。

他的词集是《放翁词》。刘克庄[3]和杨慎[4]都曾经认为陆游的风格多变。读者可以从他的词中感受到晏几道[5]，特别是苏轼和辛弃疾的影响[6]。

刘过（1150？—1220？），生于庐陵，字改之。他性格勇敢、高尚，但生活十分穷苦。从未被委任重要职务。因为贫穷又不得志，他担任过仕宦显贵府上的幕僚，特别是做过辛弃疾的幕僚。

《龙洲词》是刘过的词集，其中的大部分作品都是在辛弃疾的影响下创作的。在这些词中，我们不仅能发现散文化的用语[7]，还有对话[8]的形式。再者，词人在词作中经常抒发自己的爱国之情，书写自己的英雄梦想，例如《沁园春·万马不嘶》《六州歌头·中兴诸将，谁是万人英》以及《六州歌头·镇长淮，一都会，古扬州》。

刘克庄（1187—1269），字潜夫，莆田人。他出生于贵族家庭，早年就担任高官，但是因为当时掌权的史嵩之对他不满，他被调往漳州，任知州。1260年左右，他被任命

〔1〕节度使顾问。
〔2〕皇家顾问。
〔3〕参照他的《后村诗话续集》。
〔4〕参照他的《词品》。
〔5〕《钗头凤·红酥手》。
〔6〕《汉宫春·羽箭雕弓》。
〔7〕《沁园春·问讯竹湖》和《水调歌头·弓剑出榆塞》。
〔8〕《沁园春·斗酒彘肩》。

为兵部侍郎，后又代理兵部尚书。

他的词收录在《后村长短句》中。刘克庄是辛弃疾的拥护者[1]，其词作的主要特征与《稼轩长短句》相似，如：散文化的用语[2]，对话的形式[3]，改编古代作品[4]，特别是表达爱国主义情感[5]。尽管如此，刘克庄在词作方面的成就不及辛弃疾。

第四节　姜　派

在伟大词人姜夔的领导下，一个新的词派创立了。这一词派的拥趸既将音律奉为圭臬，又不废修辞法度。这样，他们便形成了和苏派、辛派的反差，而和周派更加接近。只是，周派十分看重的香艳描写，在姜派这儿却是绝对禁止的。

姜夔，鄱阳人，生于1155年左右，字尧章，号白石道人。他的先人姜公辅曾任宰相。他的父亲姜噩只做过小官，

---

〔1〕参照刘克庄所作《辛稼轩集·序》。
〔2〕《沁园春·余少之时》和《念奴娇·轮云世故》。
〔3〕《沁园春·剥啄谁欤》和《念奴娇·小孙盘问》。
〔4〕《沁园春·吉梦维何》和《哨遍·胜处可宫》。
〔5〕《贺新郎·北望神州路》和《贺新郎·飞诏从天下》。

在任汉阳知县时，举家便跟随他搬迁至此，历时20余年（从1163年到1190年）。汉阳虽小，风景却十分优美，我们的词人在那儿无忧无虑地生活着，并结识了数位年轻文人。所有这些给他留下了永远的美好回忆。

姜夔在25岁左右开始游历四方，先后游览了扬州、长沙和湖州。湖州以其迷人的风光吸引了他，他于1190年到达此地生活。在接下来的六年中，他和朋友张平甫、俞商卿、葛天民一起继续游历了合肥、金陵、苏州、杭州、南昌等地。这段时间里，他还拜访了很多著名的词人：杨廷秀（万里）、范成大、尤袤等。这些人都热情地接待了我们的这位词人。这一时期也是姜夔文学生涯中最高产的阶段。其间，他创作了最出名的词作，其中包括《暗香·旧时月色》《疏影·苔枝缀玉》《满江红·仙姥来时》和《庆宫春·双桨莼波》。

得益于南方的繁荣和相对安宁，那时大多数的文人专注于文学和音乐研究，尤其是古代音乐体系的研究，以期将之应用于宫廷音乐中。作为伟大的词人兼音乐家，姜夔在1197年和1199年将他的两篇音乐论述和非常出色的宫廷乐曲进献给当时的皇帝，但并未得到皇帝的赏识。至于他1199年之后的生活，我们则知之甚少。很有可能，1202年左右，他在云间，1220年左右在扬州，1229年左右在嘉兴。他在临安谢世，但我们不清楚具体年月。

姜夔天性中的突出特点是他对于自然的热爱，以及他不贪慕财富和贵族头衔。他自视为一匹“天马”，想要挣脱缰绳，甚至逃离天上的马厩。尽管一直都在贵族府上做幕僚，他也绝不谄媚。作为一名作家和一个人，他着实值得我们尊重。

姜夔的作品收录在《白石道人歌曲》中。我们在其中找到三个灵感来源，或者更确切地说受到三种影响：周派的词，当时的政治环境，最重要的是，他自己的本性。

正如前文所述，周派十分强调音律，推崇典雅的表达。这种倾向并没有因为北宋的衰落而停止。我们的这位词人延续了这种倾向，并且取得了最辉煌的成就。他并不是根据现成的词牌去填词，而是为自己的词句[1]创造了一些自度曲。他经常在词的序言[2]中谈论音乐。因此，在翻阅他的词集的时候，我们会惊叹于那些精雕细琢的词句，例如“池面冰胶，墙腰雪老”[3]；“翠尊易泣，红萼无言耿相忆”[4]；“衰草愁烟，乱鸦送日”[5]等。

由于金人入侵，宋徽宗和宋钦宗两位皇帝被俘虏。南宋的词人和北宋的词人有着根本的区别。一些人自认为是

---

〔1〕参阅《扬州慢·淮左名都》《惜红衣·簟枕邀凉》和《角招·为春瘦》的序言。

〔2〕参阅《满江红·仙姥来时》《徵招·潮回却过西陵浦》和《凄凉犯·绿杨巷陌秋风起》的序言。

〔3〕《一萼红·古城阴》。

〔4〕《暗香·旧时月色》。

〔5〕《探春慢·衰草愁烟》。

爱国英雄，我们前面研究过的辛派就是例子。姜夔自然算不上这类英雄，但是他的一些词作也展现了民族以及个人的悲苦。下面便是其中一例：

淮左名都，
竹西佳处，
解鞍少驻初程。
过春风十里。
尽荠麦青青。
自胡马窥江去后，
废池乔木，
犹厌言兵。
渐黄昏，
清角吹寒。
都在空城。

杜郎俊赏，
算而今、
重到须惊。
纵豆蔻词工，
青楼梦好，
难赋深情。
二十四桥仍在，

波心荡、
冷月无声。
念桥边红药，
年年知为谁生。　　（《扬州慢》）

正如我们所知，姜夔的个人修养非常高。例如，在阅读他的《庆宫春·双桨莼波》和《念奴娇·闹红一舸》时，读者不仅会为其作词法的和谐所着迷，更会被他高尚的情感所折服。因而，他从来没有创作过颂谀词或者狎媟词[1]，这使他和周派之间形成鲜明的对比。

毫无疑问，姜夔对于南宋词的光辉历史作出了巨大贡献。但是，同样应该指出的是他为后来的词人开辟了一条危险的道路，那就是他过于突出音乐和修辞的重要性。假如说他的缺点仍拥有些许魅力，他的追随者们的不足却为整个词派带来了笑柄。

根据汪森[2]记载，这个词派的拥护者中有史达祖、高观国、张辑、吴文英、赵以夫、蒋捷、周密、陈允平、王沂孙和张炎。在他们中间，史达祖、吴文英、周密、王沂孙、

---

〔1〕以《踏莎行·燕燕轻盈》和《石湖仙·松江烟浦》为例。第一篇尽管是在歌颂爱情，但是包含的却只有深挚而崇高的情感。后一篇是为庆祝他的恩人范成大的生日而作，表达的却只有对恩人高尚人格的尊敬。

〔2〕参阅他的《词综》序言。

张炎最负盛名。

史达祖（1160？—1220？），汴人，字邦卿。一生未中进士，韩侂胄当国时，他只是一个小小的官员。韩侂胄失败后，他被免官，流放他乡。

史达祖的词集《梅溪词》让他得以青史留名。他的作品描写细腻巧妙，感情真挚深刻，表达工巧新颖。其中《双双燕·过春社了》《三姝媚·烟光摇缥瓦》《万年欢·两袖梅风》《湘江静·暮草堆青云浸浦》《玲珑四犯·阔甚吴天》是其最具代表性的作品。

吴文英（1205？—1270？），四明人，字君特，号梦窗。我们对他的生平了解甚少，仅知道他一生未第，游幕终身，晚年困踬。

吴文英的词集名为《梦窗词集》。在其中收录的作品里，词人的优点和不足都显现无遗。我们总是惊叹于他的形式的光芒〔1〕，但也经常厌倦他的晦涩〔2〕，因此，对他的批评尤为严苛，他被认为是这个词派最糟糕的词人。但是也有人〔3〕认为他可与周邦彦媲美。

周密（1232—1308），字公谨，祖籍济南（他的祖辈失去的家园），生于湖州。虽然出生于贵族家庭，但他只做

〔1〕 例如在《惜红衣·鹭老秋丝》中。参照冯煦《宋六十一家词选·例言》和吴梅先生的《词学通论》，第117页。

〔2〕 例如在《锁窗寒·绀缕堆云》中。参照胡适先生的《词选》，第342页。

〔3〕 参阅尹焕为吴文英作品所作的序言《花庵词选引》。

过义乌县令。

周密留给我们的词集是《蘋洲渔笛谱》。他的词风时而清丽流转，时而博雅讲究，正如《一萼红 · 步幽深》[1]《曲游春·禁苑东风外》与《夜合花·月地无尘》所呈现出来的。

王沂孙（1240？—1290？），出生于会稽，字圣与。我们不清楚他在宋朝时期的生活。元世祖统治（1260—1294）期间，他曾任庆元路学正[2]。

王沂孙的词集名为《花外集》，其中有大量咏物词[3]，作者描述一朵花、一只昆虫、一只鸟等。他的咏物词形式精巧，描写细腻。一些评论家声称在他的词中寄托了怀国伤人之恸，因此将王沂孙尊为最伟大的词人之一。但我们或许更欣赏他的抒情词[4]，这些抒情词比起咏物词更加自然。

张炎（1248？—1320？），自称祖籍陇西，生于杭州，字叔夏，号玉田生。他的曾祖父的祖父张俊，是当时最高统帅之一，晋封为清河郡王。他的曾祖父张镃、祖父张濡、父亲张枢都是著名作家。他府上几乎聚集了同时代所有伟大词人。不过，宋朝灭亡后，这个显赫的家族衰败了。为了谋生，张炎不得不浪迹天涯，在绝望中艰难度日。

---

〔1〕译注：应为“步深幽”。

〔2〕文官，负责公共教育。

〔3〕《水龙吟·晓霜初著》《绮罗香·玉杵余丹》《齐天乐·绿槐千树》和《齐天乐 · 一襟余恨》。

〔4〕《醉蓬莱 · 扫西风门径》《声声慢 · 啼蛩门静》。

继承了家族累世的文学天赋，张炎被认为是可比肩姜夔的存在。他标志着宋词演变的最后一个阶段。他的词集《山中白云词》的艺术特质主要体现在其清丽疏朗的语言形式[1]与真挚深婉的情感表达[2]上。张炎完全不喜欢吴文英[3]的作品，他的清晰与吴文英的晦涩形成鲜明的对比。他总是感怀国破家亡，因此，很容易通过表达强烈的痛苦打动读者。需要补充的是，《词源》是他长期研究的总结，他在其中论述了词的技法，并阐明他对于一些作者的看法。直至今日，这部作品仍然具有宝贵的价值。

第五节　独立词人

至此，我们已经研究了宋代的四个重要派别的作家。但也有很多其他的词人不属于这其中的任何一个流派，而他们的作品也值得在文学史上写下一笔。他们是晏氏父子、秦观、贺铸、李清照和范成大。

晏氏父子中的大晏出生于临川。他的名字是晏殊（991—1055），字同叔。他曾任宋仁宗皇帝的宰相。

---

〔1〕《解连环·楚天空晚》和《壶中天·扬舲万里》。
〔2〕《高阳台·接叶巢莺》和《甘州·记玉关踏雪事清游》。
〔3〕参阅他的《词源》。

人们认为晏殊是伟大词人冯延巳的效仿者[1]。在其词集《珠玉词》中，我们随处能找到这一说法的依据，尤其是在《浣溪沙·一曲新词酒一杯》《玉楼春·绿杨芳草长亭路》《踏莎行·小径红稀》等词中。

小晏的名字是晏几道，字叔原，生于1050年左右，卒于1120年左右。我们对他的生平知之甚少。

与他的父亲一样，晏几道也模仿冯延巳的创作[2]，有时他的风格又接近李煜[3]。其词集《小山词》的创作主题主要包括：展现他奢华浪漫的生活[4]、描写爱情的悲苦[5]以及描摹日常生活的细节[6]。他的造诣超过父亲，尤其在一些短小生动的词作中，这一点更为明显：

金鞭美少年，
去跃青骢马。
牵系玉楼人，
绣被春寒夜。
消息未归来，

〔1〕 例如刘攽的《中山诗话》。

〔2〕《玉楼春·初心已恨花期晚》和《蝶恋花·卷絮风头寒欲尽》。

〔3〕《鹧鸪天·守得莲开结伴游》和《采桑子·双螺未学同心结》（译注：应为“双螺未学同心绾”）。

〔4〕《临江仙·梦后楼台高锁》和《鹧鸪天·彩袖殷勤捧玉钟》。参照作者自己所写《小山词》序言。

〔5〕《生查子·坠雨已辞云》。

〔6〕《鹧鸪天·醉拍春衫惜旧香》。

寒食梨花谢。
无处说相思，
背面秋千下。　　(《生查子》)

秦观（1049—1100），高邮人，字少游，进士及第后，被宋哲宗皇帝任命为秘书正字。

作为苏轼的好友，秦观的创作风格却完全不同于苏派的作品。秦观承袭了柳永和李煜的创作传统，尤受李煜影响更大。他的词集《淮海居士长短句》中的部分词作[1]多用俗语、多涉狎媟和细腻描摹，所有这些不禁让我们联想到柳永。然而，让我们的这位词人流芳百世的，毫无疑问是浸润着揪心又无尽的哀愁的词作[2]。这些词和李煜的词句一样令人伤感。让我们一同朗读下面这首《画堂春》：

落红铺径水平池，
弄晴小雨霏霏。
杏园憔悴杜鹃啼，
无奈春归。
柳外画楼独上，

---

〔1〕《河传·乱花飞絮》《满庭芳·山抹微云》《望海潮·星分牛斗》和《望海潮·秦峰苍翠》。

〔2〕《踏莎行·雾失楼台》《江城子·西城杨柳弄春柔》和《虞美人·碧桃天上栽和露》等。

凭栏手捻花枝，
放花无语对斜晖，
此恨谁知？

贺铸（1063—1120），出生于卫州，字方回。宋哲宗皇帝统治初期，他被任命为泗州通判，后来遭到孤立。他的大部分词都创作于晚年时期。

贺铸的词集《东山乐府》展现了两种不同的风格。在他的篇幅长的作品中，我们感受到的是周邦彦的风格[1]；在他篇幅短的作品中，我们感受到的是晏几道的风格[2]。词人的荣光主要归功于他的那些篇幅短的作品。人们反复传诵的是《青玉案·凌波不过横塘路》《芳心苦·杨柳回塘》《忍泪吟·十年一觉扬州梦》这几首词作。

李清照（1081—1145？）是宋朝乃至整个中国最伟大的女词人。她出生于济南，号易安居士。1101年，李清照嫁给了赵明诚。赵明诚出身官宦世家，是太学的学生。他们的生活一度幸福美满。然而，随着北宋王朝覆亡，灾难降临。她家道中落，深爱的丈夫也离开人世。她生命最后的那些年过得十分悲惨。

李清照的作品收录在《漱玉集》中。该词集现已散佚，

〔1〕《伴云来·烟络横林》和《伤春曲·火禁初开》。
〔2〕《浣溪沙·楼角初销一缕霞》和《辨弦声·琼琼绝艺真无价》。

但我们仍然保存下来几十首。这些词的灵感来源于女词人生命中各个时期不同的情感体验。《醉花阴·薄雾浓云愁永昼》《一剪梅·红藕香残玉簟秋》《念奴娇·萧条庭院》吟唱的是爱情和忧思，然而，《武陵春·风住尘香花已尽》《御街行·藤床纸帐朝眠起》《清平乐·年年雪里》则是抒发心灵的悲伤以及对逝者的追忆。我们的这位女词人经常使用通俗而不粗俗的用语〔1〕以及考究且不晦涩的表达〔2〕。例如：

风住尘香花已尽，
日晚倦梳头。
物是人非事事休，
欲语泪先流。
闻说双溪春尚好，
也拟泛轻舟。
只恐双溪舴艋舟，
载不动许多愁。　　（《武陵春》）

另外，我们不能够忽略她的批评文章《词论》。李清照是历史上有记载的第一个探讨词的技法的人。她在文章里

---

〔1〕《声声慢·寻寻觅觅》和《诉衷情·夜来沉醉卸妆迟》。
〔2〕《永遇乐·落日熔金》和《如梦令·昨夜雨疏风骤》。

评论了五代和北宋时期的所有词人，严苛但又不失公正。

范成大，吴县人，生于1126年，卒于1193年。字至能，号石湖。他是宋朝名臣之一，宋孝宗皇帝时期，他官至礼部尚书[1]。

他的诗作（真正意义上的诗）魅力十足，几乎使我们忘记了他的词作。这是极为错误的。汇编在《石湖词》中的词作包含他的很多首代表性的作品[2]。这些词的风格和晏几道的风格相似，但是主题却没有那般悲观。

我们探究了宋朝的三十多位词人。除了这些，我们还可以列举独立作家中的范仲淹、宋祁、张镃和程垓；苏轼的追随者王安石、毛滂和陈与义；周邦彦的追随者中有晁冲之和曹组；辛弃疾的追随者中有张孝祥和陈良；姜夔的追随者中有蒋捷、陈允平、高观国、卢祖皋。为了见证词的繁荣，我们最好关注那些最重要的作家，忽略其他没有那么重要的作家。

---

〔1〕相当于内务部部长。

〔2〕参阅《浪淘沙·黯淡养花天》《醉落魄·栖乌飞绝》《眼儿媚·酣酣日脚紫烟浮》。

第四章　词的衰落

随着宋朝的灭亡，词逐渐走向衰落。要等到四个世纪（1277—1643）之后词才能得以复苏。在词的历史中，这四百年形成了第三个阶段。这段时间里，一种称为“曲”（戏剧化的诗）的新文学体裁盛行，许许多多的文人只进行这种体裁的创作，从而其他的文学体裁或多或少都被忽视了。词当然也不例外。

第一节　金代的词

在研究元朝和明朝的词之前，我们首先要介绍金代的词。

十二世纪初，金人和宋人建立起联系。后来，金战胜了宋，占领了宋王朝的一半领土，即黄河流域。一个多世纪以后，他们又被元人征服。金的文明落后于中原文明，自然会受到中原文明的影响。金代的词发展成为中国诗歌的一个分支。根据词选《中州乐府》记载，这一时期共有36位词人在进行词的创作。我们重点关注其中的五位：吴激、蔡松年、刘仲尹、王庭筠和赵秉文。

吴激（1090？—1145？），建州人，字彦高，宋朝宰相吴栻之子。他迎娶了著名的书法家米芾的女儿。1120年左右，吴激奉命出使金国。金国皇帝对其极为欣赏，强行将他留住。因此，他在金国一直待到生命的最后一刻，并且在那儿担任重要职务。

吴激和苏轼之间的文学关系非常清晰。他的岳父米芾是苏轼的好友之一，二者的词风非常接近。在这样的影响下，吴激创作了词集《东山集词》。《人月圆·南朝千古伤心事》和《满庭芳·谁挽银河》堪称那一时期的代表性作品。

蔡松年（1100？—1170？），字伯坚，真定人。1115年左右，他的家乡被金人侵占，他归顺了金。后来，他相继被任命为吏部尚书和右丞相[1]，后封国公。

他的词收录在《明秀集》中。我们的这位词人可与吴激匹敌，他们的风格一致，也享有同等的名声。二者之间唯一的区别在于词的主题。吴激经常追思家园故国，然而蔡松年却从不如此。事实上，蔡松年极为欣赏苏轼，并且

〔1〕 相当于总理。

经常模仿他[1]。《大江东去·离骚痛饮》《水调歌头·云间贵公子》和《鹧鸪天·解语宫花出画檐》是他最为出名的作品。

刘仲尹（1125？—1185？），生于辽阳，字致居，1157年中进士，官至潞州节度副使。

他的词集《龙山词》已经流失。在他保留下来的作品中，《鹧鸪天·楼宇沉沉翠几重》和《浣溪沙·绣馆人人倦踏青》被认为是其中最美的词。刘仲尹的风格让我们联想到的不再是苏轼，而是晏几道。

王庭筠（1151—1202），熊岳人，字子端，晚号黄华山主。他自幼聪慧，很早就进士及第。历官州县，仕至翰林修撰[2]。

作为词人，王庭筠不同于吴激和蔡松年，而是接近刘仲尹。他的词句情感真挚，形式简朴。《凤栖梧·衰柳疏疏苔满地》和《乌夜啼·淡烟疏雨新秋》便是最好的例证[3]。

赵秉文（1159—1232），生于滏阳，字周臣，号闲闲居士。1185年左右，登进士第。他是当时的著名国士，老年时担任礼部尚书[4]。

尽管赵秉文和刘仲尹、王庭筠同属于明昌词人[5]群体，

〔1〕参阅《水调歌头·玻璃北潭面》和《念奴娇·倦游老眼》的序言。
〔2〕翰林院的官职。
〔3〕王庭筠和赵秉文的作品被收录在《中州乐府》。
〔4〕礼部部长。
〔5〕指的是明昌年间（1190—1195）的词人群体。

但他的风格和他们有所不同。他对苏轼[1]极为仰慕。在他的词中，我们能很明显地感受到这位伟大的宋代词人的影响[2]。也就是在这点上，他预示了元好问的到来。

元好问无疑是金代最伟大的词人。

1190年，元好问出生于秀容。他字裕之，号遗山，是唐朝著名诗人元结的后裔。他的父亲元德明是蔡松年的一位好友，也善于写词。1220年左右，元好问进士及第，后来担任过内乡县令。之后又历任左司都事[3]、左司员外郎[4]。金朝沦亡时，元好问仍然忠诚于金国皇帝，便不再出仕为官。为了防止金代历史和文学被后人遗忘，他开始致力于编纂历史资料，并且编录文学作品，尤其是一些词作[5]。元好问于1257年去世。

《遗山乐府》是元好问的词集。由于元好问有着比前人更加多样、更加全面的天赋，他为我们留下了大量风格各异的代表性作品。当他慨叹国家倾亡，或抒发对大自然的热爱之时[6]，他仿效苏轼和辛弃疾的写作风格；当他表达或

---

〔1〕《大江东去·秋光一片》。

〔2〕《水调歌头·四明有狂客》。

〔3〕 宰相下面的小官。

〔4〕 宰相下面的大官。

〔5〕 特别是上文提及的《中州乐府》。

〔6〕《木兰花慢·流年春梦过》《木兰花慢·对西山摇落》和《鹧鸪天·华表归来老令威》。

忧伤或浪漫的情感[1]之时，他让我们联想到秦观或者晏几道。然而，对他自己而言[2]，最重要的是第一类词。让我们一起来欣赏《水调歌头》：

空蒙玉华晓，
潇洒石淙秋。
嵩高大有佳处，
元在玉溪头。
翠壁丹崖千丈，
古木寒滕两岸，
村落带林丘。
今日好风色，
可以放吾舟。

第二节　元代的词

蒙古王朝，又称为元朝，始于 1277 年，绵延至 1367 年。虽然在与金、宋的抗战中，元人取得了胜利，但元代文学

〔1〕《鹊桥仙·梨花春暮》《江城子·河山亭上酒如川》《鹧鸪天·淡淡青灯细细香》和《清平乐·离肠宛转》。
〔2〕参照其词集的序言。

却受战败者的文学显著影响。就像散文、戏剧和诗（真正意义上的诗）一样，元代的词也可以说是前两个朝代的词的继承者，至今，元代共有 47 部词集保留了下来。在这些词的作者中，白朴、赵孟頫、张翥是佼佼者。

白朴，字仁甫，于 1226 年生于真定。他的父亲白华和伟大词人元好问过从甚密。金都沦陷后，父亲离去，母亲失散，在北逃的过程中，他被元人带走。不久之后，他罹患重病，又是元人像母亲一样细心照顾他。1260 年左右，白朴被带到蒙古朝堂。然而，他对金国始终忠心耿耿，拒绝追逐官场名利。当元朝建立后，他的悲伤愈发加剧，从此只潜心文学创作。晚年时，因他的儿子是蒙古朝廷重臣，皇帝赐予他很高的封号。他于 1290 年左右离世。

在元代文学史中，白朴是一位举足轻重的词人。但他对戏曲的贡献和他对诗词的贡献同样巨大。就戏曲而言，他创作了两部代表作《梧桐雨》和《墙头马上》；诗词方面，他留下一部词集《天籁集》。元好问将白朴抚养长大，悉心教育他，疼爱他，使得他的风格和情感与其恩师有颇多相似之处。他时常引经据典[1]。他使用苏轼曾经用过的韵脚[2]，有时又使用一些不常用的形式进行写作[3]。白朴是苏派和辛派的追随者。

---

〔1〕 参阅《水调歌头・南郊旧坛在》和《宴瑶池・玉龟山》。

〔2〕《念奴娇・江山信美》和《念奴娇・江湖落魄》。

〔3〕《念奴娇・一轮月好》。

苍烟拥乔木，
粉雉倚寒空。
行人日暮回首，
指点旧离宫。
好在龙蟠虎踞，
试问石城钟阜，
形势为谁雄。
慷慨一尊酒，
南北几衰翁。　　（《水调歌头》）

赵孟頫（1254—1322），湖州人，秦王之后，宋朝太祖皇帝的世孙。他字子昂，号松雪道人。宋朝末年，他曾任真州司户参军[1]。后经元代词人及名臣程钜夫举荐，于1285年左右成为了兵部郎中[2]。之后，他被任命为翰林学士承旨[3]，死后追封魏国公。赵孟頫英俊聪慧，是知名的书法家、画家、词人和散文家，在当时称得上是出类拔萃的人物。他的妻子管道昇也是一位知名的艺术家，其绘画作品、文学创作也同样备受赞誉。

赵孟頫醉心于绘画和书法，并不热衷于成为词人。他从事词的创作，只是为了表达他深刻感受到的情感。在他

〔1〕知州辅官。
〔2〕兵部长官。
〔3〕翰林学士的首领。

的词作中，我们找不到任何精雕细琢的痕迹。他的语言简朴，情感高雅真挚，足以让读者着迷。在词集《松雪斋词》中，代表性的作品是《虞美人·潮生潮落何时了》《浪淘沙·今古几齐州》和《蝶恋花·侬是江南游冶子》。让我们一起欣赏最后一首：

侬是江南游冶子，
乌帽青鞋，
行乐东风里。
落尽杨花春满地，
萋萋芳草愁千里。
扶上兰舟人欲醉，
日暮青山，
相映双蛾翠。
万顷湖光歌扇底，
一声吹下相思泪。

张翥（1287—1368），生于晋宁，字仲举。元顺帝统治初期（1333—1370），他被举荐给蒙古朝廷，并被任命为国子助教[1]，后升至翰林学士承旨。张翥年轻时喜爱运动，擅长音律，却并不认真学习，后来他追悔莫及，遂拜词人仇

〔1〕 国子监的教师。

远为师，很快成长为一代词人。

他的词集名为《蜕岩词》。我们的这位词人可与白朴、赵孟頫相媲美。事实上，他是姜派的继承者。他模仿张炎的伤国描写[1]。这是因为，与张炎因宋朝的灭亡而受到的震撼相呼应，他也深受元朝覆灭的影响。张翥也如王沂孙一样，习惯创作咏物词[2]。这也许是因为他的老师仇远和王沂孙属于同一个词人圈子[3]。然而，值得注意的是我们的这位词人的风格和吴文英截然不同，他的词作一点也不晦涩。一天，他泛舟西湖，吟唱道：

垂杨岸、
何处红亭翠馆？
如今游兴全懒。
山容水态依然好，
惟有绮罗云散。
君不见，
歌舞地，
青芜满目成秋苑。
斜阳又晚，
正落絮飞花，

〔1〕《摸鱼儿·涨西湖、半篙新雨》和《齐天乐·红霜一树凄凉》。
〔2〕《水龙吟·芙蓉老去妆残》和《露华·瀛洲种玉》。
〔3〕 参阅文集《乐府补遗》。

将春欲去，

目断水天远。　　（《摸鱼儿》）

在了解了元代这三位大师级词人之后，我们将目光投向那些并没有那么出色的作者，例如王恽、仇远、倪瓒、萨都剌和邵亨贞。

王恽（1227—1304），字仲谋，汲（县）人，一生仕宦，最终官至翰林学士承旨，死后被追封为太原郡公。

正如评论界认为，王恽的创作受到元好问的影响[1]。他名为《秋涧乐府》的词集向我们展现了其作品和辛派作品的相似之处，尤其和刘克庄的词作更为相近[2]。

仇远，字仁近，1261年生于钱塘，他早年中进士，之后在元朝初期担任溧阳教授一职。

在仇远的词集《无弦琴谱》中，我们能够感受到作者情感的凄凉以及表达的精琢，这不禁让我们联想到张炎和王沂孙的作品[3]。值得注意的是，仇远将姜派的诗歌理论教授给学生，从而推动了姜派的复兴，而张翥则是他最优秀的学生。

倪瓒（1301—1374），无锡人，字元镇，号云林居士。

---

〔1〕参照吴梅先生《词学通论》，第159页。

〔2〕《满江红·柱石中朝》《春从天上来·罗绮深宫》和《摸鱼子·望都门、满山晴雪》。

〔3〕《摸鱼儿·爱青山、去红尘远》和《忆旧游·对庭芜黯淡》。

生于富贵之家的倪瓒并不喜欢上层人的生活。他最大的兴趣在于收藏名家字画。其私人藏书楼“清秘阁”颇为有名。大约 1370 年，当时的明朝皇帝召他入宫，他坚辞不赴。

和赵孟頫一样，倪瓒依靠绘画和书法谋生。进行词的创作只是他的业余爱好，他从不在意词的创作技巧。纯净的词风以及高雅的情感凸显出《清秘阁词》中收录的作品〔1〕的价值。

萨都剌，1308 年出生于雁门，字天锡。他于 1327 年前后考取进士，后担任京口录事〔2〕，最终调任河北廉访司经历〔3〕。

萨都剌或许是蒙古词人当中最伟大的一位。他留下了词集《雁门词》。虽然作品的数量不多，但是几乎每一首词都很出色。其中的一些词体现了晏几道和贺铸对他的影响〔4〕，另一些则让我们联想到苏派和辛派的词句〔5〕。

邵亨贞（1309—1401），华亭人，字复孺。他以学识渊博而闻名，被任命为松江训导〔6〕。

我们的这位词人可媲美仇远和张翥。他很大程度上受

〔1〕 例如《人月圆·伤心莫问前朝事》和《小桃红·一江秋水淡寒烟》。
〔2〕 知州秘书。
〔3〕 法官秘书。
〔4〕《小阑·去年人在凤凰池》（译注：应为“小阑干”）。
〔5〕《满江红·六代豪华》。
〔6〕 知府辅官，负责公共教育。

益于姜派。他的词集《蛾术词选》中的大部分词作[1]，无论是风格方面还是情感方面，都和张炎的作品有诸多相似之处。

第三节 明代的词

明朝（1368—1643）时，词逐渐走向衰落。这一时期，没有任何一位词人能与金代或元代的词人相提并论，更不用说媲美宋代的词人了。尽管作品质量存在显著差异，但仍有七位词人值得我们关注，他们是刘基、高启、杨基、杨慎、王世贞、陈子龙和夏完淳。

刘基，又称伯温，于1311年出生于青田，1335年左右考中进士，后担任高安县丞[2]。虽然官职不高，但依然因其德政名声在外。不久后，刘基辞去官职，返回家乡。明太祖平定括苍山后，邀请他到首都金陵。他献上了几篇政论文章，协助建立了帝国。1370年左右，刘基相继被授为太史令[3]和御史中丞，进封（诚意）伯，最终于1375年辞世。

---

〔1〕参阅《渡江云·朔风吹破帽》《摸鱼子·见梅花一番惊感》和《浪淘沙·秋意满平芜》。

〔2〕县令辅官。

〔3〕太史院长官。

在明代文学和政治中，刘基的作用举足轻重。他的成就尤为体现在相对短小的词牌的词作上。这些作品以怀旧、美景以及女性的忧郁为主题。它们形式简洁清晰，描写巧妙传神。在阅读下边的这首词时，读者甚至会忘记作者是一位政治家。

萋萋芳草小楼西，
云压雁声低。
两行疏柳，
一丝残照，
万点鸦栖。
春山碧树秋重绿，
人在武陵溪。
无情明月，
有情归梦，
同到幽闺。　　（《眼儿媚》）

高启（1336—1374），长洲人，字季迪。1370 年左右，他被授予编修[1]，负责撰写元代历史。之后，他升迁至户部侍郎。不幸的是，由于一次编写失误，他被判处死刑。

受苏轼和辛弃疾的影响，高启的词集《扣舷词》里的

---

〔1〕 翰林院官职。

词雄浑豪放。《沁园春·木落时来》和《行香子·如此红妆》或许算得上是他最好的两首词。

杨基（1340？—1400？），嘉州人，字孟载。他自小聪慧，备受同时代著名诗人杨维桢赏识。他先是任荥阳知县，后又担任山西按察副使[1]。

杨基的词集名为《眉庵词》。其中的描写细致美妙，表达工炼新颖[2]。毫无疑问，杨基是姜派，尤其是史达祖的追随者。

杨慎（1488—1559），字升庵或用修，生于新都。他于1511年中进士，后来官至翰林修撰[3]。13年之后，他被流放到永昌卫，在那儿度过了近半个世纪的时光，直至去世。

刘基、高启和杨基去世后，明代的词坛沉寂了一个世纪（1400—1500）。直到杨慎的出现，才让明词重获新生。我们保留有他的词集《升庵词》。正如《转应曲·双燕》《乌夜啼·雨来江涨波浑》和《昭君怨·楼外东风到早》所呈现给我们的那样，杨慎的词色彩丰盈华丽。

王世贞（1526—1590），太仓人，字元美。他于1547年中进士，出任刑部尚书[4]。

以杨慎为榜样，王世贞也创作了很多色彩浓重的词作。

---

〔1〕一个省的司法部门副长官。
〔2〕《夏初临·瘦绿添肥》和《烛影摇红·花影重重》。
〔3〕翰林院官职。
〔4〕司法部部长。

其中,《浣溪沙·窗外闲丝自在游》和《虞美人·浮萍只待杨花去》被誉为他的代表性作品。

陈子龙于1608年出生于青浦，字卧子，号大樽。1637年中进士，授绍兴府推官[1]，后任给事中，最后升为兵部侍郎。明朝灭亡后，他想开展抗清活动。但是，他的计划被敌人识破，因此被捕。成功脱逃后，他于1647年投水殉国。

陈子龙的词作收录在词集《湘真阁词》中。他的词色彩瑰丽、情感深厚、表达雅致，使明代的词得以丰富。陈子龙的成就超过了所有同时代的词人，成为当时的领军人物。他最好的词作接近李煜和冯延巳的作品：

半枕轻寒泪暗流，
愁时如梦梦时愁，
角声初到小红楼。
风动残灯摇绣幕，
花笼微月淡帘钩，
陡然旧恨上心头。　　(《浣溪沙》)

夏完淳（1631—1647），字存古，华亭人，是陈子龙最优秀的弟子。他幼年聪慧，研读了所有的经典著作，年少之时就十分擅长散文和诗歌，很早就任中书舍人。他和老

---

〔1〕一个省的法官。

师陈子龙一起参与抗击清朝的战斗。兵败之后，他被俘虏，依然不屈，最后壮烈牺牲，年仅16岁。

夏完淳英年早逝，但在词的历史中，他仍然占据着无可争议的重要地位。我们保留下来的是名为《玉樊堂词》的词集。他的风格和老师陈子龙相似。他情感丰富，并且经历了家族[1]及国家所有的不幸，因此他留给我们的词作都感人至深，如《烛影摇红·辜负天工》《鱼游春水·离愁心上住》和《一剪梅·无限伤心夕照中》。

所有金代、元代和明代的这些最重要的词人，通常都是在模仿前辈的伟大词人。韦庄和李煜的影响体现在赵孟頫、陈子龙等人的作品中；苏轼和辛弃疾的影响体现在元好问、白朴、高启等人的作品中；张炎和史达祖的影响体现在张翥、仇远、杨基等人的作品中。但是，事实上，他们中没有任何一位能创作出一流的作品。

〔1〕 他的父亲夏允彝、伯父夏之旭都因国家灭亡而以身殉国。

第五章　词的中兴

正如冬去春来，四季更迭，词的衰落后随之而至的是词的复兴。词的复兴发生在满洲王朝，即清朝（1644—1911）时期。清代标志着词这种诗歌体裁历史的最后一个阶段。

词人的数量大增。一些词选，例如王昶的《国朝词综》、王绍成的《国朝词综二编》、黄宪清的《国朝词综续编》、丁绍仪《国朝词综补编》等向我们介绍了3000位词人。出版的大型词集[1]有246部。

这一时期，又出现了一些大家。这些大家取得了巨大的成功，他们的成就超过了刚刚过去的时代的所有词人。

有关词的批评研究也再度繁荣。那些关于音律或修辞规则，以及评论前辈词人的著作之丰富，甚至超过宋代。

陈维崧的陈派，朱彝尊的朱派以及纳兰性德的纳兰派

---

〔1〕参阅孙默的《清名家诗余》，聂先、曾王孙的《百名家词》，王昶的《琴画楼词钞》，缪荃孙的《云自在龛汇刻名家词》，徐乃昌的《闺秀百家词》，龚翔麟的《浙西六家词》等。

代表着词的三个主要趋势。第一个词派传承自苏轼和辛弃疾；第二个传承自周邦彦和姜夔；至于第三个，则根植于韦庄、冯延巳和李煜。

第一节　陈　派

这三个派别的领袖中，年龄最大的是陈维崧。他于1625年生于宜兴，字其年，号迦陵。陈维崧出身于名门望族，父亲陈贞慧是严肃好学之人，在政治文学团体“复社”中备受推崇。他有五个儿子，其中陈维嵋、陈维岳和陈维崧最为有名。这三个儿子都深耕词作。陈维嵋留给我们的是词集《亦山草堂词》，陈维岳的词集是《红盐词》。陈维崧的成就远远超过他的两个兄弟。

因为一篇文学论文，陈维崧在九岁时便已颇负盛名，后来又受到大作家龚鼎孳的欣赏。他与彭古晋、吴汉槎并称为“江左三凤”。中秀才后过了很长一段时间，他被特别举荐给皇帝，参加博学鸿词科[1]，于1679年取得成功，授检讨[2]，三年之后溘然长逝。“山鸟山花是故人”是陈维崧

〔1〕这个考试指的是皇帝只接待已经颇有名气的作家和学者的考试。应考者通常是由朝廷重臣举荐。

〔2〕翰林院官职。

留给后人的绝唱。

陈维崧的诗词创作非常丰富。词集《迦陵词》共计30卷。其中的几首词作，尤其是《东风第一枝·檐溜才停》和《丁香·碎锦成斑》因为细腻的描写和精炼的表达而备受关注，这与他和朱彝尊[1]的友谊密切相关，也许是受到了朋友的一些影响。

《迦陵词》中的大部分作品都遵循了苏轼和辛弃疾风格。陈维崧在创作上远远超越元好问、白朴和高启。只有在他的作品里，我们才能再次领略高山大河之美。他的词激发出一种如同我们在听军乐时被唤起的那种情感。下边是他的一首词作，该词的灵感来源于一幅画作。

如今潮打孤城，
只商女船头月自明。
叹一夜啼乌，
落花有恨；
五陵石马，
流水无声。
寻去疑无，
看来似梦，
一幅生绡泪写成。

〔1〕朱彝尊的相关研究将在后文展开。

携此卷，
伴水天闲话，
江海余生。　　（《沁园春》）

陈派的成员众多。我们在此只对其中五位展开介绍：吴绮、万树、黄景仁、张惠言和文廷式。

吴绮（1619—1694），江都人，字园茨。在选为贡生[1]后，他先任中书[2]，后任湖州知府。因为得不到上级青睐，他不得不辞官。之后，他和同时期的几位作家共同创建了“春江花月社”团体，晚年一心致力于文学创作。

他所创作的词集叫做《艺香词》。伟大的词人朱彝尊[3]认为这部词集体现出作者和陈允平[4]之间的相似之处。然而，这一观点并不准确。在吴绮的作品中，我们读到的更多的是苏轼、辛弃疾，有时甚至有贺铸的影子。《满江红》和《点绛唇·几度莺啼》在这方面可以作为我们的证据。

万树（1630？—1690？），字红友，生于宜兴。他和刘过、吴文英一样，曾在当时仕宦显贵府中做幕僚。在人生的最后几年里，1680年左右，他被两广总督吴兴祚招募为秘书。

---

〔1〕贡生是在秀才和举人之间的级别。
〔2〕皇家抄写员。
〔3〕参阅《国朝词综》，第4卷，第1页。
〔4〕姜夔词派的拥护者。

在此期间，万树完成了他的伟大作品《词律》。

在前辈词人中，万树尊苏轼和黄庭坚为老师，所以他的风格也一直保持着豪迈雄壮的特点。[1]此外，他非常善于创作回文[2]形式的词句。尽管这只是一种诗歌游戏，但我们可以从中看到作者技巧之娴熟。他的词收录在三部词集中:《香胆词》《堆絮词》和《璇玑碎锦》。

黄景仁，字仲则，1749年生于武进。人虽聪慧，但是时运不济，他只是成为了贡生。他的一生大部分时间都在四方云游。他到访过九华山、匡庐山等名山以及彭蠡湖和洞庭湖等大湖。1783年，黄景仁从北京出发前往山西省，在中途去世。

《竹眠词》是黄景仁的词集。他用骑士般的优雅，歌唱自己的苦难。下边的这几首也许就是其代表性作品:《沁园春·读书万卷》和《沁园春·久客京华》以及《水调歌头·一幅好东绡》。

张惠言，字皋文，与黄景仁是同乡。进士及第后，他被任命为编修。张惠言热衷易学，而《易经》是所有经书中最难研究的作品之一。张惠言也是一位伟大的散文家。是他和恽敬一起创立了“阳湖派”。

作为词人，张惠言是常州词派的领袖。他重视词的命意，

---

〔1〕 参阅例如《江城子·醉来扶上木兰舟》。
〔2〕 每一句都可以反方向阅读。

认为一个好的命意是一首词作最重要的元素，或多或少就会忽略音律。所以，他极为推崇苏派，认为苏派词人是最出色的。从这一视角来看，常州词派只是陈派的一个分支。他的词集《茗柯词》只有四十几首，其中《水调歌头·长镵白木柄》《水调歌头·珠帘卷春晓》[1]以及《木兰花慢·尽飘零尽了》是其中最引人注目的词篇。

文廷式（1856—1904），生于萍乡，字道希。他是大儒陈澧的入室弟子，1890年左右进士及第，授职编修。这一时期，慈禧太后掌权。文廷式因忤慈禧太后的旨意，于1896年被迫辞官。1898年他远赴日本，两年后返回中国，后在湖南旅行途中与世长辞。

清朝末期，词几乎是朱派的天下。《云起轩词》的撰写者文廷式站起来反对朱派[2]。他忽略音律，无视精炼的表达，忠诚于辛弃疾的词。在他的代表性作品，如《八声甘州·响惊飙、越甲动边声》《水龙吟·落花飞絮茫茫》等中，我们可以瞥见一位吟唱的公子，悲伤又壮烈。

---

〔1〕译注：应为“疏帘卷春晓”。
〔2〕参阅作者自己所写《云起轩词》序言。

第二节　朱　派

朱派是与陈派匹敌的一个词派，由伟大词人朱彝尊创立。

朱彝尊，字锡鬯，号竹垞，1629 年出生于秀水。他的曾祖父朱国祚是明朝重臣。年轻时，我们的词人就预感到明朝大厦将倾，因此放弃科举备考，只专注于经典著作的研读。为谋生计，他几乎游历整个中国。同时，他继续进行历史研究，认真考察他在每次旅途中发现的碑文。

清朝初期的 1679 年，举办了一场被称作“博学鸿词”的考试，朱彝尊被推荐参加并且被录取，授检讨一职，之后他辞掉官职，退隐归乡。1702 年，在他在南方旅行期间，清圣祖皇帝题了“研经博物”〔1〕四个字，用以称颂他的博学。他于 1709 年去世，终年 80 岁。

元朝之后，姜派走向衰落。只有韦庄、冯延巳和李煜的作品引领着那个时期的词人。朱彝尊和他的朋友们一起，重新赋予了旧词派以活力〔2〕。他宣称：“不师秦七，不师黄九，倚新声、玉田差近。”〔3〕

---

〔1〕 意思是他深入研究经书，通晓这门学问的很多分支。

〔2〕 参阅厉鹗《东城杂记》。

〔3〕 参阅《解佩令 · 十年磨剑》。

事实上，朱彝尊最好的作品中[1]均体现出张炎的主要优点。根据不同的体裁，朱彝尊的词作可分成四个小集子：《江湖载酒集》里收录的是一些抒情的词，《静志居琴趣》包含的是一些风流的词，《茶烟阁体物集》则是一些状物的词，《蕃锦集》汇集了一些被称为“集句”[2]的词。然而，从文学的角度看，让我们的词人名垂青史的非《江湖载酒集》莫属。让我们一同欣赏其中的《卖花声》：

衰柳白门湾，
潮打城还。
小长干接大长干。
歌板酒旗零落尽，
剩有渔竿。
秋草六朝寒，
花雨空坛[3]。
更无人处一凭阑。
燕子斜阳来又去，
如此江山。

〔1〕《渡江云·鼕鼕街鼓歇》《高阳台·桥影流虹》和《风蝶令·青盖三杯酒》。
〔2〕指的是由一些借自于以前的词人的词句组成的词。
〔3〕相传，梁朝时，一个著名的和尚在这个祭坛上布道非常成功，因此一些花儿从天上落下来围绕在他周围。

曹溶（1613—1685），秀水人，字秋岳，号倦圃。明代进士，官至御史[1]。清朝初期，他在广东和山西两省担任重要官职，晚年时被任命为户部侍郎[2]。

作为伟大词人朱彝尊的师友，曹溶对朱彝尊的创作产生了积极的影响[3]。曹溶的模仿对象也是张炎，而非之前的其他词人。在他的词集《静惕堂词》中，我们可以找到很多佐证，例如，《一萼红·爱柔花、向朱阑借得》[4]《凤凰台上忆吹箫·烧烛鸿天》等。

厉鹗（1692—1752），字太鸿，号樊榭。他出生于钱塘，1720年考中举人。1736年被举荐参加博学鸿词科，名落孙山，备受打击，从此以后只是潜心于文学，16年后去世。

厉鹗给我们留下了一部珍贵的词集——《樊榭山房词》。和朱彝尊略微不同的是，他的词句更加工炼，接近姜夔和史达祖[5]。《琵琶仙·休恨无山》《角招·话离索》《忆旧游·溯流云去》[6]和《八归·初翻雁背》被评论界认为是他最优美的词作。

项鸿祚（1798—1835），和厉鹗同出生于钱塘，字莲生。大约1830年中举人，去世时37岁。

---

〔1〕监察官员。
〔2〕财政部副部长。
〔3〕参照朱尊彝所写的《静惕堂词》序言。
〔4〕译注：应为“变柔花、向朱栏借得”。
〔5〕参阅《国朝词综》，第20卷，第1页引用的徐紫珊的评论。
〔6〕译注：应为“溯溪流云去”。

他并不模仿姜夔、史达祖或者张炎，而是崇拜吴文英[1]。项鸿祚作品的特色在于他抒发的忧愁由灵魂深处升发，而不是来自于人生的变故。在收录在《忆云词》的那些作品中，读者反复阅读的是《木兰花慢·橹声摇淡月》《兰陵王·晓阴薄》和《阮郎归·阖闾城下漏声残》。

蒋春霖，字鹿潭，于1818年生于江阴。做过清文宗皇帝（卒于1861年）时的盐大使[2]。他一生穷困潦倒，后因情事不顺，于1868年自杀。

蒋春霖的词集《水云楼词》不仅在形式的精炼与技法的和谐上有所成就，更在于其主题的丰富，尤其是对十九世纪中期洪秀全起义期间的战争掠夺的描绘[3]。经历战争这一沉痛的事件，词人的情感愈发真挚感人。和杜甫[4]的作品一样，他的词拥有历史和文学双重价值。相较于先前的词，我们觉得蒋春霖的作品更加接近于姜夔[5]。

王鹏运，生于1848年，卒于1904年，临桂人，字幼霞。1870年中举人，20年之后授御史。人生最后的一段岁月里，他辞去官职，到南京、上海等地旅行。

《半塘词稿》是王鹏运的词集。这部词集清晰地向我们

---

〔1〕吴梅先生《词学通论》，第211页。

〔2〕主管盐业的官员。

〔3〕参见《木兰花慢·泊秦淮雨霁》《水龙吟·一年似梦光阴》《淡黄柳·寒枝病叶》《扬州慢·野幕巢乌》。

〔4〕唐朝最伟大的诗人，因讲述将领安禄山叛乱历史的诗歌而闻名。

〔5〕《词学通论》，第187页。

展示了作者创作风格的整个演变过程。《长亭怨慢·乍吹起秋心千叠》和《齐天乐·新霜一夜秋魂醒》两首词创作于1885年左右，是他模仿姜夔和王沂孙创作的标志性作品。1895年左右创作的《念奴娇·登临纵目》和《木兰花慢·茫茫尘海里》两首词十分接近辛弃疾的作品。在1899年到1904年期间创作的词，例如《尉迟杯·和愁凭》《水龙吟·岁寒禁惯冰霜》中，我们又领略到吴文英的词风。需要补充的是，受到所谓常州派的影响，王鹏运也认为好的意旨是词的最重要的元素，但他同时又不忽略音乐的作用。这样，王鹏运就开创了一个被称为桂（广西省）派的词派，然而这只是朱派的一个分支而已。

郑文焯，号叔问，于1856年生于铁岭。他的父亲曾任陕西巡抚。和他几个纨绔兄弟不同，郑文焯热爱文学研究。1875年中举人后，他成为内阁中书[1]，之后，任江苏巡抚幕僚。因为迷恋苏州的美景，他晚年旅居于此，直到1918年去世。

评论家[2]普遍认为郑文焯是姜夔的追随者。他非常欣赏宋代这位伟大词人的个人品质[3]，甚至生活方式都和他一样。此外，郑文焯也在词的序言中探讨音律[4]。他的词

---

〔1〕皇家抄写员。

〔2〕参阅《瘦碧词》序言，由王树荣、易顺鼎、刘子雄等撰写。

〔3〕参阅作者本人撰写的《瘦碧词》序言。

〔4〕例如，《满江红·绀海文漪》。

集《瘦碧词》《冷红词》《箬雅》等，凭借与《白石道人歌曲》同样的魅力，吸引着我们。我们可以认为郑文焯的作品，如《摸鱼儿·渺吴天觅愁无地》《西子妆慢·山送月来》和《扫花游·年涯草草》等，亦可与姜夔的作品比肩而立。

第三节　纳兰派

纳兰性德，第三个词派的创始人，生于1655年，字容若。他的父亲纳兰明珠是清朝初期著名的朝廷重臣。纳兰性德才能全面，文武兼修，尤其在诗词方面取得了巨大成就。他不到18岁就中进士[1]，之后被任命为侍卫[2]。那一时期的很多伟大作家，例如朱彝尊、陈维崧、严绳孙，姜宸英、顾贞观等都被他的文学声誉和热情所吸引，经常出入他的府上。他和众多文学名士一起学习，又受到当朝皇帝青睐，生活得十分幸福。但随着他的容貌俏丽、诗才横溢的妻子[3]突然离世，这样的幸福也便一去不返。纳兰性德于1685年去世，年仅30岁。

纳兰性德是李煜的追随者，这一点毋庸置疑。在这两

〔1〕 译注：应为18岁中举人。

〔2〕 皇家护卫。

〔3〕 纳兰性德的妻子创作了一部词集，名为《选梦词》。

位伟大的词人之间，我们发现许多相似之处。他们同样出生于贵族家庭，且都有一颗感时伤怀的心。他们的作品均表现出对痛苦的深刻体悟，风格也都简洁明晰。在阅读纳兰性德的词集《饮水词》时，没有一个读者不被感动。例如：

药阑携手销魂侣，
争不记、看承人处。
除向东风诉此情，
奈竟日、春无语。
悠扬扑尽风前絮，
又百五、韶光难住。
满地梨花似去年，
却多了、廉纤雨。　　（《秋千索》）

彭孙遹（1631—1700），字骏孙，海盐人。1659年进士及第，后和陈维崧、朱彝尊同时参加博学鸿词科并取得成功。之后他历官礼部侍郎〔1〕、掌院学士〔2〕和《明史》总裁〔3〕。他退隐之时，康熙皇帝赐其居“松桂堂”匾额。

彭孙遹的词集《延露词》以绮丽的词风著称。虽然词

〔1〕内务部副部长。
〔2〕翰林院负责人。
〔3〕主编。

集中的作品，如《生查子 · 薄醉不成乡》《浣溪沙 · 翠浪生纹点曲池》[1]以及《踏莎行 · 莺掷金梭》所传达的情感没有那么感人，但仍然让我们经常联想到晏几道的《小山词》。

王士祯（1634—1711），新城人，字贻上，号渔洋山人。他是他所处时代的伟大作家、能力颇强的朝廷官员，老年时官至刑部尚书。

彭孙遹认为[2]，王士祯拥有苏轼、辛弃疾、姜夔和史达祖身上所具备的词人的所有品质。这样的赞美大概未免有些过誉了，同时，这样的评价也略显片面。事实上，李清照对于我们这位词人的影响更为深远。在其词集《衍波词》中，他频繁运用这位伟大女词人的韵脚[3]，使他的词作[4]展现出和《漱玉集》同样的美感。

顾贞观（1637—1690？），纳兰性德的挚友，出生于无锡，字华峰，近30岁时中举人，担任国史院典籍[5]。

顾贞观的词收录在《弹指词》中，这部词集展现出两种品质：语言的简洁和情感的笃深。在欣赏这些词的时候，

---

〔1〕译注：应为“翠浪生纹涨曲池”。

〔2〕引自《国朝词综》，第2卷，第1页。

〔3〕参照《凤凰台上忆吹箫 · 镜影冰圆》（译注：应为“镜影圆冰”）《点绛唇 · 水满春塘》和《醉花阴 · 香闺小院闲清昼》。

〔4〕参照《浣溪沙 · 柳暖花寒雨似酥》《浣溪沙 · 北郭清溪一带流》和《菩萨蛮 · 玉兰花发清明近》。

〔5〕专门为皇帝记录历史的官员。

读者会被感动，却不会发现作者刻意为之的痕迹[1]。

王时翔，号小山，生于太仓。他是诸生，于1730年左右任晋江知县。大约10年之后，他晋升为成都知府，于1744年69岁时去世。

十八世纪上半叶，我们关注的流派不再繁荣，陈派和朱派却蓬勃发展。王时翔是唯一一个忠诚地追随晏几道[2]并且取得瞩目成绩的人。他的家族中的好几位成员都按照同一趋向进行词的创作[3]，纳兰派因此复兴。王时翔为我们留下了好几部词集[4]。《采桑子·梨花小院东风谢》《采桑子·凉波倒浸层楼影》《临江仙·一段旅情无处著》和《浣溪沙·细雨尖风欲断魂》通常被认为是他的代表性作品。

王国维（1877—1927），海宁人，字静安。清朝德宗皇帝（1875—1908）统治末期，他赴日本留学，之后在学部谋了个职位。辛亥革命后，他再次东渡日本，大概10年之后回到中国。后来，北京大学和清华大学聘请他为研究所主任。由于受到1927年国民革命的威胁，他最终投湖自尽。

作为伟大的文献学家和考古学家，王国维经常被研究词

---

〔1〕参照《贺新郎·季子平安否》和《贺新郎·我亦飘零久》，《眼儿媚·手卷湘帘雨初收》和《采桑子·秋来看尽星河也》。

〔2〕参照《国朝词综》，第24卷，第1页。

〔3〕参照谢章铤《赌棋山庄词话》，王汉舒《香雪词钞》，王愫《林屋诗余》，王辂《滓虚词》和王嵩《别花人语》。

〔4〕《香涛集》《绀寒集》《青绡乐府》《初禅绮语》和《旗亭呓语》。

史的学者所忽略。然而，收录在《观堂集林》[1]末部的他的作品，向我们展示了一位才华横溢的词人。他非常善于表现爱情的痛苦以及赞颂牺牲的美好。王国维的风格接近冯延巳，但也许更为雅致。在读过他的词作，如《蝶恋花·昨夜梦中多少恨》《蝶恋花·斗觉宵来情绪恶》《清平乐·垂杨深院》《苏幕遮·倦凭阑》等之后，我们不难察觉到这一点。

第四节　批评研究

最后，我们快速将目光转向那些词学研究著作。清朝时期，词的研究成果丰硕，涉及词的技法研究的著作有 20 多部，选集近 50 部，评论作品大约 40 部。在此，我们不打算逐一列举这些成果，而是重点探究其中的十几部。

关于技法方面的研究作品，我们仅提及《词律》《钦定词谱》和《词林正韵》。

《词律》由吴兴祚于 1687 年出版，是诗人万树的代表作品。即便到今天，《词律》也仍然是一部弥足珍贵的作品。它包含了 660 个词牌，共计 20 卷。作者在这部著作中精心研究了词牌的不同形式，文本的句读和汉字的声调。各词

[1] 由蒋汝藻出资出版的王国维的历史、文学作品集。

牌根据字数由少到多进行编排。他为每个词牌选取的例子均来自一些知名作家，并附有非常实用的注解。严绳孙[1]认为《词律》是关于词的技法的最好的著作，在《词律》出版后，我们就明白明代词人为什么籍籍无名。这个评论绝非言过其实。[2]

《词律》出版30年后，《钦定词谱》问世。在清圣祖皇帝的支持下，这部作品相较于之前的著作材料更为翔实。该书共计40卷，包含826个词牌。糟糕的是，书中将很多曲的曲牌和词的词牌都混到了一起，这样的做法略微降低了这部著作本身的价值。

《词林正韵》出版于1821年，作者是戈载。在研究先前最好的作品[3]的基础上，戈载把《集韵》[4]的韵脚划分为19部[5]。他精通词[6]和语音学，因此取得巨大成功是自然而然的事情。我们很有必要了解他在序言中所概述的词的音律。

在词选中，《词综》和《历代诗余》是最为重要的两部。

《词综》由著名词人朱彝尊编写，出版于1678年。第

---

〔1〕参照他写的《词律》序言。（也参阅刘毓盘《词史》，第103页。）

〔2〕当然，每部作品都会存在一些不足之处。清朝末期的两位学者徐本立和杜文澜曾试图对万树作品加以补充。徐本立撰写了《词律拾遗》，杜文澜撰写了《词律补遗》。两位学者共增补了215个词牌。

〔3〕参照顾千里所写的《词林正韵》序言。

〔4〕宋代韵脚词典。

〔5〕参阅本研究的第一章。

〔6〕他创作了词集《翠薇雅词》，也编纂过一些词选，例如《七家词选》等。

一版只有30卷，后来的版本包括36卷。这是一部了不起的作品，涵盖了从唐代到元代的漫长时期。书中出现的词人有500位左右，选入的作品超过2000首。每位入选的作家都有一个简要的介绍，有时还附有一些评论文章。为了撰写这部词选，朱彝尊从他的朋友们那儿借入了大量的书籍，或是手稿或是印刷品[1]。他从大约160部词集、20多部词选，以及从官方史书、稗官野纪、批评著作等中寻找素材。他曾萌生过撰写一部明代词选的计划，但最终没有完成[2]。

《历代诗余》是在清圣祖皇帝的授意下编定而成的，于1707年出版。100卷的篇幅包括从唐代到明代的大约9000首词作。这些词作不是按照时间顺序排列，而是根据词牌进行分类。这部伟大的作品末尾附有两个附录，一个是一些传记注释，另一个是一些文学批评。这两个附录对于词学研究均具有重要意义。

关于批评作品，最为著名的是《词苑丛谈》《词林纪事》《听秋声馆词话》《赌棋山庄词话》和《人间词话》。

《词苑丛谈》的作者是徐釚，共计12卷，因其内容的宏富而著称。在这部著作中，我们不仅能读到作者的观点，

---

〔1〕参阅作者自己为词选所写的序言。

〔2〕后来的一些学者撰写了很多书籍进行增补，尤其是陶梁编纂的《词综补遗》、王昶编纂的《明词综》《国朝词综》、王绍成编纂的《国朝词综二编》、黄宪清编纂的《国朝词综续编》、丁绍仪编纂的《国朝词综补编》等。这些著作共计大约200卷。

也能读到出自先前著作中的一些评论。

《词林纪事》共 20 卷，是张宗橚的著作，包含词人的传记以及关于他们的词作的评论。书的内容根据年代编排。和《词苑丛谈》一样，《词林纪事》因其资料的丰富，对于词的研究来说也是不可或缺的。

丁绍仪的传世之作是《听秋声馆词话》。这部著作共 20 卷。丁绍仪是姜夔派的继承者之一，但他也很欣赏其他词派的领袖。因此可以说，丁绍仪的观点是客观的。另外，他对《词综》和《词律》的批评是严格的，但也是公正的。

谢章铤的《赌棋山庄词话》共 12 卷。与丁绍仪不同，谢章铤被认为是苏轼特别是辛弃疾的仰慕者。这是一位无情的批评家。他既不喜欢陈派，也不喜欢朱派，只有纳兰性德继承者能够逃脱他的嘲笑。

王国维是第一个了解欧洲文学的中国评论家，他的传世之作是《人间词话》。虽然在词作的数量上不及其他著作，但在质量上，《人间词话》却遥遥领先。王国维的主要功绩在于清楚地告诉我们那些词作的优点与不足，以及词人们在文学史上的地位。他极为推崇冯延巳、李煜、辛弃疾和纳兰性德，然而又用最严厉的方式评判周邦彦、姜夔、吴文英和张炎。

我们注意到，清朝灭亡后，词逐渐走向衰落。为这一诗歌体裁注入活力的批评家和作家日趋稀少。尽管王国维和郑文焯活到辛亥革命后，但是中华民国最初的 23 年间，却再也没有出现过任何一位新领袖。这一次，很可能是词的真正覆亡，而不仅仅是短暂的没落。

这种状况无疑与革命，同时还有政治体制改变了此时中国的精神文化有关。一些文人从西方回国后，将国外的文学元素引入中国，特别是“新诗”“自由诗”“散文诗”等。作者们力图从诗词创作规则的枷锁中挣脱出来，而诗、词、曲在一千多年的时间里就一直恪守着这些规则。因此可以说，这一文学解放运动宣判了词以及其他体裁的必然死亡。

最近，一些词人又试图复活词，因此有了被称作“新词”的运动。他们稍微改变旧的规则，以获得革命者的支持，并且延长词的生命。但是，毫无疑问，这种努力注定失败。从此，“词”的研究只是一种历史研究，“词”这一术语也将成为过去式。

批阅：1935 年 1 月 14 日
巴黎大学文学院院长 H. 德拉瓦

批阅以及准予印刷：
巴黎大学区区长　S. 夏尔勒迪

参考文献

温庭筠:《温飞卿词》(温庭筠词集),版本:《词家传记》,1922年,北京。

韦庄:《韦端己词》(韦庄词集),版本:《词家传记》,1922年,北京。

李璟和李煜:《南唐二主词》(南唐两位国君的词集),版本:《词家传记》,1922年,北京。

冯延巳:《阳春集》(冯延巳词集),版本:《四印斋汇刻词》,1888年,北京。

张先:《张子野词》(张先词集),版本:《彊村丛书》,1917年,上海。

柳永:《乐章集》(柳永词集),版本:《彊村丛书》,1917年,上海。

欧阳修:《六一词》(欧阳修词集),版本:《六十一家词》,1910年,上海。

《醉翁琴趣外篇》(欧阳修词集),版本:《双照楼汇刻词》[1]。

周邦彦:《清真集》(周邦彦词集),版本:《四印斋汇刻词》,1888年,北京。

万俟咏:《大声集》(万俟咏词集),版本:《词家传记》,1922年,北京。

晁端礼:《闲斋琴趣外篇》(晁端礼词集),版本:《双照楼汇刻词》。

田为:《田不伐词》,版本:《词家传记》,1922年,北京。

吕滨老:《圣求词》,版本:《六十一家词》,1910年,上海。

〔1〕 此集由生活在清朝末期的吴昌绶出版。

蔡伸:《友古词》(蔡伸词集),版本:《六十一家词》,1910年,上海。
苏轼:《东坡乐府》(苏轼词集),版本:《彊村丛书》,1917年,上海。
黄庭坚:《山谷词》(黄庭坚词集),版本:《六十一家词》,1910年,上海。
晁补之:《晁氏琴趣》(晁补之词集),版本:《六十一家词》,1910年,上海。
叶梦得:《石林词》(叶梦得词集),版本:《六十一家词》,1910年,上海。
向子諲:《酒边词》(向子諲词集),版本:《六十一家词》,1910年,上海。
辛弃疾:《稼轩长短句》(辛弃疾词集),版本:1928年,上海。
朱敦儒:《樵歌》(朱敦儒词集),版本:《四印斋汇刻词》,1888年,北京。
陆游:《放翁词》(陆游词集),版本:《六十一家词》,1910年,上海。
刘过:《龙洲词》(刘过词集),版本:《彊村丛书》,1917年,上海。
刘克庄:《后村长短句》,版本:《彊村丛书》,1917年,上海。
姜夔:《白石道人歌曲》(姜夔词集),版本:《彊村丛书》,1917年,上海。
史达祖:《梅溪词》(史达祖词集),版本:《四印斋汇刻词》,1888年,北京。
吴文英:《梦窗词集》(吴文英词集),版本:《彊村丛书》,1917年,上海。
周密:《蘋洲渔笛谱》(周密词集),版本:《彊村丛书》,1917年,上海。
王沂孙:《花外集》(王沂孙词集),版本:《四印斋汇刻词》,1888年,北京。
张炎:《山中白云词》(张炎词集),版本:《彊村丛书》,1917年,上海。

晏殊:《珠玉词》(晏殊词集),版本:《六十一家词》,1910年,上海。

晏几道:《小山词》(晏几道词集),版本:《彊村丛书》,1917年,上海。

秦观:《淮海居士长短句》(秦观词集),版本:《彊村丛书》,1917年,上海。

贺铸:《东山乐府》(贺铸词集),版本:《四印斋汇刻词》,1888年,北京。

李清照:《漱玉集》(李清照词集),1928年,北京。

范成大:《石湖词》(范成大词集),版本:《彊村丛书》,1917年,上海。

吴激:《东山集词》(吴激的词集),版本:《词家传记》,1922年,北京。

蔡松年:《明秀集》(蔡松年词集),版本:《四印斋汇刻词》,1888年,北京。

刘仲尹:《龙山词》(刘仲尹词集),版本:《词家传记》,1922年,北京。

元好问:《遗山乐府》(元好问词集),版本:《彊村丛书》,1917年,上海。

白朴:《天籁集》(白朴词集),版本:《四印斋汇刻词》,1888年,北京。

赵孟頫:《松雪斋词》(赵孟頫词集),版本:《汇刻名家词》,1689。

张翥:《蜕岩词》(张翥词集),版本:《彊村丛书》,1917年,上海。

王恽:《秋涧乐府》(王恽词集)。版本:《彊村丛书》,1917年,上海。

倪瓒:《清秘阁词》(倪瓒词集),版本:《灵鹣阁汇刻词》[1]。

萨都剌:《雁门词》(萨都剌词集),版本:《灵鹣阁汇刻词》。

邵亨贞:《蛾术词选》(邵亨贞词集),版本:《四印斋汇刻词》,

〔1〕 此集由江标(1860—1899)编纂。

1888年，北京。
刘基:《刘文成公词》(刘基词集)，版本:《词家传记》，1922年，北京。
高启:《扣舷词》(高启词集)，版本:《四部丛刊》，1922年，上海。
杨基:《眉庵词》(杨基词集)，版本:《词家传记》，1922年，北京。
杨慎:《升庵词》(杨慎词集)，版本：1924年，南京。
王世贞:《弇州山人词》(王世贞词集)，版本:《词家传记》，1922年，北京。
陈子龙:《湘真阁词》(陈子龙词集)，1925年，南京。
夏完淳:《玉樊堂词》(夏完淳词集)，版本：1925年，南京。
陈维崧:《迦陵词》(陈维崧词集)，版本:《清名家诗余》[1]。
吴绮:《艺香词》(吴绮词集)，版本:《百名家词》[2]。
万树:《香胆词》(万树词集)，版本:《百名家词》。
《堆絮词》和《璇玑碎锦》(万树词集)，版本:《词家传记》，1922年，北京。
黄景仁:《竹眠词》(黄景仁词集)，版本:《词家传记》，1922年，北京。
张惠言:《茗柯词》(张惠言词集)，版本:《词家传记》，1922年，北京。
文廷式:《云起轩词》(文廷式词集)，1922，上海。
朱彝尊:《江湖载酒集》(朱彝尊词集)，版本:《百名家词》。
《静志居琴趣》《茶烟阁体物词》和《蕃锦集》(朱彝尊词集)，版本:《词家传记》，1922年，北京。
曹溶:《静惕堂词》(曹溶词集)，版本:《百名家词》。
厉鹗:《樊榭山房词》(厉鹗词集)，版本:《四部丛刊》，1922年，上海。
项鸿祚:《忆云词》(项鸿祚词集)，版本:《词家传记》，1922年，北京。

〔1〕此集由孙默（1614—1693）编纂。
〔2〕此集由聂先（十七世纪）和曾王孙（1624—1699）编纂。

蒋春霖:《水云楼词》(蒋春霖词集),版本:《云自在龛汇刻名家词》[1]。

王鹏运:《半塘词稿》(王鹏运词集),版本:《词家传记》,1922年,北京。

郑文焯:《瘦碧词》《冷红词》《笤雅》《樵风乐府》《比竹馀音》(郑文焯词集),版本:《大鹤山房全书》,1925年,上海。

纳兰性德:《饮水词》(纳兰性德词集),版本:《百名家词》。

彭孙遹:《延露词》(彭孙遹词集),版本:《清名家诗余》。

王士祯:《衍波词》(王士祯词集),版本:《清名家诗余》。

顾贞观:《弹指词》(顾贞观词集),版本:《百名家词》。

王时翔:《香涛集》《绀寒集》《青绡乐府》《初禅绮语》《旗亭呓语》(王时翔词集),版本:《词家传记》,1922年,北京。

王国维:《观堂长短句》(王国维词集),版本:《王忠悫公遗书》,1927年,天津。

*

《全唐词选》(唐朝和五代词选),版本:1921年,上海。

《金奁集》(古代词选),版本:《彊村丛书》,1917年,上海。

《云谣集杂曲子》(各类词选),版本:《彊村丛书》,1917年,上海。

元好问:《中州乐府》(金代词选),版本:《彊村丛书》,1917年,上海。

*

张炎:《词源》(词的源头),新版:1926年,北京。

万树:《词律》(词的规则),新版:1926年,上海。

戈载:《词林正韵》(词的韵脚词典),版本:《四印斋汇刻词》,1888年,北京。

[1] 此集由缪荃孙(1844—1919)编纂。

附 录

影印法文原稿

（原长 24.5cm 宽 15cm）

LA TECHNIQUE ET L'HISTOIRE DU TS'EU

THÈSE

pour le Doctorat d'Université
présentée à la Faculté des Lettres
de l'UNIVERSITÉ DE PARIS

PAR

FENG SHU-LAN

Ancien maître de conférence à l'Université de Pékin
Licenciée ès lettres de l'Université Normale de jeunes filles

LIBRAIRIE L. RODSTEIN
17, Rue Cujas, 17
PARIS (V^e)

1935

La Faculté n'entend donner aucune approbation, ni improbation aux opinions émises dans les thèses ; ces opinions doivent être considérées comme propres à leurs auteurs.

PREFACE

Le « ts'eu » *est un des principaux genres de la poésie chinoise. Mais il n'est guère connu en Europe; à ma connaissance, il n'en existe ni traductions ni études critiques. Même en Chine, très peu de travaux systématiques sur le* « ts'eu » *ont été faits jusqu'ici, bien qu'on l'enseigne dans presque toutes les facultés des lettres. C'est pourquoi j'ai entrepris la présente étude.*

Je me fais un agréable devoir de manifester ma profonde gratitude à MM. les Professeurs Pelliot et Maspéro: leur très grande connaissance de la littérature chinoise a beaucoup facilité l'exécution de mon travail.

CHAPITRE PREMIER

LA TECHNIQUE DU *TS'EU*

La poésie chinoise comprend plusieurs genres; le *ts'eu* est un de ces genres. Il commence à fleurir au huitième siècle de l'ère chrétienne. Sa versification est toute différente de celle des autres formes poétiques. Notre présent travail a pour but de faire connaître sa facture particulière et son évolution à travers les siècles.

I. — LES AIRS

Pour connaître le *ts'eu*, il faut d'abord étudier les airs (dits « *ts'eu-p'ai* » ou « *ts'eu-tiao* »). Ce sont des indications de phrases musicales, qui tiennent parfois lieu de titre et qui, en d'autres cas, sont suivies du véritable titre du *ts'eu*, pour dire à quel modèle de versification et de composition appartient cette pièce. Sinon, les chanteurs ne sauraient la chanter, et les lecteurs ne pourraient la lire.

Actuellement, les airs de *ts'eu* sont au nombre de huit cent soixante-quinze (1). Ils peuvent être classés en plusieurs catégories, comme le montre le tableau suivant :

---

(1) Voir le *Ts'eu-liu* de *Wan Chou*, le *Ts'eu-liu-che-yi* de *Siu Pen-li*, le *Ts'eu-liu-pou-yi* de *Tou Wen-lan*. (Cf. chap. V de notre étude.)

Ts'eu
- *Siao-ts'eu*
  - *Siao-ling* ..... *Ling*
  - *Tchong-tiao*
    - *Yin*
    - *Kin*
- *Ta-ts'eu*... *Tch'ang-tiao*... *Man* (*Man-ts'eu*)

Du point de vue musical, la raison de cette division nous échappe presque entièrement; nous savons seulement que le « *ling* », le « *yin* », le « *kin* » et le « *man* » étaient des parties différentes d'un « *ta-k'iu* » des *T'ang* et des *Song* (1). C'est pourquoi des critiques comme *Mao Sien-chou* (2) établissent leurs définitions d'après le nombre des caractères contenus dans un *ts'eu*. Le « *siao-ts'eu* » a généralement moins de quatre-vingt-dix caractères, alors que le « *ta-ts'eu* » (le « *tch'ang-tiao* » ou le « *man-ts'eu* ») en a plus. Quelques-uns des « *siao-ts'eu* », ceux qui ont moins de cinquante-huit caractères (3), s'appellent « *siao-ling* » (ou « *ling* »); les autres, dont les caractères dépassent ce nombre, prennent le nom de « *tchong-tiao* » (ou « *yin* » ou « *kin* »). Il est vrai qu'à l'égard du nombre, il existe des exceptions, mais peu nombreuses.

---

(1) Voir le *Pi-ki-man-tche* de *Wang Tch'o*. (Pour l'explication de « *ta-k'iu* », voir plus loin.)

(2) Voir son *T'ien-ts'eu-ming-kiai*, t. I.

(3) Comme beaucoup de « *ling* » ont plus de cinquante-huit caractères, tels que le *Tong-sien-ko-ling*, le *Che-che-ling*, etc., il vaut peut-être mieux considérer le nombre soixante-dix comme un maximum.

Au cours des années, les airs deviennent de plus en plus longs et complexes. Les œuvres authentiques, produites avant l'an 1000 de l'ère chrétienne, sont toutes du genre « *siao-ts'eu* ». Les premiers poètes en date qui aient cultivé le « *man-ts'eu* », notamment *Tchang Sien* (1), *Lieou Yong* (2), *Nie Kouan-k'ing* (3), etc., vécurent tous au commencement du onzième siècle. « Le *man-ts'eu*, dit *Song Siang-fong* (4), apparut sans doute au temps de l'empereur *Jen-tsong* des *Song*. Grâce au calme de la Chine et à la prospérité de la capitale *Pien*, les salles de concert et de bal se disputèrent la primauté pour la nouvelle musique. Désespéré et triste, *Lieou Yong* s'y délaissait souvent et, utilisant la langue vulgaire, écrivit bien des *ts'eu* avec ces nouveaux airs, afin que les chanteuses pussent les apprendre. Accueillies follement par les contemporains, ces pièces se répandaient partout. Plus tard, *Sou Che* et *Ts'in Kouan* composèrent aussi des pièces de ce genre et c'est ainsi que se produisit l'épanouissement du *man-ts'eu*. »

Excepté quelques-uns (5) des *siao-ling*, les airs se divisent chacun en plusieurs strophes, dites « *p'ien* » ou « *tie* ». Généralement un air en contient deux (6); plus rarement trois ou quatre (7).

---

(1) Cf. chap. III de notre étude.

(2) Ibidem.

(3) Son unique *ts'eu*, le *To-li*, est cité dans le *Houa-ngan-ts'eu-siuan* de *Houang Cheng*.

(4) Un des critiques des *Ts'ing*. Voir son *Yo-fou-yu-louen*.

(5) Le *Yu-fou*, le *Fong-lieou-tseu*, le *Nan-hiang-tseu*, le *Jou-mong-ling*, etc.

(6) Le *Tsouei-houa-kien*, le *Ho-tou-chen*, le *Pai-sing-yue-man*, le*Che-tcheou-man*, etc.

(7) Le *Ye-pan-yo*, le *Lan-ling-wang*, le *T'ien-tseu-ying-t'i-siu*, etc.

Dans son *Ts'eu-yuan* (1), *Tchang Yen* parle de « *yun* ». Ici ce caractère désigne, non pas une rime, mais une ou plusieurs lignes, où le sens est complet en soi-même et à la fin desquelles le chanteur peut s'arrêter un peu. Le *Tao-lien-tseu*, par exemple, est composé de cinq lignes. On y trouve deux « *yun* ». Le premier contient les trois premières lignes, le second les deux autres. Le nombre de « *yun* » varie suivant la longueur de l'air. Pour les « *ling* », ils sont ordinairement deux (2), trois (3), quatre (4) ou six (5); pour les « *yin* » ou les « *kin* », six (6) ou huit (7); pour les « *man* », huit (8), dix (9), douze (10) ou seize (11).

D'où ces airs viennent-ils ? Il y a deux sources principales. Les uns proviennent des « *ta-k'iu* » des *T'ang* et des *Song;* les autres ont été inventés par des poètes et des musiciens.

Sous la dynastie *Han,* il existait déjà le terme musical « *ta-k'iu* » (12). Le *Song-chou* (13) cite neuf chants de

(1) Cf. chap. III de notre étude.

(2) Le *Nan-hiang-tseu*, le *Nan-ko-tseu*, etc.

(3) Le *P'ao-k'ieou-yo*, le *Ho-man-tseu*, etc.

(4) Le *P'ou-sa-man*, le *Ts'ing-p'ing-yo*, etc.

(5) Le *Che-che-ling*, le *Ts'ie-tso-ling*, etc.

(6) Le *Ts'ien-ts'ieou-souei-yin*, le *Tchou-ying-t'ai-kin*, etc.

(7) Le *Yang-kouan-yin*, le *Ko-p'ou-lien-kin*, etc.

(8) Le *Mou-lan-houa-man*, le *Chang-lin-tch'ouen-man*, etc.

(9) Le *P'o-tchen-yo*, le *Yu-niu-yao-sien-p'ei*, etc.

(10) Le *Lieou-tcheou-ko-t'eou*, le *Mou-hou-cha*, etc.

(11) Le *Ts'i-che*, etc.

(12) On le trouve dans le *Niu-hiun* de *Ts'ai Yong*, cité dans le *T'ai-p'ing-yu-lan*, t. 557.

(13) Chap. *Yo-tche*.

ce genre. Mais on ne doit pas confondre ce genre-là avec les « *ta-k'iu* » postérieurs. Ceux-ci viennent des pays de l'Asie centrale. Le poète *Kiang K'ouei* nous dit dans son *Ta-yo-yi* (1) : « Le *Ta-che*, le *Siao-che* et *Pan-chö* sont des termes étrangers. Le *Yi-tcheou*, le *Che-tcheou*, le *Kan-tcheou* et le *P'o-lo-men* sont des airs exotiques... Ceux dont les divisions s'appellent « *ts'ouei* » et « *kouen* » sont aussi originaires des pays étrangers ».

Une strophe musicale de « *ta-k'iu* » s'appelle « *pien* » ou « *kiai* ». Chaque air en contient plusieurs dizaines (2). Il faut presque toute une journée pour chanter un air entier (3). C'est pourquoi on n'en connaissait ou jouait généralement qu'une ou deux parties. Ces sections, devenant indépendantes, se sont transformées en air de *ts'eu*. Par exemple (4) :

1° Le *Leang-tcheou-ling* vient du *ta-k'iu* « *Leang-tcheou* ».

2° Le *Lieou-yao-ling*, du *ta-k'iu* « *Lou-yao* » ou « *Lieou-yao* ».

3° Le *Ts'i-t'ien-yo*, du *ta-k'iu* « *Ts'i-t'ien-yo* ».

4° Le *Wan-nien-houan*, du *ta-k'iu* « *Wan-nien-houan* ».

5° Le *Kien-k'i-kin*, du *ta-k'iu* « *Kien-k'i* ».

6° Le *Po-mei-tsö-pien*, du *ta-k'iu* « *Po-mei* ».

7° Le *Ta-cheng-yo*, du *ta-k'iu* « *Ta-cheng-yo* ».

8° Le *Che-tcheou-yin*, du *ta-k'iu* « *Che-tcheou* ».

---

(1) Cité dans le *Song-che;* chap. *Yo-tche*.

(2) Le *P'o-tchen-yo*, par exemple, se divise en cinquante-deux « *pien* ».

(3) *Mong-k'i-pi-t'an* de *Chen Kouo*, t. V.

(4) *T'ang-song-ta-k'iu-k'ao* de *Wang Kouo-wei* (dans ses Œuvres complètes, 1re série).

9° Le *Chouei-tiao-ko-t'eou*, du *ta-k'iu* « *Sin-chouei-tiao* ».

10° Le *Hi-tcheou-man*, du *ta-k'iu* « *Hi-tcheou* ».

Les airs ayant ainsi une relation avec les *ta-k'iu* sont au nombre d'une trentaine. Ceux qui furent inventés par les poètes sont beaucoup plus nombreux. Du milieu du huitième à la fin du treizième siècle, des poètes en créèrent de temps à autre. Nous en mentionnons ici une dizaine :

1° Le *Wang-kiang-nan* fut inventé par *Li Tö-yu* (1).
2° Le *Tsieou-ts'iuan-tseu*, par *Wen T'ing-yun* (2).
3° Le *Yi-ye-lo*, par *Li Ts'ouen-hiu* (3).
4° Le *Kan-tcheou-k'iu*, par *Wang Yen* (4).
5° Le *Wang-mei*, par *Lieou Yong* (5).
6° Le *Hong-tch'ouang-kiong*, par *Tcheou Pang-yen* (6).
7° Le *Tan-houang-lieou*, par *Kiang K'ouei* (7).
8° Le *Yu-king-yao*, par *Wou Wen-ying* (8).
9° Le *Ts'ai-lou-yin*, par *Yang Tsan* (9).
10 Le *Tch'ou-kong-tch'ouen*, par *Tcheou Mi* (10).

Pour l'invention des airs, on suppose que les musiciens jouaient un rôle plus important que les poètes.

---

(1) *Yo-fou-tsa-lou* de *Touan Ngan-tsie*.
(2) *Ts'eu-che* de *Lieou Yu-p'an*, p. 20.
(3) *Pei-mong-so-yen* de *Souen Kouang-hien*.
(4) *Che-kouo-tch'ouen-ts'ieou* de *Wou Jen-tch'en*.
(5) *T'ien-ts'eu-ming-kiai* de *Mao Sien-chou*.
(6) Ibidem.
(7) Voir la préface du *Tan-houang-lieou* (« *K'ong tch'eng hiao kio* ») de *Kiang K'ouei*.
(8) Préface du *Yu-king-yao* (« *Tie mong mi ts'ing hiao* ») de *Wou Wen-ying*.
(9) Préface du *Ts'ai lou-yin* (« *Ts'ai lou yuan yang p'ou* ») de *Tcheou Mi*.
(10) Preface du *Tch'ou-kong-tch'ouen* (« *Hiang ying hiao po* ») de *Tcheou Mi*.

Mais, à cause de l'infériorité de leur situation sociale, ils ont très souvent été négligés. Les musiciens ne pouvant en général composer de vers, il est assez naturel que leurs inventions soient oubliées. Par hasard, les données suivantes ont été conservées :

1° Le *P'ou-sa-man* fut inventé par un musicien anonyme (1).

2° Le *T'ien-sien--tseu*, aussi par un anonyme (2).

3° Le *Yue-tiao-kiai-tch'eou*, par le musicien *Houa Je-sin* (3).

Le nombre d'airs augmente au fur et à mesure que des transformations s'opèrent dans la technique. Un même air peut avoir plusieurs formes différentes. Souvent le nombre de caractères est inégal; tel est le cas du *Kieou-tchang-ki* (4) et du *Sseu-ti-hiang* (5). Quelquefois la ponctuation n'est plus la même, comme les *Lang-t'ao-cha-man* de *Lieou Yong* (6) et de *Tcheou Pang-yen* (7), les *Pa-cheng-kan-tcheou* de *Lieou Kouo* (8) et de *Siao Lie* (9). Et aussi des variations se trouvent dans le ton de

---

(1) *Tou-yang-tsa-pien* de *Sou Ngo.*

(2) *T'ang-chou*, t. XXII.

(3) Préface du *Wou-tch'eou-k'o-kiai* (« *Kouang king po nien* ») de *Sou Che.*

(4) On écrit le *Kieou-tchang-ki* de deux façons : en vingt-neuf et en trente caractères. Voir les pièces (« *Tch'ouen yi* » et « *Wou tchang ki* ») d'un auteur anonyme.

(5) Le *Sseu-ti-hiang* a trois façons : trente-trois, trente-quatre et trente-six caractères. Voir les pièces de *Wei Tchouang* (« *Tch'ouen je yeou* » et « *Yun ki to* ») et de *Wen T'ing-yun* (« *Houa houa* »).

(6) Son *ts'eu* commence par la ligne « *Mong kio t'eou tch'ouang fong yi sien.* »

(7) Ses *ts'eu* commencent par les lignes « *Hiao yin tchong chouang tiao ngan ts'ao* » et « *Wan ye tchan ts'ieou cheng lou kie.* »

(8) Dont la première ligne est : « *Wen tseu yen k'iu heou han kong k'ing* ».

(9) Dont la première ligne est : « *K'o lien cheng p'iao ling tao t'ou mi.* »

la rime des airs, notamment le *Jou-mong-ling* (1) et le *Yong-yu-yo* (2). Enfin, un air peut être allongé si on y ajoute une deuxième strophe; par exemple, le *Ho-ye-pei* de *Wen T'ing-yun* (3) et le *T'ien-sien-tseu* de *Wei Tchouang* (4) n'ont qu'une strophe, tandis que ceux de *Houang-fou Song* (5) et de *Tchang Sien* (6) en ont deux.

On remarque aussi d'étroites relations entre des airs de noms différents. Ainsi, si l'on ajoute quelques caractères au *Houan-k'i-cha* et au *Yi-kiang-nan*, on trouve les nouveaux airs *T'an-p'o-houan-k'i-cha* (7) et *Fa-kia-tao-yin* (8); et si l'on supprime quelques caractères du *Mou-lan-houa* et du *Jouei-tchö-kou*, on obtient les airs *Kien-tseu-mou-lan-houa* (9) et *Tchö-kou-t'ien* (10). Et aussi le

(1) Cf. le ton de rime dans la pièce de *Ts'in Kouan* (« *Yao ye yue ming jou chouei* ») et dans celle de *Wou Wen-ying* (« *Ts'ieou ts'ien tcheng nao fen ts'iang* »).

(2) Cf. aussi le ton de rime dans la pièce de *Li Ts'ing-tchao* (« *Lo je yong kin* ») et celle de *Tch'en Yun-p'ing* (« *Yu wan long han* »).

(3) Qui commence par la ligne « *King chouei ye lai ts'ieou yue* ».

(4) Qui commence par la ligne « *Ts'ing ye lou sseu fei yi tche* ».

(5) Qui commence par la ligne « *Ki tö na nien houa hia* ».

(6) Qui commence par la ligne « *Chouei tiao chou cheng tch'e tsieou t'ing* ».

(7) Cf. le *Houan-k'i-cha* (« *Tchen tchang hiun lou ko sieou wei* ») de *Tchang Pi* avec le *T'an-p'o-houan-k'i-cha* (« *Han tan hiang siao ts'ouei ye ts'an* ») de *Li Ying*.

(8) Cf. le *Yi-kiang-nan* (« *Kiang nan yi* ») de *Po Kiu-yi* avec le *Fa-kia-tao-yin* (« *Tong fong k'i* ») de *Tch'en Yu yi*.

(9) Cf. le *Mou-lan-houa* (« *Eul kia fou siu sin yong yi* ») de *Ngeou-yang Kiong* avec le *Kien-tseu-mou-lan-houa* (« *Leou t'ai hiang hiao* ») de *Ngeou-yang Sieou*.

(10) Cf. le *Jouei-tchö-kou* (« *Ts'an pa yen tchouang yuan tong fong* ») de *Fong Yen-ki* avec le *Tchö-kou-t'ien* (« *Ts'ai sieou yin k'in fong yu tchong* ») de *Yen Ki-tao*.

Tchou-ying-yao-hong est le *Yi-kou-jen* (1) doublé et le *Siao-mei-houa* est le *Mei-houa-yin* répété (2). Enfin il existe des airs tels que le *Kiang-yue-houang-kiang-chan* (3), le *Sseu-fan-tsien-mei-houa* (4), le *Pa-yin-hiai* (5), etc., qui sont formés de lignes de plusieurs airs entremêlées.

Il est à noter cependant qu'un même air porte souvent plusieurs noms sans présenter aucune différence de versification, comme c'est le cas du *Yi-kiang-nan* (6) et du *Nien-nou-kiao* (7). D'ailleurs, un même nom peut désigner deux airs différents sans aucune relation entre eux, tels que le *Wou-ye-t'i* (8) et le *Mai-houa-cheng* (9). Nous devons y faire attention, afin de ne pas nous y tromper.

---

(1) Cf. le *Yi-kou-jen* (« *Lao king siao t'iao* ») de *Mao P'ang* avec le *Tchou-ying-yao-hong* (« *Hiang lien k'ing yun* ») de *Tcheou Pang-yen.*

(2) Cf. le *Mei-houa-yin* (« *Chan tche lou* ») de *Wang T'ö-k'i* avec le *Siao-mei-houa* (« *Tch'eng hia lou* ») de *Ho Tchou.*

(3) Cet air est composé de lignes du *Si-kiang-yue* et du *Siao-tchong-chan*. Voir par exemple la pièce de *Lou Yeou* (« *Fang ts'ao tcheou ts'ien tao lou* »).

(4) Dont deux quarts sont formés de lignes du *Tsouei-p'ong-lai;* un quart, de lignes du *Kiai-lien-houan;* l'autre quart, de lignes du *Siue-che-eul.* Voir la pièce de *Lieou Kouo* (« *Chouei tien fong leang.* »)

(5) Qui prend des passages de huit airs différents, à savoir : le *Tch'ouen-ts'ao-pi*, le *Wang-tch'ouen-houei*, le *Mao-chan-fong-kou-jen*, le *Ying-tch'ouen-yo*, le *Fei-siue-man-k'iun-chan*, le *Lan-ling-wang*, le *Kou louan* et le *Mei wou.* Voir la pièce de *Ts'ao Hiun* (« *Fang ts'ao tao heng t'ang* »). Cf. aussi le *Souei-kin-ts'eu-p'ou* de *Sie Yuan-houai.*

(6) Le *Yi-kiang-nan* a six autres désignations : le *Mong-kiang-nan*, le *Sie-ts'ieou-niang*, le *Mong-kiang-k'eou*, le *Wang-kiang-nan*, le *Wang-kiang-mei* et le*Tch'ouen-k'iu-ye.*

(7) Le *Nien-nou-kiao* a onze noms supplémentaires : le *Po-tseu-ling*, le *Po-tseu-yao*, le *Ta-kiang-tong-k'iu*, le *Lei-kiang-yue*, le *Ta-kiang-si-chang-k'iu*, le *Hou-tchong-t'ien*, le *Houai-tien-tch'ouen*, le *Wou-sou-nien*, le *Ta-kiang-cheng*, le *Sai-t'ien-hiang* et le *Siang-yue.*

(8) Le *Siang-kien-houan* et le *Kin-t'ang-tch'ouen* sont également nommés *Wou-ye-t'i.*

(9) Le *Mai-houa-cheng* est aussi le nom du *Lang-t'ao-cha* et du *Sie-tch'e-tch'ouen.*

II. — LES MODULATIONS, LES TONS ET LES RIMES

Les airs de *ts'eu* sont classés selon différentes modulations, dites « *kong-tiao* ». Par exemple, l'air *Houan-king-yo* appartient à la modulation *Ta-che-tiao*, le *Che-hou-sien* à celle de *Yue-tiao*, le *Ts'ouei-leou-yin* à celle de *Chouang-tiao* (1), etc. D'où ces modulations viennent-elles ?

Dans la musique chinoise ancienne, il existait des « *yin* » et des « *liu* ». Les « *yin* » étaient au nombre de sept et portaient alors les noms de *Kong*, *Chang*, *Kio*, *Pien-tche*, *Tche*, *Yu* et *Pien-kong*. Ils ressemblent théoriquement aux sept notes de la musique européenne, à savoir : do, ré, mi, fa, sol, la, si. Les « *liu* » étaient douze : le *Houang-tchong*, le *Ta-liu*, le *T'ai-ts'ou*, le *Kia-tchong*, le *Kou-si*, le *Tchong-liu*, le *Jouei-pin*, le *Lin-tchong*, le *Yi-tsö*, le *Nan-liu*, le *Wou-yi* et le *Ying-tchong*. Ce sont les valeurs relatives des notes. Chaque note a douze valeurs et ainsi sont produites les quatre-vingt-quatre « *kong-tiao* » que le Père Amiot traduit par « modulations » (2). Voici la liste complète de ces modulations :

I. Le *Kong* :

1° Le *Houang-tchong-kong* (le *Tcheng-houang-*

---

(1) Voir plus loin notre étude sur les règles musicales où est indiquée la modulation de chaque air.

(2) Mémoires concernant l'histoire, les sciences, les arts, etc., des Chinois, t. VI, p. 113.

tchong-kong) (1).

2° Le *Ta-liu-kong* (le *Kao-kong*).

3° Le *T'ai-ts'ou-kong* (le *Tchong-kouan-kao-kong*).

4° Le *Kia-tchong-kong* (le *Tchong-liu-kong*).

5° Le *Kou-si-kong* (le *Tchong-kouan-tchong-liu-kong*).

6° Le *Tchong-liu-kong* (le *Tao-kong*).

7° Le *Jouei-pin-kong* (le *Tchong-kouan-tao-kong*).

8° Le *Lin-tchong-kong* (le *Nan-liu-kong*).

9° Le *Yi-tsö-kong* (le *Sien-liu-kong*).

10° Le *Nan-liu-kong* (le *Tchong-kouan-sien-liu-kong*).

11° Le *Wou-yi-kong* (le *Houang-tchong-kong*).

12° Le *Ying-tchong-kong* (le *Tchong-kouan-houang-tchong-kong*).

II. Le *Chang* :

13° Le *Houang-tchong-chang* (le *Ta-che-tiao*).

14° Le *Ta-liu-chang* (le *Kao-ta-che-tiao*).

15° Le *T'ai-ts'ou-chang* (le *Tchong-kouan-kao-ta-che-tiao*).

16° Le *Kia-tchong-chang* (le *Chouang-tiao*).

17° Le *Kou-si-chang* (le *Tchong-kouan-chouang-tiao*).

18° Le *Tchong-liu-chang* (le *Siao-che-tiao*).

19° Le *Jouei-pin-chang* (le *Tchong-kouan-siao-che-tiao*).

(1) Le nom donné entre parenthèses est le nom vulgaire de chaque modulation.

20° Le *Lin-tchong-chang* (le *Hie-tche-tiao*).
21° Le *Yi-tsö-chang* (le *Chang-tiao*).
22° Le *Nan-liu-chang* (le *Tchong-kouan-chang-tiao*).
24° Le *Wou-yi-chang* (le *Yue-tiao*).
24° Le *Ying-tchong-chang* (le *Tchong-kouan-yue-tiao-kio*).

III. Le *Kio* :

25° Le *Houang-tchong-kio* (le *Tcheng-houang-tchong-kong-kio*).
26° Le *Ta-liu-kio* (le *Kao-kong-kio*).
27° Le *T'ai-ts'ou-kio* (le *Tchong-kouan-kao-hong-kio*).
28° Le *Kia-tchong-kio* (le *Tchong-lui-tcheng-kio*).
29° Le *Kou-si-kio* (le *Tchong-kouan-tchong-liu-kio*).
30° Le *Tchong-liu-kio* (le *Tao-kong-kio*).
31° Le *Jouei-pin-kio* (le *Tchong-kouan-tao-kong-kio*).
32° Le *Lin-tchong-kio* (le *Nan-liu-kio*).
33° Le *Yi-tsö-kio* (le *Sien-liu-kio*).
34° Le *Nan-liu-kio* (le *Tchong-kouan-sien-liu-kio*).
35° Le *Wou-yi-kio* (le *Houang-tchong-kio*).
36° Le *Ying-tchong-kio* (le *Tchong-kouan-houang-tchong-kio*).

IV. Le *Pien-tche* :

37° Le *Houang-tchong-pien-tche* (le *Tcheng-houang-tchong-kong-pien-tche*).
38° Le *Ta-liu-pien-tche* (le *Kao-kong-pien-tche*).

39° Le *T'ai-ts'ou-pien-tche* (le *Tchong-kouan-kao-kong-pien-tche*).

40° Le *Kia-tchong-pien-tche* (le *Tchong-liu-pien-tche*).

41° Le *Kou-si-pien-tche* (le *Tchong-kouan-tchong-liu-pien-tche*).

42° Le *Tchong-liu-pien-tche* (le *Tao-kong-pien-tche*).

43° Le *Jouei-pin-pien-tche* (le *Tchong-kouan-tao-kong-pien-tche*).

44° Le *Lin-tchong-pien-tche* (le *Nan-liu-pien-tche*).

45° Le *Yi-tsö-pien-tche* (le *Sien-liu-pien-tche*).

46° Le *Nan-liu-pien-tche* (le *Tchong-kouan-sien-liu-pien-tche*).

47° Le *Wou-yi-pien-tche* (le *Houang-tchong-pien-tche*).

48° Le *Ying-tchong-pien-tche* (le *Tchong-kouan-houang-tchong-pien-tche*).

V. Le *Tche* :

49° Le *Houang-tchong-tche* (le *Tcheng-houang-tchong-kong-tcheng-tche*).

50° Le *Ta-liu-tche* (le *Kao-kong-tcheng-tche*).

51° Le *T'ai-ts'ou-tche* (le *Tchong-kouan-kao-kong-tcheng-tche*).

52° Le *Kia-tchong-tche* (le *Tchong-liu-tcheng-tche*).

53° Le *Kou-si-tche* (le *Tchong-kouan-tchong-liu-tcheng-tche*).

54° Le *Tchong-liu-tche* (le *Tao-kong-tcheng-tche*).

55° Le *Jouei-pin-tche* (le *Tchong-kouan-tao-kong-tcheng-tche*).

56° Le *Lin-tchong-tche* (le *Nan-liu-tcheng-tche*).

57° Le *Yi-tsö-tche* (le *Sien-liu-tcheng-tche*).

58° Le *Nan-liu-tche* (le *Tchong-kouan-sien-liu-tcheng-tche*).

59° Le *Wou-yi-tche* (le *Houang-tchong-tcheng-tche*).

60° Le *Ying-tchong-tche* (le *Tchong-kouan-houang-tchong-tcheng-tche*).

VI. Le *Yu* :

61° Le *Houang-tchong-yu* (le *Pan-chö-tiao*).

62° Le *Ta-liu-yu* (le *Kao-pan-chö-tiao*).

63° Le *T'ai-ts'ou-yu* (le *Tchong-kouan-kao-pan-chö-tiao*).

64° Le *Kia-tchong-yu* (le *Tchong-liu-tiao*).

65° Le *Kou-si-yu* (le *Tchong-kouan-tchong-liu-tiao*).

66° Le *Tchong-liu-yu* (le *Tcheng-p'ing-tiao*).

67° Le *Jouei-pin-yu* (le *Tchong-kouan-tcheng-p'ing-tiao*).

68° Le *Lin-tchong-yu* (le *Kao-p'ing-tiao*).

69° Le *Yi-tsö-yu* (le *Sien-liu-tiao*).

70° Le *Nan-liu-yu* (le *Tchong-kouan-sien-liu-tiao*).

71° Le *Wou-yi-yu* (le *Yu-tiao*).

72° Le *Ying-tchong-yu* (le *Tchong-kouan-yu-tiao*).

VII. Le *Pien-kong* :

73° Le *Houang-tchong-pien-kong* (le *Ta-che-kio*).

74° Le *Ta-liu-pien-kong* (le *Kao-ta-che-kio*).

75° Le *T'ai-ts'ou-pien-kong* (le *Tchong-kouan-kao-ta-che-kio*).

76° Le *Kia-tchong-pien-kong* (le *Chouang-kio*).

77° Le *Kou-si-pien-kong* (le *Tchong-kouan-chouang-kio*).

78° Le *Tchong-liu-pien-kong* (le *Siao-che-kio*).

79° Le *Jouei-pin-pien-kong* (le *Tchong-kouan-siao-che-kio*).

80° Le *Lin-tchong-pien-kong* (le *Hie-tche-kio*).

81° Le *Yi-tsö-pien-kong* (le *Chang-kio*).

82° Le *Nan-liu-pien-kong* (le *Tchong-kouan-chang-kio*).

83° Le *Wou-yi-pien-kong* (le *Yue-kio*).

84° Le *Ying-tchong-pien-kong* (le *Tchong-kouan-yue-kio*).

Chaque caractère, employé dans une pièce de *ts'eu* de quelque air que ce soit, appartient à un ton. Les tons sont les différentes hauteurs dont un même son est susceptible. Ce sont le « *p'ing* » (ton uni) ; le « *chang* » (ton montant), le « *k'iu* » (ton descendant) et le « *jou* » (ton bref).

Ces quatre tons ont joué depuis l'antiquité un grand rôle dans la langue et la musique chinoises. Dans les rimes du *Che-king*, on aperçoit clairement qu'il y a deux groupes distincts (1) : le premier contient le « *p'ing* », le « *chang* » et le « *k'iu* » ; le second est le « *jou* ». Et aussi le « *Tch'ou-ts'eu* » (2). C'est *Chen Yo* (441-513), aujourd'hui reconnu comme le père de l'étude des tons, qui le premier a observé intentionnellement ces quatre tons dans la langue chinoise. Il déclarait qu'il y trouvait

(1) Citons comme exemples le *Kiang-yeou-sseu* du *Chao-nan* et le *Kiuan-ngo* du *Ta-ya*.

(2) Voir le *Li-sao*, le *Kieou-pien*, etc.

le secret de la poésie que les poètes d'autrefois n'avaient pu saisir. Après lui ces quatre tons furent reconnus comme l'élément principal de la versification chinoise.

Le *Leang-chou* (1) relate que l'empereur *Kao-tsou* des *Leang* avait demandé l'explication des tons et que l'écrivain célèbre *Tcheou Chö* citait les quatre caractères « *t'ien tseu cheng tchö* ». Bien que l'empereur ne fût pas tout de suite convaincu de leur différence, ces quatre caractères restent toujours les exemples les plus connus. En effet, « *t'ien* » (ciel) représente le « *p'ing* », « *tseu* » (fils) le « *chang* », « *cheng* » (sage) le « *k'iu* » et « *tchö* » (intelligent) le « *jou* » ; et, groupés ensemble, ils forment une phrase voulant dire que « le Fils du Ciel est sage et intelligent », flatterie que tout empereur aime à entendre.

La rime du *ts'eu* est différente de celle des autres genres poétiques. Dans les dictionnaires des rimes du « *che* » (de la poésie proprement dite), par exemple, la division des séries est plus stricte (2).

Les dictionnaires des rimes du *ts'eu* n'existaient pas avant le douzième siècle. C'est seulement à l'époque des *Song* méridionaux qu'on commença à composer de tels livres (3). Ils sont cependant perdus depuis longtemps. Ce qui est à notre disposition maintenant, ce sont surtout les ouvrages de la dynastie mandchoue, notamment le *Ts'eu-yun* de *Chen K'ien*, le *Ts'eu-yun* de *Tchao Yo* et de *Ts'ao Leang-wou*, le *Ts'eu-yun* de *Li Yu*, le *Hio-*

(1) Chap. *Chen-yo-tchouan*.

(2) Par exemple, le 2ᵉ groupe de rimes de *ts'eu* comprend les séries de rimes de *Che* « *Kiang* » et « *Yang* »; le 8ᵉ groupe les séries «*Siao* », « *Hao* », etc.

(3) Voir la préface du *Ts'eu-lin-tcheng-yun*, écrite par l'auteur lui-même.

song-tchai-ts'eu-yun de *Wou Lang* et de *Tch'eng Ming-che*, le *Lou-yi-t'ing-ts'eu-yun* de *Tcheng Tch'ouen-po*, le *T'ien-lai-hien-ts'eu-yun* de *Ye Chen-hiang*, le *Ts'eu-yun* de *Tchong Heng*, le *Yong-yuan-ts'eu-yun* de *Wou Tseu-ngan*, le *Ts'eu-lin-tcheng-yun* de *Ko Tsai*, etc.

Parmi eux, le livre de *Ko Tsai* est reconnu le meilleur (1). Il est composé d'après le *Tsi-yun* de *Ting Tou* (2), mais l'auteur en a corrigé quelques fautes (3). La division la plus correcte des rimes du *ts'eu* consiste en dix-neuf groupes que voici :

I. Le premier groupe (rimes en *ong*) :

A. Le ton « *p'ing* » : 1er *Tong* (4).
2e Tong.
3e *Tchong*.

B. Le ton « *chang* » : 1er *Tong*.
2e *Tchong*.

C. Le ton « *k'iu* » : 1er *Song*.
2e *Song*.
3e *Yong*.

---

(1) Cf. chap. V de notre étude.

(2) Composé en 1037-1067, il contient dix tomes. L'auteur divise les rimes en deux cent six séries.

(3) Dans la série « *tai* » du *Tsi-yun*, par exemple, il manque le caractère « *nai* ». *Ko Tsai* l'y ajoute. (Voir la préface du *Ts'eu-lin-tcheng-yun*, écrite par lui-même).

(4) « *Tong* » est le nom d'une série du *Tsi-yun*; « 1er » est l'indication employée par *Ting Tou*. Nous donnons tout cela pour faire connaître le contenu de chaque groupe de *Ko Tsai*.

II. Le deuxième groupe (rimes en *ang*) :

A. Le ton « *p'ing* » : 4e *Kiang*.
10e *Yang*.
11e *T'ang*.
B. Le ton « *chang* » : 3e *Kiang*.
36e *Yang*.
37e *Tang*.
C. Le ton « *k'iu* » : 4e *Kiang*.
41e *Yang*.
42e *Tang*.

III. Le troisième groupe (rimes en *i*, ou prononciation actuelle *e*, *i*, *ei*) :

A. Le ton « *p'ing* » : 5e *Tche*.
6e *Tche*.
7e *Tche*.
8e *Wei*.
12e *Ts'i*.
15e *Houei*.
B. Le ton « *chang* » : 4e *Tche*.
5e *Tche*.
6e *Tche*.
7e *Wei*.
11e *Tsi*.
14e *Houei*.
C. Le ton « *k'iu* » : 5e *Tche*.
6e *Tche*.
7e *Tche*.
8e *Wei*.
12e *Tsi*.
13e *Tsi*.

14e *T'ai* (moitié) (1).
18e *Touei.*
20e *Fei.*

IV. Le quatrième groupe (rimes en *ou*, *u*) :

A. Le ton « *p'ing* » : 9e *Yu.*
10e *Yu.*
11e *Mou.*

B. Le ton « *chang* » : 8e *Yu.*
9e *Yu.*
10e *Mou*

C. Le ton « *k'iu* » : 9e *Yu.*
10e *Yu.*
11e *Mou.*

V. Le cinquième groupe (rimes en *ai*) :

A. Le ton « *p'ing* » : 13e *Kia* (moitié) (2).
14e *Kiai.*
16e *Hai.*

B. Le ton « *chang* » : 12e *Hiai.*
13e *Hiai.*
15e *Hai.*

C. Le ton « *k'iu* » : 14e *T'ai* (moitié).
15e *Koua* (moitié) (3).
16e *Kouai.*
17e *Kouai.*
19e *Tai.*

---

(1) L'autre moitié appartient au 5e groupe.
(2) L'autre moitié appartient au 10e groupe.
(3) L'autre moitié appartient au 10e groupe.

VI. Le sixième groupe (rimes en *en; wen, in* = ancien *iĕn*) :

A. Le ton «*p'ing*» : 17e *Tchen.*
18e *Tch'ouen.*
19e *Tchen.*
20e *Wen.*
21e *Hin.*
23e *Houen.*
24e *Hen.*

B. Le ton « *chang* » : 16e *Tchen.*
17e *Tchouen.*
18e *Wen.*
19e *Yin.*
21e *Houen.*
22e *Hen.*

C. Le ton « *k'iu* » : 21e *Tchen.*
22e *Tchouen.*
23e *Wen.*
24e *Hin.*
26e *Houen.*
27e *Hen.*

VII. Le septième groupe (rimes en *ien;* en prononciation actuelle *wien* est devenu *yuan*) :

A. Le ton « *p'ing* » : 22e *Yuan.*
25e *Han.*
26e *Houan.*
27e *Chan.*
28e *Chan.*
1er *Sien.*
2e *Sien.*

B. Le ton « *chang* » : 20ᵉ *Yuan.*
23ᵉ *Han.*
24ᵉ *Houan.*
25ᵉ *Chan.*
26ᵉ *Tch'an.*
27ᵉ *Sien.*
28ᵉ *Sien.*

C. Le ton « *k'iu* » : 25ᵉ *Yuan.*
28ᵉ *Han.*
29ᵉ *Houan.*
30ᵉ *Kien.*
31ᵉ *Kien.*
32ᵉ *Sien.*
33ᵉ *Sien.*

VIII. Le huitième groupe (rimes en *ao, iao*) :

A. Le ton « *p'ing* » : 3ᵉ *Siao.*
4ᵉ *Siao.*
5ᵉ *Hiao.*
6ᵉ *Hao.*

B. Le ton « *chang* » : 29ᵉ *T'iao.*
30ᵉ *Siao.*
31ᵉ *K'iao.*
32ᵉ *Hao.*

C. Le ton « *k'iu* » : 34ᵉ *Siao.*
35ᵉ *Siao.*
36ᵉ *Hiao.*
37ᵉ *Hao.*

IX. Le neuvième groupe (rimes en *o*) :

A. Le ton « *p'ing* » : 7ᵉ *Ko.*
8ᵉ *Ko.*

B. Le ton « *chang* » : 33e *Ko.*
34e *Kouo.*

C. Le ton « *k'iu* » : 38e *Ko.*
39e *Kouo.*

X. Le dixième groupe (rimes en *a*) :

A. Le ton « *p'ing* » : 13e *Kia* (moitié).
9e *Ma.*

B. Le ton « *chang* » : 35e *Ma.*

C. Le ton « *k'iu* » : 15e *Koua* (moitié).
40e *Ma.*

XI. Le onzième groupe (rime en *eng, ing,* quelquefois *iong; wiĕng* est devenu *iong* aujourd'hui).

A. Le ton « *p'ing* » : 12e *Keng.*
13e *Keng.*
14e *Ts'ing.*
15e *Ts'ing.*
16e *Tcheng.*
17e *Teng.*

B. Le ton « *chang* » : 38e *Keng.*
39e *Keng.*
40e *Tsing.*
41e *Kiong.*
42e *Tcheng.*
43e *Teng.*

C. Le ton « *k'iu* » : 43e *Ying.*
44e *Tcheng.*
45e *King.*
46e *King.*
47e *Tcheng.*
48e *Teng.*

XII. Le douzième groupe (rimes en *eou, ieou*) :

A. Le ton « *p'ing* » : 18e *Yeou.*
19e *Heou.*
20e *Yeou.*

B. Le ton « *chang* » : 44e *Yeou.*
45e *Heou.*
46e *Yeou.*

C. Le ton « *k'iu* » : 49e *Yeou.*
50e *Heou.*
51e *Yeou.*

XIII. Le treizième groupe (rimes en *in*, ancien *iən*) :

A. Le ton « *p'ing* » : 21e *Ts'in.*

B. Le ton « *chang* » : 47e *Ts'in.*

C. Le ton « *k'iu* » : 52e *Ts'in.*

XIV. Le quatorzième groupe (rimes en *an, ien*) :

A. Le ton « *p'ing* » : 22e *T'an.*
23e *T'an.*
24e *Yen.*
25e *Tchan.*
26e *Yen.*
27e *Hien.*
28e *Hien.*
29e *Fan.*

B. Le ton « *chang* » : 48e *Kan.*
49e *Kan.*
50e *Yen.*
51e *T'ien.*
52e *Yen.*
53e *Hien.*

54° *Hien.*
55° *Fan.*

C. Le ton « *K'iu* » : 53° *K'an.*
54° *K'an.*
55° *Yen.*
56° *T'ien.*
57° *Yen.*
58° *Hien.*
59° *Hien.*
60° *Fan.*

XV. Le quinzième groupe (rimes en *ou*) :

A. Le ton « *jou* » : 1er *Wou.*
2e *Wou.*
3e *Tchou.*

XVI. Le seizième groupe (rimes en *o*) :

A. Le ton « *jou* » : 4e *Kio.*
18e *Yo.*
19e *To.*

XVII. Le dix-septième groupe (rimes en *e*, *i*, etc.) :

A. Le ton « *jou* » : 5e *Tche.*
6e *Chou.*
7e *Tsie.*
20e *Mo.*
21e *Mai.*
22e *Si.*
23e *Si.*
24e *Tche.*

25° *Tö.*
26° *Ts'i.*

XVIII. Le dix-huitième groupe (rimes en *o*, *ie*, etc.) :

A. Le ton « *jou* » : 8° *Wou.*
9° *K'i.*
10° *Yue.*
11° *Mo.*
12° *Ho.*
13° *Mo.*
14° *Kie.*
15° *Hia.*
16° *Si.*
17° *Sie.*
29° *Ye.*
30° *T'ie.*

XIX. Le dix-neuvième groupe (rimes en *o*, *a*, etc.) :

A. Le ton « *jou* » : 27° *Ho.*
28° *Ho.*
31° *Ye.*
32° *Hia.*
33° *Hia.*
34° *Fa.*

III. LES REGLES MUSICALES

Pour les règles musicales du *t'seu*, nous étudions d'abord celles qui concernent les modulations et les airs.

La première tâche pour composer une pièce de *ts'eu*, c'est le choix de la modulation. Comme l'indique

Tcheou Tö-ts'ing, poète fameux des *Yuan*, chacune d'elles a sa nature particulière. Il la définit dans son *Tchong-yuan-yin-yun* comme suit (1) :

1° *Le Sien-liu-kong* : frais et lointain.
2° Le *Nan-liu-kong* : soupirant et affligé.
3° Le *Tchong-liu-kong* : rapide et varié.
4° Le *Houang-tchong-kong* : riche et onctueux.
5° Le *Tcheng-kong* : mélancolique et farouche.
6° Le *Tao-kong* : sublime et pittoresque.
7° Le *Ta-che-tiao* : élégant et réservé.
8° Le *Siao-che-tiao* : charmant et gracieux.
9° Le *Pan-chö-tiao* : montant et descendant.
10° Le *Chang-kio* : affligé et modulant.
11° Le *Kao-p'ing-tiao* : coulant et onduleux.
12° Le *Hie-tche-tiao* : précipité et haletant.
13° Le *Kong-tiao* : noble et grave.
14° Le *Chang-tiao* : triste et gémissant.
15° Le *Kio-tiao* : plaintif et harmonieux.
16° Le *Yu-tiao* : léger et railleur.
17° Le *Chouang-tiao* : obstiné et ardent (2).

Si l'on ignore ces particularités et que l'on choisisse, par exemple, le *Nan-liu-kong* pour exprimer des sentiments joyeux et gracieux, ou bien le *Ta-che-tiao* pour décrire des combats héroïques, il y a une sorte de dé-

---

(1) Bien qu'il y parle des modulations du *k'iu* (de la poésie dramatique), il nous fait connaître aussi celles du *ts'eu*, étant donné qu'à ce point de vue ces deux genres ne diffèrent pas beaucoup. (Cf. le *Ts'eu-hio* de M. *Leang K'i-hiun*, t. I, pp. 56-57).

(2) *Tcheou* ne parle que des dix-sept modulations, parce qu'elles seules étaient usitées par les *Yuan*.

saccord entre la modulation et le texte de la pièce et elle ne peut pas plaire, malgré qu'elle soit bien écrite.

Toutefois, à cause de la perte de la musique du *ts'eu*, il n'est pas facile de savoir à quelle modulation appartient chaque air. En étudiant les recueils de *t'seu* des *Song*, notamment le *Tchang-tseu-ye-ts'eu* de *Tchang Sien*, le *Yo-tchang-tsi* de *Lieou Yong*, le *Ts'ing-tchen-tsi* de *Tcheou Pang-yen*, le *Po-che-tao-jen-ko-k'iu* de *Kiang K'ouei* et le *Mong-tch'ouang-ts'eu-tsi* de *Wou Wen-ying*, nous avons pu dresser la liste ci-dessous :

I. Le *Houang-tchong-kong* (le *Tcheng-houang-tchong-kong*) :

1° Le *Tsouei-tch'ouei-pien*.
2° Le *Houang-ying-eul*.
3° Le *Yu-niu-yao-sien-p'ei*.
4° Le *Siue-mei-hiang*.
5° Le *Wei-fan*.
6° Le *Tsao-mei-fang*.
7° Le *Teou-po-houa*.
8° Le *Kan-ts'ao-tseu*.
9° Le *Ts'i-t'ien-yo*.
10° Le *Yu-mei-jen*.

II. Le *T'ai-ts'ou-kong* (le *Tchong-kouan-kao-kong*) :

1° Le *Hi-ts'ien-ying-man*.

III. Le *Kia-tchong-kong* (le *Tchong-liu-kong*) :

1° Le *P'ou-sa-man*.
2° Le *Nan-hiang-tseu*.
3° Le *T'a-so-hing*.

4° Le *Siao-tchong-chan.*
5° Le *K'ing-kin-tche.*
6° Le *Houan-k'i-cha.*
7° Le *Siang-sseu-eul-ling.*
8° Le *Che-che-ling.*
9° Le *Chan-t'ing-yen-man.*
10° Le *Sie-tch'e-tch'ouen-man.*
11° Le *Si-chouang-chouang.*
12° Le *Song-tcheng-yi.*
13° Le *Tcheou-ye-yo.*
14° Le *Lieou-yao-k'ing.*
15° Le *Si-kiang-yue.*
16° Le *Leang-tcheou-ling.*
17° Le *Yang-tcheou-man.*
18° Le *Tch'ang-t'ing-yuan-man.*

IV. Le *Tchong-liu-kong* (le *Tao-kong*) :

1° Le *Ye-fei-ts'io.*

V. Le *Lin-tchong-kong* (le *Nan-liu-kong*) :

1° Le *Kiang-nan-lieou.*
2° Le *Pa-pao-tchouang.*
3° Le *Yi-ts'ong-houa.*

VI. Le *Yi-tsö-kong* (le *Sien-liu-kong*) :

1° Le *Yen-tch'ouen-t'ai-man.*
2° Le *Hao-che-kin.*
3° Le *K'ing-pei-yo.*
4° Le *Ti-kia-long.*
5° Le *Man-kiang-hong.*
6° Le *Tien-kiang-tch'ouen.*
7° Le *Houei-lan-fang-yin.*
8° Le *Man-lou-houa.*

9° Le *Lieou-yao-ling.*
10° Le *Ki-leao-fan.*
11° Le *Kouei-k'iu-nan.*
12° Le *Yu-leou-tch'ouen.*
13° Le *Ngan-hiang.*
14° Le *Chou-ying.*
15° Le *Kiang-tou-tch'ouen.*

VII. Le *Wou-yi-kong* (le *Houang-tchong-kong*) :

1° Le *Ho-tch'ong-t'ien.*
2° Le *Si-hong-yi.*
3° Le *Wei-fan.*

VIII. Le *Houang-tchong-chang* (le *Ta-che-tiao*) :

1° Le *Ts'ing-p'ing-yo.*
2° Le *Tsouei-t'ao-yuan.*
3° Le *Hen-tch'ouen-tch'e.*
4° Le *K'ing-pei-yo.*
5° Le *Ying-sin-tch'ouen.*
6° Le *K'iu-yu-kouan.*
7° Le *Man-tch'ao-houan.*
8° Le *Fong-hien-pei.*
9° Le *Mong-houan-king.*
10° Le *Ho-tch'ong-t'ien.*
11° Le *Cheou-ngen-chen.*
12° Le *K'an-houa-houei.*
13° Le *Lieou-tch'ou-sin.*
14° Le *Leang-t'ong-sin.*
15° Le *Niu-kouan-tseu.*
16° Le *Yu-leou-tch'ouen.*
17° Le *Kin-tsiao-ye.*
18° Le *Si-tch'ouen-lang.*

19° Le *Tch'ouan-houa-tche.*
20° Le *Jouei-long-yin.*
21° Le *Houan-king-yo.*
22° Le *Ling-long-sseu-fan.*
23° Le *Mo-chan-k'i.*
24° Le *Wang-kiang-nan.*
25° Le *Ko-p'ou-lien-kin-p'o.*
26° Le *Fa-k'iu-hien-sien-yin.*
27° Le *Kouo-ts'in-leou.*
28° Le *Tsö-fan.*
29° Le *Sai-wong-yin.*
30° Le *Chouang-ye-fei.*
31° Le *Sai-yuan-tch'ouen.*
32° Le *Yuan-lang-kouei.*
33° Le *Tch'eou-nou-eul.*
34° Le *Si-ho.*
35° Le *Wei-tch'e-pei.*
36° Le *Jao-fo-ko.*
37° Le *Hong-lo-ngao.*
38° Le *Kan-houang-ngen.*
39° Le *San-pou-yo.*
40° Le *Ye-fei-ts'io.*
41° Le *Fong-lieou-tseu.*
42° Le *Li-tche-hiang-kin.*
43° Le *Kao-chan-lieou-chouei.*
44° Le *Tchou-ying-yao-hong.*
45° Le *Tong-fong-ti-yi-tche.*
46° Le *Ye-ho-houa.*
47° Le *Tch'eou-nou-eul-man.*

IX. Le *Kia-tchong-chang* (le *Chouang-tiao*) :

1° Le *K'ing-kia-tsie.*
2° Le *Yu-lien-houan.*

3° Le *Wou-ling-tch'ouen.*
4° Le *Po-mei-niang.*
5° Le *Mong-sien-hiang.*
6° Le *Siang-sseu-ling.*
7° Le *Chao-nien-yeou.*
8° Le *Ho-cheng-tch'ao.*
9° Le *Cheng-tch'a-tseu.*
10° Le *Yu-lin-ling.*
11° Le *Ting-fong-po.*
12° Le *Wei-tch'e-pei.*
13° Le *Man-kiuan-tch'eou.*
14° Le *Tcheng-pou-yo.*
15° Le *Kia-jen-tsouei.*
16° Le *Mi-sien-yin.*
17° Le *Yu-kiai-hing.*
18° Le *Kouei-tch'ao-houan.*
19° Le *Ts'ai-lien-ling.*
20° Le *Ts'ieou-ye-yue.*
21° Le *Wou-chan-yi-touan-yun.*
22° Le *P'o-lo-men-ling.*
23° Le *Sao-ti-houa.*
24° Le *Ts'ieou-jouei-hiang.*
25° Le *Ying-tch'ouen-yo.*
26° Le *Yi-lo-so.*
27° Le *Hong-lin-k'in-kin.*
28° Le *Yu-tchou-sin.*
29° Le *Houang-li-jao-pi-chou.*
30° Le *Ts'ouei-leou-yin.*
31° Le *Siang-yue.*
32° Le *Sao-houa-yeou.*
33° Le *Tao-fan.*
34° Le *Ts'ieou-sseu.*
35° Le *Kin-tchan-tseu.*

36° Le *Si-ts'ieou-houa.*
37° Le *Han-kong-tch'ouen.*

X. Le *Tchong-liu-chang* (le *Siao-che-tiao*) :

1° Le *Ye-yen-yen.*
2° Le *Ying-tch'ouen-yo.*
3° Le *Fong-si-wou.*
4° Le *Fa-k'iu-hien-sien-yin.*
5° Le *Fa-k'iu-ti-eul.*
6° Le *Ts'ieou-jouei-hiang.*
7° Le *Tou-kiang-yun.*
8° Le *Si-p'ing-yo.*
9° Le *Sseu-yuan-tchou.*
10° Le *Houa-fan.*
11° Le *Yi-ts'ouen-kin.*
12° Le *Si-ho.*
13° Le *Kiang-nan-tch'ouen.*
14° Le *Tcheou-kin-t'ang.*
15° Le *Tou-kiang-yun-san-fan.*

XI. Le *Lin-tchong-chang* (le *Hie-tche-tiao*) :

1° Le *Chouang-yen-eul.*
2° Le *Pou-souan-tseu-man.*
3° Le *Keng-leou-tseu.*
4° Le *Nan-ko-tseu.*
5° Le *T'a-so-hing.*
6° Le *Kien-tseu-mou-lan-houa.*
7° Le *Tsouei-lo-p'o.*
8° Le *Hi-tch'ao-t'ien.*
9° Le *San-tseu-ling.*
10° Le *Pou-souan-tseu.*
11° Le *Ts'io-k'iao-sien.*
12° Le *Lang-t'ao-cha.*

13° Le *Hia-yun-fong.*
14° Le *Lang-t'ao-cha-ling.*
15° Le *Li-tche-hiang.*
16° Le *Kou-k'ing-pei.*
17° Le *K'ing-pei.*
18° Le *P'o-tchen-yo.*
19° Le *Chouang-cheng-tseu.*
20° Le *Yang-t'ai-lou.*
21° Le *Nei-kia-kiao.*
22° Le *Eul-lang-chen.*
23° Le *Tsouei-p'ong-lai.*
24° Le *Siuan-ts'ing.*
25° Le *Kin-t'ang-tch'ouen.*
26° Le *Ting-fong-po.*
27° Le *Sou-tchong-ts'ing-kin.*
28° Le *Lieou-k'o-tchou.*
29° Le *Ying-tch'ouen-yo.*
30° Le *Ko-lien-t'ing.*
31° Le *Fong-kouei-yun.*
32° Le *P'ao-k'ieou-yo.*
33° Le *Tsi-hien-pin.*
34° Le *Ti-jen-kiao.*
35° Le *Sseu-kouei-yo.*
36° Le *Ying-t'ien-tch'ang.*
37° Le *Ho-houan-tai.*
38° Le *Chao-nien-yeou.*
39° Le *Tch'ang-siang-sseu.*
40° Le *Wei-fan.*
41° Le *Tchou-ma-t'ing.*
42° Le *Sou-tchong-t'sing.*
43° Le *Mou-lan-houa.*
44° Le *Tsi-t'ien-chen.*
45° Le *Li-tche-hiang-kin.*

46° Le *Houei-lan-fang-yin.*
47° Le *Yong-yu-yo.*

XII. Le *Yi-tsö-chang* (le *Chang-tiao*) :

1° Le *Ying-t'ien-tch'ang.*
2° Le *Kiai-lien-houan.*
3° Le *Lang-t'ao-cha.*
4° Le *Nan-hiang-tseu.*
5° Le *Tch'ouei-sseu-tiao.*
6° Le *Ting-hiang-kie.*
7° Le *Ti-tcheou-ti-yi.*
8° Le *Kiai-t'ie-sie.*
9° Le *Chao-nien-yeou.*
10° Le *Sou-tchong-ts'ing.*
11° Le *Tie-liuan-houa.*
12° Le *San-pou-yo.*
13° Le *P'in-ling.*
14° Le *Ting-fong-po.*
15° Le *Yi-chang-tchong-siu-ti-yi.*
16° Le *Lang-t'ao-cha-man.*
17° Le *Yu-king-yao.*
18° Le *Yu-leou-tch'e.*
19° Le *Yu-hou-tie.*
20° Le *Tsouei-p'ong-lai.*
21° Le *San-tchou-mei.*
22° Le *Long-chan-houei.*

XIII. Le *Wou-yi-chang* (le *Yu-tiao*) :

1° Le *Ts'ing-p'ing-yo.*
2° Le *So-tch'ouang-han.*
3° Le *Tan-fong-yin.*
4° Le *Yi-kieou-yeou.*
5° Le *K'ing-tch'ouen-kong.*

6° Le *Ta-p'ou.*
7° Le *Chouei-long-yin.*
8° Le *Lan-ling-wang.*
9° Le *Fong-lai-tch'ao.*
10° Le *Che-hou-sien.*
11° Le *Ts'ieou-siao-yin.*
12° Le *Chouang-houa-yu.*

XIV. Le *Wou-yi-kio* (le *Houang-tchong-kio*) :

1° Le *Kio-tchao.*

XV. Le *Wou-yi-tche* (le *Houang-tchong-tcheng-tche*) :

1° Le *Tche-tchao.*

XVI. Le *Houang-tchong-yu* (le *Pan-chö-tiao*) :

1° Le *Sai-kou.*
2° Le *Jouei-tchö-kou.*
3° Le *Tong-sien-ko.*
4° Le *Ngan-kong-tseu.*
5° Le *Tch'ang-cheou-yo.*
6° Le *K'ıng-pei.*
7° Le *Yu-kia-ngao.*
8° Le *Sou-mo-tchö.*
9° Le *Ye-yeou-kong.*

XVII. Le *Kia-tchong-yu* (le *Tchong-liu-tiao*) :

1° Le *Yu-mei-jen.*
2° Le *Tsouei-hong-tchouang.*
3° Le *T'ien-sien-tseu.*
4° Le *P'ou-sa-man.*

5° Le *Ts'i-che.*
6° Le *Louen-t'ai-tseu.*
7° Le *Yin-kia-hing.*
8° Le *Wang-yuan-hing.*
9° Le *Ts'ai-yun-kouei.*
10° Le *Tong-sien-ko.*
11° Le *Li-pie-nan.*
12° Le *Ye-pan-yo.*
13° Le *Ki-wou-t'ong.*
14° Le *Tsi-t'ien-chen.*
15° Le *Kouo-kien-hie-kin.*
16° Le *Ngan-kong-tseu.*
17° Le *Kiu-houa-sin.*
18° Le *Kouei-k'iu-lai.*
19° Le *Yen-kouei-leang.*
20° Le *Mi-chen-yin.*
21° Le *T'an-fang-sin.*
22° Le *Sin-yen-kouo-tchouang-leou.*
23° Le *Man-t'ing-fang.*
24° Le *Yen-ts'ing-tou.*
25° Le *Lieou-tch'eou.*
26° Le *K'i-leao-yuan.*
27° Le *Jou-mong-ling.*
28° Le *Yi-nan-wang.*

XVIII. Le *Tchong-liu-yu* (le *Tcheng-p'ing-tiao*) :

1° Le *P'ou-sa-man.*
2° Le *Tan-houang-lieou.*

XIX. Le *Lin-tchong-yu* (le *Kao-p'ing-tiao*) :

1° Le *Yuan-tch'ouen-fong.*
2° Le *Yu-fei-yo.*
3° Le *Lin-kiang-sien.*

4° Le *Kiang-tch'eng-tseu.*
5° Le *Tchouan-cheng-yu-mei-jen.*
6° Le *Yen-kouei-leang.*
7° Le *Tsieou-ts'iuan-tseu.*
8° Le *Ting-si-fan.*
9° Le *Jouei-ho-sien.*
10° Le *Mou-lan-houa-ling.*
11° Le *Kiai-yu-houa.*
12° Le *Pai-sing-yue-man.*
13° Le *Yu-mei-ling.*
14° Le *Tsao-lan-hiang.*
15° Le *T'an-fang-sin.*
16° Le *Kiuan-siun-fang.*

XX. Le *Yi-tsö-yu* (le *Sien-liu-tiao*) :

1° Le *Ho-tchouan.*
2° Le *T'eou-cheng-mou-lan-houa.*
3° Le *Ts'ien-ts'ieou-souei.*
4° Le *Tsouei-t'ao-yuan.*
5° Le *T'ien-sien-tseu.*
6° Le *Wang-hai-tch'ao.*
7° Le *Jou-yu-chouei.*
8° Le *Yu-hou-tie.*
9° Le *Man-kiang-hong.*
10° Le *Tong-sien-ko.*
11° Le *Yin-kia-hing.*
12° Le *Wang-yuan-hing.*
13° Le *Pa-cheng-kan-tcheou.*
14° Le *Lin-kiang-sien.*
15° Le *Tchou-ma-tseu.*
16° Le *Siao-tchen-si.*
17° Le *Siao-tchen-si-fan.*
18° Le *Mi-chen-yin.*

19° Le *Ts'ou-p'o-man-lou-houa.*
20° Le *Lieou-yao-ling.*
21° Le *T'i-yin-teng.*
22° Le *Hong-tch'ouang-t'ing.*
23° Le *Fong-kouei-yun.*
24° Le *Niu-kouan-tseu.*
25° Le *Yu-chan-tchen.*
26° Le *Kien-tseu-mou-lan-houa.*
27° Le *Mou-lan-houa-ling.*
28° Le *Kan-tcheou-ling.*
29° Le *Si-che.*
30° Le *Kouo-lang-eul-kin.*
31° Le *Ts'i-leang-fan.*
32° Le *Ko-k'i-mei-ling.*

XXI. Le *Wou-yi-yu* (le *Yu-tiao*) :

1° Le *P'o-lo-men-yin* (1).

Comme les airs cités plus haut ne forment qu'un tiers de l'ensemble, le choix de la modulation, malgré son importance, n'est pas facilement applicable.

Nous devons ajouter que les différents airs, tout comme les diverses modulations, avaient chacun une nature particulière ; il existait une relation étroite entre cette nature et le style de la pièce du *ts'eu* écrite d'après cet air. A ce sujet, on n'a plus que des idées vagues. Nous nous efforçons maintenant de les préciser, en examinant les airs favoris de *Sou Che, Sin K'i-tsi, Lieou Kouo, Lieou K'o-tchouang* d'une part, et ceux de *Tcheou Pang-yen, Kiang K'ouei, Wou Wen-ying, Tchang Yen*

(1) Notons que dans cette liste il y a beaucoup d'airs qui appartiennent à plusieurs modulations.

d'autre part. Nous choisissons ces deux groupes, parce que ces huit auteurs sont tous de premier ordre et représentent deux styles tout différents (1). Pour *Sou, Sin,* etc., les airs suivants sont les plus souvent usités :

1° Le *Chouei-long-yin.*
2° Le *Chouei-tiao-ko-t'eou.*
3° Le *Man-t'ing-fang.*
4° Le *Man-kiang-hong.*
5° Le *Chao-pien.*
6° Le *Si-kiang-yue.*
7° Le *Tchö-kou-t'ien.*
8° Le *Pou-souan-tseu.*
9° Le *Lin-kiang-sien.*
10° Le *P'ou-sa-man.*
11° Le *Tie-liuan-houa.*
12° Le *Ye-kin-men.*
13° Le *Hao-che-kin.*
14° Le *Ts'io-k'iao-sien.*
15° Le *Lieou-tcheou-ko-t'eou.*
16° Le *Ho-sin-lang.*
17° Le *Nien-nou-kiao.*
18° Le *Ts'in-yuan-tch'ouen.*
19° Le *Pa-cheng-kan-tcheou.*
20° Le *Tchou-ying-t'ai-kin.*
21° Le *Ts'ing-p'ing-yo.*
22° Le *Lieou-chao-ts'ing.*
23° Le *Tong-sien-ko.*
24° Le *Mou-lan-houa-man.*
25° Le *Han-kong-tch'ouen.*
26° Le *Tsouei-kao-leou.*
27° Le *Tch'ao-tchong-ts'ou.*
28° Le *Ting-fong-po.*

---

(1) Voir chap. III de notre étude.

29° Le *Nan-hiang-tseu.*
30° Le *Kien-tseu-mou-lan-houa.*
31° Le *Yi-tsien-mei.*
32° Le *T'a-so-hing.*
33° Le *Yu-leou-tch'ouen.*
34° Le *Tchao-kiun-yuan.*
35° Le *Cheng-tch'a-tseu.*
36° Le *Mo-yu-eul.*
37° Le *Yong-yu-yo.*
38° Le *Houan-k'i-cha.*
39° Le *Nan-ko-tseu.*
40° Le *Hing-hiang-tseu.*
41° Le *Tien-kiang-tch'ouen.*
42° Le *Yu-mei-jen.*
43° Le *Yu-tchong-houa-man.*

Voici l'autre liste des airs favoris de *Tcheou, Kiang*, etc. :

1° Le *So-tch'ouang-han.*
2° Le *Tou-kiang-yun.*
3° Le *Houan-king-yo.*
4° Le *Kiai-lien-houan.*
5° Le *Man-kiang-hong.*
6° Le *Jouei-ho-sien.*
7° Le *Yi-kieou-yeou.*
8° Le *Houan-k'i-cha.*
9° Le *Tien-kiang-tch'ouen.*
10° Le *Fa-k'iu-hien-sien-yin.*
11° Le *Sai-wong-yin.*
12° Le *Sou-tchong-ts'ing.*
13° Le *Ts'i-t'ien-yo.*
14° Le *Chouang-ye-fei.*
15° Le *K'ing-kong-tch'ouen.*
16° Le *Yuan-lang-kouei.*

17° Le *Jou-mong-ling.*
18° Le *Ye-fei-ts'io.*
19° Le *Yu-mei-jen.*
20° Le *Ts'ai-sang-tseu.*
21° Le *Ts'ing-yu-ngan.*
22° Le *Yi-tsien-mei.*
23° Le *Kiai-yu-houa.*
24° Le *Chouei-long-yin.*
25° Le *Tie-liuan-houa.*
26° Le *Si-ho.*
27° Le *P'ou-sa-man.*
28° Le *Tch'ang siang ssou.*
29° Le *Tsouei-lo-p'o.*
30° Le *Yue-hia-ti.*
31° Le *Hao-che-kin.*
32° Le *Tchö-kou-t'ien.*
33° Le *T'a-so-hing.*
34° Le *Nien-nou-kiao.*
35° Le *T'an-tch'ouen-man.*
36° Le *Ngan-hiang.*
37° Le *Chou-ying.*
38° Le *Si-hong-yi.*
39° Le *Ts'i-leang-fan.*
40° Le *Pou-souan-tseu.*

Nous voyons que la plupart des airs employés par ces deux groupes sont différents. Afin qu'une pièce soit parfaite, il faut choisir un air dont la nature s'accorde avec le style. En effet il serait maladroit de composer le *Ts'in-yuan-tch'ouen* dans un style fin, ou le *Jouei-ho-sien* dans un style viril. La particularité de chaque air tient sans doute à la musique qui l'accompagnait. Cette musique étant perdue, nous ne pouvons faire autrement que de suivre les pièces modèles des anciens auteurs.

Maintenant nous passerons à l'étude des règles des tons et des rimes.

Le rôle que jouent les tons dans le *ts'eu* est de beaucoup plus important que dans le « *che* » (poésie proprement dite). Pour la composition du *che*, on s'occupe seulement du « *p'ing* » et du « *tsö* » (du « *chang* », du « *k'iu* » et du « *jou* »). C'est dire que là où l'on doit employer le « *tsö* », on a la liberté d'utiliser indifféremment l'un des trois tons autres que le « *p'ing* ». Mais pour composer une pièce de *ts'eu*, cette liberté est limitée. D'ailleurs, le « *che* » n'a qu'une dizaine de formes, pour arranger les tons, tandis que, pour le *ts'eu*, presque tous les airs ont un arrangement spécial. Comme nous ne pouvons traiter ici le rythme de tous les airs, — leur nombre dépasse huit cents, — nous renvoyons les lecteurs aux ouvrages spéciaux comme le *Ts'eu-liu* de *Wan Chou*, le *K'in-ting-ts'eu-p'ou* (1), etc. Nous nous contenterons de faire quelques remarques, les plus importantes, surtout celles qui concernent la différence entre les trois tons du « *tsö* » :

1° Les rimes du *Ts'aï-sang-tseu*, du *Chouei-tiao-ko-t'eou*, du *Ts'in-yuan-tch'ouen*, etc., doivent être des caractères du ton « *p'ing* » (2).

2° Celles du *Ts'ing-chang-yuan*, du *Yu-yeou-tch'ouen-chouei*, du *Ts'ieou-siao-yin*, etc., doivent être du ton « *chang* » (3).

---

(1) Voir chap. V de notre étude.

(2) Voir par exemple le *Ts'ai-sang-tseu* (« *T'ing ts'ien tch'ouen tchou hong ying tsin* ») de *Li Yu*, le *Chouei-tiao-ko-t'eou* (« *Ngo tche tsai leao k'ouo* ») de *Sin K'i-tsi* et le *Ts'in-yuan-tch'ouen* (« *Ho tch'ou siang fong* ») de *Lieou K'o-tchouang*.

(3) Voir le *Ts'ing-chang-yuan* (« *Kouan ho tch'eou sseu wang tch'ou man* ») de *Yen Chou*, le *Yu-yeou-tch'ouen-chouei* (« *Ts'in leou tong fong li* ») d'un auteur anonyme et le *Ts'ieou-siao-yin* (« *Kou lien k'ong* ») de *Kiang K'ouei*.

3° Celles du *Yu-leou-tch'ouen*, du *Ts'ouei-leou-yin*, du *Kiu-houa-sin*, etc., doivent être du ton « *k'iu* » (1).

4° Celles du *Ngan-hiang*, du *Chou-ying*, du *Yu-lin-ling*, etc., doivent être du ton « *jou* » (2).

5° Celles du *Si-kiang-yue* (3), du *Tou-kiang-yun* (4), du *Chao-pien* (5), etc., peuvent être des tons « *p'ing* » et « *tsö* » (excepté le « *jou* »).

6° Celles du *Lieou-chao-ts'ing* (6), du *Cheng-cheng-man* (7), du *Man-kiang-hong* (8), etc., sont tantôt du ton « *p'ing* », tantôt du ton « *tsö* » qui doit être du ton « *jou* » exclusivement.

---

(1) Voir le *Yu-leou-tch'ouen* (« *Yen hong kouo heou ying kouei k'iu* ») de *Yen Chou*, le *Ts'ouei-leou-yin* (« *Yue leng long cha* ») de *Kiang K'ouei* et le *Kiu-houa-sin* (« *Yu yen hiang wei louen k'ien k'iuan* ») de *Lieuo Yong*.

(2) Voir par exemple le *Ngan-hiang* (« *Kieou che yue sö* ») et le *Chou-ying* (« *T'ai tche tchouei yu* ») de *Kiang K'ouei* et le *Yu-lin-ling* (« *Han chan ts'i ts'ie* ») de *Lieou Yong*.

(3) Les rimes du *Si-kiang-yue* sont, pour la plupart, des caractères du ton « *p'ing* ». Mais celle de la dernière ligne de chacun des deux « *p'ien* » (strophes) doit être changée en un caractère du ton « *tsö* », qui peut être « *chang* », de préférence « *k'iu* », mais jamais « *jou* ». Voir par exemple la pièce de *Sin K'i-tsi* (« *Ts'ien tchang hiuan yai siao ts'ouei* »).

(4) Les rimes du *Tou-kiang-yun* sont en général du ton « *p'ing* ». Mais celle de la quatrième ligne de la deuxième strophe doit être du ton « *tsö* » (du « *k'iu* » préférablement). Voir la pièce de *Tcheou Pang-yen* (« *Ts'ing lan ti tch'ou tien* »).

(5) Les rimes du *Chao-pien* sont des caractères du « *p'ing* », du « *chang* », du « *k'iu* », employés pêle-mêle. Voir par exemple la pièce de *Lieou K'o-tchouang* (« *Cheng tch'ou k'o kong* »).

(6) Voir la pièce de *Tchou Touen-jou* (« *Hong fen ts'ouei pie* ») et celle de *Lou Yeou* (« *Che tsai kiang hou* »).

(7) Voir la pièce de *Li Ts'ing-tchao* (« *Siun siun mi mi* ») et celle de *Sin K'i-tsi* (« *Tchen ngai tch'eng tchen* »).

(8) Voir la pièce de *Tcheou Pang-yen* (« *Tcheou je yi yin* ») et celle de *Kiang K'ouei* (« *Sien mou lai che* »).

7° Il est interdit d'employer successivement deux caractères du ton « *chang* » ou du ton « *k'iu* » au milieu d'une ligne (1).

8° Excepté ceux du ton « *k'iu* », les caractères du ton « *tsö* » peuvent remplacer ceux du ton « *p'ing* » (2).

9° Les caractères du ton « *jou* » peuvent remplacer non seulement ceux du ton « *p'ing* », mais encore ceux des tons « *chang* » et « *k'iu* » (3).

10° Les caractères des tons « *chang* » et « *k'iu* » ne sont pas interchangeables, surtout dans la dernière ligne d'une pièce (4).

11° Si l'air exige le ton « *tsö* » pour l'avant-dernier caractère d'une ligne rimée, le ton « *k'iu* » est préférable lorsque la rime est du ton « *p'ing* » ou « *chang* » (5),

---

(1) C'est pourquoi lorsque l'air exige deux caractères successifs du ton « *tsö* », les anciens auteurs employaient souvent le « *chang* » pour l'un et le « *k'iu* » pour l'autre. On peut trouver quatre exemples dans le *Ts'i-t'ien-yo* (« *Lou wou tiao tsin t'ài tch'eng lou* ») de *Tcheou Pan-yen*, cinq dans le *Mong-fou-yong* (« *Si fong yao pou k'i* ») de *Wou Wen-ying*, huit dans le *Yi-tche-tch'ouen* (« *Tan pi tch'ouen tseu* ») de *Tcheou Mi*, douze dans le *Houa-fan* (« *Kou chan kiuan* ») de *Wang Yi-souen*.

(2) Dans le *Yen-ts'ing-tou* (« *Si ts'ao yen kiai jouan* ») de *Ho Tch'eou*, l'auteur emploie des caractères du ton « *chang* » pour ceux du ton « *ping* » (cf. les deux dernières lignes de la première strophe) ; et dans son *Jouei-ho-sien* (« *Jouan yen long si lieou* ») *Tcheou Pang-yen* emploie un caractère du « *jou* » pour celui du « *p'ing* » (cf. la troisième ligne de la deuxième strophe).

(3) Par exemple, la quatrième ligne de la première strophe du *Wang-hai-tch'ao* (« *Mei ying chou tan* ») de *Ts'in Kouan;* et la dernière ligne du *Tch'eou-nou-eul-kin* (« *Ts'ien fong yun k'i* ») de *Sin K'i-tsi*.

(4) Comme dans la dernière ligne du *Yong-yu-yo*. Voir par exemple la pièce de *Sin K'i-tsi* (« *Ts'ien kou kiang chan* »).

(5) Par exemple, la première ligne de la première strophe de *Houan-k'i-cha*. Cf. les œuvres de *Tcheou Pang-yen* (« *Tcheng wan t'ong houa leang pin tch'ouei* », « *Yu kouo ts'an hong che wei fei* » et « *Leou chang ts'ing t'ien pi sseu tch'ouei* »).

mais le ton « *chang* » est nécessaire lorsque la rime est du ton « *k'iu* » ou « *jou* » (1).

12° Selon les différents sens ,un caractère peut appartenir à plusieurs tons (2). Ce serait une grande erreur de les confondre.

Pour ce qui est de la rime, chaque air a ses propres formes. Nous renvoyons ceux qui voudraient composer une pièce du *ts'eu*, à l'ouvrage de *Wan Chou*, au *K'in-ting-ts'eu-p'ou*, etc. Mais, afin de donner aux lecteurs une idée générale de la variété de la rime du *ts'eu*, nous énumérons les plus intéressantes. Mettant de côté les cas où la rime n'est point changée dans une pièce entière (3), ou dans chacune de ses strophes (4), nous avons encore une cinquantaine de formes :

1° AABCCB (5). — Ex.: le *Ho-ye-pei* (« *Tch'ou niu yu kouei nan p'ou* ») de *Wen T'ing-yun*.

2° AABBBB. — Ex. : le *Ho-ye-pei* (« *Ko fa chouei kia yen chang* ») de *Kou Hiong*.

3° AABBB. — Ex. : le *Nan-hiang-tseu* (« *Ngan yuan cha p'ing* »), de *Ngeou-yang Kiong*.

4° AABAACC. — Ex. : le *Fan-niu-yuan* (« *Wan tche hiang siue k'ai yi pien* ») de *Wen T'ing-yun*.

5° AABCCCDD. — Ex. : le *Si-k'i-tseu* (« *Han po chouang p'an kin fong* ») de *Nieou K'iao*.

---

(1) Comme dans la première ligne de la deuxième strophe du *Ying-tch'ouen-yo*. Cf. les pièces de *Tcheou Pang-yen* (« *Ts'ing tch'e siao p'ou k'ai yun wou* » et « *T'ao k'ī lieou k'iu hien tsong tsie* »).

(2) « *Kiao* » (dormir) du ton « *k'iu* » et « *kio* » (éprouver) du ton « *jou* » ne sont qu'un même caractère. De même, « *sai* » (frontière) du ton « *k'iu* » et « *sö* » (boucher) du ton « *jou* »; « *chou* » (nombre) du ton « *k'iu* » et « *cho* » (souvent) du ton « *jou* ».

(3) Par exemple, le *Kou-louan*, le *Chouang-t'eou-lien*, le *Sou-mo tchō*, etc.

(4) Le *Ho-tou-chen*, le *Yi-lo-yue*, le *Ts'ing-p'ing-yo*, etc.

(5) Chaque lettre représente une ligne; celles qui sont désignées par une même lettre riment l'une avec l'autre; la lettre solitaire montre une ligne non rimée.

6° AABBCC. — Ex. : le *T'iao-siao-ling* (« *Tch'ouen sö tch'ouen sö* ») de *Fong Yen-ki.*

7° ABC;DEFFFA (1). — Ex. : le *Chang-hing-pei* (« *Ts'ao ts'ao li t'ing ngan ma* ») de *Souen Kouang-hien.*

8° AABB;CBBDB. — Ex. : le *Kan-ngen-to* (« *Leang t'iao hong fen lei* ») de *Nieou K'iao.*

9° ABCBD;EEFED. — Ex. : le *Tsieou-ts'iuan-tseu* (« *K'ong tsi wou pien* ») de *Souen Kouang-hien.*

10° AABB;CCDD. — Ex. : le *Tsouei-kong-tseu* (« *Ngan lieou tch'ouei kin sien* ») de *Kou Hiong.*

11° ABBCDD;EEEFGG. — Ex. : le *Keng-leou-tseu* (« *Yu lou h'ang* ») de *Wen T'ing-yun.*

12° ABBCDD;EFFGHH. — Ex. : le *Keng-leou-tseu* (« *Tchong kou han* ») de *Wei Tchouang.*

13° AAAA;BBAA. — Ex. : le *Yang - lieou - tche* (« *Ts'ieou ye hiang kouei sseu tsi leao* ») de *Kou Hiong.*

14° ABAB;CDBEB. — Ex. : le *Cha-tch'ouang-hen* (« *Sin tch'ouen yen tseu houan lai tche* ») de *Mao Wen-si.*

15° AABCB;DBEB. — Ex. : le *Niu-kouan-tseu* (« *Sseu yue che ts'i* ») de *Wei Tchouang.*

16° AABA;BBBCA. — Ex. : le *Lo-yi-che* (« *Teou k'eou houa fan yen yen chen* ») de *Mao Wen-si.*

17° ABCBA;ADEDA. — Ex. : le *Tsieou-Ts'iuan-tseu* (« *Lo tai je hiang* ») de *Wen T'ing-yun.*

18° ABCBA;DDEDA. — Ex. : le *Tsieou-ts'iuan-tseu* (« *Yue lo sing tch'en* ») de *Wei Tchouang.*

19° ABCDC;EEEC. — Ex. : le *Tsieou-ts'iuan-tseu* (« *Ki tö k'iu nien* ») *de Nieou K'iao.*

---

(1) Le point et virgule (;) marque la division en strophes de chaque pièce.

20° AABB;BBCB. — Ex. : le *Liuan-ts'ing-chen* (« *Ti ti t'ong hou han leou yen* ») de *Mao Wen-si.*

21° ABCC;CDEE. — Ex. : le *Tsieou-ts'iuan-tseu* (« *Chouei pi fong ts'ing* ») de *Kou Hiong.*

22° ABAA;BBCAA. — Ex. : le *Tsieou-ts'iuan-tseu* (« *Tai yuan hong sieou* ») de *Kou Hiong.*

23° ABCBB;DDBB. — Ex. : le *Ho-k'iao-lieou* (« *Ho k'iao lieou* ») de *Mao Wen-si.*

24° ABCDD;EEFF. — Ex. : le *Ho - k'iao - lieou* (« *Souei t'i lieou* ») de *Mao Wen-si.*

25° ABBBB;CCCDD. — Ex. : le *Ho-tch'ong-t'ien* (« *Mei sie fen* ») de *Ngeou-yang Sieou.*

26° AABBB;CCDDD. — Ex. : le *Ho-ye-pei* (« *Tsiue tai kia jen nan tö* ») de *Wei Tchouang.*

27° AABBBB;CCCDDD. — Ex. : le *Ho-tchouan* (« *Hong hing* ») de *Tchang Pi.*

28° AABACDA;EEEFFFF. — Ex. : le *Ho-tchouan* (« *K'iu hien* ») de *Kou Hiong.*

29° AABCBB;AAADEE. — Ex. : le *Ho-tchouan* (« *Kin p'ou tch'ouen niu* ») de *Wei Tchouang.*

30° ABCCC;DDDCCC. — Ex. :le *Ho-tchouan* (« *Ts'ieou yu ts'ieou yu* ») de *Yen Siuan.*

31° ABCBDD;EEEFGG. — Ex. : le *Yuan-wang-souen* (« *Mong touan leou ts'iao* ») de *Li Ts'ing-tchao.*

32° ABACA;DDDEEEE. — Ex. : le *Ho-tchouan* (« *Yen yang ts'ing king* ») de *Kou Hiong.*

33° AABACC;DDDCCC. — Ex. : le *Yue-tchao-li-houa* (« *Tcheou king fang yong* ») de *Houang Cheng.*

34° ABACAA;DDDEEEE. — Ex. : le *Ho-tchouan* «(*T'ai p'ing t'ien tseu* ») de *Souen Kouang-hien.*

35° AAAAAA;AAABBBB. — Ex. : le *Ho-tchouan* (« *Lieou t'o kin liu* ») de *Souen Kouang-hien.*

36° AABACCC;DDDEEEE. — Ex. : le *Ho-tchouan* (« *Tchao kiu* ») de *Kou Hiong.*

37° ABCBBDEB;FFFBBGHB. — Ex. : le *Fang-ts'ao-tou* (« *Wou t'ong lo* ») de *Ngeou-yang Sieou.*

38° AAAABAA;CCCDDDD. — Ex. : le *Ho-tchouan* (« *Fong tchan* ») de *Souen Kouang-hien.*

39° ABBBBB;CCCDDDD. — Ex. : le *Ho-tchouan* (« *Hou chang hien wang* ») de *Wen T'ing-yun.*

40° AAABACC;DDDEE. — Ex. : le *Ho-tchouan* (« *K'iu k'iu* ») de *Li Siun.*

41° AABCB;DDEFE. — Ex. : le *Yu-mei-jen* (« *Tch'ouen houa ts'ieou yue ho che leao* ») de *Li Yu.*

42° AAAABA;CCAADA. — Ex. : le *Mei-houa-yin* (« *Hiao fong souan* ») de *Mei-K'i Yong.*

43° AAABBCB;DDEEFE. — Ex. : le *Mei-houa-yin* (« *Chan tche lou* ») de *Wang T'ö-k'i.*

44° AABBB;CCDDD. — Ex. : le *Yu-mei-jen* (« *Pao t'an kin liu yuan yang tchen* ») de *Mao Wen-si.*

45° AAABBCBB;AAADDEDD. — Ex. : le *Si-fen-tch'ai* (« *Tch'ong lien koua* ») de *Liu Pin-lai.*

46° AAABBCBB;DDDEEFEE. — Ex. : le *Si-fen-tch'ai* (« *T'ao houa lou* ») de *Kao Chen-fou.*

47 AABCDEC;FCGHC. — Ex. : le *Yu-t'ang-tch'ouen* (« *Teou tch'eng tch'e kouan* ») de *Yen Chou.*

48° AABBA;CCADDA. — Ex. : le *Ting-fong-po* (« *P'o ngo tch'ou king yi tien hong* ») de *Ye Mong-tö.*

49° ABBAA;CCAAA. — Ex. : le *Tsouei-tch'ouei-pien* (« *Tsieou mien yen kin yu* ») de *Tchang Sien.*

50° AAABBCB;AAADDED. — Ex. : le *Tsö-hong-ying* (« *Fong yào tong* ») d'un auteur anonyme.

51° AAABBCBDDDEEFE;GGGHHIHJJKKLK. — Ex. : le *Siao-mei-houa* (« *Tch'eng hia lou* ») de *Ho Tchou*.

A part ces formes, il en existe encore d'autres, telles que le « *ngan-yun* » (rime cachée), le « *ts'eu-yun* (rime féminine) ; le « *fou-t'ang-tou-mou-k'iao-t'i* » (rime unique).

La « rime cachée » est une forme où l'assonance se trouve au milieu d'une ligne, notamment dans les airs *Chouang-ye-fei* (1) et *Mou-lan-houa-man* (2).

Dans la « rime féminine », on fait rimer l'avant-dernier caractère de la ligne. L'emploi en est assez rare; les *Chouei-long-yin* de *Sin K'i-tsi* (« *T'ing hi ts'ing p'ei k'iong yao sie* ») et de *Tsiang Tsie* (« *Tsouei hi k'iong hiai feou chang sie* ») peuvent servir d'exemples.

Par « rime unique » on entend qu'avec un même caractère, on peut rimer une pièce tout entière. Des poètes comme *Houang T'ing-kien* (3), *Lieou K'o-tchouang* (4), *Tsiang Tsie* (5), etc., l'utilisaient souvent.

IV. — LA RHETORIQUE DU *TS'EU*

En ce qui concerne la rhétorique du *ts'eu*, nous examinerons la structure des vers, les figures de mots et de pensée et le vocabulaire poétique.

---

(1) Dans les deux pièces : « *Lou mi chouai ts'ao chou sing koua* » de *Tcheou Pang-yen* et « *Touan yen li siu kouan sin che* » de *Wou Wen-ying*, le quatrième caractère de la première ligne de la première strophe, (« *ts'ao* » et « *siu* ») rime avec le dernier caractère de la deuxième ligne de la même strophe (« *piao* » et « *chou* »).

(2) Dans la pièce de *Tcheou Mi* (« *K'ia fang fei mong sing* ») et celle de *Liu Wei-tch'ouan* (« *Tch'ao t'ien men wai lou* »), le deuxième caractère de la septième ligne de la première strophe rime avec le deuxième caractère des première et septième lignes de la deuxième strophe.

(3) Voir son *Jouei-ho-sien* (« *Houan tch'ou kiai chan ye* »).

(4) Voir ses *Tchouan-tiao-eul-lang-chen* (« *Tch'eou houan cheou pan* », « *Houang leang mong kio* », « *Yi k'iong leang kiu* », « *Kin lai sai chang* », « *Jen yen kouan jong* », etc.)

(5) Voir son *Cheng-cheng-man* (« *Houang houa chen hiang* »).

Chaque pièce du *ts'eu* est composée de vers d'une longueur irrégulière. La structure de chaque sorte de vers offre une particularité que tout poète doit respecter. Dans la préface du *Ts'eu-liu, Wan Chou* nous l'indique déjà, mais incomplètement. En consultant les œuvres des auteurs célèbres, nous voyons qu'ils emploient les formes suivantes :

1° Le vers d'un seul caractère. — Ici, le nombre n'admet pas de variation. D'ailleurs, l'usage de cette forme est relativement rare. On la trouve seulement dans la première ligne du *Che-lieou-tseu-ling* (1).

2° Le vers de deux caractères. — Ce vers peut avoir deux formes : dans l'une, il contient deux caractères différents (2) ; dans l'autre, c'est un seul caractère répété (3).

3° Le vers de trois caractères. — Nous savons qu'un vers contenant plus de deux caractères peut souvent être divisé en deux parties séparées par une pause à la fin de la première. Dans le vers de trois caractères, trois formes sont possibles. Excepté la première qui ne contient qu'un seul caractère répété (4), les deux autres sont des structures dites de « un-deux » (5) et de « deux-

(1) Par exemple, la pièce de *Ts'ai Chen* (« *Thien* ») et celle de *Tchang Hiao-siang* (« *Kouei* »).

(2) Comme la quatrième ligne du *Nan-hiang-tseu* (« *Ngan yuan cha p'ing* ») de *Ngeou-yang Kiong* et la première ligne de la deuxième strophe du *Wou-men* (« *Yin tsi long houang* ») de *Wang Yi-souen*.

(3) Cf. la quatrième ligne des première et deuxième strophes du *Nan-hiang-tseu* (« *Chouang kiang chouei hen cheou* »)de *Sou Che* et la première ligne de la deuxième strophe du *Fong-houang-t'ai-chang-yi-tch'ouei-siao* (« *Hiang leng kin yi* ») de *Li Ts'ing-tchao*.

(4) Cf. la dernière ligne de la première strophe et celle de la deuxième du *Tch'ai-t'eou-fong* (« *Hong sou cheou* ») de *Lou Yeou*; et aussi ces mêmes lignes du *Yu-long-ts'ong* (« *Tch'eng nan lou* ») d'un anonyme.

(5) Par exemple, les deux premières lignes du *Kiang-nan-tch'ouen* de *K'eou Tchouen* : « *Po miao miao* » (Les vagues sont lointaines); *lieou yi yi* (les saules sont paternels) ».

un » (1) suivant la place de la pause.

4° Le vers de quatre caractères. — On l'écrit de trois manières : la première est la structure de « un-trois » (2) ; la seconde, de « deux-deux » (3) ; et dans la dernière, ce sont deux caractères répétés chacun une fois (4).

5° Le vers de cinq caractères. — Il y a trois sortes de structure ; celle de « un-quatre » (5), c'est-à-dire que la pause se trouve après le premier caractère ; celle de « deux-trois » (6), où la pause suit le deuxième caractère ; et celle de « trois-deux » (7), avec une pause après le troisième caractère.

6° Le vers de six caractères. — Selon la position de la pause, nous avons les structures de « deux-quatre » (8),

---

(1) Cf. la première ligne du *Wang-kiang-nan* (« *Chou si pa* ») de *Wen T'ing-yun* et la dernière ligne de la première strophe du *Kin-t'ang-tch'ouen* («*Tch'ouen sö nan lieou* ») de *Sin K'i-tsi*.

(2) Cf. la dernière ligne de la deuxième strophe du *Chouei-long-yin* (« *Tch'ou t'ien ts'ien li ts'ing ts'ieou* ») de *Sin K'i-tsi* et la sixième ligne du *Fong-lieou-tseu* (« *Mao chö kin li K'i k'iu* ») de *Souen Kouang-hien*.

(3) Cf. la première ligne du *Nan-hiang-tseu* (« *Nouen ts'ao jou yen* ») de *Ngeou-yang Kiong* et les deuxième et troisième lignes du *Ho-tchouan* (« *K'iu hien* ») de *Kou Hiong*.

(4) Cf. les première et cinquième lignes du *T'iao-siao* (« *Tch'ouen sö tch'ouen sö* ») de *Fong Yen-ki* et la cinquième ligne du *Jou-mong ling* (« *Men wai lou yin ts'ien k'ing*) de *Ts'ao Yuan-tch'ong*.

(5) Cf. la première ligne de la deuxième strophe du *Mou-lan-houa-man* («*Pang tch'e lan yi pien* ») de *Tsiang Tsie* et la dernière ligne de la première strophe du *Si-hong-yi* (« *Tien tchen yao leang* ») de *Kiang K'ouei*.

(6) Cf. les deux premières lignes de la première strophe du *Chouei-tiao-ko-t'eou* (« *Ts'ieou yu yi ho pi* ») de *Fang Kiu-chan* et la dernière ligne de la deuxième strophe du *Kin-t'ang-tch'ouen* (« *Leou chang yong lien fei siu* ») de *Tchao Ling-tche*.

(7) Cf. la deuxième ligne de la deuxième strophe du *Chou-ying* (« *Ping t'iao mou ye* ») de *Tcheou Mi* et la deuxième ligne de la première strophe du *Yi-lo-so* (« *Yang houa tchong je k'ong fei wou* ») de *Ts'in Kouan*.

(8) Cf. les deux premières lignes du *Wang-mei* (« *Tch'ouen ts'ao ts'iuan wou siao si* ») de *Houo Ning* et celles du *Ho-man-tseu* (« *Kouan kien pou souei kiun k'iu* ») de *Souen Kouang-hien*.

de « trois-trois » (1), et de « quatre-deux » (2).

7° Le vers de sept caractères. — Ici nous avons également trois différentes structures : celles de « deux-cinq » (3), de « trois-quatre » (4) et de « quatre-trois » (5). Elles sont toujours caractérisées par la place de la pause.

8° Le vers de huit caractères. — Ce vers est écrit dans quatre formes : celles de « un-sept » (6), de « deux-six » (7), de « trois-cinq » (8), de « cinq-trois » (9).

---

(1) Cf. la dernière ligne du *Chouei-tsing-lien* (« *Ki p'ou yen siao chouei niao fei* ») de *Nieou K'iao* et la dernière ligne de la deuxième strophe du *Po-tch'e-leou* (« *Hiong tchong ts'ien tchong tch'eou* ») de *Siu Fou.*

(2) Cf. la dernière ligne de la deuxième strophe du *Si-kiang-yue* (« *Tchao ye mi mi ts'ien lang* ») de *Sou Che* et la dernière ligne de la deuxième strophe du *Hing-houa-t'ien* (« *Ts'ien tch'ouen t'ing yuan tong fong hiao* ») *de Tchou Touen-jou.*

(3) Cf. les deux dernières lignes des première et deuxième strophes du *T'a-so-hing* (« *Siao king hong hi* ») de *Yen Chou* et la première ligne de la première strophe du *Yu-lien-houan* (« *Lai che lou yi yi hiang jouen* ») de *Tchang Sien.*

(4) Cf. la troisième ligne des première et deuxième strophes du *T'ang-to-ling* (« *Lou ye man t'ing tcheou* ») de *Lieou Kouo* et la première ligne de la deuxième strophe du *Kouei-tche-hiang* (« *Teng lin tsong mou* ») de *Wang Ngan-che.*

(5) Cf. les première et quatrième lignes de la première strophe du *Tie-liuan-houa* (« *Tou yi wei leou fong si si* ») de *Lieou Yong* et la dernière ligne de la deuxième strophe du *Tchö-kou-t'ien* (*Ngo che ts'ing tou chan chouei lang* ») de *Tchou Touen-jou.*

(6) Cf. la troisième ligne de la première strophe du *Che-hiang-kin-t'ong* (« *Pao ma hing tch'ouen* ») de *Ts'ai Chen* et la deuxième ligne de la deuxième strophe du *Kouo-kien-hie* (« *Houai tch'ou k'ouang wang ki ts'ien li* ») de *Lieou Yong.*

(7) Cf. la troisième ligne de la deuxième strophe du *Yue-k'i-tch'ouen* (« *San yue che san han che je* ») de *Ngeou-yang Sieou* et la dernière ligne de la deuxième strophe du *Tch'ouan-yen-yu-niu* (« *Yi ye tong fong* ») de *Tchao Chou-yong.*

(8) Cf. la troisième ligne de la deuxième strophe du *Kin-tch'an-tao* (« *Yen tseu ni nan* ») de *Song K'i* et la troisième ligne de la deuxième strophe du *Siun-fang-ts'ao* (« *Yeou tö hiu to lei* ») de *Sin K'i-tsi*

(9) Cf. la cinquième ligne de la deuxième strophe du *Tan-houang-lieou* (« *K'ong tch'eng hiao kio* ») de *Kiang K'ouei* et la deuxième ligne de la première strophe du *Yi-tche-houa* (« *Ts'ien tchang king t'ien cheou* ») de *Sin K'i-tsi.*

9° Le vers de neuf caractères. — Il y a aussi quatre sortes de structures : « trois-six »(1), « quatre-cinq » (2), « cinq-quatre » (3) et « six-trois » (4).

10° Le vers de dix caractères. — Nous avons ici également quatre différentes structures, selon la place de la pause : « un-neuf » (5), « trois-sept » (6), « quatre-six » (7) et « six-quatre » (8).

Nous n'avons pas abrégé cette énumération monotone, étant donné que la césure, c'est-à-dire la place

---

(1) Cf. la quatrième ligne de la première strophe du *Nien-nou-kiao* (« *Hai t'ien hiang hiao* ») de *Han Kiu* et la dernière ligne de la deuxième strophe du *Si-tseu-tchouang* (« *Lieou chouei k'iu tch'en* ») de *Wou Wen-ying*.

(2) Cf. la quatrième ligne des première et deuxième strophes du *Kiang-tch'eng-tseu* (« *Yi tch'ouan song tchou jen yi sie* ») de *Sin-K'i-tsi* et la quatrième ligne de la deuxième strophe du *Kiai-t'ie-sie* (« *Heou kouan tan fong tch'ouei tsin* ») de *Tcheou Pang-yem*.

(3) Cf. la cinquième ligne de la première strophe du *Nien-nou-kiao* (« *Kieou yeou ho tch'ou* ») de *Tchao Ting-tch'en* et la deuxième ligne de la première strophe du *Tch'ouen-yun-yuan* (« *Tch'ouen fong ngo lie* ») de *Fong Cheou-wei*.

(4) Cf. la troisième ligne de la deuxième strophe du *Lieou-tch'eou* (« *Tcheng tan yi che tsieou* ») de *Tcheou Pang-yen* et la sixième ligne de la deuxième strophe du *Kiang-tch'eng-mei-houa-yin* (« *Kiuan kiuan chouang yue leng tsin men* ») de *K'ang Yu-tche*.

(5) Cf. la dernière ligne de la deuxième strophe du *K'ing-pei* (« *Kin lcou houa chen* ») de *Lieou Yong* et la deuxième ligne de la deuxième strophe du *Niu-kouan-tseu* (« *T'ong yun mi pou* ») de *Tcheou Pang-yen*.

(6) Cf. la dernière ligne de la première strophe du *Chang-si-p'ing* (« *Kieou k'iu tchong* ») de *Sin K'i-tsi* et la septième ligne de la deuxième strophe du *Hiang-hou-pien*. (« *T'ouei tch'ou hiang kouan* ») de *Kiang Wei*.

(7) Cf. la troisième ligne de la deuxième strophe du *Sin-ho-ye* (*Yu kouo houei t'ang* ») de *Seng Tchong-chou* et la dernière ligne de la deuxième strophe du *Po-tseu-yao* (« *T'ai tchen kou niu* ») de *Tcheou Pang-yen*.

(8) Cf. la dernière ligne de la première strophe du *Nien-nou-kiao* (« *Pie li ts'ing siu* ») de *Tchou Touen-jou* et la quatrième ligne de la première strophe du *Eul-lang-chen* (« *Men lai t'an ts'io* ») de *Siu Kan-tch'en*.

de la pause, est absolument immuable. On ne peut point composer un vers de « quatre-trois » à la façon de « deux-cinq », pas plus qu'écrire celui de « deux-deux » de la manière de « un-trois ».

En outre, il existe deux structures particulières. L'une est le vers symétrique, tant au point de vue du ton qu'au point de vue du sens des caractères. On en trouvera des exemples dans des airs comme le *Nan-ko-tseu* (1), le *Niu-kouan-tseu* (2), le *Tchö-kou-t'ien* (3), le *Yong-yu-yo* (4), le *Man-t'in-fang* (5), le *K'i-lo-hiang* (6), etc. L'autre est le vers répété, notamment dans les airs *Ho-ye-pei* (7) et *Yi-tsien-mei* (8).

---

(1) Cf. les deux premières lignes dans la pièce de *Wen T'ing-yun* (« *Cheou li kin yin wou* ») et dans celle de *Tchang Pi* (« *Lieou sö tchö leou ngan* »).

(2) Cf. les deux dernières lignes de la première strophe et les deux premières lignes de la deuxième strophe, dans l'œuvre de *Wei Tchouang* (« *Sseu yue che ts'i* ») et dans celle de *Sie Tchao-yun* (« *K'ieou sien k'iu ye* »).

(3) Cf. les deux dernières lignes de la première strophe, dans l'œuvre de *Yen Ki-tao* (« *Ts'ai sieou yin k'in fong yu tchong* ») et dans celle de *Ts'in Kouan* (« *Tche chang lieou ying houo lei wen* »).

(4) Cf. les premières lignes dans la pièce de *Hiai Fang-chou* (« *Fong nouan ying kiao* ») et dans celle de *Li Ts'ing-tchao* (« *Lo je yong kin* »).

(5) Cf. les mêmes lignes dans la pièce de *Ts'in Kouan* (« *Chan mo wei yun* ») et dans celle de *Tcheou Pang-yen* (« *Fong lao ying tch'ou* »).

(6) Cf. les première, deuxième, sixième et septième lignes de la première strophe et les sixième et septième lignes de la deuxième strophe dans l'œuvre de *Che Ta-tsou* (« *Tso leng k'i houa* ») et dans celle de *Tchang Yen* (« *Heou kouan teng chen* »).

(7) Cf. les deux dernières lignes, dans l'œuvre de *Kou Hiong* (« *Yi k'iu yeou kouai yin sin* »).

(8) Cf. les deuxième et troisième lignes des première et deuxième strophes de la pièce de *Sin K'i-tsi* (« *Kin lai tch'eou sseu t'ien lai ta* »).

Ensuite nous examinerons les figures de mots et de pensées que les auteurs du *ts'eu* utilisent le plus souvent. Pour les premières, ce sont les huit figures suivantes :

1° L'hyperbate. — C'est une figure qui renverse l'ordre naturel des mots. Ex. : la dernière ligne (1) du *Yi-ye-lo* (« *Yi ye lo* ») de *Li Ts'ouen-hiu* et la première ligne (2) du *Ts'ing-p'ing-yo* (« *Jao tch'ouang ki chou* ») de *Sin K'i-tsi.*

2° La répétition. — C'est une figure qu'on emploie pour insister sur quelque vérité ou pour peindre la passion. Ex. : les deuxième et troisième lignes (3) des première et deuxième strophes du *T'ien-tseu-ts'ai-sang-tseu* (« *Tch'ouang ts'ien tchong tö pa tsiao chou* ») de *Li Ts'ing-tchao* et les trois dernières lignes (4) du *Lieou-chao-ts'ing* (« *Hong fen ts'ouei pie* ») de *Tchou Touen-jou.*

3° La métaphore. — C'est une figure qui découle d'une comparaison complète dans l'intelligence, mais dont les termes sont supprimés dans le langage. Ex. : les deux premières lignes (5) de la première strophe du *T'a-so-hing* (« *Yen yen k'ing ying* ») de *Kiang K'ouei*

---

(1) « Aux affaires passées je pense. »

(2) « Autour du lit courent des rats qui ont faim. »

(3) Dans la première strophe, l'auteur répète la ligne « *Lou man tchong t'ing* » ; dans la deuxième, la ligne « *Tien ti ts'i ts'ing.* »

(4) Dans ces trois lignes, le caractère « *ts'an* » (au déclin) est employé trois fois.

(5) Où l'auteur désigne une belle femme par les mots « hirondelle » et « rossignol ».

et la dernière ligne (1) de la première strophe du *Hao-niu-eul* (« *Tch'ouen k'iu ki che houan* ») de *Houang T'ing-kien*.

4° L'allégorie. — L'allégorie n'est qu'une métaphore continuée. Ex. : le *T'ao-yuan-yi-kou-jen* (2) (« *P'iao siao ngo che kou fei yen* ») de *Tchou Touen-jou* et le *Ho-sin-lang* (3) (« *Ts'ie tch'ou yu wei tsien* ») de *Lieou K'o-tchouang*.

5° La catachrèse. — C'est une métaphore nécessaire à l'expression d'une idée pour laquelle il n'y a pas de mot dans la langue. Ex. : la deuxième ligne (4) de la première strophe du *Keng-leou-tseu* (« *Yu lou hiang* ») de *Wen T'ing-yun* et la sixième ligne de la première strophe du *Man-t'ing-fang* (« *Hiao sö yun k'ai* ») de *Ts'in Kouan*.

6° L'autonomase. — Cette figure consiste à employer un nom commun pour un nom propre, ou bien un nom propre pour un nom commun. Ex. : la première ligne de la deuxième strophe (6) du *Ho-sin-lang* (« *Lou chou t'ing t'i kiue* ») de *Sin K'i-tsi* et la quatrième ligne de la deuxième strophe (7) du *Sou-mo-tchö* (« *Leao tch'en hiang* ») de *Tcheou Pang-yen*.

---

(1) Où l'auteur emploie la neige pour désigner la fleur de poirier.

(2) Où l'auteur se présente comme une oie sauvage.

(3) Où l'auteur se considère comme une chanteuse vertueuse.

(4) Où l'auteur emprunte le caractère « *lei* » (larme) pour désigner la cire de la bougie qui fond et coule.

(5) Où l'auteur emploie le caractère « *ts'ien* » (monnaie) pour désigner la graine d'orme.

(6) Où le nom commun « *tsiang-kiun* » (général) est employé pour désigner le général *Li Ling* de l'époque *Han*. .

(7) Où le nom propre « *Tch'ang-ngan* » (capitale des *Han* occidentaux et des *T'ang*) signifie une capitale quelconque.

7° La synecdoque. — C'est une espèce de métonymie qui fait entendre le plus par le moins ou le moins par le plus. Ex. : la troisième ligne (1) du *Wang-kiang-nan* (« *Chou si pa* ») de *Wen T'ing-yun*, la première ligne (2) de la deuxième strophe du *Ho-sin-lang* (« *Pei wang chen tcheou lou* ») de *Lieou K'o-tchouang*, la troisième ligne (3) de la deuxième strophe du *Mo-chan-k'i* (« *Leou ts'ien chou lieou* ») de *Tcheou Pang-yen* et la deuxième ligne (4) de la première strophe du *P'ou-sa-man* (« *Kia jen hio tö p'ing yang k'iu* ») de *Tchang Sien*.

8° La métonymie. — C'est une figure qui met le nom d'une chose pour celui d'une autre. Ex. : la première ligne (5) de la première strophe du *Houan-k'i-cha* (« *Sou tsieou ts'an sing yen yu tche* ») de *Yen Chou* et la dernière ligne (6) de la première strophe du *P'ou-sa-man* (« *Jou kin k'io yi kiang nan lo* ») de *Wei Tchouang*.

Pour les figures de pensée, nous en trouvons aussi huit espèces dont voici des exemples tirés des poètes célèbres.

1° L'antithèse. — C'est une figure qui oppose les

---

(1) Le caractère « *fan* » (voile) désigne « bateau », (la partie pour le tout).

(2) Les caractères « *hou* » (renard) et « *t'ou* » (lièvre) désignent mammifères en général (le genre pour l'espèce).

(3) L'expression « *che tsai* » (dix ans) désigne une durée quelconque, (un nombre déterminé pour un nombre indéterminé).

(4) Le caractère « *tchou* » (bambou) désigne une flûte (le nom de la matière dont une chose est faite pour la chose elle-même).

(5) Ici l'auteur emploie « *yu tche* » (coupe en jade) pour désigner le vin. C'est un exemple du « contenant » pour le « contenu ».

(6) Ici l'auteur utilise « *hong sieou* » (manche rouge) pour désigner une femme. C'est un exemple du « signe » pour la « chose signifiée ».

idées aux idées. Ex. : la dernière ligne (1) de la deuxième strophe du *Tie-liuan-houa* (« *Ki tou fong leou t'ong yin yen* ») de *Fong Yen-ki* et les deux dernières lignes (2) de la première strophe du *Kao-yang-t'ai* (« *Tsie ye tch'ao ying* ») de *Tchang Yen.*

2° L'allusion. — C'est une figure qui éveille par l'idée qu'on exprime, une idée qu'on n'exprime pas. Ex. : le *Ho-sing-lang* (3) (« *Lou chou t'ing t'i kiue* ») de *Sin K'i-tsi* et le *Chou-ying* (4) (« *T'ai tche tchouei yu* ») de *Kiang K'ouei.*

3° La comparaison. — Cette figure rapproche deux choses qui se ressemblent par plusieurs côtés ou par un seul. Ex. : la dernière ligne (5) de la première strophe du *Tie-liuan-houa* (« *Siao so ts'ing ts'ieou tchou lei tchouei* ») de *Fong Yen-ki* et les neuf premières lignes (6) de la deuxième strophe du *Ts'in-yuan-tch'ouen* (« *Tie tchang si tch'e* ») de *Sin K'i-tsi.*

5° L'énumération. — C'est une figure qui décompose un tout en ses diverses parties, énoncées succes-

---

(1) « D'entendre rien qu'une fois l'air *Yang-kouan*, mon cœur sera brisé mille fois. » Ici l'auteur oppose « une fois » à « mille fois ».

(2) Ici l'auteur oppose les deux aspects de *Si-leng* : auparavant dix mille arbres verdoyants, aujourd'hui une nappe de brume solitaire.

(3) On y trouve des allusions à *Wang Ts'iang*, à l'impératrice *Tch'en* de *Han*, à la princesse *Tchouang-kiang* de *Wei*, au général *Li Ling* et au chevalier *King K'o*.

(4) On y trouve des allusions à *Wang Ts'iang*, à la princesse *Cheou-yang* des *Song*, etc.

(5) Ici les choses désignées sont « *yue* » (lune) et « *t'ien* » (ciel), les termes sont « *lien* » (soie blanche) et « *chouei* » (eau).

(6) Ici la chose désignée est « *san sseu fong* » (un ensemble de trois ou quatre cimes de montagne), les termes sont « les membres de la famille noble *Sie* », « les hôtes du grand écrivain *Sseu-ma Siang-jou* » et « les œuvres de l'historien célèbre *Sseu-ma Ts'ien* ».

sivement. Ex. : la deuxième strophe (1) du *Ts'ing-p'ing-yo* (« *Mao yen ti siao* ») de *Sin K'i-tsi* et les quatrième et cinquième lignes (2) de la deuxième strophe du *Nien-nou-kiao* (« *Lao lai k'o hi* ») de *Tchou Touen-jou.*

5° La gradation. — Cette figure consiste à présenter le développement de la pensée dans une série d'idées ascendante ou descendante. Ex. : le *Yu-mei-jen* (3) (« *Chao nien t'ing yu ko leou chang* ») de *Tsiang Tsie* et la troisième ligne (4) de la première strophe du *Yu-leou-tch'ouen* (« *Pie heou pou tche kiun yuan kin* ») de *Ngeou-yang Sieou.*

6° Le dialogisme. — Cette figure n'est autre chose qu'un dialogue établi entre deux personnages, afin de mieux faire connaître leurs sentiments. Ex. : le *Ts'in-yuan-tch'ouen* (5) (« *Po tchouo chouei yu* ») et le *Nien-nou-kiao* (6) (« *Siao souen p'an wen* ») de *Lieou K'o-tchouang.*

7° L'hyperbole. — Cette figure exagère l'expression d'une idée pour la faire mieux entendre. Ex. : la dixième ligne (7) de la première strophe du *Ts'in-yuan-tch'ouen*

---

(1) Le poète y énumère les trois fils d'un fermier : l'aîné cultivant la terre, le cadet fabriquant la cage à poules et le benjamin s'amusant sur la rive du ruisseau.

(2) « Je ne pratique pas la doctrine taoïste, n'adore pas le Bouddha, n'imite pas Confucius. »

(3) L'auteur y parle d'abord de la jeunesse, ensuite de l'âge mûr et enfin de la vieillesse.

(4) « [Mon bien-aimé] part, s'éloigne et ne me donne aucun signe de vie. »

(5) Il s'y trouve un dialogue entre un viisteur et le gardien de la porte.

(6) Le dialogue est entre un grand-père et son petit-fils.

(7) L'auteur y parle de « cent mille sapins », ce nombre est sans doute exagéré.

(« *Tie tchang si tch'e* ») de *Sin K'i-tsi* et la deuxième ligne (1) du *Hao-che-kin* (« *Houei sieou chang si fong* ») de *Lou Yeou*.

8° Le prosopopée. — Cette figure donne la vie et la parole aux êtres inanimés, aux absents, aux morts. Ex. : le *Ts'in-yuan-tch'ouen* (2) (« *Pei jou ts'ien lai* ») de *Sin K'i-tsi* et celui (3) (« *Teou tsieou tche kien* ») de *Lieou Kouo*.

Enfin nous étudierons les mots et les locutions que l'on n'emploie guère que dans les poèmes, surtout dans les *ts'eu*. Leur signification spéciale doit être comprise de tout auteur et de tout lecteur. En voici quelques-uns, parmi les plus souvent employés par les poètes :

1° « *Houo* » (de plus, aussi, encore, même) (4).

2° « *Man* » (vainement) (5).

3° « *Tcheng* » (comment ?) (6).

4° « *Tsen* » (comment ?) (7).

---

(1) L'auteur exagère la hauteur de la montagne en disant que la distance entre elle et le ciel est inférieure à un pied.

(2) Où le poète donne la vie et la parole à une coupe de vin.

(3) Où le poète donne la parole aux morts, comme *Po Kiu-yi*, *Lin Pou* et *Sou Che*.

(4) Cf. le *Chouei-long-yin* (« *Siao leou lien yuan heng k'ong* ») et le *Yuan-lang-kouei* (« *Siang t'ien fong yu p'o han tch'ou* ») de *Ts'in Kouan*.

(5) Cf. le *T'an-tch'ouen-man* (« *Chouai ts'ao tch'eou yen* ») de *Kiang K'ouei* et le *Yi-chang-tchong-siu-ti-yi* (« *Yi kouei kou tch'an p'o* ») de *Tchan Yu*.

(6) Cf. le *Hen-tch'ouen-tch'e* (« *Yu tsie hong mei tsien yin* ») de *Tchang Sien* et le *Po-yi-kiao* (« *K'an tch'ouei yang mi yuan* ») de *Kiang K'ouei*.

(7) Cf. le *Kao-yang-t'ai* (« *Ts'an siue t'ing yin* ») de *Wang yi-souen* et le *K'i-lo-hiang* (« *Heou kouan chen teng* ») de *Tchang Yen*.

5° « *Houen* » (tout à fait) (1).

6° « *K'io* » (mais, par contre) (2).

7° « *Cheng* » (vivement) (3).

8° « *Ti che* » (pourquoi ?) (4).

9° « *Wou touan* » (soudainement, sans raison) (5).

10° « *Kien chouo* » (j'ai entendu dire que) (6).

Nous croyons avoir donné tous les renseignements nécessaires à ceux qui ont l'intention d'écrire ou de lire une pièce de *ts'eu*. Nous ne prétendons naturellement pas avoir fait ici un traité complet de la technique de ce genre poétique. Notre intention n'est que de faciliter la lecture des pages qui suivent.

---

(1) Cf. le *Tie-liuan-houa* (« *Siao so ts'ing ts'ieou tchou lei tchouei* ») de *Fong Yen-ki* et le *San-tchou-mei* (« *Fou yong tch'eng pan liu* »), de *Tchang Yen.*

(2) Cf. le *Leang-tcheou-ling* (« *Ts'ouei chou fang t'iao tchan* ») de *Ngeou-yang Sieou* et le *Mou-lan-houa* (« *Ts'ing ts'ien t'ie chouei p'ing wou chou* ») de *Tchang Sien.*

(3) Cf. le *Fong-lieou-tseu* (« *Tong fong tch'ouei pi ts'ao* ») de *Ngeou-yang Sieou* et le *Tan-fong-yin* (« *Yi li tch'ouen kouang wou lai* ») de *Tcheou Pang-yen.*

(4) Cf. le *Lieou-chao-ts'ing* (« *Che tsai kiang hou* ») de *Lou Yeou* et le *Hou-tchong-t'ien* (« *Yang ting wan li* ») de *Tchang Yen.*

(5) Cf. le *Kouo-hiang* (« *Ying lieou yen t'i* ») et le *T'ai-tch'eng-lou* (« *Che nien ts'ien che* ») de *Tchang Yen.*

(6) Cf. le *Kao-yang-t'ai* (« *Tsie ye tch'ao ying* ») et le *T'ai-tch'eng-lou* (« *Che nien ts'ien che* ») de *Tchang Yen.*

CHAPITRE II

LA NAISSANCE DU *TS'EU*

Après avoir exposé la technique du *ts'eu,* nous en étudierons l'histoire. Elle peut être divisée en quatre périodes : la naissance, l'épanouissement, le déclin et la résurrection. Commençons par la première, du milieu du huitième au milieu du dixième siècle.

I. LES ORIGINES DU *TS'EU*

D'où vient le genre poétique du *ts'eu ?* C'est une question qu'ont déjà étudiée et discutée les savants d'autrefois. Dans le *Ts'eu-t'ong-yuan-lieou* de *P'eng Souen-yu,* le *Ts'eu-yuan-ts'ong-t'an* de *Siu K'ieou,* etc., on peut trouver leurs différentes opinions. Mais, à vrai dire, elles sont erronées. Il nous faut chercher une nouvelle explication. Pour la trouver, nous considérerons deux points de vue : le point de vue musical et le point de vue littéraire.

Examinons d'abord la musique. Du commencement du quatrième au milieu du septième siècle, la musique étrangère fut introduite en Chine et modifia celle de la Chine. Cette introduction se fit par les guerres (1), le commerce international, la propagande religieuse et les mariages entre les gens des différents peuples. Ainsi, sous la dynastie des *Souei* (589-617) et au début de la

(1) Voir le *Souei-chou,* chap. *Yo-tche;* le *Kieou-t'ang-Chou,* chap. *Yin-go-tche,* etc.

dynastie des *T'ang* (septième siècle), nobles et roturiers, tous étaient charmés par la nouvelle musique ; tandis que l'ancienne n'était plus appréciée que par bien peu de personnes (1).

Puis nous passerons au point de vue littéraire. Sous la dynastie des *T'ang*, la plupart des chansons étaient du genre de « *liu-che* » et de « *tsiue-kiu* » (2). Ces chansons ne s'accordaient nullement avec la musique étrangère qui était pourtant à la mode à ce moment-là. Le *liu-che* et le *tsiue-kiu* descendaient de la poésie des *Nan-tch'ao:* la versification en était très particulière et n'admettait aucun changement ; tandis que la musique étrangère était irrégulière et toujours variable (3). Comment assembler sans inharmonie ces deux choses absolument différentes ? Le seul moyen était donc d'ajouter quelques « *fan-cheng* » (4) au poème régulier pour qu'il devînt aussi irrégulier que l'air de la musique étrangère. Plus tard, les poètes écrivirent, directement d'après ces airs, leurs nouvelles chansons dites « *ts'eu* ».

Quelle est donc la date de la première chanson de ce nouveau genre ? Notre première tâche est d'éliminer les ouvrages apocryphes.

Les huit pièces du *Wang-kian-nan* de *Yang Kouang*,

---

(1) Voir le *Souei-chou*, chap. *Yo-tche;* le *Sin-t'ang-chou*, chap. *Song-wou-kouang-tchouan;* le *Ts'ö-fou-huan-kouei*, tome 570, etc.

(2) Voir le *T'iao-k'i-yu-yin-ts'ong-houa* de *Hou Tseu*. Notons que le « *liu-che* » est le poème de huit lignes et que le « *tsiue-kiu* » est celui de quatre lignes. Chaque ligne contient ou cinq ou sept caractères.

(3) D'après le *Souei-chou* (Chap. *Yo-tche*), le système musical changeait matin et soir.

(4) Si, par exemple, l'air exigeait huit caractères pour la première ligne et que cette ligne du poème n'en eût que sept, on y ajouterait un caractère pour les accorder. Le caractère ajouté s'appelle « *fan-cheng* » (selon *Tchou Hi*), ou bien « *hiu-cheng* » (selon *Hou Tseu*), ou bien « *san-cheng* » (selon *Fang Tch'eng-p'ei*), ou bien « *houo-cheng* » (selon le *Ts'iuan-t'ang-che*).

dit *Yang-ti*, empereur des *Souei*, sont les plus anciennes des *ts'eu* apocryphes. Elles se trouvent dans le conte *Hai-chan-ki* de *Han Yo*. Le conte nous dit que l'empereur fit bâtir un château *Si-yuan* et creuser cinq bassins. Les huit *ts'eu* furent composés pour célébrer la beauté du paysage et le luxe de sa vie. Le *ts'eu* serait né au commencement du septième siècle, si ce texte était authentique. Mais le *Hai-chan-ki* est un ouvrage apocryphe, car *Han Yo* n'écrivit aucun conte (1). L'air *Wang-kiang-nan* fut inventé par *Li Tö-yu* (2), homme d'Etat de la dynastie des *T'ang*. Comment *Yang Kouang* aurait-il pu écrire ces pièces ? D'ailleurs, cet air, tel qu'il était employé par les poètes des *T'ang*, ne contenait qu'une strophe. Ce fut seulement sous la dynastie des *Song* qu'on commença à écrire en deux strophes. Il serait incroyable que l'empereur eût écrit à la façon des *Song*.

On a aussi attribué un *ts'eu*, le *Hao-che-kouang*, à *Li Long-ki*, empereur *Hiuan-tsong* des *T'ang*. Bien que ce *ts'eu* se trouve dans une des plus anciennes anthologies, le *Tsouen-ts'ien-tsi*, nous ne pouvons l'estimer le premier en date des *ts'eu*. Sa phraséologie étant originairement régulière, il est un « *che* » (poème proprement dit) et non pas un *ts'eu* (3). *Kouo Chao-k'ong* disait même qu'il n'avait pas été écrit par l'empereur (4).

Les *ts'eu* de *Li Po* sont nombreux : ce sont deux pièces du *Kouei-tien-ts'ieou*, deux du *Lien-li-tche*, trois du *P'ou-sa-man*, une du *Yi-ts'in-ngo* et cinq du *Ts'ing-p'ing-yo*. Plus fameux que ceux de *Yang Kouang* et de *Li Long-ki*, ils passent pour le premier monument du

(1) Voir le *Pei-pien-siao-tchouei* de M. *Lou Sin*.
(2) Voir le *Yo-fou-tsa-lou* de *Touan Ngan-tsie*.
(3) Cf. le *Ts'eu-che* de *Lieou Yu-p'an*, p. 17.
(4) Cité dans le *T'ien-ts'eu-ming-kiai* de *Mao Sien-chou*.

ts'eu. Mais bien des savants nous ont montré qu'ils ne sont plus authentiques (1) L'air *P'ou-sa-man*, par exemple, fut inventé par les musiciens du commencement du règne de l'empereur *Siuan-tsong* des *T'ang* (847-859) (2), Il est impossible que *Li Po* ait écrit des vers sur cet air un siècle auparavant.

Aussi soutenons-nous qu'il n'y a aucun *ts'eu* authentique antérieur à 750. C'est vers cette date que parut ce nouveau genre.

II. LE *TS'EU* DES *T'ANG*

Nous passerons donc à l'étude des vrais initiateurs du *ts'eu : Yen Tchen-k'ing, Tchang Song-ling, Tchang Tche-houo, Lou Yu, Siu Che-heng, Li Tch'eng-kiu, Kou Houang, Tai Chou-louen, Wei Ying-wou, Wang Kien, Lieou Yu-si, Po Kiu-yi, Lieou Tsong-yuan* et *Nan Tcho* (3). Les ouvrages de *Yen*, de *Lou*, de *Siu*, de *Li*, de *Lieou Tsong-yuan* et de *Nan* ayant disparu depuis longtemps, nous n'examinerons ici que huit poètes.

Tchang Song-ling et *Tchang Tche-houo*, originaires de *Kin-houa*, étaient deux frères. La vie de *Tchang* aîné nous est presque inconnue. On sait seulement qu'il fut fonctionnaire du district de *P'ou-yang*. *Tchang* cadet, surnommé *Tseu-t'ong*, naquit vers 730 et mourut vers 810. Après quelques années de vie politique, il se fit ermite et affectionnait particulièrement la vie de pêcheur. Tous deux écrivirent six pièces du *Yu-fou* (4).

---

(1) Notamment *Sou Ngo* (cf. son *Tou-Yang-tsa-pien*); *Hou Tseu* (cf. son œuvre citée plus haut); *Hou Ying-lin* (cf. son *Chao-che-chan-fang-pi-ts'ong*), *Wang K'i* (cf. son commentaire des œuvres complètes de *Li Po*), *Houang Tcheou-yi* (cf. son *Houei-fong-ts'eu-houa*), M. *Hou Che* (cf. son *Ts'eu-siuan*, appendice p. 2).

(2) Voir le *Tou-yang-tsa-pien*.

(3) Voir le *Ts'eu-lin-ki-che* de *Tchang Sou*; le *Kin-lien-tsi-pa* de *Ts'ao Yuan-tchong*, etc.

(4) Dans le *Ts'iuan-t'ang-ts'eu-siuan*, où sont colligés presque tous les *ts'eu* produits avant la dynastie *Song*.

Celle du frère aîné est un *ts'eu* bien médiocre. Mais celles du frère cadet sont beaucoup meilleures, surtout la pièce commençant par la ligne « *Si sai chan ts'ien po lou fei* ». Leur forme est limpide, leurs sentiments nobles et leur influence fut profonde (1).

Kou Houang, surnommé *Pou-wong*, était originaire de *Hai-yen*. En 757, il fut reçu docteur et nommé *P'an-kouan* (2) du gouverneur *Han Houang*. Plus tard, grâce à son amitié avec l'homme d'Etat *Li Pi*, il obtint l'emploi de *Tchou-tso-lang* (3). Après la mort de *Li*, il tomba en disgrâce. Il passa sa vieillesse dans la montagne *Mao* et mourut vers 820. De ses *ts'eu*, nous n'avons conservé que le *Yu-fou-yin*. Le sujet en est le même que celui de *Tchang Tche-houo*, mais le succès fut moins éclatant.

Tai Chou-louen, originaire de *Kin-t'an*, se surnommait *Yeou-kong*. Il fut nommé préfet de *Fou-tcheou*. Homme très capable, il fut beaucoup admiré par l'empereur *Tö-tsong*. En 789, il mourut, âgé de cinquante-sept ans. Son *T'iao-siao-ling* représente d'une manière touchante la tristesse des soldats exilés.

Wei Ying-wou était originaire de *Tch'ang-ngan*. Né dans une famille noble, il passa sa jeunesse à la cour de l'empereur *Hiuan-tsong*. Vers sa maturité on le nomma *Kong-ts'ao* (4) de *King-tchao*. Quelques années après, il devint sous-préfet de *Hou*, puis préfet de *Sou-tcheou*. Il mourut vers 830, âgé de plus de quatre-vingt-dix ans. Ses deux *T'iao-siao-ling* (5) sont très fameux. Il y chante

(1) Parmi ses imitateurs, nous citons particulièrement *Li Siun*, *Souen Kouang-hien*, *Li Yu*, *Sou Che*, *Houang T'ing-kien*, etc.

(2) Adjoint au gouverneur.

(3) Historien officiel.

(4) Adjoint au préfet chargé de l'instruction publique, du culte, etc.

(5) Il écrivit aussi deux pièces du *San-t'ai* qui pourtant sont plutôt « *che* » que « *ts'eu* ». (Cf. le *Ts'eu-siuan*, appendice p. 4).

aussi les soldats exilés, et remporta un succès semblable à celui de *Tai Chou-louen*.

Wang Kien, surnommé *Tchong-tch'ou*, était originaire de *Ying-tch'ouan*. En 775, il réussit à l'examen du doctorat. Puis il occupa les charges de *Wei* (1) de *Wei-nan*, de *Pi-chou-tch'eng* (2), de *Sseu-ma* (3) de *Chen-tcheou*, etc. Il est mort vers 835. Dans ses quatre pièces du *T'iao-siao-ling*, la vie des concubines et des servantes impériales est le seul sujet qui l'ait inspiré. Il nous en donne un tableau pris sur le vif. Son chef-d'œuvre est la pièce commençant par la ligne « *T'ouan chan t'ouan chan* ».

Lieou Yu-si, né à *P'eng-tch'eng*, avait pour surnom *Mong-tö*. Sa vie fut pleine d'événements. Reçu docteur en 793, il occupa successivement les fonctions de *Kien-tch'a-yu-che* (4) et de *Tou-tche-yuan-wai-lang* (5). Puis il fut exilé en des districts lointains et peu civilisés, tels que *Po-tcheou*, *Lien-tcheou*, etc. Vers 841, il fut nommé ministre des Rites, mais bientôt il mourut, en sa soixante-dixième année (772-842). D'après M. *Hou Che* (6), le poète n'écrivit que deux pièces du *Yi-kiang-nan*. Elles expriment l'amour de l'auteur pour le printemps, mais d'une manière un peu banale.

Po Kiu-yi, originaire de *Hia-kouei*, était surnommé *Lo-t'ien*. Dans sa vieillesse, il prit le pseudonyme de *Hiang-chan-kiu-che*. Très intelligent, il fut très jeune reçu docteur et nommé *Kiao-chou-lang* (7) en sa vingt-sixième année. Plus tard, il remplit successivement les

(1) Fonctionnaire s'occupant du banditisme et des prisons.
(2) Fonctionnaire du Ministère des Archives.
(3) Adjoint au préfet.
(4) Fonctionnaire de contrôle.
(5) Fonctionnaire du Ministère des Finances.
(6) Op. cit., p. 4.
(7) Fonctionnaire du Ministère des Archives.

fonctions de *Tche-tche-kao* (1) et de *Hing-pou-che-lang* (2) et enfin créé marquis de *P'ing-yi*. Il est mort en sa soixante-quatorzième année (846). Ses *ts'eu* qui nous restent sont au nombre de neuf. Mais en réalité seulement trois pièces du *Yi-kiang-nan* sont authentiques (3). Comme le titre l'indique elles chantent ses souvenirs du Midi. On cite particulièrement celle qui commence par la ligne « *Kiang nan hao fong king kieou ts'eng ngan* ».

Puis parut le maître du *ts'eu*, *Wen T'ing-yun*.

Originaire de *T'ai-yuan*, *Wen T'ing-yun* (820 ?-870 ?) était un descendant de *Wen Ta-lin*, célèbre homme d'Etat du commencement de cette dynastie. Il était surnommé *Fei-k'ing* et appelé aussi « *Pa-tch'a* » (4). Bien doué dès son jeune âge, il devint par la suite aussi fameux que le grand poète du siècle *Li Chang-yin*. Mais à plusieurs reprises, il échoua à l'examen du doctorat et n'obtint que l'emploi de *Siun-kouan* (5) du gouverneur *Siu Chang*. Puis on le nomma *Wei* de *Fang-tch'eng*. C'est là qu'il est mort.

C'était un homme de mauvaise moralité. Avec de jeunes débauchés, il buvait et jouait sans cesse. Les lettrés d'alors ne l'approuvaient point. D'où toutes ses mésaventures.

---

(1) Secrétaire impérial.

(2) Vice-chancelier.

(3) Voir le *Ts'eu-siuan*, appendice, p. 3; le *Ts'eu-hio-t'ong-louen* de M. *Wou Mei*, p. 63.

(4) *Pa-tch'a* signifie « se croiser les mains huit fois ». Cela veut dire qu'il pouvait composer un poème très vite, le temps de faire cette action.

(5) Adjoint au gouverneur.

Ses *ts'eu* avaient été colligés dans deux recueils intitulés *Wou-lan* et *Kin-ts'iuan*. Malheureusement ils sont depuis longtemps perdus. Ce qu'on en peut trouver aujourd'hui, c'est seulement une soixantaine de *ts'eu*.

La recherche du style est la qualité, ainsi que le défaut, de l'auteur. On est souvent charmé par des expressions élégantes, mais parfois fatigué par leur obscurité. Cela caractérise ses *ts'eu* les plus connus, tels que le *Kouei-kouo-yao* («*Hiang yu* »), le *Nan-ko-tseu* (« *Lien chang kin hia si* »), le *P'ou-sa-man* (« *Chouei tsing lien li p'o li tchen* »), le *Tsieou-ts'iuan-tseu* («*Tch'ou niu pou kouei* »), etc. Parmi eux, le *Keng-leou-tseu* et le *Sou-tchong-ts'ing* sont estimés les meilleurs, parce qu'ils sont moins obscurs :

Sur les hêtres,
Il pleut jusqu'à minuit.
Nous n'aurions pas cru que la douleur de la sépa-
[ration fût si déchirante.
Chaque feuille bruit,
Les gouttes tombent sur les perrons solitaires jus-
[qu'à l'aube. (Le *Keng-leou-tseu*.)

Les loriots chantent,
Les fleurs dansent,
C'est un midi de printemps.
Il pleut finement...
On reçoit peu de lettres de *Leao-yang*.
« Reviens, toi, dans mon rêve ! » (Le *Sou-tchong-*
[*ts'ing*.)

Malgré ses obscurités, *Wen T'ing-yun* fut le plus grand précurseur parmi ceux qui cultivaient le *ts'eu*. Il en était vraiment un spécialiste. Ses prédécesseurs tels que *Tchang Tche-houo*, *Po Kiu-yi*, etc., se consacraient surtout aux « *che* » (poèmes proprement dits) et leurs *ts'eu* ne figurent qu'en appendice à la fin des recueils des « *che* ». Lui, par contre, il avait deux recueils spéciaux de *ts'eu*.

Il a aussi inventé bien des airs, notamment le *Kouei-kouo-yao*, le *Ting-si-fan*, le *Nan-ko-tseu*, le *Ho-tou-chen*, le *Hia-fang-yuan*, le *Sou-tchong-ts'ing*, le *Sseu-ti-hiang*, le *Ho-tchouan*, etc. (1).

Son influence était d'ailleurs très grande ; pendant la première moitié du dixième siècle, beaucoup de poètes l'imitèrent.

Les poètes contemporains de *Wen T'ing-yun* dont les *ts'eu* nous sont parvenus sont *Touan Tch'eng-che*, *Tchang Hi-fou*, *Tcheng Fou*, *Houang-fou Song*, *Sseu-k'ong T'ou*, *Han Yo* et *Li Ye*. Les trois premiers étant peu importants, nous n'étudierons ici que les quatre autres.

Houang-fou Song, surnommé *Tseu-k'i*, était originaire de *Sin-ngan*. On sait peu de chose de sa vie. Parmi ses *ts'eu* qui sont parvenus jusqu'à nous, les deux *Wang-kiang-nan* sont vraiment des pièces maîtresses. Ils décrivent les rêveries dans lesquelles l'auteur voit de beaux paysages du Midi. On les admire même encore aujourd'hui, pour la nouveauté des expressions et la grâce du style.

Sseu-k'ong T'ou, originaire de *Yu-hiang*, était surnommé *Piao-cheng*. En 869, il réussit à l'examen du doctorat. Ayant occupé les fonctions de *Li-pou-lang-*

(1) Voir le *Ts'eu-che* de *Lieou Yu-p'an*, p. 20 et le *Ts'eu-hio-t'ong-louen* de M. *Wou Mei*, p. 65.

tchong (1), de *Tche-tche-kao*, etc., il se retira dans la vallée *Wang-kouan* de la montagne *Tchong-t'iao*. Après la chute de l'Empire des *T'ang*, l'empereur *T'ai-tsou* des *Leang* le nomma haut dignitaire. Fidèle aux *T'ang*, il refusa cette charge et se suicida, âgé de soixante-et-onze ans, en 908. De ses *ts'eu*, il ne nous reste qu'une pièce de *Tsieou-ts'iuan-tseu*. Ecrite pendant la vieillesse du poète, elle contient des sentiments pessimistes, mais exprimés dans un style gracieux.

Han Yo se surnommait *Tche-yao* et était originaire de *Wan-nien*. Reçu docteur en 889, il occupa les charges de *Tso-che-yi* (2), de *Ping-pou-che-lang* (3), etc. A cette époque-là, *Tchou Ts'iuan-tchong* était au pouvoir. Pour lui avoir désobéi, il fut disgracié, et devint adjoint du préfet de *Pou-tcheou*. Au début du dixième siècle, il alla dans le Royaume des *Min* et y mourut bientôt. Parmi ses *ts'eu*, le *Cheng-tch'a-tseu* (« *Che niu tong tchouang lien* ») est le plus connu. D'une manière géniale, il y dépeint une jeune femme mélancolique et gracieuse.

Li Ye, empereur *Tchao-tsong* des *T'ang*, était le septième fils de l'empereur *Yi-tsong*. Comme il était monté sur le trône peu avant la chute de cette dynastie, sa vie entière fut très sombre. Il fut enfermé, puis forcé d'aller à *Fong-siang* et enfin tué par *Tchou Ts'iuan-tchong*, à l'âge de trente-sept ans (867-904). Seuls sont authentiques deux de ses *ts'eu* : ce sont les *P'ou-sa-*

---

(1) Chef de bureau du Ministère des Rites.

(2) Conseiller impérial.

(3) Ministre en second de la Guerre.

man (1). L'auteur y exprime son malheur et nul lecteur ne pourra les oublier, surtout celui qui commence par la ligne « *Teng leou yao wang ts'in kong tien* ».

En outre, il ne faut pas oublier les *ts'eu* anonymes de cette époque. Ils se divisent en deux groupes : l'un se trouve dans le *Kin-lien-tsi*, l'autre a été découvert au *Ts'ien-fo-tong* de *Touen-houang*, en 1907.

Le premier groupe est au nombre de quinze. Ils sont tous intitulés « *Yu-fou* » et furent probablement écrits par les amis de *Tchang Tche-houo* (2). Tout comme les œuvres de celui-ci, ils célèbrent la vie des pêcheurs dans un style simple. Au point de vue littéraire, leur succès est aussi brillant. Lisons notamment la pièce suivante :

Les vapeurs du crépuscule éclairent les montagnes [de tous les côtés ;
Il fait sombre ou beau quand les nuages s'élèvent [ou se retirent.
Le vent souffle,
La marée monte,
On dirait que les pluies nocturnes frappent la tente [vide.

Le deuxième groupe est publié par *Tchou Hiao-*

(1) Les deux pièces du *Wou-chan-yi-touan-yun* furent écrites par une servante impériale.

(2) Voir la préface du *Kin-lien-tsi*, écrite par *Tchou Hiao-tsang*.

tsang (1) et M. *Lo Tchen-yu* (2). Nous y comptons vingt-quatre pièces. C'est, selon *Tchou* (3) et *Lieou Yu-p'an* (4), la production de la dynastie *T'ang*. Ce ne sont pas, sans doute, les lettrés qui les écrivirent. Leur style est peu élégant, mais les sentiments contenus sont profonds et touchants :

Telle une lemna, mon bien-aimé voyage
Dans des régions lointaines depuis plusieurs années.
Il ne me donne aucun signe de vie,
Cependant les étoiles et la gelée banche sont [revenues maintes fois.
Sous la lune, je songe tristement en écoutant le bruit [du battoir sur la pierre,
Comme ferait l'oie sauvage arrachée à son compa-[gnon.
Toute seule, je me couche sous la tente décorée de [phénix;
En vain mon âme le cherche chaque nuit dans mon [rêve.
Que tu es cruel !
Toi qui ne penses plus à moi !
Qui transmettra ma lettre
Pour lui exprimer mon cœur ?
M'appuyant silencieusement sur la fenêtre,
Je verse des larmes de sang.
Et prie secrètement les trois Lumières (5).
En tout cas je n'y peux plus rien
Que d'ajouter sans cesse de l'encens dans le brûle-[parfum. (Le *Fong-kouei-yun*.)

(1) Dans son *K'iang-ts'ouen-ts'ong-chou*.
(2) Dans son *Touen-houang-ling-che*.
(3) Voir sa préface du *Yun-yao-tsi-tsa-k'iu-tseu*.
(4) Voir son *Ts'eu-che*, p. 21.
(5) C'est-à-dire le Soleil, la Lune et les Etoiles.

III. LE *TS'EU* DES CINQ DYNASTIES

Après la dynastie des *T'ang* vint l'époque des Cinq Dynasties : ce sont celles des *Heou-leang* (1), des *Heou-t'ang* (2), des *Heou-tsin* (3), des *Heou-han* (4) et des *Heou-tcheou* (5). Au point de vue littéraire elles ne sont nullement importantes. Nous n'y trouvons que quatre poètes dont les *ts'eu* nous sont conservés : *Li Ts'ouen-hiu, Mao Wen-si, Nieou Hi-tsi* et *Houo Ning.*

Li Ts'ouen-hiu, empereur *Tchouang-tsong* des *Heou-t'ang,* était le fils aîné du prince de *Tsin, Li K'o-yong.* Très courageux et habile aux exercices militaires dès sa jeunesse, il hérita du titre de prince en 908. Quinze ans après il vainquit les *Heou-leang* et monta sur le trône. En 926, il fut tué par les soldats révoltés. Ses *ts'eu* authentiques ne sont que le *Yang-t'ai-mong,* le *Jou-mong-ling* et le *Yi-ye-lo* (6). Le dernier, par ses expressoins simples et ses sentiments sincères, est vraiment un chef-d'œuvre.

Mao Wen-si, surnommé *P'ing-kouei,* naquit à *Nan-yang.* Après avoir réussi à l'examen du doctorat, sous la dynastie des *T'ang,* il occupa la charge de *Sseu-*

---

(1) Fondée par *Tchou Ts'iuan-tchong* en 907, renversée par les *Heou-t'ang* en 923.

(2) Fondée par *Li Ts'ouen-hiu* en 923, renversée par les *Heou-tsin,* en 936.

(3) Fondée par *Che King-t'ang* en 936, renversée par les *K'i-tan* (Tartares orientaux) en 946.

(4) Fondée par *Lieou Tche-yuan* en 947, renversée par les *Heou-tcheou* en 950.

(5) Fondée par *Kouo Wei* en 950, renversée par les *Song* en 960.

(6) On lui a encore attribué un *Ko-t'eou.* Mais M. Wou Mei croit qu'il fut écrit par un chanteur postérieur. Voir son *Ts'eu-hio-t'ong-louen.* p. 68.

t'ou (1) dans le Royaume des *Ts'ien-chou.* Lorsque ceux-ci furent soumis par les *Heou-t'ang*, il se rendit dans leur pays et on le nomma *Nei-t'ing-kong-fong* (2). Ses *ts'eu*, au nombre d'une trentaine, sont à vrai dire médiocres. L'inspiration y reste pauvre, exception faite du *Tsouei-houa-kien* (« *Hieou siang wen* »), du *Yu-mei-jen* (« *Pao t'an kin liu yuan yang tchen* ») et du *Keng-leou-tseu* (« *Tch'ouen ye lan* »).

Nieou Hi-tsi, neveu du poète *Nieou K'iao* (3), était originaire de *Long-si*. Dans le Royaume des *Ts'ien-chou*, il fut nommé *Yu-che-tchong-tch'eng* (4). Sous la dynastie des *Heou-t'ang*, il devint vice-gouverneur de *Yong-tcheou*. On a conservé de lui plus de dix pièces de *ts'eu*. Elles valent par la limpidité de leur forme. Le *Cheng-tch'a-tseu* (« *Tch'ouen chan yen yu lien* ») en est un exemple.

Houo Ning, dit *K'iu-tseu-siang-kong* (5), naquit à *Yun-tcheou*. Son surnom était *Tch'eng-tsi*. Il eut de la chance pendant chacune des cinq dynasties. Reçu docteur, en 917, par l'empereur des *Heou-leang*, il fut nommé successivement *Tche-tche-kao* et *Tsai-siang* (6) sous les dynasties *Heou-t'ang* et *Heou-tsin*. Au temps des *Heou-han*, il fut créé duc de *Lou* et, enfin, l'empereur

(1) Premier ministre.

(2) Courtisan dont la fonction était indéfinie, mais qui était surtout un poète officiel.

(3) Voir plus loin notre étude sur *Nieou K'iao*.

(4) Chef des fonctionnaires de contrôle.

(5) C'est-à-dire, un premier ministre habile à composer les chansons. (Voir le *Kou-kin-ts'eu-houa*).

(6) Premier ministre.

des *Heou-tcheou* le nomma *Che-tchong* (1). Son recueil de *ts'eu*, qui est perdu maintenant (2), s'intitulait *Hong-ye-kao. Lieou Yu-p'an* en a collectionné plus de trente pièces. Au point de vue littéraire elles ont peu de valeur. Leurs sentiments sont licencieux, leur style trop recherché, comme nous le montrent le *Lin-kiang-sien* (« *P'i p'ao ts'ou ti hong kong kin* »), le *Siao-tchong-chan* (« *Tch'ouen jou chen king wan mon fang* »), etc.

IV. LE *TS'EU* DES DIX ROYAUMES

Le territoire des Cinq Dynasties, on le sait, était très étroit. A côté d'elles, il y avait Dix Royaumes : c'étaient ceux des *Ts'ien-chou* (3), des *Heou-chou* (4), des *Wou* (5), des *Nan-t'ang* (6), des *King-nan* (7), des *Nan-han* (8), des *Pei-han* (9), des *Wou-yue* (10), des *Tch'ou* (11) et

---

(1) Haut dignitaire de la cour impériale.

(2) Ce recueil a été conservé jusqu'à la fin de la dynastie Mandcoue, chez le savant *Tou Wen-lan*.

(3) Etabli par *Wang Kien* en 908 et détruit par les *Heou-t'ang* en 925.

(4) Etabli par *Mong Tche-siang* en 934 et détruit par les *Song* en 965.

(5) Etabli par *Yang Hing-mi* en 919 et détruit par les *Nan-t'ang* en 937.

(6) Etabli par *Li Pien* en 937 et détruit par les *Song* en 975.

(7) Etabli par *Kao Ki-hing* en 923 et détruit par les *Song* en 963.

(8) Etabli par *Lieou Yen* en 917 et détruit par les *Song* en 971.

(9) Etabli par *Lieou Tch'ong* (*Lieou Min*) en 951 et détruit par les *Song* en 979.

(10) Etabli par *Ts'ien Lieou* en 907 et détruit par les *Song* en 978.

(11) Etabli par *Ma Yin* vers 900 et détruit par les *Nan-t'ang* en 951.

des *Min* (1). C'est là que les *t'seu* prospèrent. Parmi les auteurs, *Wei Tchouang, Fong Yen-ki* et *Li Yu* étaient les plus célèbres.

Wei Tchouang, surnommé *Touan-ki*, était originaire de *Tou-ling*. Il descendait de *Wei Kien-sou*, grand homme d'état des *T'ang*. Malgré la noblesse de sa famille, il vécut dans la pauvreté. En 880, demeurant à *Tch'ang-ngan*, capitale des *T'ang*, pour l'examen du doctorat, il assista à la terrible occupation de cette ville par *Houang Tch'ao*, chef d'une troupe de bandits. Mais ce fut pour lui un événement profitable. Trois ans après, réfugié à *Lo-yang*, il le prit comme sujet d'un excellent poème narratif intitulé *Ts'in-fou-yin*, et il devint aussitôt célèbre. D'où son surnom littéraire « *Ts'in-fou-yin-sieou-ts'ai* » (2).

Puis, à cause de troubles dans la Chine du Nord, il se réfugia dans le Midi avec sa famille et y resta en qualité d'hôte des gouverneurs, pendant dix ans environ. Pour obtenir le titre de docteur, il rentra à *Tch'ang-ngan* vers 892. Après avoir échoué une fois, il essaya encore en 894 et réussit. Alors il occupa la charge de *Kiao-chou-lang*. Plusieurs années après, il alla à *Chou* comme attaché près de l'ambassadeur *Li Siun*. *Wang Kien*, gouverneur du *Chou*, le nomma *Tseou-ki* (3). Lorsque *Wang* monta sur le trône, il arriva jusqu'au grade de premier ministre et toutes les institutions poli-

(1) Etabli par *Wang Chen-tche* en 909 et détruit par les *Nan-t'ang* en 945.
(2) « Bachelier qui est l'auteur du *Ts'in-fou-yin.* »
(3) Secrétaire du gouverneur.

tiques des *Ts'ien-chou* furent fondées par lui. En 910 il mourut, à l'âge de soixante ans environ.

De lui on a conservé une cinquantaine de *ts'eu*. Pour mieux comprendre leur style, il faut les diviser en trois groupes : ceux qui concernent son séjour dans le Midi, ceux qui furent écrits à *Chou* et enfin les autres.

C'est dans le premier groupe que *Wei Tchouang* a donné la pleine mesure de son génie. Les cinq pièces du *P'ou-sa-man* peuvent être considérées non seulement comme ses œuvres maîtresses, mais encore comme les meilleures de son époque. Les descriptions de sa vie bohème et amoureuse et son admiration pour le Midi nous touchent profondément. Les expressions en sont simples et faciles ; les sentiments en sont ardents et sincères. Par exemple :

Tout le monde admire le paysage du Midi,
Les voyageurs doivent y rester jusqu'à leur [vieillesse.
L'eau printanière y est plus bleue que le ciel.
On s'étend dans un petit bateau décoré, en écoutant [la pluie.

Les filles des cabarets sont aussi belles que la lune ;
Leurs bras égalent la gelée blanche et la neige.
Ne rentrons pas au pays natal avant la vieillesse ;
Notre cœur serait brisé si nous rentrions.

Dans les *ts'eu* du deuxième groupe, tels que le *Ho-ye-pei* (« *Tsiue tai kia jen nan tö*), le *Ts'ing-p'ing-yo* (« *Ho tch'ou yeou niu* »), les *Ho-tchouan* (« *Tch'ouen wan fong nouan* » et « *Kin p'ou tch'ouen niu* »), etc., l'auteur, au lieu de retracer sa propre vie, peint le plus souvent la coquetterie des courtisanes et les folies des débauchés. Le style devient un peu recherché. Par leur défaut d'inspiration et de sentiment sincère, ces pièces accusent la décadence et n'ajoutent rien à la gloire du poète.

Par le troisième groupe, nous entendons les *ts'eu* dont la date est inconnue. On y trouve maintes pièces excellentes de styles divers. Le *Niu-kouan-tseu* en est un :

Le dix-septième jour de la quatrième lune :
Voici revenu le jour où nous séparâmes l'an dernier.
Pour retenir mes larmes, je feignis de baisser la [tête ;
Mal à l'aise, je sourcillai légèrement.

Je ne savais pas que mon âme était déjà brisée,
Je ne te suivais plus qu'en rêve,
Sauf la lune au bord du ciel,
Personne ne le sut.

Bref, la simplicité et la facilité sont les qualités dominantes de son œuvre. C'est ainsi qu'il nous peint la beauté du paysage dans le *Ye-kin-men* (« *Tch'ouen yu tsou* »), l'élégance féminine dans le *T'ien-sien-tseu* (« *Kin sseu yi chang yu sseu chen* ») et l'amour dans le *Mou-lan-houa* (« *Tou chang siao leou tch'ouen yu mou* »).

Rival de *Wen T'ing-yun*, il influença bien des poètes contemporains et postérieurs, tels que *Li Siun*, *Sie Tchao-yun*, *Souen Kouang-hien*, etc. Ce qui est à noter, c'est surtout que *Fong Yen-ki* et *Li Yu* subirent aussi son influence.

Huit ans avant la mort de *Wei Tchouang*, le grand

poète *Fong Yen-ki* naquit à *Kouang-ling.* Il se surnommait *Tcheng-tchong.* Son père, *Fong Ling-kiun,* était un des subordonnés les plus appréciés de *Li Pien,* fondateur du royaume des *Nan-t'ang.* Doué de talents politiques ainsi que littéraires, il se présenta à *Li* et fut nommé *Pi-chou-lang* (1). Grâce à l'amitié du roi *Tchong-tchou* des *Nan-t'ang,* il occupa successivement les fonctions de *Kien-yi-ta-fou* (2), de *Hou-pou-che-lang* (3), etc. Puis, en 946, il arriva au titre de premier ministre. Disgrâcié, peu après, il devint *T'ai-tseu-chao-fou* (4). En 952, on le nomma de nouveau premier ministre et il conserva cette fonction jusqu'à ses derniers jours. Il mourut à cinquante-sept ans (903-960).

Son recueil de *ts'eu,* le *Yang-tch'ouen-tsi,* disparut au commencement de la dynastie des *Song.* L'édition actuelle, publiée par *Wang P'ong-yun,* ne contient que cent-dix-neuf pièces. Encore y en a-t-il qui, à vrai dire (5), appartiennent à d'autres poètes, notamment *Wen T'ing-yun, Li Yu, Houo Ning, Wei Tchouang, Nieou K'iao, Nieou Hi-tsi, Sie Tchao-yun, Kou Hiong, Tchang Pi, Souen Kouang-hien,* etc. Ainsi moins de cent pièces peuvent lui être attribuées.

Au point de vue de style, il écrivit toujours avec

---

(1) Fonctionnaire du Ministère des Archives.

(2) Conseiller royal.

(3) Ministre en second des Finances.

(4) Professeur du dauphin.

(5) Voir les anciennes anthologies, telles que le *Houa-kien-tsi,* le *Tsouen-ts'ien-tsi,* etc.

simplicité et facilité. Mais au point de vue des sentiments que contiennent ses *ts'eu*, il y a une nuance qui permet de les diviser en deux groupes.

Quesques-uns expriment des sentiments doux, semblables aux vents printaniers, légers et tièdes :

La petite salle est retirée et silencieuse, où personne
[ne pénètre.
La cour est pleine du vent printanier,
Regardant mélancoliquement à l'est du mur,
Je vois toutes les cerises rouges sous la pluie.

Mon cœur est triste comme si j'étais ivre et malade ;
Je veux parler, mais cela me lasse.
Bientôt le soir arrive et les coups de cloches
[s'espacent.
Seul, un couple d'hirondelles revient et s'installe
[dans le pavillon décoré. (Le *Ts'ai-sang-tseu*).

Les autres traduisent la douleur amoureuse ou célèbrent la beauté du sacrifice. Les lecteurs seront touchés jusqu'à l'âme par leur sincérité et leur enthousiasme :

Nous avons bu ensemble plusieurs fois dans un
[pavillon orné de phénix,
Ce soir, au rendez-vous, je suis plus ému que les fois
[précédentes.
Elle tourne souvent le visage, en parlant à voix basse
[de l'amour passé,
Ses deux sourcils froncés ressemblent à la montagne
[lointaine.

Les bougies pleurent ; la flûte se plaint.

Arrangeant furtivement sa robe de soie, elle hésite
[à chanter.
Déjà ivre, je ne refuse point de boire des coupes.
D'entendre rien qu'une fois l'air *Yang-kouan* (1),
[mon cœur sera brisé mille fois. (Le *Tie-liuan-houa.*)

Naturellement chacun des deux groupes a sa valeur. Mais chez les autres poètes, on trouve facilement des *ts'eu* qui égalent ceux du premier ; tandis que ceux du deuxième n'ont guère de rivaux. Ce sont là, sans doute, les vrais chefs-d'œuvre du poète.

Son influence a été plus grande que celle de *Wen T'ing-yun* et de *Wei Tchouang*. Au début de la dynastie des *Song*, presque tous les poètes imitèrent les *ts'eu* des *Nan-t'ang*, surtout les siens.

Des contemporains de *Fong Yen-ki*, le plus jeune et le plus remarquable était *Li Yu*, le roi *Heou-tchou* des *Nan-t'ang*. Né en 937, surnommé *Tchong-kouang*, il était le sixième fils du roi *Tchong-tchou*. Ayant été créé duc de *Ngan-ting-kiun* et prince de *Tcheng*, il monta sur le trône en 961. Quinze ans après, à cause de la puissance grandissante des *Song*, ainsi que de ses fautes politiques, lui et les siens furent jetés en prison par l'empereur *T'ai-tsong*. Il mourut empoisonné en 978.

Pour comprendre ses œuvres, il n'est pas suffisant d'étudier seulement sa vie politique. *Li Yu* est un poète subjectif : tous ses *ts'eu* sont des tableaux de sa vie entière, surtout de sa vie privée.

---

(1) Célèbre chanson de séparation.

La famille de *Li Yu* était aussi artiste que noble. Son père était un des célèbres poètes du siècle que nous étudierons plus tard. Ses frères *Li Ts'ong-chan* et *Li Ts'ong-k'ien* nous ont aussi laissé des vers. Ce qui ajoute à son bonheur, c'est que sa femme, dite *Tchao-houei*, était très belle et très intelligente. Ainsi il vécut très heureux jusqu'à sa vingt-septième année.

Un événement sinistre, cependant, survint en 964 ; la mort de sa femme. A partir de ce moment, sa vie commença à devenir sombre. Il n'avait plus d'intérêt pour rien. Tout ce qu'il rencontrait ne le rendait que plus malheureux. Après son emprisonnement, il subit non seulement la pauvreté matérielle, mais encore toutes les insultes. « Ici, disait-il (1), je me lave le visage avec mes larmes, tous les jours. » Figurons-nous comme sa douleur était profonde.

De plus, *Li Yu* n'était que poète. Excepté la littérature, il ignorait tout et ne s'occupait de rien. C'est par cela qu'il fut un roi médiocre, mais un poète immortel.

L'édition actuelle de ses *ts'eu*, publiée par *Lieou Yu-p'an*, nous présente une quarantaine de pièces. Mais ce n'est qu'une petite partie de ses œuvres complètes. Pour mieux comprendre ces *ts'eu*, nous les diviserons en trois périodes.

Ceux qui furent écrits avant la mort de la reine appartiennent à la première période. Il y a environ vingt pièces dont le *P'ou-sa-man* (« *Houa ming yue ngan long k'ing wou* »), le *Yi-hou-tchou* (« *Wan tchouang tch'ou kouo* »), le *Mou-lan-houa* (« *Hiao tchouang tch'ou leao*

(1) Cité par le *Pi-chou-man-tch'ao*.

ming ki siue »), etc., sont les plus connus. Comme l'auteur était alors très heureux, les sujets principaux ne sont que les aventures amoureuses, les coquetteries des femmes ou la vie luxueuse :

« Sous la lune voilée et la brume légère, les fleurs [seules sont claires.
C'est une nuit favorable pour aller chez mon [amant. »
Déchaussée, elle marcha doucement sur les mousses [odoriférantes.
Les souliers dorés à la main.

Je la joignis au sud du pavillon décoré.
Elle s'appuya sur moi et frémit de contentement.
« Comme il est difficile de te voir,
Je me laisse caresser autant que tu le veux. » (Le [*P'ou-sa-man*).

Les *ts'eu* de la deuxième période qui dura de 964 à 975 sont au nombre de dix environ. Parmi eux, les plus remarquables sont le *Houan-k'i-cha* (« *Tchouan tchou p'iao p'ong yi mong kouei* »), le *Siang-kien-houan* (« *Wou yen tou chang si leou* »), *le Sie-sin-ngen* (« *Ying houa lo tsin kiai ts'ien yue* »), etc. La perte d'une compagne aimée le fit changer de thèmes. Il chantait fréquemment la solitude de sa vie et le souvenir de la morte :

Silencieux, tout seul, je monte au pavillon de l'ouest.
La lune ressemble à un crochet ;
L'automne est enfermé dans la cour déserte, pro-[fonde, où sont plantés les hêtres.

Ce qu'on ne peut couper,
Et qui devient plus désordonné après qu'on l'a [arrangé,
C'est la fibre de la tristesse de la séparation :
Elle nous met un sentiment particulier au cœur.
(Le *Siang-kien-houan*).

Après l'an 975 commença la troisième période. Au point de vue littéraire, elle est la plus importante. C'est alors que *Li Yu* réalisa le plus complètement son génie distingué et qu'on trouve ses meilleurs *ts'eu*, notamment le *Yu-mei-jen* (« *Tch'ouen houa ts'ieou yue ho che leao* »), le *Lang-t'ao-cha* (« *Lien wai yu tchan tchan* »), le *Wang-kiang-nan* (« *To chao hen* »), etc. Il y traduit l'ennui de la vie et le regret du passé, de la manière la plus touchante :

Les fleurs du printemps, la lune de l'automne, quand [finiront-elles !
Les événements de jadis, qui sait leur nombre !
Hier soir le vent d'est a encore soufflé contre mon [petit pavillon.
Je ne supporte plus de me rappeler mon royaume [baigné par la lumière lunaire.

Les balustrades sculptées et les perrons de jade [doivent exister encore,
Seulement on n'est plus jeune.
« Combien de tristesses y a-t-il ?
Elles ressemblent justement à l'eau printanière du [fleuve qui court sans cesse vers l'est ! »
(Le *Yu-mei-jen*).

Son style est semblable à celui de *Wei Tchouang* et de *Fong Yen-ki.* Ce qui caractérise notre poète, c'est sa connaissance profonde et sa description sincère de la douleur. « Les plus désespérés sont les chants les plus beaux. » « Rien ne nous rend si grand qu'une grande douleur. » Voilà la cause de son succès. Mais comme ses qualités n'étaient pas celles qui se laissent imiter facilement, son influence devait être moins grande que celle de ses rivaux.

A côté de ces trois grands auteurs, il y en a encore d'autres qui sont bien entendu moins importants qu'eux, mais qui méritent quand même une rapide étude. Ce sont *Nieou K'iao, Li Siun, Wei Tch'eng-pan, Sie Tchao-yun, Tchang Pi, Ngeou-yang Kiong, Kou Hiong, Mao Hi-tchen, Li Ying* et *Souen Kouang-hien.* Ils appartenaient à quatre royaumes : ceux des *Ts'ien-chou,* des *Heou-chou,* des *Nan-t'ang* et des *King-nan.*

Etudions d'abord les poètes des *Ts'ien-chou.*

Nieou K'iao, originaire de *Long-si,* était un descendant du célèbre homme d'état *Nieou Seng-jou.* Son surnom était *Song-k'ing.* Il fut reçu docteur en 878. Ayant rempli la fonction de *P'an-kouan* sous le gouverneur *Wang Kien,* il devint *Ki-che-tchong* (1) au moment où le gouverneur se déclara roi (850 ?-920 ?). Son style est très semblable à celui de *Wen T'ing-yun.* Les exemples en sont le *P'ou-sa-man* (« *Wou k'iun hiang nouan kin ni fong* »), le *Niu-kouan-tseu* (« *Kin kiang yen chouei* »), et le *Ying-t'ien-tch'ang* (« *Yu leou tch'ouen wang ts'ing yen mie* »).

Li Siun, surnommé *Tö-jouen,* est né à *Tseu-tcheou.*

(1) Fonctionnaire de contrôle.

Ses ancêtres étaient Persans (1). Très studieux dès sa jeunesse, il réussit à l''examen du baccalauréat de bonne heure. Comme il était apparenté au roi des *Ts'ïen-chou*, il se retira dans un ermitage après la destruction du royaume (855 ?-930 ?). Le *K'iong-yao-tsi*, son recueil de *ts'eu*, n'existe plus maintenant. Ceux qui nous sont parvenus sont remarquables par la limpidité de la forme et la sincérité des sentiments (2). Ajoutons que ses *Nan-hiang-tseu*, inspirée par *Nan-yue* (3), ont une couleur locale très marquée. Nous y trouvons les descriptions d'animaux et de plantes qui n'existaient guère ailleurs.

Wei Tch'eng-pan était fils de *Wang Tsong-pei*, fils adoptif du roi des *Ts'ien-chou*. Dans ce royaume, il occupa les fonctions de *Fou-ma-tou-wei* (4), de *T'ai-wei* (5), etc. Ainsi que son contemporain *Nieou K'iao*, il écrivit dans un style qui nous rappelle celui de *Wen*. On cite particulièrement le *P'ou-sa-man* (« *Lo kin po po ts'ieou po jan* »), et le *Cheng-tch'a-tseu* (« *Tsi mo houa t'ang k'ong* »).

Sie Tchao-yun est né à *Ho-tong*. Il fut ministre en second du royaume des *Ts'ien-chou*. Ses meilleurs *ts'eu* sont le *Houan-k'i-cha* (« *Fen chang yi hi yeou lei hen* ») et le *Ye-kin-men* (« *Tch'ouen man yuan* »). Ils valent par la facilité et la simplicité du style.

---

(1) D'après le *Houei-houei-kiao-tsin-tchong-kouo-ti-yuan-licou* de M. *Tch'en Yuan*.

(2) Voir le *P'ou-sa-man* (« *Houei t'ang fong k'i po wen si* ») et le *Tsieou-ts'iuan-tseu* (« *Ts'ieou yu lien mien* »).

(3) Le *Kouang-tong* et le *Kouang-si* actuels.

(4) Fonctionnaire qui s'occupait des voitures royales

(5) Ministre de la Guerre.

La vie de *Tchang Pi* nous est peu connue. On a prétendu (1) qu'il était originaire de *Houai-nan* et occupa les charges de *Nei-che-chö-jen* (2) dans le royaume des *Nan-t'ang*. Mais d'après M. *Hou Che* (3), il était plutôt fonctionnaire des *Ts'ien-chou*. C'est un poète qui imitait *Wen* et *Wei Tchouang* en même temps. Aussi son style est-il tantôt simple, particulièrement dans le *Houan-k'i-cha* (« *Tchen tchang hiun lou ko sieou wei* ») et le *Kiang-tch'eng-tseu* (« *Pi lan kan wai siao tchong t'ing* »), tantôt recherché, comme dans le *Nan-ko-tseu* (« *Kin tsien hong k'i tch'e* ») et le *Man-kong-houa* (« *Houa tcheng fang* »).

Examinons ensuite les poètes du royaume des *Heou-chou*.

Ngeou-yang Kiong (896-971) était originaire de *Houa-yang*. Dans le royaume des *Ts'ien-chou*, il remplit les fonctions de *Tchong-chou-chö-jen* (4). Puis l'empereur des *Heou-t'ang* le nomma *Ts'ong-che* (5) de *Ts'in-tcheou*. Enfin il se rendit au royaume des *Heou-chou*. Après la nomination de *Li-pou-che-lang* (6), il arriva au grade de premier ministre. Sous la dynastie des *Song*, il occupa encore des charges. Une partie de ses *ts'eu*, notamment les *Nan-hiang-tseu*, se rapproche beaucoup de ceux de *Li Siun*. Mais, d'une manière générale, son style évoque plutôt celui de *Wen*. Le *San-tseu-ling* (« *Tch'ouen yu tsin* »), et le *Fong-leou-tch'ouen* (« *Fong ki lou yun ts'ong* ») en sont les meilleures exemples.

---

(1) Voir le *Ts'eu-lin-ki-che* de *Tchang Sou* et l'appendice du *Li-tai-che-yu*.

(2) Secrétaire royal.

(3) *Ts'eu-siuan*, p. 20.

(4) Secrétaire royal.

(5) Adjoint au préfet.

(6) Ministre en second des Rites.

La vie de *Kou Hiong* ne nous est guère connue. On sait seulement qu'il fut préfet de *Meou-tcheou* dans le royaume des *Ts'ien-chou* et *T'ai-wei* dans celui des *Heou-chou*. Ses *ts'eu* furent écrits sous l'influence de *Wen*. Parmi eux, *Tsouei-kong-tseu* (« *Mo mo ts'ieou yun tan* ») et le *Sou-tchong-ts'ing* (« *Yong ye p'ao jen ho tch'ou k'iu* ») sont sans doute les plus aimés des lecteurs.

Mao Hi-tchen était natif de *Chou*. Dans le royaume des *Heou-chou*, il occupa la charge de *Pi-chou-kien* (1). La plupart de ses *ts'eu* furent écrits dans un style assez recherché. Mais ce qui le rend célèbre, c'est le reste qui a un style simple et vivant, comme nous le montrent le *P'ou-sa-man* (« *Sieou lien kao tchou lin t'ang k'an* ») et le *Ts'ing-p'ing-yo* (« *Tch'ouen yu mou* »).

Pour le royaume des *Nan-t'ang*, un seul poète est digne de notre étude. C'est *Li Ying*, le roi *Tchong-tchou*.

Originaire de *Siu-tcheou*, il se surnommait *Po-yu*. Son père *Li Pien* était le fondateur du royaume. En 943, il lui succéda. Il eut d'abord l'ambition d'établir un empire ; mais ses armées ayant été défaites par les *Heou-tcheou*, il fut obligé de leur céder, en 958, une grande partie de son territoire. Il mourut bientôt de chagrin (916-961). Combien de ses *ts'eu* ont-ils été conservés ? Il est difficile de le dire. Dans les anthologies, on confond toujours les *ts'eu* de *Li Yu* ou de *Yen Chou* avec les siens. Trois seulement peut-être sont authentiques : un

(1) Ministre des Archives.

Houan-k'i-cha et deux *T'an-p'o-houan-k'i-cha*. Il excelle surtout à peindre sa mélancolie, et son style se rapproche de celui de son fils.

Enfin nous exposerons l'unique poète des *King-nan*, *Souen Kouang-hien* († 968).

Il naquit à *Kouei-p'ing* et avait pour surnom *Mong-wen*. Sous la dynastie *Heou-t'ang*, il fut nommé *P'an-kouan* de *Ling-tcheou*. Puis il alla à *King-nan* et entra dès lors en relations intimes avec la maison royale. Pendant les règnes des trois rois, il remplit plusieurs fonctions importantes, notamment *Yu-che-tchong-tch'eng*. Après la chute du royaume, l'empereur des *Song* le nomma préfet de *Houang-tcheou*. Il était habile à décrire les paysages, les personnages et à traduire les sentiments délicats : le *Ho-tou-chen* (« *Kiang chang ts'ao ts'ien ts'ien* »), le *Houan-k'i-cha* (« *Wou mao sie k'i tao p'ei yu* »), le *Ye-kin-men* (« *Lieou pou tö* »), etc., en témoignent. Son style est semblable à celui de *Wei Tchouang*, mais loin de *Wen*.

Tels étaient les *ts'eu* des *T'ang*, des Cinq Dynasties et des Dix Royaumes. Nous avons vu apparaître et se développer ce genre poétique pendant deux cents ans, de 750 à 950. Excepté pour une faible proportion, les poètes étudiés plus haut représentent deux écoles : l'une du style recherché ; l'autre du style simple. La première, ayant pour fondateur *Wen T'ing-yun*, commença au milieu du neuvième siècle et tomba en décadence à la fin du dixième siècle. La dernière, avec *Wei Tchouang*, *Fong Yen-ki* et *Li Yu*, commença à la fin du neuvième siècle et était encore assez florissante pendant l'époque des *Song* du Nord.

CHAPITRE III

L'EPANOUISSEMENT DU *TS'EU*

Nous voici arrivés à l'époque de l'épanouissement du *ts'eu* qui se produisit sous la dynastie *Song*.

Les poètes devinrent beaucoup plus nombreux, comme en témoignent les recueils parvenus jusqu'à nous au nombre de cent-quarante-huit (1). C'est que l'emploi du *ts'eu* fut alors généralisé. Ce ne sont plus seulement les lettrés qui cultivaient ce genre : des militaires (2) ou des religieux, bouddhistes (3) et taoïstes (4), en composaient. Le *ts'eu* est devenu la forme normale de l'expression des sentiments personnels : il n'est pas jusqu'aux servantes (5), aux bandits (6) et aux prostituées (7) qui ne se mêlaient d'en écrire.

Il apparut aussi un groupe de grands critiques, tels que *Li Ts'ing-tchao, Wang Tch'o, Chen Yi-fou, Yang Tsan, Tchang Yen*, etc. (8), qui dirigèrent et encouragèrent les auteurs.

---

(1) Voir le *Lieou-che-yi-kia-ts'eu* de *Mao Tsin*, le *Wei-k'o-ming-kia-ts'eu* de *Heou Wen-ts'an*, le *Sseu-yin-tchai-wei-k'o-ts'eu* de *Wang P'ong-yun*, le *Ling-kien-ko-wei-k'o-ming-kia-ts'eu* de *Kiang Piao*, le *Chouang-tchao-leou-wei-k'o-ts'eu* de *Wou Tch'ang-cheou*, le *K'iang-ts'ouen-ts'ong-chou* de *Tchou Hiao-tsang*, le *Ts'eu-kia-tchouan-tsi* de *Lieou Yu-p'an*, etc.

(2) Voir le *Si-hou-tche-yu;* le *Song-che*, chap. *Yu-kiai-tchouan*.

(3) Voir le *Che-men-wen-tseu-chan;* le *Tong-k'i-ts'ou houa*.

(4) Voir le *P'ong-lai-kou-tch'ouei* de *Hia Yuan-ting;* le *Yu-tch'an-sien-cheng-che-yu* de *Ko Tch'ang-keng*.

(5) Voir le *T'iao-k'i-yu-yin-ts'ong-houa*.

(6) Voir le *Ts'eu-yuan-ts'ong-t'an*.

(7) Voir le *Ts'i-tong-ye-yu*.

(8) Cf. le *T'iao-k'i-yu-yin-ts'ong-houa*, le *Pi-ki-man-tche*, le *Yo-fou-tche-mi*, le *Ts'eu-yuan*, etc.

Comme nous avons dit plus haut (1), un genre nouveau du *ts'eu*, dit *Man-ts'eu*, fut inventé. Les airs étant plus longs que les précédents, les poètes s'exprimaient avec plus de facilité et leur génie pouvait mieux se montrer.

Bref, ainsi que les « *che* » (poèmes proprement dits) des *T'ang* et les « *k'iu* » (poèmes dramatiques) des *Yuan*, les *ts'eu* des *Song* sont les productions particulières de l'époque. Pour montrer plus clairement les tendances prédominantes, nous étudierons d'abord quatre écoles et ensuite les auteurs indépendants.

I. L'ECOLE *TCHEOU*

Commençons par l'école *Tcheou*. Elle eut son origine au début du règne de l'empereur *Jen-tsong* (1023-1063), et prospéra au temps de l'empereur *Houei-tsong* (1101-1125). Ses mérites littéraires furent de développer le *Man-ts'eu* et d'inventer bien des airs nouveaux. Elle est caractérisée par ses sentiments licencieux, ses descriptions minutieuses, ses expressions raffinées et ses locutions familières. *Tchang Sien*, *Lieou Yong* et *Ngeou-yang Sieou* en avaient été les initiateurs, *Tcheou Pang-yen* le chef reconnu

Tchang Sien, né en 990 à *Wou-hing*, se surnommait *Tseu-Ye*. En 1030, il réussit à l'examen du doctorat et puis fut nommé successivement sous-préfet de *Wou-hien* et *Tou-kouan-lang-tchong* (2). Plus tard il se retira à *Ts'ien-t'ang* et mourut en 1078.

(1) Chap. I. (La technique du *ts'eu*).

(2) Fonctionnaire du Ministère de la Justice.

Le recueil de ses *ts'eu* s'intitule *Tchang-tseu-ye-ts'eu*. Nous remarquons que l'auteur aimait les expressions recherchées et que parfois même il en inventait (1). Aussi se servait-il souvent du procédé dit « *tai tseu* » (2) qui consiste à utiliser un autre mot pour celui qu'il devait employer. D'ailleurs il fut un des premiers auteurs du *Man-ts'eu* (3) où l'on rencontre des descriptions minutieuses de villes magnifiques ou d'aventures amoureuses.

Lieou Yong (990 ?-1050 ?), originaire de *Tch'ong-ngan*, avait pour surnom *K'i-k'ing*. Ce fut un poète infortuné. S'étant présenté bien des fois à l'examen du doctorat, il ne put réussir qu'en 1034. Parmi ses charges, seul le *T'ouen-t'ien-yuan-wai-lang* (4) était d'un degré assez haut. Un jour, il écrivit le *Tsouei-p'ong-lai* (« *Tsien t'ing kao ye hia* ») pour flatter l'empereur; mais celui-ci fut irrité par des lignes imprudentes. Lors de sa mort, son argent était tout à fait épuisé. Seules des courtisanes, ses anciennes amantes, l'ensevelirent à côté d'une colline lointaine.

Son recueil de *ts'eu* a pour titre *Yo-tchang-tsi*. En

---

(1) Telles que « *tsieou yen* » (embelli [à cause de boire] du vin), « *ping tch'e* » (dents [aussi blanches et propres que] la glace), etc. Voir le *K'ing-tch'ouen-tsö* (« *Yen sö pou siu tchouang yang* »), le *Ho-man-tseu* (« *K'i niu song houa* »), etc.

(2) Dans le *K'ing-kin-tche* (« *Ts'ing lo t'ien yuan chan* ») et le *P'ou-sa-man* (« *Kia jen hio tö p'ing yang k'iu* »), il employait « bambou » au lieu de « flûte », « neige et nuage » au lieu de « chair de femme », parce que la flûte est fabriquée de bambou et que la chair est aussi blanche que la neige et le nuage.

(3) Par exemple, le *P'o-tchen-yo* (« *Sseu t'ang hou ying* »), le *Yen-tch'ouen-t'ai-man* (« *Li je ts'ien men* »), etc.

(4) Fonctionnaire du Ministère de l'Industrie; il s'occupait des exploitations agricoles.

compensation de sa misère, il obtint de grands triomphes avec ses œuvres. « On pouvait entendre chanter les *ts'eu* de *Lieou Yong*, disait *Ye Mong-tö* (1), dans tous les endroits où il y avait de l'eau de puits à boire. » (2) Il employait le plus souvent et très spirituellement des descriptions minutieuses (3) et des expressions familières (4). Les sujets qu'il préférait développer sont : la prospérité des grandes villes (5), la beauté et l'amour des courtisanes (6), la tristesse des vagabonds (7) et la louange pour l'empereur (8). Ses défauts sont en général les flatteries excessives (9), et les sentiments superficiels et licencieux (10). Quoi qu'il en soit, il enrichit le *ts'eu* des *Song*, annonça le grand poète *Tcheou Pang-yen* et in-

(1) Cité dans le *Ts'eu-lin-ki-che*.

(2) C'est-à-dire qu'on chantait ses *ts'eu* partout.

(3) Voir le *Ye-pan-yo* (« *Tong yun ngan tan t'ien k'i* »), le *Yu-lin-ling* (« *Han chan ts'i ts'ie* ») et le *Sou-tchong-ts'ing-kin* (« *Yu ts'ing k'i chouang* »).

(4) Voir le *Ts'ieou-ye-yue* (« *Tang tch'ou tsiu san* ») le *Tcheou-ye-yo* (« *Tong fang ki tö tch'ou siang yu* »), etc.

(5) Voir le *Yu-leou-tch'ouen* (« *Houang tou kin si tche ho si* ») et le *Wang-hai-tch'ao* (« *Tong nan hing cheng* »).

(6) Voir le *Yu-hou-tie* (« *Wou jou p'ing k'ang* ») et le *Ho-tch'ong-t'ien* (« *Houang kin pang chang* »).

(7) Voir le *Sai-kou* (« *Yi cheng ki yeou pao ts'an keng hie* ») et le *Pa-cheng-kan-tcheou* (« *Touei siao siao mou yu chai kiang t'ien* ») et le *Chao-nien-yeou* (« *Tch'ang ngan kou tao ma tch'e tch'e* »).

(8) Voir le *Song-tcheng-yi* (« *Kouo chao yang* ») et le *Yu-leou-tch'ouen* (« *Fong leou yu yu tch'eng kia jouei* »).

(9) Voir le *K'ing-pei-yo* (« *Kin leou houa chen* »).

(10) Voir le *Yu-niu-yao-sien-p'ei* (« *Fei k'iong pan liu* »).

fluença même les auteurs des autres écoles. (1)

Ngeou-yang Sieou, dit *Yong-chou*, était originaire de *Lou-ling*. Pendant le règne de l'empereur *Jen-tsong*, il fut reçu docteur et, après plusieurs nominations, arriva au grade de *Ts'an-tche-tcheng-che* (2) en 1061. Environ dix ans plus tard, il fut disgracié et occupa des charges en province. Puis il donna sa démission et mourut à l'âge de soixante-cinq ans (1007-1072).

On a de lui deux recueils de *ts'eu*, le *Lieou-yi-ts'eu* et le *Tsouei-wong-k'in-ts'iu-wai-p'ien*. Nous y trouvons deux styles différents. L'un, simple et facile, tire certainement son origine des *ts'eu* des *Nan-t'ang* (3). L'autre avec ses locutions familières et ses sentiments licencieux, semble avoir subi l'influence de *Lieou Yong* (4). Au point de vue de l'évolution littéraire, le dernier est plus important. Car il représente une nouvelle tendance qui grandissait alors. D'ailleurs, c'est là seulement qu'on peut voir des personnages vivants et qu'on est frappé par des sentiments ardents. Bien que les autres critiques traitent le poète comme un héritier de *Fong Yen-ki*, nous le considérons au contraire comme un partisan de *Lieou Yong*.

---

(1) Tels que *Sou Che, Houang T'ing-kien, Ts'in Kouan, Tchao Tch'ang-k'ing, Che Hiao-yeou*, etc.

(2) Aide du premier ministre.

(3) Voir le *Ts'ai-sang-tseu* (« *K'iun fang kouo heou si hou hao* ») et le *T'a-so-hing* (« *Heon kouan mei ts'an* »).

(4) Voir le *Tong-sien-ko-ling* (« *Leou ts'ien louan ts'ao* »), le *Yuan- tch'ouen-lang* (« *Wei yi kia tchong je men* ») et le *Nan-ko-tseu* (« *Fong ki kin ni tai* »).

Seize ans avant la mort de *Ngeou-yang Sieou*, *Tcheou Pang-yen*, chef de l'école, naquit à *Ts'ien-t'ang*. Il se surnommait *Mei-tch'eng*, et avait pour nom de plume *Ts'ing-tchen-kiu-che*. On sait peu de chose de son enfance. En 1079, il alla à la capitale des *Song* et fit ses études à l'Université impériale. Inspiré par la prospérité de la métropole, il écrivit le *Pien-tou-fou* (1) et le présenta à l'empereur *Chen-tsong* dans l'automne de 1083. Celui-ci en fut fort content. L'œuvre fut récitée à la cour et l'auteur fut nommé *T'ai-hio-tcheng* (2). Ce fut son premier succès.

Quatre ans plus tard, il se rendit à *Lou-tcheou* en qualité de *Kiao-cheou* (3). Puis, il fit un voyage à la province actuelle du *Hou-pei* et donna le *Chao-nien-yeou* (« *Nan tou che tai sao ts'ing chan* »), le *Tou-kiang-yun* (« *Ts'ing lan ti tch'ou tien* »), le *Fong-lieou-tseu* (« *Fong lin tiao wan ye* »), etc. Au printemps de 1093, il devint sous-préfet de *Li-chouei* et resta longtemps dans cette ville. Pendant ce séjour, sa vie était idyllique. Il fit construire le Pavillon *Siao-hien* et le Kiosque *Kou-ye* (4) dans un jardin derrière sa maison. Il passait tous les étés dans la montagne *Wou-siang*. Le *Man-t'ing-fang* (« *Fong lao ying tch'ou* »), le *Ko-p'ou-lien-kin* (« *Sin houang yao tong ts'ouei pao* »), etc., furent écrits pendant cette période.

En 1097, il fut nommé *Kouo-tseu-tchou-pou* (5) et

---

(1) Le « *fou* » est un morceau de prose cadencée.

(2) Employé à l'Université impériale.

(3) Professeur au lycée.

(4) Voir la préface du *Ts'ing-tchen-tsi*, écrite par *K'iang Houan*.

(5) Secrétaire de l'Université impériale.

rentra dans la capitale. Se souvenant du *Pien-tou-fou*, l'empereur *Tchö-tsong* l'appela au palais *Tch'ong-tcheng*, l'année suivante. Notre poète copia de nouveau cet ouvrage et l'offrit à la cour. Dès lors en 1118, il occupa, tantôt dans la capitale, tantôt en province, des postes tels que *Kiao-chou-lang*, *Pi-chou-kien*, préfet de *Long-tö*, de *Tchen-ting*, etc. Parmi eux, le plus important, au point de vue littéraire, est celui de chef du *Ta-tch'eng-fou* (1). C'est là qu'il inventa, avec l'aide de ses collègues, beaucoup d'airs nouveaux. Pour chaque air, il composa un *ts'eu* afin que l'air pût se répandre facilement. (2)

Après l'an 1119, il résigna ses fonctions. D'abord, il demeura à *Mou-tcheou*. Puis il rentra à *Hang-tcheou*, son pays natal. Plus tard, il se rendit à *Yang-tcheou*. Au printemps de 1121, il mourut à *Nan-king* à l'âge de soixante-cinq ans (1056-1121).

Il donna un recueil *Ts'ing-tchen-tsi*. *Tchao Che-houei* (3) est le premier qui ait remarqué la ressemblance entre *Tcheou* et *Lieou Yong*. Ils sont tous deux maîtres du genre *Man-ts'eu*. Ils excellent à décrire minutieusement (4) et à employer des expressions familières (5). Ils ont aussi des défauts communs : ce sont les louanges excessives (6) et les sentiments licencieux (7).

---

(1) Etablissement impérial de musique et de poésie.

(2) Voir le *Ts'eu-yuan* de *Tchang Yen*.

(3) Voir son *Cheng-k'ieou-ts'eu-siu*.

(4) Voir le *Lieou-tch'eou* (« *Tcheng tan yi che tsieou* ») et le *Lan-ling wang* (« *Lieou ging tchö* »).

(5) Voir le *Kouei-k'iu-nan* (« *Kia yo jen wei tche* ») et le *Hong-tch'ouang-kiong* (« *Ki je lai tchen ko tsouei* »).

(6) Selon *Hao-jan-tchai-ya-t'an*, *Tcheou* a probablement écrit beaucoup de *ts'eu* courtisans pendant sa jeunesse. Mais ces *ts'eu* sont maintenant introuvables.

(7) Voir le *Ts'ing-yu-ngan* (« *Leang ye teng kouang ts'ou jou teou* ») et le *Man-tou-houa* (« *Lien hong lei yu kan* »).

Des *ts'eu* écrits sous l'influence de *Lieou*, le *Chao-nien yeou* est incontestablement le meilleur.

Le couteau fabriqué à *Ping* est aussi lisse que l'eau;
Le sel produit à *Wou* est plus blanc que la neige ;
Les oranges fraîches sont ouvertes par les doigts fins.
Les rideaux de brocart viennent d'être chauffés ;
Les brûle-parfum ne cessent pas de fumer ;
Nous nous asseyons face à face et jouons de la flûte.

Elle me demande à voix basse: « Chez qui coucheras-tu ?
« Minuit a sonné sur la muraille fortifiée ;
« La gelée blanche étant épaisse, ton cheval glissera.
« Mieux vaut ne pas t'en aller,
« Comme personne ne sera sur la route à présent! »

Mais il en a produit qui dépassent les *ts'eu* de tous ses prédécesseurs et annoncent l'école *Kiang* (1). Il pesait chaque vers, chaque caractère dans des balances d'or, s'inquiétant d'une dissonance, d'une nuance ténue de la pensée. Il est habile à créer des expressions belles autant que nouvelles ; il est ingénieux surtout à refaire les lignes empruntées aux auteurs anciens et à les rendre de beaucoup meilleures que les originales. C'est un des procédés favoris des poètes chinois, mais il est difficile d'y réussir. On a vu bien des poètes y échouer ; *Tcheou* eut pourtant un énorme succès. Il ne nous est pas facile de donner des exemples; la traduction fait perdre l'effet

---

(1) Voir plus loin notre étude sur l'école *Kiang*.

des vers même excellents (1). Nous choisissons un de ses chefs-d'œuvre, le *Man-t'ing-fang*, pour représenter l'ensemble de son art :

Le vent fait grandir les petits des loriots ;
La pluie gonfle les fruits des pruniers ;
Au midi l'ombrage des arbres précieux devient plus [frais et rond.
A l'endroit plus bas, près de la montagne,
Les habits sont humides et doivent être séchés.
On est silencieux, seuls les oiseaux s'amusent ;
Au delà du petit pont court l'eau nouvellement verte.
M'appuyant longtemps sur la balustrade,
Et regardant les roseaux jaunes et les gros bambous,
Je désire aller en bateau à *Kieou-kiang*.

Chaque année,
Je vagabonde ainsi qu'une hirondelle
Qui traverse le désert
Et s'installe sur les longues poutres.
Ne vous inquiétez pas des choses extérieures,
Mais fréquentez les cabarets.
Moi, voyageant au Midi, las et triste,
Je ne supporte plus d'entendre la musique.

---

(1) Voir le *Man-lou-houa* (« *Lien hong lei yu kan* »), le *Yu-leou-tch'ouen* (« *Ta t'i houa yen king lang mou* »), le *Tie-liuan-houa* (« *Yue kiao king wou si pou ting* ») le *Ye-yeou-kong* (« *Ye hia sie yang tchao chouei* »), etc.

A côté d'un banquet,
Je place un coussin et une natte,
Pour m'étendre quand je suis ivre.

Notre poète exerça une influence non seulement sur ses contemporains que nous étudierons plus loin, mais encore sur les poètes postérieurs. A l'époque des *Song* du Sud, il y eut trois poètes, *Fang Ts'ien-li*, *Yang Tchö-min* et *Tch'en Yun-p'ing* (1), qui l'imitèrent, même mot à mot, rime à rime. Parmi les auteurs des *ts'eu*, personne n'a eu une influence aussi grande que la sienne.

Quand *Tcheou* travaillait dans le *Ta-tch'eng-fou*, il était entouré par un groupe de poètes dont *Mei-k'i Yong*, *Tchao Touan-li* et *T'ien Wei* étaient les plus remarquables.

Mei-k'i Yong (1050?-1130?) se surnommait *Ya-yen* et avait pour nom littéraire *Ta-leang-ts'eu-yin* (2). Malchanceux pendant la plus grande partie de sa vie, il fut pourtant nommé vers 1111 *Tche-tchouan* (3) du *Ta-tch'eng-fou*.

Son recueil de *ts'eu*, intitulé *Ta-cheng-tsi*, est introuvable maintenant. D'après l'édition publiée par *Lieou Yu-p'an*, *Mei-k'i* a les mêmes défauts que ceux de *Tcheou* (4). Mais leurs qualités sont différentes : *Mei-k'i*

---

(1) Voir le *Houo-ts'ing-tchen-ts'eu* de *Fang* et de *Yang*; le *Si-tou-ki-tcheou-tsi* de *Tch'en*.

(2) Son pays natal nous est inconnu. Mais on peut supposer, d'après son nom littéraire, qu'il était originaire de *Ta-leang*.

(3) Compositeur officiel.

(4) Voir le *San-t'ai* (« *Kien li houa tch'ou tai ye yue* »). Cf. le *Pi-ki-man-tche* de *Wang Tch'o*.

est remarquable surtout par la simplicité des expressions employées habilement. (1)

Tchao Touan-li (1050?-1125?) est né à *Kiu-ye* et se surnommait *Ts'eu-ying*. Reçu docteur, il obtint deux fois l'emploi de sous-préfet. Puis il entra dans le *Ta-tch'eng-fou* au même moment et avec le même titre que *Mei-k'i Yong*.

On a de lui un recueil de *ts'eu*, *Hien-tchai-k'in-ts'iu-wai-p'ien*. Nous y voyons un style simple et mâle (2). Mais il écrivit bien des pièces pleines d'éloges démesurés et de sentiments licencieux, ce qui établit sa ressemblance à *Tcheou* (3).

T'ien Wei, dit *Pou-fa*, était aussi un des *Tche-tchouan* du *Ta-tch'eng-fou*. Sa vie nous est presque inconnue.

Différent de ses collègues, il ne produisit ni vers licencieux ni vers courtisans. Ce qui le rapproche de *Tcheou*, c'est qu'il aimait employer et même créer des expressions raffinées. (4)

A côté des poètes du *Ta-tch'eng-fou*, il y a encore deux auteurs appartenant à cette école : *Liu Pin-lao* et *Ts'ai Chen*.

Liu Pin-lao, originaire de *Sieou-tcheou*, se surnommait *Cheng-k'ieou*. C'était un courtisan de l'empereur *Houei-tsong*.

Réunies sous le titre *Cheng-k'ieou-ts'eu*, ses œuvres ont toujours un air de famille avec celles de *Tcheou* (5).

---

(1) Voir le *Tchao-kiun-yuan* (« *Tch'ouen tao nan leou siue tsin* »).

(2) Voir le *Man-kiang-hong*.

(3) Voir le *Houang-ho-ts'ing-man* (« *Ts'ing king tch'ou cheng fong si si* ») et le *T'i-jen-kiao*.

(4) Voir le *T'an-tch'ouen-man* (« *Siao yu fen chan* »).

(5) Voir le *Po-yi-kiao* (« *K'i yue tch'ouei pi* »).

Mais comme il assista à la chute de l'empire des *Song* du Nord, il produisit aussi des *ts'eu* patriotiques dans un style fort. (1)

Ts'ai Chen, surnommé *Chen-tao*, était originaire de *P'ou-t'ien*. Vers 1120, on le nomma *Ts'ouei* (2) de *P'eng-tch'eng*.

Dans son recueil de *ts'eu*, intitulé *Yeou-kou-ts'eu*, nous reconnaissons nettement le style de *Lieou* et de *Tcheou*, comme en témoignent le *Sou-wou-man* (« *Yen lo p'ing cha* ») et le *Fei-siue-man-k'iun-chan* (« *Ping kie kin hou* »).

II. L'ECOLE *SOU*

Au milieu du onzième siècle, il parut une école nouvelle. Son fondateur était *Sou Che*. Elle constituait pour ainsi dire un mouvement de réaction et évoluait dans un sens tout différent de celle de *Tcheou*. Pour *Sou Che* et ses amis, l'amour n'était plus à la mode, ils puisaient leurs sujets dans les faits quotidiens et les développaient avec un stye viril. Le raffinement des expressions n'était plus estimé, les poètes adoptaient même la phraséologie de la prose dans leurs *ts'eu*. Les règles musicales si chères aux auteurs de l'autr eécole étaient plus ou moins négligées. En un mot, l'école *Sou* marquait un affranchissement de *ts'eu*.

Sou Che, le fondateur de l'école, naquit à *Mei-chan*, le dix-neuvième jour de la douzième lune de la troisième année de l'ère *King-yeou* (1036). Il se surnommait

(1) Voir le *Ts'i-t'ien-yo* et le *Man-kiang-hong*.

(2) Adjoint au préfet.

Tseu-tchan et avait pour pseudonyme *Tong-p'o-kiu-che.* Son père *Sou Siun* avait joué un grand rôle dans le monde littéraire. Sa mère, issue d'une famille noble, était remarquable par son intelligence et son érudition. Instruit par elle, il put écrire dès son enfance et reçut le grade de doctorat lors de sa vingt-et-unième année.

Puis, il fut nommé *Ta-li-p'ing-che* (1), etc. Mais la politique dite nouvelle de *Wang Ngan-che* (2) fut une des sources de son malheur. Car l'empereur *Chen-tsong* préférait les nouvelles institutions, tandis que notre poète était rangé parmi les principaux adversaires de *Wang.* Forcé de quitter la cour, il occupa de 1071 à 1079 la fonction de *T'ong-p'an* (3) de *Hang-tcheou,* de *Mi-tcheou,* de *Siu-tcheou* et de *Hou-tcheou* successivement. Calomnié pendant l'automne de 1079, il fut jeté en prison. Plus tard, il fut disgracié, nommé petit fonctionnaire à *Houang-tcheou* et forcé d'y demeurer plusieurs années.

Au début du règne de l'empereur *Tchö-tsong,* celui-ci étant mineur, sa grand'mère exerça la régence. Elle n'aimait point la politique de *Wang* et les partisans de l'opposition furent alors au pouvoir. Notre poète ne fit pas exception. Il occupa de nouveau des postes importants, tels que *Li-pou-che-lang, Ping-pou-chang-chou* (4), etc., et remplit aussi des fonctions en province.

---

(1) Grand juge.

(2) Premier ministre d'alors, connu par ses innovations politiques.

(3) Préfet en second.

(4) Ministre de la Guerre.

Cependant le malheur revint bientôt pour lui. Ainsi que son père, l'empereur *Tchö-tsong* fut partisan de la politique de *Wang*. Après la mort de sa grand'mère, il chassa tous les représentants de l'opposition. *Sou* fut donc exilé à des endroits très lointains et peu civilisés, notamment *Houei-tcheou* et *Tch'ang-houa*. Quand l'empereur *Houei-tsong* monta sur le trône, en 1100, il le fit venir à *Lien-tcheou*, puis à *Yong-tcheou*, endroits moins lointains. L'année suivante, à l'occasion de l'amnistie impériale, *Sou* fut rappelé à la cour. Il mourut avant d'y arriver, le vingt-huitième jour de la septième lune, âgé de soixante-cinq ans.

Sou Che était un homme gai et courageux, content de tout et ne craignant rien. Quand il était à son poste, que ce fût une haute dignité ou une petite fonction, il critiquait audacieusement ses adversaires politiques, tout en faisant son propre devoir. Ni l'exil ni l'emprisonnement ne purent le soumettre. Banni, il supportait joyeusement le malheur même quand il ne pouvait trouver une hutte pour s'installer. Son caractère se révèle dans sa peinture, dans sa calligraphie, dans sa prose, ainsi que dans sa poésie.

« On doit écrire, répondait *Sou Che* un jour à un jeune écrivain, tout comme les nuages flottent et les eaux coulent. Ils s'avancent quand ils veulent s'avancer; ils s'arrêtent quand ils veulent s'arrêter. » Ces paroles très connues peuvent nous servir pour apprécier ses propres œuvres. En effet il peut exprimer, juste à propos et sans aucun effort, tout ce qu'il a vu, entendu, éprouvé. Dans son recueil de *ts'eu*, le *Tong-p'o-yo-fou*, nous ne pouvons choisir une telle expression, une telle ligne, comme la meilleure. Ce qui nous frappe, c'est plutôt l'ensemble du poème. En voici un exemple :

Le printemps n'est pas encore fini,
La brise est douce, les saules se balancent.
Montons sur la terrasse *Tch'ao-jan* et nous verrons
Le fossé plein d'eau printanière et la ville pleine de [fleurs.
Mille maisons sont perdues sous la brume et la pluie.
(Le *Wang-kiang-nan*).

Au lieu de décrire seulement l'amour, comme l'avaient fait ses prédécesseurs, *Sou Che* développait tout ce qui pouvait inspirer un poète. Dans ses *ts'eu*, il philosophait (1), plaisantait (2), racontait ses voyages (3), et dépeignait la nature (4). Il se servait très souvent des *ts'eu* pour correspondre avec ses amis (5). « Il semble, disait *Chen Tö-ts'ien* (6), que dans la tête de *Sou* il y ait eu un grand foyer où fondaient tous les métaux. » Entendons par là que notre poète savait utiliser les diverses matières premières pour en former une nouvelle œuvre, c'est-à-dire son propre *ts'eu*. Grâce à lui, le domaine de ce genre poétique s'agrandit beaucoup.

---

(1) Voir le *Wou-tch'eou-k'o-kiai* (« *Kouang king po nien* »).

(2) Voir le *Kien-tseu-mou-lan-houa* (« *Wei hiong kia mong* »).

(3) Voir le *Tsouei-lo-p'o* (« *K'ing yun wei yue* »).

(4) Voir le *Nan-hiang tseu* (« *Wan king lo k'iong pei* »).

(5) Voir le *Kiang-tch'eng-tseu* (« *Ts'ouei ngo sieou tai k'ie jen k'an* »), le *Ting-fong-po* (« *Kin kou fong lieou yuan pou ping* ») et le *Man-kiang-hong* (« *T'ien k'i wou ts'ing* »).

(6) Grand poète de la dynastie mandchoue. Voir son *Chouo-che-tsouei-yu*.

Il introduisit, en outre, des expressions prosaïques dans ses *ts'eu,* tant il aimait à employer les caractères « *eul* » (1), « *yi* » (2), « *tsai* » (3), etc. Dans ses œuvres, il adaptait aussi la littérature ancienne, surtout la prose. Le *Chao-pien* (« *Wei mi tchö yao* »), par exemple, n'est qu'un texte abrégé et un peu remanié du *Kouei-k'iu-laï-ts'eu* de *T'ao Yuan-ming.* Ce qui nous frappe le plus, c'est qu'il prenait même des passages du *Louen-yu* (4). Tout cela exerça une grande influence sur ses contemporains et les poètes postérieurs.

Son style est mâle, énergique, plein de force, ce qui oppose son groupe à l'école *Tcheou.* Ses écrits sont l'image de son caractère droit et ferme. Les lecteurs sont séduits par une certaine beauté, non pas celle d'une femme mondaine, mais celle des hautes montagnes ou des grands fleuves, une beauté qu'on ne peut guère trouver chez les autres poètes. Lisons le *Chouei-tiao-ko-t'eou :*

Quand la lune brillante commença-t-elle d'exister ?
Demandé-je au ciel en buvant.
Je ne sais pas, dans le palais céleste,
Quel quantième est ce soir ?
Je désire y aller sur les ailes du vent,

(1) Voir le *Tsouei-wong-ts'ao* (« *Lang jan* »).

(2) Voir le *Man-t'ing-fan* (« *San che san nien* »).

(3) Voir le *Chouei-tiao-ko-t'eou* (« *Lo je sieou lien kiuan* »).

(4) Voir le *Kien-tseu-mou-lan-houa* (« *Hien tsai ling yin* ») et le *Tsouei-wong-ts'ao* (« *Lang jan* »).

Mais je crains que dans ces pavillons de jade,
Si hauts, je ne supporte pas le froid.
Je danse et je contemple mon ombre,
Je doute si je suis encore ici bas.

Contournant le pavillon rouge,
Entrant par la fenêtre décorée,
La lune jette sa lumière sur l'insomnie des gens.
A-t-elle jamais eu de regrets ?
Pourquoi s'arrondit-elle toujours au moment où on
[se sépare ?
Pour les êtres humains se succèdent la tristesse, la
[joie, la séparation et la réunion;
Et pour la lune se succèdent le voile, la sérénité, la
[plénitude et l'éclipse :
Cela ne peut jamais être changé.
Je ne souhaite que la longévité,
Pour que nous puissions encore apprécier la lune,
[même quand nous serons séparés par mille « li ».

Dans le dernier volume du *Tong-p'o-yo-fou* se trouvent quelques pièces dont le style ressemble beaucoup à celui de *Lieou Yong.* (1) Cela offre pour nous quelque étrangeté, mais on ne peut le nier. Et d'après *Wang Tch'o* (2), les jeunes gens de son temps croyaient déjà que *Sou Che* imitait *Lieou.* Mais bientôt notre poète découvrit le défaut de son prédécesseur et devint ainsi le chef de l'opposition.

Il va sans dire que l'influence de *Sou* sur les poètes

---

(1)Voir les *Yu-tchong-houa-man* (« *Souei quan tch'ong lien* » et « *Nouen lien sieou ngo* »).

(2) *Pi-ki-man-tche.*

postérieurs était prépondérante. *Sin K'i-tsi, Yuan Hao-wen, Tch'en Wei-song*, etc., en sont des exemples.

Examinons ensuite les partisans de cette école, tels que *Houang T'ing-kien, Tchao Pou-tche, Ye Mong-tö* et *Hiang Tseu-yin*.

Houang T'ing-kien, originaire de *Fen-ning*, avait pour surnom *Lou-tchö* et pour nom de plume *Chan-kou-tao-jen*. Vers 1067, il conquit le grade de docteur. Il devint successivement *Kouo-tseu-kien-kiao-cheou* (1), *Kiao-chou-lang, Pi-chou-tch'eng*, etc. En 1095, il fut exilé à *K'ien-tcheou* et à *Jong-tcheou*. Puis, après avoir exercé peu de temps les fonctions de préfet de *T'ai-p'ing*, on l'exila de nouveau à *Yi-tcheou*. En sa soixantième année, le poète mourut. (1045-1105).

On a de lui le recueil *Chan-kou-ts'eu*. Ses vers furent écrits sous l'influence de *Sou* et de *Lieou*. Son *Chouei-tiao-ko-t'eou* (« *Yao ts'ao yi ho pi* ») imitait visiblement celui de *Sou* que nous avons traduit plus haut. Dans le *Jouei-ho-sien* (2), il plagiait le *Tsouei-wong-t'ing-ki* de *Ngeou-yang Sieou*, tout comme *Sou* avait adapté le *Kouei-k'iu-lai-ts'eu* de *T'ao Yuan-ming*. Mais lorsqu'il développait le thème de l'amour, assez rarement d'ailleurs, il n'y a guère de différence entre les *ts'eu* de *Lieou* et les siens (3).

Tchao Pou-tche, surnommé *Wou-kieou*, est né à *Kiu-ye*. Il réussit, vers 1080, à l'examen du doctorat et, pendant les quinze années suivantes, obtint successive-

(1) Professeur à l'Université impériale.

(2) Qui commence par la ligne « *Houan tch'ou kiai chan ye* ».

(3) Voir le *Ts'in-yuan-tch'ouen* (« *Pa ngo chen sin* »).

ment les emplois de *Sseu-hou-ts'an-kiun* (1) de *Li-tcheou*, de *Kouo-tseu-kien-kiao-cheou*, de *Kiao-chou-lang* et de *Tchou-tso-lang*. Disgracié en 1095, il arrivé pourtant au grade de *Li-pou-lang-tchong* pendant ses dernières années. Il mourut à *Sseu-tcheou* dont il était alors préfet (1053-1110).

Ses *ts'eu* sont réunis dans le *Tchao-che-k'in-ts'iu*. Il resta toujours fidèle à *Sou*. Son style est aussi viril que celui de son maître, comme nous en témoignent le *Mo-yu-eul* (« *Mai p'ei t'ang siuan tsai yang lieou* »), le *Man-kiang-hong* (« *Tong wou tch'eng nan* »), le *Yong-yu-yo* (« *Song kiu t'ang chen* »), etc. Il empruntait aussi des passages aux œuvres anciennes, notamment le *Yeou-so-sseu* de *Lou T'ong* dans le *Tong-sien-ko* (« *Tang che ngo tsouei* »). La différence entre lui et *Sou* est que celui-ci ne traduisait guère la tristesse, tandis que *Tchao* la développa très souvent et d'une manière déchirante (2).

Ye Mong-tö est né en 1077 et mort en 1148. Il était originaire de *Wou-hien* et se surnommait *Chao-yun*. Reçu docteur de bonne heure, il devint *Han-lin-hio-che* (3), vers 1107. Au commencement de l'époque des *Song* du Sud, il fut nommé *Hou-pou-chang-chou* (4), et puis gouverneur de *Fou-kien*.

Son recueil de *ts'eu*, le *Che-lin-ts'eu*, nous montre en lui un disciple de *Sou*. Ses adaptations des anciens chefs-d'œuvre dans ses propres *ts'eu*, son refus de chanter l'amour, son style plein de force, tout cela caractérise ses œuvres. On cite particulièrement le *Chouei-tiao-ko-t'eou* et le *Tchö-kou-t'ien*.

---

(1) Adjoint au préfet.
(2) Par exemple, le *Man-kiang-hong* et le *Cheng-tch'a-tseu*.
(3) Académicien.
(4) Ministre des Finances.

Hiang Tseu-yin, surnommé *Po-kong*, naquit à *Lin-kiang*. Il était apparenté à la famille impériale. Vers 1106, il fut préfet de *K'ai-fong*. Après le transfert de la capitale, il occupa les charges de *Pi-ko-sieou-tchouan* (1) et de préfet de *P'ing-kiang*. Le premier ministre d'alors, *Ts'in Kouei*, le détestait et le força à démissionner. Il est mort en sa soixante-septième année (1086-1153).

Le *Tsieou-pien-ts'eu*, son recueil de *ts'eu*, se divise en deux parties. L'une fut écrite à la fin de l'époque des *Song* du Nord et a pour sous-titre *Kiang-pei-kieou-ts'eu*. L'auteur y dépeint sa vie luxueuse et romanesque, ce qui n'a guère de rapport avec l'école qui nous occupe. L'autre, dont le sous-titre est *Kiang-nan-sin-ts'eu*, est la production du début de l'époque des *Song* du Sud. Si nous lisons le *Chouei-tiao-ko-t'eou*, le *Man-kiang-hong*, le *Pa-cheng-kan-tcheou*, etc., nous sommes convaincus de sa ressemblance avec *Sou*, au point de vue des thèmes et surtout au point de vue du style.

III. L'ECOLE *SIN*

L'école *Sin* était, d'une manière générale, l'héritière de l'école *Sou*. Mais cette héritière n'était pas exactement pareille à son prédécesseur ; elle marquait une transformation, ou pour mieux dire, une extension. Les thèmes devenaient plus variables, les expressions plus proches de la prose, le style plus vigoureux. Bref, la nouvelle école poussait plus loin ce que l'ancienne avait commencé.

Il est à noter que le patriotisme qu'on n'avait point

(1) Conservateur de la Bibliothèque impériale.

chanté auparavant, était dès lors considéré comme le sujet favori. Cela tient à ce que les poètes de cette école avaient été touchés par la chute de l'Empire des *Song* septentrionaux. Aucun d'eux ne voulait être seulement écrivain. Ils faisaient des rêves héroïques qu'ils décrivaient dans leurs *ts'eu.*

Etudions d'abord leur chef *Sin K'i-tsi.* Né à *Litch'eng* le onzième jour de la cinquième lune de la dixième année de l'ère *Chao-hing* (1140), il était surnommé *Yeou-ngan* et avait pour pseudonyme *Kia-hien.* Pendant l'époque des *Song* du Nord, sa famille avait joui d'un grand renom. Son grand-père avait été créé baron de *Long-si-kiun.*

Lors de la naissance de notre poète, son pays natal était déjà occupé par les *Kin* et le traité de paix allait être paraphé. Très patriote, *Sin* voulait reconquérir son pays perdu. Après quelques combats épiques, bien que sans grand résultat, il se présenta à la cour vres 1160. En récompense de sa bravoure l'empereur *Kao-tsong* lui confia la charge de *Ts'ien-p'an* (1) de *Kiang-yin.*

L'empereur *Hiao-tsong* était assez puissant. Il avait aussi l'ambition de repousser les *Kin.* Profitant de cette bonne occasion, notre poète discuta avec lui les problèmes militaires au Palais *Yen-houo,* en 1170. Puis il présenta ses articules intitulés *Kieou-yi, Ying-wen* et *Mei-k'in-che-louen.* Malheureusement son effort n'eut pas de succès, sans doute à cause de l'opposition des autres hauts dignitaires.

Plusieurs années après, il occupa la fonction du gouverneur de *Hou-pei,* puis de *Kiang-si,* et enfn de *Hou-*

(1) Secrétaire du préfet.

nan. Révoqué en 1188, il fut nommé gouverneur de *Fou-kien* en 1191 par l'empereur *Kouang-tsong*. Sept ans plus tard, il devint gouverneur de *Tchö-kiang*. Agé de soixante-sept ans, il mourut le dixième jour de la neuvième lune de la troisième année de l'ère *K'ai-hi* (1207).

Différent de la plupart des poètes antérieurs, *Sin K'i-tsi* était une personnalité remarquable. Chez lui on trouve presque toutes les qualités humaines : netteté, droiture, bravoure, fidélité, intelligence. Pour sa patrie, c'était un serviteur dévoué. Pour ses amis, c'était un compagnon fidèle. Dans les affaires militaires, c'était un général courageux. En littérature, c'était un écrivain original. Comme homme il se rapprochait beaucoup de *Sou Che*. Nous verrons aussi que comme poète il était continuateur et réformateur de l'école *Sou*.

On peut s'en rendre très bien compte si on lit les douze volumes de son recueil de *ts'eu*, le *Kia-hien-tch'ang-touan-kiu*.

Ce qui frappe au premier abord, ce sont naturellement les *tseu* inspirés par son patriotisme et ses rêves héroïques. Ils sont pleins d'énergie et de nouveauté. Les sentiments qu'ils éveillent ressemblent beausoup à ceux qu'excite en nous la musique militaire. Lisons notamment le *Ho-sin-lang* :

Après cent combats, le maréchal est blessé, son [renom ruiné ;
Sur les rives du fleuve, il se trouve loin de son vieil [ami, à dix mille « *li* » (1).
La rivière *Yi* se lamente, le vent d'ouest est froid ;

(1) Allusion au général *Li Ling* de l'époque *Han*.

Tous les convives s'habillent de blanc neigeux ;
Et tristement le héros chante sans cesse (1).
Touchés par une pareille douleur,
Les oiseaux chanteront, pleureront et se saigneront.
Qui boira avec moi
Sous la lune luisante ?

Mais ses rêves n'avaient pas de chance de se réaliser. Après plusiuers échecs, il s'en détourna pour la nature. Ses *ts'eu* dépeignant la vie champêtre nous enchantent aussi bien que ses *ts'eu* patriotiques. Ils ajoutent également à la gloire du poète :

L'allure des montagnes bleuâtres est très distinguée.
Il semble que leur beauté augmente à cause de mon [retour.
Elles savent enseigner les fleurs et les oiseaux
A chanter et à danser autour de moi.
Elles ordonnent aussi aux nuages et aux eaux
De m'accompagner matin et soir.
Grands buveurs, les célèbres poètes ne sont-ils pas [tout-puissants?
Moi, je règnerai sur tous !
Mais la déesse montagnarde, près de la rivière pure,
Se moquera de moi,
Car je n'y rentre qu'à ma vieillesse.
(Le *Ts'in-yuan-tch'ouen.*)

Les ouvrages anciens qu'adaptait notre poète dans ses *ts'eu* sont fort nombreux. On cite notamment : le

(1) Allusion au célèbre chevalier *King K'o* du temps des Royaumes Combattants.

Che-king (1), le *Louen-yu* (2), la chanson de *Tsie-yu* (3), le *Tchouang-tseu* (4), le *Tch'ou-ts'eu* (5), le *Kouo-ts'ö* (6), le *Chen-niu-fou* (7), le *Fou-niao-fou* de *Kia Yi* (8), la chanson de *Li Yen-nien* (9), le *Li-kouang-lie-tchouan* de *Sseuma Ts'ien* (10), le *Lan-t'ing-che-siu* de *Wang Hi-tche* (11), le *Che-chouo-sin-yu* (12), le *Kouei-k'iu-lai-ts'eu* et le *T'ing-yun de T'ao Yuan-ning* (13), le *T'eng-wang-ko-che-siu* de *Wang Pou* (14), le *Siang-yang-k'iu* de *Li Po* (15), le *Tsie-kiu* de *Mong Kiao* (16), le *Yo-yang-leou-ki* de *Fan Tchong-yen* (17) et bien d'autres. De plus il se servait souvent des caractères ou des lucutions qu'on n'emploie généralement que dans la prose, comme « *Yi* » (18),

---

(1) Le *Ts'in-yuan-tch'ouen* (« *Ngo kien kiun lai* ») et le *Yi-tsien-mei* (« *Tou li ts'ang mang tsouei pou kouei* »).

(2) Le *Ho-sin-lang* (« *Chen yi wou chouai yi* ») et le *Chouei-tiao-ko-t'eou* (« *Houan k'i tseu lou tseu* »).

(3) Le *P'o-lo-men-yin* (« *Lo houa che tsie* »).

(4) Les *Chao-pien* (« *Koua kio teou tcheng* » et « *Tch'e chang chou jen* ») et le *Chouei-tiao-ko-t'eou* (« *Chang kou pa ts'ien souei* »).

(5) Le *Chouei-tiao-ko-teou* (« *Tch'ang hen fou tch'ang hen* »), le *Tsouei-wong-ts'ao* (« *Tch'ang song* ») et le *Chouei-tiao-ko-t'eou* (« *Ngo yi pou kiu tchö* »).

(6) Le *Chouei-long-yin* (« *Si che ts'eng yeou kia jen* »).

(7) Ibidem.

(8) Le *Lieou-tcheou-ko-t'eou* (« *Tch'en lai wen tsi* »).

(9) Le *Chouei-long-yin* (« *Si che ts'eng yeou kia jen* »).

(10) Le *Pou-souan-tseu* (« *Ts'ien kou li tsiang kiun* »).

(11) Le *Sin-ho-ye* (« *K'iu chouei lieou chang* »).

(12) Le *Yong-yu-yo* (« *T'eou lao k'ong chan* »).

(13) Le *Chao-pien* (« *Yi ho tseu tchouan* ») et le *Cheng-cheng-man* (« *T'ing yun ngai ngai* »).

(14) Le *Ts'in-yuan-tch'ouen* (« *Ngo che p'ing kiun* »).

(15) Le *Chouei-tiao-ko-t'eou* (« *Kin je fou ho je* »).

(16) Le *Chouei-tiao-ko-t'eou* (« *Ngo yi pou kiu tchö* »).

(17) Le *Ts'in-yuan-tch'ouen* (« *Yeou mei jen hi* »).

(18) Le *Ho-sin-lang* (« *Niao kiuan fei houan yi* »).

« *eul* » (1), « *tchö* » (2), « *ye* (3), « *hou* » (4), « *tsai* » (5), « *eul yi* » (6), « *yu che yen* » (7), etc. Tout cela provoqua naturellement des critiques sévères. Les uns disaient que ses *ts'eu* étaient si prosaïques qu'ils ressemblaient à des dissertations. Les autres déclaraient que c'était un poète vaniteux de son érudition. Mais ces reproches sont excessifs. Son génie lui permettait de faire tout ce qu'il voulait. La grâce chevaleresque de ses œuvres est telle que les lecteurs oublieraient ses faiblesses, s'il en avait.

Ajoutons que ses *ts'eu* prennent souvent la forme de dialogue (8), ou bien celle d'un serment (9). Il écrivit aussi fréquemment dans la forme du *T'ien-wen* (10), du *Tch'eou-sseu* (11) et du *Tchao-houen* (12). Des noms de médicaments étaient quelquefois utilisés pour composer ses *ts'eu* (13). Il a même pu rimer avec les mêmes caractères dans plusieurs pièces (14). Tout cela n'avait jamais

---

(1) Le *Ho-sin-lang* (« *Chen yi wou chouai yi* »).
(2) Le *Ho-sin-lang* (« *Ts'ouei lang l'ouen p'ing ye* »).
(3) Le *Chao-pien* (« *Yi ho tseu tchouan* »).
(4) Le *Lieou-tcheou-ko-t'eou* (« *Tch'en lai wen tsi* »).
(5) Le *Ts'in-yuan-tch'ouen* (« *Pei jou ts'ien lai* »).
(6) Le *Chao-pien* (« *Koua kio teou tcheng* »).
(7) Ibidem.
(8) Le *Ts'in-yuan-tch'ouen* (« *Pei jou ts'ien lai* »).
(9) Le *Chouei-tiao-ko-t'eou* (« *Tai hou wou chen nyai* »).
(10) Le *Mou-lan-houa-man* (« *K'o lien kin si yue* »). (Le *T'ien-wen* est un des fameux poèmes de *K'iu Yuan*; il ne contient que des questions philosophiques et historiques).
(11) Le *Chouei-tiao-ko-t'eou* (« *Ngo tche tsai leao k'ouo* ») (Le *Tch'eou-sseu* fut aussi écrit par *K'iu Yuan*; une strophe caractéristique commence par la ligne « *Chao ko yue* »).
(12) Le *Chouei-long-yin* (« *T'ing hi ts'ing p'ei k'iong yao sie* »). (Le *Tchao-houen* est l'œuvre du célèbre poète *Song Yu*; le caractère « *sie* » explétif se trouve à la fin de toutes les deux lignes.)
(13) Les *Ting-fong-po* (« *Tsö yue kao han chouei che hiang* » et « *Chan lou fong lai ts'ao mou hiang* »).
(14) Les *Pou-souan-tseu* (« *Yi yi ngo wei nieou* », « *Yé yu tsouei koua lou* », « *Ts'ien kou li tsiang kiun* », « *Tchou yu tso ni cha* », « *Po kiun k'ie teng tch'ö* » et « *Wan li mi feou yun* ».

été essayé par ses prédécesseurs ; mais après lui, on employa volontiers ces formes particulières.

Deux poètes antérieurs avaient exercé leur influence sur notre poète : c'étaient *Sou Che* et *Li Ts'ing-tchao*. Nous avons déjà signalé la ressemblance entre le caractère de *Sou* et celui de *Sin*. Nous devons ajouter que celui-ci, avant de se rendre dans le Midi, fit ses études chez *Ts'ai Song-nien* (1), poète célèbre des *Kin* et partisan littéraire de *Sou*. *Ts'ai* servit sans doute d'intermédiaire entre *Sou* et *Sin*. Quant à la grande poétesse *Li Ts'ing-tchao* (2), elle naquit dans le même district que notre poète. Il est tout naturel qu'il eût le même style qu'elle. Ses *ts'eu* notamment le *Si-kiang-yue* (« *Wan che yun yen hou kouo* ») et le *Tsouei-kao-leou* (« *Houa tche feou* ») nous montrent distinctement l'influence de la poétesse. D'ailleurs, il a lui-même avoué son imitation de *Li Ts'ing-tchao* dans la préface du *Tch'eou-nou-eul-kin* (« *Ts'ien fong yun k'i* »).

Nous retrouvons sa propre manière dans lse poètes suivants : *Tchou Touen-jou*, *Lou Yeou*, *Lieou Kouo* et *Lieou K'o-tchouang*.

Tchou Touen-jou était originaire de *Lo-yang* et se surnommait *Hi-tchen*. Au début de l'époque des *Song* du Sud, il obtint les postes de *Pi-chou-tcheng-tseu* (3) et de *Hong-lou-k'ing* (4). On ignore les événements du reste de sa vie (1080?-1175?).

Ses *ts'eu* ont été réunis dans le *Ts'iao-ko*. Inspiré par

(1) Nous l'étudierons dans le chapitre suivant.

(2) Nous y reviendrons plus loin.

(3) Fonctionnaire du Ministère des Archives.

(4) Chef des huissiers impériaux.

la fin sinistre de l'ancien empire, il traduisit, comme *SinK'i-tsi*, son patriotisme dans ses œuvres au style mâle. Pendant sa vieillesse, il se rapprocha aussi de la nature et la chanta de même que *Sin*. Le *Yu-tchong-houa* (« *Kou kouo tang nien tö yi* »), le *Chouei-long-yin* (« *Fang tch'ouan ts'ien li ling po k'iu* »), le *Tch'ao-tchong-ts'ou* (« *Sien cheng k'iong tchang che cheng yai* ») et le *Kan-houang-ngen* (« *Yi ko siao yuan eul* ») en sont les témoignages.

Lou Yeou, surnommé *Wou-kouan*, était natif de *Chan-yin*. Il fut d'abord nommé *T'ong-p'an* de *Kien-k'ang* et de *K'ouei-tcheou*. Puis il devint *Ts'an yi kouan* (1) du gouverneur de *Chou*, *Fan Tch'eng-ta*, et arriva enfin au grade de *Tai-tche* (2) (1125-1210).

Son recueil de *ts'eu* s'intitule *Fang-wong-ts'eu*. Ainsi que *Lieou K'o-tchouang* (3) et *Yang Chen* (4) nous l'ont indiqué, son style est varié. Les lecteurs peuvent y voir l'influence de *Yen Ki-tao* (5), mais surtout celle de *Sou Che* et de *Sin K'i-tsi* (6).

Lieou Kouo, né à *Lou-ling*, avait pour surnom *Kai-tche*. Il passait pour un homme courageux, noble, mais infortuné. Jamais on ne lui confia une charge importante. Pauvre, désespéré, il vécut en qualité d'hôte chez les hommes d'Etat, notamment *Sin K'i-tsi* (1150 ?-1220 ?).

Le *Long-tcheou-ts'eu* est le recueil de ses *ts'eu*. La

(1) Conseiller du gouverneur.
(2) Conseiller impérial.
(3) Cf. son *Heou-ts'ouen-che-houa-siu-tsi*.
(4) Cf. son *Ts'eu-p'in*.
(5) Le *Tch'ai-t'eou-fong* (« *Hong sou cheou* »).
(6) Le *Han-kong-tch'ouen* (« *Yu tsien tiao kong* »).

plupart furent écrits sous l'influence de *Sin*. On y trouve non seulement des locutions prosaïques (1), mais encore la forme dialoguée (2). D'ailleurs, le poète chantait fréquemment son amour pour la patrie et ses rêves héroïques dans ses *ts'eu*, comme le *Ts'in-yuan-tch'ouen* (« *Wan ma pou sseu* ») et les *Lieou-tcheou-ko-t'eou* (« *Tchong hing tchou tsiang chouei che wan jen ying* » et « *Tchen tch'ang houai yi tou houei kou yang tcheou* »).

Lieou K'o-tchouang, dit *Ts'ien-fou*, était originaire de *P'ou-t'ien*. Né d'une famille noble, il devint haut dignitaire de bonne heure. Mais comme il était détesté par *Che Song-tche*, alors au pouvoir, il fut envoyé à *Tchang-tcheou* comme simple préfet. Vers 1260, il fut nommé *Ping-pou-che-lang*, puis *Ping-pou-chang-chou* par intérim (1187-1269).

Dans le *Heou-ts'ouen-tch'ang-touan-kiu* sont réunis tous ses *ts'eu*. Comme l'auteur était un des admirateurs de *Sin* (3), les caractères dominants de ses *ts'eu* sont les mêmes que ceux du *Kia-hien-tch'ang-touan-kiu*, à savoir: les locutions prosaïques (4), la forme dialoguée (5), l'adaptation des œuvres antiques (6), et surtout le patriotisme (7), bien que son succès ait été moins brillant.

---

(1) Le *Ts'in-yuan-tch'ouen* (« *Wen sin tchou hou* ») et le *Chouei-tiao-ko-t'eou* (« *Tao kien tch'ou yu sai* »).

(2) Le *Ts'in-yuan-tch'ouen* (« *Teou tsieou tche kien* »).

(3) Cf. sa préface des Œuvres Complètes de *Sin K'i-tsi*.

(4) Le *Ts'in-yuan-tch'ouen* (« *Yu chao tche che* ») et le *Nien-nou-kiao* (« *Louen yun che kou* »).

(5) Le *Ts'in-yuan-tch'ouen* (« *Po tchouo chouei yu* ») et le *Nien-nou-kiao* (« *Siao souen p'an wen* »).

(6) Le *Ts'in-yuan-tch'ouen* (« *Ki mong wei ho* ») et le *Chao-pien* (« *Cheng tch'ou k'o kong* »).

(7) Les *Ho-sin-lang* (« *Pei wang chen tcheou lou* » et « *Fei tchao ts'ong t'ien hia* »).

IV. L'ECOLE *KIANG*

Sous la direction du grand poète *Kiang K'ouei*, une nouvelle école fut fondée. Les partisans de cette école considéraient les règles musicales comme les plus importantes de toutes, et celles de la rhétorique n'étaient point négligées. Ils formaient pour ainsi dire contraste avec les écoles *Sou* et *Sin*, et se rapprochaient très près de l'école *Tcheou*. Seulement, les descriptions licencieuses, si chères à celle-ci, étaient absolument interdites par l'école *Kiang*.

Kiang K'ouei, né à *P'o-yang*, vers 1155, avait pour surnom *Yao-tchang* et pour pseudonyme *Po-che-tao-jen*. Un de ses ancêtres, *Kiang Kong-fou*, avait été premier ministre. Son père *Kiang Ngo* n'avait été qu'un petit fonctionnaire. Lorsque celui-ci fut nommé sous-préfet à *Han-yang*, toute sa famille l'y suivit et s'y installa pour plus de vingt ans (de 1163 à 1190). Bien que ce fût seulement une petite ville, *Han-yang* possédait de beaux paysages et notre poète en fut enchanté. Il y fit aussi la connaissance de plusieurs jeunes écrivains. Tout cela resta toujours pour lui un cher souvenir.

Vers l'âge de vingt-cinq ans, il commença à faire des voyages. Il visita successivement *Yang-tcheou*, *Tch'ang-cha* et *Hou-tcheou*. Cette dernière était une ville charmante et notre poète y vint habiter en 1190. Pendant les six années suivantes, il parcourut encore *Ho-fei*, *Kin-ling*, *Sou-tcheou*, *Hang-tcheou*, *Nan-tch'ang*, etc., avec ses amis *Tchang P'ing-fou*, *Yu Chang-k'ing* et *Ko T'ien min*. Il rendit aussi visite aux célèbres poètes : *Yang T'ing-sieou*, *Fan Tch'eng-ta*, *Yeou Meou*, etc., qui l'accueillirent chaleureusement. C'est l'époque la plus féconde de sa vie littéraire. Il donna alors ses *ts'eu* les plus connus, notamment le *Ngan-hiang* (« *Kieou che yue sö* »), le *Chou-ying* (« *T'ai tche tchouei yu* »), le *Man-kiang-hong* (« *Sien mou lai che* ») et le *K'ing-kong-tch'ouen* (« *Chouang tsiang chouen po* »).

Inspirés par la prospérité et le calme relatif du Midi, la plupart des lettrés d'alors se consacrèrent aux études littéraires et musicales, surtout à la recherche du système de la musique antique afin de l'appliquer à la musique de cour. Grand poète et musicien, *Kiang K'ouei* présenta en 1197 et 1199 à l'empereur ses deux dissertations musicales et ses chansons courtisanes qui étaient remarquables. Cependant l'empereur ne les apprécia guère. On sait peu de chose de sa vie après cette date de 1199. Selon toute vraisemblance, il était à *Yun-kien* vers 1202, à *Yang-tcheou* vers 1220, à *Kia-hing* vers 1229. Il mourut on ne sait quand à *Lin-ngan*.

Les traits dominants du naturel de *Kiang K'ouei* étaient son amour pour la nature et son indifférence pour les richesses ou les titres nobiliaires. Il s'estimait un « *T'ien-ma* » (cheval céleste) qui voulait rejeter le harnais et fuir même l'écurie divine. Bien que toujours hôte des nobles, il n'était point flatteur. Comme écrivain autant que comme homme, il est vraiment digne de notre respect.

Les œuvres de *Kiang K'ouei* sont réunies sous le titre de *Po-che-tao-jen-ko-k'iu*. Nous y trouvons trois sources d'inspiration ou plutôt trois sortes d'influences : les *ts'eu* de l'école *Tcheou*, les circonstances politiques contemporaines et, avant tout, sa propre nature.

Comme nous l'avons indiqué plus haut, l'école *Tcheou* insistait beaucoup sur les règles musicales et préconisait le raffinement des expressions. Cette tendance ne fut pas interrompue par la chute de l'empire des *Song* septentrionaux. Notre poète est justement celui qui la continua et dont le succès passait pour le plus brillant. Aussi, au lieu de composer ses *ts'eu* d'après des airs tout faits, inventait-il de nouveaux pour ses propres vers (1), et discutait-il souvent sur la musique dans les préfaces de ses *ts'eu* (2). D'ailleurs, en parcourant son recueil, on est frappé par les lignes travaillées telles que « la glace se colle sur le visage du bassin et les neiges vieillissent sur les reins du mur » (3) ; « le vase à vin bleu-vert est prêt à pleurer et le calice rouge de la fleur se tait » (4) ; « les herbes fanées s'attristent de la brume et les corbeaux accompagnent çà et là le soleil couchant » (5), etc.

Touchés par l'invasion des *Kin* et l'emprisonnement des empereurs *Houei-tsong* et *K'in-tsong*, les poètes des *Song* méridionaux différaient profondément de ceux des *Song* septentrionaux. Quelques-uns s'estimaient des héros patriotiques : l'école *Sin* que nous avons étudiée plus haut en est l'exemple. *Kiang K'ouei* n'était pas bien entendu un de ces héros; mais une partie de ses *ts'eu*

---

(1) Voir les préfaces du *Yang-tcheou-man* (« *Houai tso ming tou* »), du *Si-hong-yi* (« *Tien tchen yao leang* ») et du *Kio-tchao* (« *Wei tch'ouen seou* »).

(2) Voir les préfaces du *Man-kiang-hong* (« *Sien mou lai che* »), du *Tche-tchao* (« *Tch'ao houei k'io kouo si ling p'ou* ») et du *Ts'i-leang-fan* (« *Lou yang hiang mo ts'ieou fong k'i* »).

(3) Le *Yi-ngo-hong* (« *Kou tch'eng yin* »).

(4) Le *Ngan-hiang* (« *Kieou che yue sŏ* »).

(5) Le *T'an-tch'ouen-man* (« *Chouai ts'ao tch'eou yen* »).

traduit très bien la douleur nationale et personnelle. En voici un :

La célèbre ville à gauche de la rivière *Houai*,
Le bel endroit de *Tchou-si* :
J'y resterai quelque temps.
Passant par le boulevards magnifiques de jadis,
Je ne vois que des blés verts.
Depuis le départ des chevaux des barbares envahis-[sants,
Même les étangs abandonnés et les vieux arbres [n'aiment pas parler de guerre.
Vers le crépuscule, le son du cor
Remplit la ville dépeuplée.

Si le grand poète *Tou Mou*
Y revenait maintenant, il s'attristerait.
Bien qu'habile à écrire,
Et heureux dans sa vie amoureuse,
Il serait embarrassé d'exprimer des sentiments si [délicats.
Les vingt-quatre pont existent encore ;
Au sein des vagues se reflète la lune froide et silen-[cieuse.
Les pivoines rouges, à côté des ponts,
Pour qui s'épanouissent-elles chaque année ? (Le [*Yang-Tcheou-man*).

Comme on le sait, sa personnalité était très élevée. En lisant le *K'ing-kong-tch'ouen* (« *Chouang tsiang chouen po* »), le *Nien-nou-kiao* (« *Nao hong yi k'o* »), par exemple, on est charmé non seulement par l'harmonie de la versification, mais surtout par la noblesse de ses sentiments. Aussi n'écrivait-il jamais de *ts'eu* courtisans ou licencieux (1), ce qui marque nettement la différence entre lui et l'école *Tcheou*.

Il est hors de question que *Kiang* a contribué beaucoup à l'histoire glorieuse du *ts'eu* des *Song* méridionaux. Mais il est aussi légitime de signaler qu'il a frayé une voie dangereuse aux poètes postérieurs : il a trop fait prévaloir l'importance de la musique et de la rhétorique. Si ses défauts ont du charme, ceux de ses disciples ont jeté le ridicule sur toute l'école.

Selon *Wang Chen* (2), parmi les partisans de cette école sont rangés *Che Ta-tsou, Kao Kouan-kouo, Tchang Tsi, Wou Wen-ying, Tchao Yi-fou, Tsiang Tsie, Tcheou Mi, Tch'en Yun-p'ing, Wang Yi-souen* et *Tchang yen*. Entre eux, *Che, Wou, Tcheou, Wang* et *Tchang Yen* étaient reconnus comme les plus importants.

Che Ta-tsou, natif de *Pien*, se surnommait *Pang-k'ing*. N'ayant pu obtenir le titre de docteur, il ne fut qu'un petit fonctionnaire sous le premier ministre *Han To-tcheou*. Après l'échec de celui-ci, il fut révoqué et exilé (1160 ?-1220 ?).

Ce qui le rend immortel, c'est son recueil de *ts'eu*, le *Mei-k'i-ts'eu*. Ses œuvres valent par des descriptions minutieuses et délicates, par des sentiments profonds et touchants, et surtout par des expressions travaillées et nouvelles. On cite particulièrement le *Chouang-chouang-yen* (« *Kouo tch'ouen chö leao* »), le *San-tchou-mei* (« *Yen kouang yao p'iao wa* »), le *Wan-nien-houan*

---

(1) Prenons le *T'a-so-hing* (« *Yen yen king ying* ») et le *Che-hou sien* « *Song kiang yen po* ») comme exemple. Le premier, bien que célébrant l'amour, ne contient pourtant qu'une passion profonde et élevée. Le dernier qui fut écrit pour célébrer l'anniversaire de la naissance de *Fan Tch'eng-ta*, son bienfaiteur, exprime seulement son respect pour la noble personnalité de celui-ci.

(2) Voir sa préface du *Ts'eu-tsong*.

(« *Leang sieou mei fong* »), le *Siang-kiang-tsing* (« *Mou ts'ao touei ts'ing yun tsin p'ou* ») et le *Ling-long-sseu-fan* (« *K'ouo chen wou t'ien* »).

Wou Wen-ying, né à *Sseu-ming*, était surnommé *Kiun-tö* et avait pour nom de plume *Mong-tch'ouang*. Sa vie ne nous est guère connue. On sait seulement qu'il a vécu comme hôte chez les nobles et qu'il est tombé dans la misère pendant sa vieillesse (1205 ?-1270 ?).

Son recueil de *ts'eu* s'intitule *Mong-tch'ouang-ts'eu-tsi*. Dans ces œuvres le poète atteint vraiment aux limites de ses qualités et de ses défauts. On admire toujours l'éclat de sa forme (1), mais on est très souvent fatigué par son obscurité (2). Aussi les critiques lui ont-ils été sévères et l'ont-ils déclaré le pire des auteurs de l'école. Mais il y en a aussi (3) qui l'ont estimé comme un égal de *Tcheou Pang-yen*.

Tcheou Mi, dit *Kong-kin*, se considérait comme originaire de *Tsi-nan*, la patrie perdue de ses ancêtres, mais naquit en réalité à *Hou-tcheou*. Malgré la noblesse de sa famille, il fut seulement nommé sous-préfet de *Yi-wou* (1232-1308).

Nous avons de lui le recueil *P'in-tcheou-yu-ti-p'ou*. Son style est tantôt limpide, tantôt recherché, comme nous en témoignent le *Yi-ngo-hong* (« *Pou yeou chen* »), le *K'iu-yeou-tch'ouen* (« *Kin yuan tong fong wai* ») et le *Ye-ho-houa* (« *Yue ti wou tch'en* »).

Wang Yi-souen naquit à *Kouei-ki* et se surnommait

---

(1) Dans le *Si-hong-yi* (« *Lou lao ts'ieou sseu* »), par exemple. Cf. l'introduction au *Lieou-che-yi-kia-ts'eu-siuan* de *Fong Hiu* et le *Ts'eu-hio-t'ong-louen* de M. *Wou Mei*, p. 117.

(2) Dans le *So-tch'ouang-han* (« *Kan liu touei yun* »), par exemple. Cf. le *Ts'eu-siuan* de M. *Hou Che*, p, 342.

(3) Voir lá préface de *Yin Houan*, écrite pour les œuvres de *Wan-Wen-ying*.

Cheng-yu. On ignore sa vie sous la dynastie *Song*. A la fin du règne de l'empereur *Che-tsou* des *Yuan* (1260-1294), il fut nommé *Hio-tcheng* (1) de *K'ing-yuan* (1240 ?-1290 ?).

Un grand nombre de pièces du *Houa-wai-tsi*, son recueil de *ts'eu*, sont dites « *Yong-wou-ts'eu* » (2) où l'auteur fait la description d'une fleur, d'un insecte, d'un oiseau, etc. La forme est travaillée, les descriptions très minutieuses. Quelques critiques déclarent pouvoir y découvrir l'expression voilée d'une douleur patriotique ou personnelle et par suite admirent *Wang* comme un des plus grands poètes. Mais nous aimerons peut-être mieux le reste (3) de ses *ts'eu* qui sont lyriques et nous semblent plus naturels que ses « *yong-wou-ts'eu* ».

Tchang Yen se disait originaire de *Long-si*, mais est né à *Hang-tcheou*. Il avait pour surnom *Chou-hia* et pour pseudonyme *Yu-t'ien-cheng*. Le grand-père de son arrière-grand-père, *Tchang Tsouen*, un des célèbres généralissimes de l'époque, avait été créé prince de *Ts'ing-ho-kiun*. Son arrière-grand-père *Tchang Tseu*, son grand-père *Tchang Han* et son père *Tchang Tch'ou* tous étaient des écrivains connus. Leur salon était fréquenté par presque tous les grands poètes contmeporains. Mais après la destruction de l'empire des *Song*, cette illustre famille fut ruinée. Pour gagner sa vie, notre poète fut obligé d'errer ça et là et vécut toujours en désespéré (1248-1320 ?).

---

(1) Adjoint au préfet, qui s'occupait de l'instruction publique.

(2) Le *Chouei-long-yin* (« *Hiao chouang tch'ou tcho* »), le *K'i-lo-hiang* (« *Yu tch'ou yu tan* »), les *Ts'i-t'ien-yo* (« *Lou houai ts'ien chou* » et « *Yi kin yu hen* »).

(3) Le *Tsouei-p'ong-lai* (« *Sao si fong men king* ») le *Cheng-cheng-man* (« *T'i tsiang men tsing* »).

Doué du génie littéraire par hérédité, *Tchang Yen* passait pour un égal de *Kiang K'ouei*. Il marque la dernière étape de l'évolution des *ts'eu* des *Song*. Les caractères dominants de son recueil de *ts'eu*, le *Chan-tchong-po-yun-ts'eu*, sont la clarté de la forme (1) et la spontanéité de ses impressions tristes (2). Il n'aimait pas du tout les *ts'eu* de *Wou Wen-ying* (3) et sa limpidité s'oppose si nettement à l'obscurité de *Wou*. Et comme il regrettait toujours sa patrie détruite, il réussit facilement à émouvoir ses lecteurs en traduisant sa douleur profonde. Ajoutons que son *Ts'eu-yuan*, où il expose la technique du *ts'eu* et aussi son opinion sur les auteurs, est le résumé de sa longue étude et reste précieux même aujourd'hui.

VI. LES POETES INDEPENDANTS

Jusqu'ici nous avons étudié les auteurs des quatre écoles importantes de la dynastie *Song*. Mais il y en a encore d'autres qui n'appartiennent à aucune d'elles et dont les *ts'eu* méritent une place dans l'histoire littéraire. Ce sont *Yen* père et fils, *Ts'in Kouan*, *Ho Tchou*, *Li Ts'ing-tchao* et *Fan Tch'eng-ta*.

Yen père est né à *Lin-tch'ouan*. Son prénom était *Chou*, son surnom *T'ong-chou*. Sous le règne de l'empereur *Jen-tsong* il fut premier ministre (991-1055).

On l'estimait comme émule du grand poète *Fong Yen-ki* (4). Dans son recueil intitulé *Tchou-yu-ts'eu*,

---

(1) Le *Kiai-lien-houan* (« *Tch'ou t'ien k'ong wan* ») et le *Hou-tchong- t'ien* (« *Yang ling wan li* »).

(2) Le *Kao-yang-t'ai* (« *Tsie ye tch'ao ying* ») et le *Kan-tcheou* (« *Ki yu kouan t'a siue che ts'ing yeou* »).

(3) Voir son *Ts'eu-yuan*.

(4) Voir par exemple le *Tchong-chan-che-houa* de *Lieou Pin*.

nous trouvons partout les témoignages de cette assertion, notamment le *Houan-k'i-cha* (« *Yi k'iu sin ts'eu tsieou yi pei* »), le *Yu-leou-tch'ouen* (« *Lou yang fang ts'ao tch'ang t'ing lou* »), le *T'a-so-hing* (« *Siao king hong hi* »), etc.

Yen fils avait pour prénom *Ki-tao* et pour surnom *Chou-yuan*. Il naquit vers 1050 et mourut vers 1120. Sa vie ne nous est guère connue.

Ainsi que son père, il écrivit ses *ts'eu* en imitation de *Fong Yen-ki* (1). Quelquefois il se rapprocha de *Li Yu* (2). Dans son recueil *Siao-chan-ts'eu*, les thèmes principaux sont son existence luxueuse et romanesque (3), ses souffrances d'amour (4) et son ennui de la vie quotidienne (5). Il est supérieur, surtout dans les pièces courtes et d'un style coloré :

Avec un fouet d'or, le beau jeune homme
Part sur un cheval bleuâtre,
Cela attriste la femme du pavillon de jade
Et trouble sa nuit printanière sous la couverture
[brodée.

On ne reçoit aucune nouvelle,
Déjà la fête *Han-che* arrive et les fleurs de poiriers
[se fanent.
Ne pouvant parler d'amour à personne,
Elle pleure secrètement près de l'escarpolette.
(Le *Cheng-tch'a-tseu*).

---

(1) Le *Yu-leou-tch'ouen* (« *Tch'ou sin yi hen houa k'i wan* ») et le *Tie-liuan-houa* (« *Kiuan siu fong t'eou han yu tsin* »).

(2) Le *Tchö-kou-t'ien* (« *Cheou tö lien k'ai kie pan yeou* ») et le *Ts'ai-sang-tseu* (« *Chouang lo wei wan t'ong sin kie* »).

(3) Le *lin-kiang-sien* (« *Mong heou leou t'ai kao so* ») et le *Tchö-kou-t'ien* (« *Ts'ai sieou yin k'in fong yu tchong* »). Cf. aussi la préface du *Siao-chan-ts'eu* écrite par l'auteur lui-même.

(4) Le *Cheng-tch'a-tseu* (« *Tchouei yu yi ts'eu yun* »).

(5) Le *Tchö-kou-t'ien* (« *Tsouei p'o tch'ouen chan si kieou hiang* »).

Ts'in Kouen, originaire de *Kao-yeou*, se surnommait *Chao-yeou*. Reçu docteur, il fut nommé *Pi-chou-tcheng-tseu* par l'empereur *Tchö-tsong* (1049-1100).

Bien qu'il fut un des grands amis de *Sou Che*, il n'écrivit rien de semblable aux œuvres de cette école. C'est *Lieou Yong* et surtout *Li Yu* qui exercèrent leur influence sur notre poète. De son recueil *Houai-hai-kiu-che-tch'ang-touan-kiu*, une partie (1) est pleine de locutions vulgaires, de sentiments licencieux et de descriptions minutieuses : tout cela naturellement nous rappelle *Lieou*. Mais ce qui rend notre poète immortel, ce sont indéniablement les *ts'eu* (2) pénétrés d'un chagrin déchirant et infini : ils nous attristent autant que les vers de *Li*. Lisons notamment le *Houa-t'ang-tch'ouen* :

Les allées sont jonchées de fleurs tombées; les étangs
[sont pleins jusqu'au bord.
Il pleut finement.
Le verger d'abricotiers devient désolé, les coucous
[pleurent.
Qui peut retenir le printemps fugitif !

Montant seul au pavillon décoré, à côté des saules,
Je m'appuie à a balustrade et tiens un bouquet à la
[main.

---

(1) Le *Ho-tchouan* (« *Louan houa fei siu* »), le *Man-t'ing-fang* (« *Chan mo wei yun* »), les *Wang-hai-tch'ao* (« *Sing fen nieou teou* » et « *Ts'in fong ts'ang ts'ouei* »).

(2) Le *T'a-so-hing* (« *Wou che leou t'ai* »), le *Kiang-tch'eng-tseu* (« *Si tch'eng yang lieou long tch'ouen jeou* »), le *Yu-Mei-jen* (« *Pi t'ao t'ien chang tsai houo lou* »), etc.

Je laisse tomber les fleurs et regarde silencieusement
[le soleil couchant.
Qui comprend ma douleur !

Ho Tchou, né à *Wei-tcheou*, était surnommé *Fang-houei*. Au commencement du règne de l'empereur *Tchö-tsong*, on le nomma *T'ong-p'an* de *Sseu-tcheou*. Puis il fut tenu à l'écart et composa dans la retraite la plupart de ses *tseu* (1063-1120).

Son recueil, *Tong-chan-yo-fou*, nous montre deux styles différents. On retrouve *Tcheou Pang-yen* (1) dans ses pièces les plus longues et *Yen Ki-tao* (2) dans ses pièces les plus courtes. La gloire du poète est due cependant aux dernières. On lit et relit particulièrement le *Ts'ing-yu-ngan* (« *Ling po pou kouo heng t'ang lou* »), le *Fang-sin-k'ou* (« *Yang lieou houei t'ang* ») et le *Jen-lei-yin* (« *Che nien yi kio yang tcheou mong* »).

Li Ts'ing-tchao, la plus grande poétesse des *Song* et peut-être de la Chine, naquit à *Tsi-nan* et avait pour nom de plume *Yi-ngan-kiu-che*. En 1101, on lui fit épouser *Tchao Ming-tch'eng*, étudiant et fils d'un homme d'état. Avec lui, elle vécut heureuse. Mais après la chute de l'empire des *Song* septentrionaux, le malheur survint. Sa famille fut ruinée et son compagnon aimé mourut. Ses dernières années furent misérables (1081-1145 ?).

Ses *ts'eu* ont été recueillis dans le *Seou-yu-tsi*, qui est maintenant introuvable. Nous en avons conservé pourtant plusieurs dizaines. Correspondant aux diffé-

---

(1) Le *Pan-yun-lai* (« *Yen lo heng lin* ») et le *Chang-tch'ouen-k'iu* (« *Ho kin tch'ou k'ai* »).

(2) Le *Houan-k'i-cha* (« *Leou kio tch'ou siao yi lin hia* ») et le *Pien-hien-cheng* (« *K'iong k'iong sö yi tchen wou kia* »).

rentes périodes de la vie de l'auteur, ces *ts'eu* étaient inspirés par des sentiments divers. L'amour et la mélancolie vague sont chantés dans le *Tsouei-houa-yin* (« *Po wou nong yun tch'eou yong tcheou* »), le *Yi-tsien-mei* (« *Hong ngeou hiang ts'an yu tien ts'ieou* ») et le *Nien-nou-kiao* (« *Siao t'iao t'ing yuan* »), tandis que le *Wou-ling-tch'ouen* (« *Fong tchou tch'en hiang houa yi tsin* »), le *Yu-kiai-hing* (« *T'eng tch'ouang tche tchang tchao mien k'i* ») et le *Ts'ing-p'ing-yo* (« *Nien nien siue li* ») sont consacrés à la tristesse de son âme et au souvenir du mort. Notre poétesse employait souvent des locutions vulgaires, qui ne sont jamais grossières (1) et des expressions travaillées, qui ne présentent jamais d'obscurité (2). Par exemple :

Le vent s'arrête, les poussières sont parfumées, les
[fleurs se flétrissent.
Vers le soir je suis trop lasse pour me mettre en
[toilette.
Les objets me restent, mon bien-aimé disparaît: tout
[est fini !
Mes larmes coulent avant que je ne parle.

J'ai entendu dire que les paysages printaniers de
[*Chouang-k'i* sont charmants,
Je désire y aller en bateau.
Mais je crains que le batelet
Ne puisse pas supporter tant de tristesse !
(Le *Wou-ling-tch'ouen*).

(1) Le *Cheng-cheng-man* (« *Siun siun mi mi* ») et le *Sou-tchong-ts'ing* (« *Ye lai tch'en tsouei sie tchouang tch'e* »).

(2) Le *Yong-yu-yo* (« *Lo je yong kin* ») et le *Jou-mong-ling* (« *Tso ye yu chou fong ts'eou* »).

N'oublions pas d'ailleurs son article critique, le *Ts'eu louen*. *Li* est la première en date qui ait traité la technique du *ts'eu*. Elle y jugeait tous les poètes des Cinq dynasties et des *Song* septentrionaux, sévèrement mais justement.

Fan Tch'eng-ta, natif de *Wou-kiun*, est né en 1126 et mort en 1193. Son surnom était *Tche-neng* et son nom littéraire *Che-hou*. On le rangeait parmi les célèbres hommes d'Etat des *Song* et il arriva au grade de *Li-pou-chang-chou* (1) sous le règne de l'empereur *Hiao-tsong*.

Charmé par ses « *che* » (poèmes proprement dits), on faillit oublier ses *ts'eu*. C'eût été une grande erreur. Le *Che-hou-ts'eu* où sont colligées ses œuvres contient vraiment bien des pièces maîtresses (2). Leur style est semblable à celui des *ts'eu* de *Yen* fils, mais leur thème est moins pessimiste.

Nous avons examiné une trentaine des poètes de la dynastie *Song*. En dehors d'eux, on peut encore citer *Fan Tchong-yen*, *Song K'i*, *Tchang Tseu* et *Tch'eng Kai* parmi les auteurs indépendants ; *Wang Ngan-che*, *Mao P'ang* et *Tch'en Yu-yi* parmi les émules de *Sou Che* ; *Tchao Tch'ong-tche* et *Ts'ao Tsou* parmi ceux de *Tcheou Pang-yen*; *Tchang Hiao-siang* et *Tch'en Leang* parmi ceux de *Sin K'i-tsi*; *Tsiang Tsie*, *Tch'en Yun-p'ing*, *Kao Kouan-kouo* et *Lou Tsou-kao* parmi ceux de *Kiang K'ouei*. Mais pour apprécier l'épanouissement du *ts'eu*, il vaut mieux nous en tenir aux auteurs les plus importants et négliger les autres.

---

(1) Ministre de l'Intérieur.

(2) Voir le *Lang-t'ao-cha* (« *Ngan tan yang houa t'ien* »), *Tsouei-lo-p'o* (« *Si wou fei tsiue* »), le *Yen-eul-mei* (« *Han han je kio tseu yen feou* »).

CHAPITRE IV

LE DECLIN DU *TS'EU*

Lors de la chute de l'empire des *Song*, le *ts'eu* tomba en décadence. Il ne devait ressusciter que quatre siècles (1277-1643) plus tard. Dans notre histoire du *ts'eu*, ces quatre cents ans forment la troisième période. Pendant ce temps-là fleurit un nouveau genre littéraire, dit « *k'iu* » (poésie dramatique). De nombreux lettrés s'y consacrèrent exclusivement et les autres genres littéraires furent plus ou moins négligés. Le *ts'eu* ne fit naturellement pas exception.

I. LE *TSEU* DES *KIN*

Avant d'étudier le *ts'eu* des *Yuan* et des *Ming*, jetons d'abord un coup d'œil sur celui des *Kin*.

Au début du douzième siècle, les *Kin* commencèrent à entrer en relation avec les *Song*. Puis ils les vainquirent et occupèrent la moitié de leur empire, la vallée du Fleuve Jaune. Plus d'un siècle après, ils furent soumis par les *Yuan*. Leur civilisation, plus arriérée que celle de la Chine, subissait naturellement l'influence de cette dernière. Aussi leurs *ts'eu* formaient-ils une branche de la poésie chinoise. D'après l'anthologie *Tchong-tcheou-yo-fou*, il y avait trente-six poètes qui cultivaient le *ts'eu* à cette époque. Nous en étudierons cinq : *Wou*

Ki, Ts'ai Song-nien, Lieou Tchong-yin, Wang T'ing-yun et *Tchao Ping-wen.*

Wou Ki (1090 ?-1145 ?), originaire de *Kien-tcheou*, avait pour surnom *Yen-kao*. Fils d'un premier ministre des *Song*, il épousa la fille du célèbre calligraphe *Mi Fei*. Vers 1120, il fut nommé ambassadeur au pays des *Kin*. L'empereur de ceux-ci l'admirait beaucoup et ne le laissa pas retourner en Chine. Il resta donc dans ce pays étranger jusqu'à sa mort et y occupa d'importantes charges.

La relation littéraire entre lui et *Sou Che* est fort claire. Son beau-père était un des grands amis de *Sou* et le style de leurs *ts'eu* est semblable. Sous cette influence, il donna son recueil *Tong-chan-tsi-ts'eu*. Le *Jen-yue-yuan* (« *Nan tch'ao ts'ien kou chang sin che* ») et le *Man-t'ing-fang* (« *Chouei wan yin ho* ») sont vraiment des pièces maîtresses de son temps.

Ts'ai Song-nien, surnommé *Po-kien*, est né à *Tchen-ting*. Vers 1115, sa ville natale fut conquise par les *Kin* et il devint un des leurs. Pus tard, nommé successivement *Li-pou-chang-chou* et *Yeou-tch'eng-siang* (1), il fut enfin créé duc (1100?-1170?).

Ses *ts'eu* sont recueillis dans le *Ming-sieou-tsi*. Notre poète est un rival de *Wou Ki*. Leur style à tous deux est pareil, leur renom égal. Ce qui les différencie, c'est uniquement le sujet de leurs vers. *Wou* développait très souvent son regret pour son ancienne patrie, tandis que *Ts'ai*, jamais. Mais il n'en est pas moins vrai que *Ts'ai* admirait beaucoup *Sou Che* et l'imitait fréquemment (2).

---

(1) Premier ministre.

(2) Voir les préfaces du *Chouei-tiao-ko-t'eou* (« *P'o li pei l'an mien* ») et du *Nien-nou-kiao* (« *Kiuan yeou lao yen* »).

Le *Ta-kiang-tong-k'iu* (« *Li sao t'ong yin* »), le *Choueï-tiao-ko-t'eou* (« *Yun kien kouei kong tseu* ») et le *Tchö-kou-t'ien* (« *Kiai yu kong houa tch'ou houa yen* ») sont les plus connus de ses *ts'eu*.

Lieou Tchong-yin, né à *Leao-yang*, était surnommé *Tche-kiun*. Reçu docteur en 1157, il obtint la charge de vice-gouverneur de *Lou-tcheou* (1125 ?-1185 ?).

Son recueil de *ts'eu*, intitulé *Long-chan-ts'eu*, a disparu. Parmi ceux qui sont conservés, le *Tchö-kou-t'ien* (« *Leou yu tch'en tch'en ts'ouei ki tch'ong* ») et le *Houan-k'i-cha* (« *Sieou kouan jen jen kiuan t'a ts'ing* ») passent pour les plus beaux. Au lieu d'évoquer *Sou Che*, son style nous rappelle plutôt *Yen Ki-tao*.

Wang T'ing-yun était originaire de *Hiong-yo* et surnommé *Tseu-touan*. Pendant sa vieillesse, il prit encore le pseudonyme *Houang-houa-chan-tchou*. Très connu pour son intelligence, il réussit à l'examen du doctorat d'assez bonne heure. Après plusieurs nominations à des charges provinciales, il arriva enfin au grade de *Han-lin-sieou-tchouan* (1) (1151-1202).

Comme auteur de *ts'eu*, il s'éloigne de *Wou* et de *Ts'ai* et se rapproche de *Lieou*. Ses vers se signalent par la sincérité des sentiments et la simplicité de la forme. Le *Fong-si-wou* (« *Chouai lieou chou chou t'ai man ti* ») et le *Wou-ye-t'i* (« *Tan yen chou yu sin ts'ieou* ») peuvent servir d'exemples (2).

Tchao Ping-wen naquit à *Fou-yang*. Son surnom était *Tcheou-tch'en* et son nom de plume *Hien-hien-kiu-*

---

(1) Académicien.

(2) Les pièces de *Wang T'ing-yun* et de *Tchao Ping-wen* sont conservées dans le *Tchong-tcheou-yo-fou*.

che. Vers 1185, il conquit le grade de docteur. Célèbre homme d'Etat de son époque, il remplit la fonction de *Li-pou-chang-chou* (1) pendant sa vieillesse (1159-1232).

Bien qu'il appartînt au même groupe dit *Ming-tch'ang-ts'eu-jen* (2) que *Lieou* et *Wang*, son style est différent du leur. Il avait un grand respect pour *Sou Che* (3). Dans ses *ts'eu*, nous voyons clairement l'influence du grand poète des *Song* (4). C'est par là qu'il annonce *Yuan Hao-wen*.

Yuan Hao-wen est sans aucun doute le plus grand poète des *Kin*.

Né à *Sieou-yong* en 1190, *Yuan* avait pour surnom *Yu-tche* et pour nom littéraire *Yi-chan*. Il descendait de *Yuan Kie*, célèbre poète de la dynastie *T'ang*. Son pere *Yuan Tö-ming*, un des grands amis de *Ts'ai Song-nien*, excellait aussi à écrire les *ts'eu*. Reçu docteur aux environs de 1220, il devint sous-préfet de *Nei-hiang*. Puis on le nomma successivement *Tso-sseu-tou-che* (5) et *Tso-sseu-yuan-wai-lang* (6). Lors de la chute de l'empire, il resta fidèle à son ancien empereur et ne voulut plus être fonctionnaire. De peur que l'histoire et la littérature de sa patrie ne fussent inconnues de la postérité, il s'occupa dès lors uniquement à rédiger des docu-

(1) Ministre des Rites.

(2) C'est-à-dire le groupe d'auteurs de *ts'eu* de l'ère dite *Ming-tch'ang* (1190-1195).

(3) Le *Ta-kiang-tong-k'iu* (« *Ts'ieou kouang yi p'ien* »).

(4) Le *Chouei-tiao-ko-t'eou* (« *Sseu ming yeou k'ouang k'o* »).

(5) Petit fonctionnaire sous le premier ministre.

(6) Haut fonctionnaire sous le premier ministre.

ments historiques et à colliger des œuvres littéraires, surtout des *ts'eu* (1). Il mourut en 1257.

Le *Yi-chan-yo-fou* est le recueil de ses *ts'eu*. Son génie, plus varié et plus étendu que celui de ses prédécesseurs, lui permit de nous donner un grand nombre de pièces maîtresses dans des styles divers. Il est l'émule de *Sou Che* et de *Sin K'i-tsi* quand le regret pour sa patrie détruite ou l'amour pour la nature l'inspirent (2). Il nous rappelle *Ts'in Kouan* ou *Yen Ki-tao* quand il traduit les sentiments mélancoliques ou romanesques (3). Mais selon lui-même (4), les plus importants sont les *ts'eu* du premier genre. Lisons notamment le *Chouei-tiao-ko-t'eou* :

La vallée *Yu-houa* est voilée au matin,
Le ruisseau *Che-ts'ong* est pur en automne.
Les beaux paysages de la montagne *Song-kao*
Se trouvent en effet autour de la Villa *Yu-k'i*.
Des rochers verdoyants et rougeâtres sont hauts de
[mille toises.
Sur les deux rives poussent de vieux arbres et des
[lianes serpentines.

(1) Notamment le *Tchong-tcheou-yo-fou*, cité plus haut.

(2) Les *Mou-lan-houa-man* (« *Lieou nien tch'ouen mong kouo* » et « *Touei si chan yao lo* ») et le *Tchŏ-kou-t'ien* (« *Houa piao kouei lai lao ling wei* »).

(3) Le *Ts'io-k'iao-sien* (« *Li houa tch'ouen mou* »), le *Kiang-chen-tseu* (« *Ho chan t'ing chang tsieou jou tch'ouan* »), le *Tchŏ-kou-t'ien* (« *Tan tan ts'ing teng si si hiang* ») et le *Ts'ing-p'ing-yo* (« *Li tch'ang wan tchouan* »).

(4) Cf. sa préface de son recueil de *ts'eu*.

De petits bourgs se dispersent près de la forêt et [des collines.
Comme il fait beau aujourd'hui,
Nous pouvons faire une promenade en bateau.

II. LE *TS'EU* DES *YUAN*

La dynastie mongole, dite des *Yuan*, commença en 1277 et s'étendit jusqu'en 1367. Vainqueurs des *Kin* et des *Song*, les *Yuan* subirent néanmoins l'influence littéraire des vaincus. Comme la prose, le théâtre et le « *che* » (poésie proprement dite), le *ts'eu* des *Yuan* est pour ainsi dire l'héritier de celui des deux pays précédents. Quarante sept recueils de *ts'eu* sont parvenus jusqu'à nous. Parmi les auteurs, *Po P'o*, *Tchao Mong-fou* et *Tchang Tchou* sont les plus remarquables.

Po P'o, dit *Jen-fou*, est né à *Tchen-ting* en 1226. Une amitié très étroite existait entre son père *Po Houa* et le grand poète *Yuan Hao-wen*. Lors de la chute de la capitale des *Kin*, son père partit, sa mère disparut et c'est *Yuan* qui l'emmena en fuyant vers le Nord. Peu après, l'enfant tomba gravement malade, c'est encore *Yuan* qui le soigna tendrement, comme une mère. Vers 1260, on le présenta à la cour mongole. Mais lui, fidèle aux *Kin*, refusa toute charge politique. Quand l'empire des *Yuan* fut établi, il s'attrista encore davantage et ne se consacra plus qu'à la littérature. Pendant sa vieillesse, comme son fils était un dignitaire du gouvernement mongol, l'empereur l'honora de titres élevés. Il est mort vers 1290.

Dans l'histoire littéraire de la dynastie *Yuan* notre poète joua un rôle prédominant. Sa contribution au théâtre est aussi grande que son apport à la poésie. Pour le théâtre, il donna les chefs-d'œuvre *Wou-t'ong-yu* et *Ts'iang-t'eou-ma-chang* ; pour la poésie, on a de lui un recueil de *ts'eu* intitulé *T'ien-lai-tsi*. Elevé, instruit et chéri par *Yuan Hao-wen*, il possédait un style et des sentiments semblables à ceux de son maître. Il adaptait fréquemment les œuvres anciennes (1), il employait les mêmes rimes dont *Sou Che* s'était servi (2) et écrivait quelquefois avec des formes peu usitées (3). *Po* est donc un partisan fidèle des écoles *Sou* et *Sin* :

La brume bleu-noir embrasse les hauts arbres ;
Le rempart blanchi s'appuie sur le firmament froid.
Au crépuscule les voyageurs tournent la tête et con-
[templent les anciens palais.
La ville *Che-t'eou* ressemble à un tigre accroupi ;
La montagne *Tchong* paraît comme un dragon en-
[roulé :
A qui montrent-elles leur magnificence ?
Ceux qui les apprécient tristement en buvant,
Ne sont que quelques vieillards.

(Le *Chouei-tiao-ko-t'eou*.)

Tchao Mong-fou (1254-1322), originaire de *Hou-tcheou*, descendait du prince de *Ts'in*, fils de l'empereur *T'ai-tsou* des *Song*. Son surnom était *Tseu-ngang* et son pseudonyme *Song-siue-tao-jen*. Il occupa la charge de

---

(1) Voir le *Chouei-tiao-ko-t'eou* (« *Nan kiao kieou t'an tsai* »), le *Yen-yao-tch'e* (« *Yu kouei chan* »), etc.

(2) Les *Nien-nou-kiao* (« *Kiang chan sin mei* » et « *Kiang hou lo p'o* »).

(3) Le *Nien-nou-kiao* (« *Yi louen yue hao* »), etc.

Sseu-hou-ts'an-kiun (1) de *Tchen-tcheou* à la fin de la dynastie *Song*. Par la recommandation de *Tch'eng Kiu-fou*, poète et homme politique contemporain, il devint *Ping-pou-lang-tchong* (2) vers 1285. Puis il fut nommé *Han-lin-hio-che-tch'eng-tche* (3) et, à titre posthume, créé duc de *Wei*. Beau, intelligent, célèbre calligraphe, peintre, poète et prosateur, il était un personnage très distingué de son siècle. Sa femme, *Kouan Tao-cheng*, était aussi une artiste connue ; ses peintures et ses œuvres littéraires étaient aussi appréciées que celles de son mari.

Attiré entièrement par la peinture et la calligraphie, *Tchao Mong-fou* ne songeait guère à être grand poète. Il avait seulement l'intention d'exprimer les émotions qu'il avait profondément ressenties. Jamais dans ses *ts'eu* on ne trouve de traces d'effort. Sa langue simple et ses sentiments élevés et sincères suffisent déjà pour charmer ses lecteurs. Dans son recueil intitulé *Song-siue-tchai-ts'eu*, les pièces maîtresses sont sans doute le *Yu-mei-jen* (« *Tch'ao cheng tch'ao lo ho che leao* »), le *Lang-t'ao-cha* (« *Kin kou ki ts'i tcheou* ») et le *Tie-liuan-houa* (« *Nong che kiang nan yeou ye tseu* »). Lisons le dernier :

Moi, bohème du Midi,
Chapeau noir et souliers bleus, je m'amuse dans le [vent printanier.
Le sol est tout couvert de fleurs tombées des saules,
Le pré verdoyant, très étendu, s'en attriste.

(1) Adjoint au préfet.
(2) Chef du bureau du Ministère de la Guerre.
(3) Doyen de l'Académie.

M'appuyant sur elle, je monte sur le bateau de ma-
[gnolia.
Au déclin du jour, les collines bleu-noir ressemblent
[à ses sourcils.
L'eau du lac immense coule au-dessous de nous ;
Un seul chant peut nous faire pleurer d'amour.

Tchang Tchou (1287-1368), né à *Tsin-ning*, était surnommé *Tchong-kiu*. Au début du règne de l'empereur *Chouen-ti* (1333-1370), il fut présenté à la cour mongole, et nommé *Kouo-tseu-tchou-kiao* (1). Plus tard il arriva au grade de *Han-lin-hio-che-tch'eng-tche*. Pendant sa jeunesse, il aimait les sports et la musique, mais ne fit point d'études sérieuses. Puis, s'en repentant, il devint disciple du poète *K'ieou Yuan* et ne tarda pas à être connu comme maître de *ts'eu*.

Son recueil de *ts'eu* a pour titre *T'o-yen-ts'eu*. Rival de *Po P'o* et de *Tchao Mong-fou*, notre poète est en réalité un héritier de l'école *Kiang*. Il a emprunté à *Tchang Yen* les descriptions inspirées par la tristesse patriotique (2). Car, ainsi que *Tchang Yen* avait assisté à la chute de l'empire des *Song*, *Tchang Tchou* avait été profondément impressionné par le renversement de la dynastie mongole. Il a aussi pris à *Wang Yi-souen* l'habitude d'écrire les vers dits « *yong-wou-ts'eu* » (3). Cela tient peut-être à ce que son maître *K'ieou Yuan* appartenait à la même société poétique que *Wang* (4). Il est à

(1) Agrégé de l'Université Impériale.

(2) Le *Mo-yu-eul* (« *Tchang si hou pan kao sin yu* ») et le *Ts'i-t'ien-yo* (« *Hong chouang yi chou ts'i leang* »).

(3) Le *Chouei-long-yin* (« *Fou yong lao k'iu tchouang ts'an* ») et le *Lou-houa* (« *Ying tcheou tchong yu* »).

(4) Voir l'anthologie *Yo-fou-pou-t'i*.

noter cependant que notre poète s'éloignait du style de *Wou Wen-ying*, puisqu'il ne nous présente aucune obscurité. Un jour, se promenant en bateau sur le Lac de l'Ouest, il chantait :

Sur les rives ornées de saules,
Où sont les pavillons rouges et les villas dans la
[verdure ?
Maintenant, je suis tout las de m'y promener.
Les aspects des montagnes et les couleurs des eaux
[restent encore séduisantes,
Seulement les danseuses et les chanteuses ont été
[dispersées comme des nuages.
Voyez-vous : les anciennes maisons sont pleines
[d'herbes sauvages et deviennent un endroit désert.
Le soleil va se coucher.
Les chatons fanés des saules et les fleurs volantes
[marquent l'adieu du printemps.
Moi, je contemple au loin l'eau et le ciel.
(Le *Mo-yu-eul.*)

Après ces trois maîtres de l'époque, nous étudierons maintenant des auteurs moins marquants, tels que *Wang Yun*, *K'ieou Yuan*, *Yi Tsan*, *Sa-tou-la* et *Chao Heng-tcheng*.

Wang Yun, dit *Tchong-meou*, était originaire de *Ki*. Après plusieurs nominations, il obtint enfin la charge de *Han-lin-hio-che-tch'eng-tche*. Lors de sa mort, il fut créé duc de *T'ai-yuan-kiun* (1227-1304).

Comme les critiques nous l'ont indiqué, notre poète écrivait sous l'influence de *Yuan Hao-wen* (1). Son re-

---

(1) Cf. Le *Ts'eu-hio-t'ong-louen*, de M. *Wou Mei*, p. 159.

cueil de *ts'eu*, sous le titre de *Ts'ieou-kien-yo-fou*, nous montre une similitude avec les œuvres de l'école *Sin*, surtout avec celles de *Lieou K'o-tchouang* (1).

K'ieou Yuan, surnommé *Jen-kin*, naquit à *Ts'ien-t'ang* en 1261. Il devint docteur d'assez bonne heure, il occupa ensuite la fonction de *Kiao-cheou* de *Li-yang* au commencement de la dynastie *Yuan*.

Dans son recueil, le *Wou-hien-k'in-p'ou*, nous voyons des sentiments attristés et des expressions travaillées qui nous rappellent les œuvres de *Tchang Yen* et *Wang Yi-souen* (2). Notons que c'est lui qui fit renaître l'école *K'iang* en enseignant les théories poétiques de celle-ci aux élèves dont *Tchang Tchou* était le plus connu.

Yi Tsan était natif de *Wou-si*. Son surnom était *Yuan-tchen* et son nom littéraire *Yu-lin-kiu-che*. Né d'une famille très riche, il n'aimait pourtant pas la vie mondaine. Ce qui l'intéressait le plus, c'était de collectionner les peintures et les calligraphies célèbres. Sa bibliothèque privée, le pavillon *Ts'ing-pi*, était très renommée. Vers 1370, l'empereur de la dynastie *Ming* l'appela à la cour, mais il refusa de s'y rendre. (1301-1374).

Ainsi que *Tchao Mong-fou*, *Yi* vivra par ses peintures et aussi par ses ouvrages littéraires. Mais comme il n'était qu'un amateur de *ts'eu*, il a toujours négligé les habiletés de la facture. C'est plutôt par la pureté du

---

(1) Le *Man-kiang-hong* (« *Tchou che tchong tch'ao* ») et le *Tch'ouen ts'ong-t'ien-chang-lai* (« *Lo k'i chen kong* ») et le *Mo-yu-tseu* (« *Wang tou men man chan ts'ing siue* »).

(2) Le *Mo-yu-eul* (« *Ngai ts'ing chan k'iu hong tch'en yuan* ») et le *Yi-kieou-yeou* (« *Touei t'ing wou ngan tan* »).

style et l'élévation des sentiments que valent ses œuvres (1) réunies dans le *Ts'ing-pi-ko-ts'eu*.

Sa-tou-la, né en 1308 à *Yen-men*, se surnommait *T'ien-si*. Aux environs de 1327, il réussit à l'examen du doctorat. Plus tard il fut nommé *Lou-che* (2) de *King-k'eou* et enfin *Lien-fang-sseu-king-li* (3) de *Ho-pei*.

Parmi les poètes mongols, *Sa-tou-la* est peut-être le plus grand. Il donna un recueil appelé *Yen-men-ts'eu*. Peu nombreux, ses *ts'eu* sont presque tous excellents. Quelques-uns d'entre eux montrent l'influence de *Yen Ki-tao* et de *Ho Tchou* (4) ; les autres évoquent les vers des écoles *Sou* et *Sin* (5).

Chao Heng-tcheng (1309-1401), originaire de *Houa-t'ing*, avait pour surnom *Fou-jou*. Il était renommé pour son érudition et fut nommé *Hiun-tao* (6) de *Song-kiang*.

Emule de *K'ieu Yuan* et de *Tchang Tchou*, notre poète devait beaucoup à l'école *Kiang*. La plus grande partie (7) de son recueil, *Ngo-chou-ts'eu-siuan*, ressemble aux œuvres de *Tchang Yen*, tant au point de vue du style qu'au point de vue des sentiments.

III. LE *TS'EU* DES *MING*

Sous la dynastie des *Ming* (1368-1643) le *ts'eu* alla de mal en pis. Aucun auteur ne put égaler ceux des *Kin* ou

---

(1) Par exemple, le *Jen-yue-yuan* (« *Chang sin mo wen ts'ien tch'ao che* ») et le *Siao-t'ao-hong* (« *Yi kiang ts'ieou chouei tan han yen* »).

(2) Secrétaire du préfet.

(3) Secrétaire du magistrat.

(4) Le *Siao-lan* (« *K'iu nien jen tsai fong houang tch'e* »).

(5) Le *Man-kiang-hong* (« *Lieou tai hao houa* »).

(6) Adjoint au préfet; il s'occupait de l'instruction publique.

(7) Voir le *Tou-kiang-yun* (« *Cho fong tch'ouei p'o mao* »), le *Mo-yu-tseu* (« *Kien mei houa yi fan king kan* ») et le *Lang-t'ao-cha* (« *Ts'ieou yi man p'ing wou* »).

des *Yuan*, encore moins ceux des *Song*. Malgré cette différence de qualité, nous retenons sept poètes : *Lieou Ki*, *Kao K'i*, *Yang Ki*, *Yang Chen*, *Wang Che-tcheng*, *Tch'en Tseu-long* et *Hia Houen-chouen*.

Lieou Ki, dit *Po-wen*, naquit à *Ts'ing-t'ien* en 1311. Ayant conquis le titre de docteur vers 1335, il remplit la fonction de*Tch'eng* (1) de *Kao-ngan*. Quoique petit fonctionnaire, il était déjà connu par sa vertu. Peu après, il donna sa démission et retourna dans son pays natal. Lorsque l'empereur *T'ai-tsou* des *Ming* conquit la vallée de la montagne *Kouo-ts'ang*, il invita notre poète à la capitale *Kin-ling*. *Lieou Ki* lui présenta quelques articles politiques et l'aida à établir l'empire. En 1370 environ, il fut nommé successivement *T'ai-che-ling* (2) et *Yu-che-tchong-tch'eng* et fut créé comte. Il mourut en 1375.

Dans la littérature ainsi que dans la politique des *Ming*, le rôle de *Lieou Ki* est considérable. Il réussit surtout dans les vers composés sur des airs relativement courts. Ils ont pour sujets la nostalgie, les beaux paysages et la mélancolie féminine. Leur forme est limpide et leurs descriptions très habiles. On oubliera que l'auteur est un homme politique quand on lira la pièce suivante :

A l'ouest du petit pavillon, les herbes s'attristent [sous la brume ;
Les nuages pèsent sur les oies sauvages qui crient.
Sur les deux espaliers de saules,

---

(1) Adjoint au sous-préfet.

(2) Chef des historiens officiels.

Sous les rayons du soleil couchant,
Perchent plusieurs corbeaux.

En automne les arbres de la montagne verdoient de [nouveau.
Mon bien-aimé est parti pour *Wou-ling-K'i.*
Seules la lune insensible
Et la rêverie amoureuse
Viendront à ma chambre solitaire.
(Le *Yen-eul-mei*).

Kao K'i, originaire de *Tch'ang-tcheou,* se surnommait *Ki-ti.* Vers 1370, il fut nommé *Pien-sieou* (1) et chargé de composer l'histoire de la dynastie mongole. Puis il fut promu *Hou-pou-che-lang.* Malheureusement il fut condamné à mort, à cause d'un écrit imprudent (1336-1374).

Influencé par *Sou Che* et par *Sin K'i-tsi,* son recueil *K'eou-hien-ts'eu* est d'un style viril. Le *Ts'in-yuan-tch'ouen* (« *Mou lo che lai* ») et le *Hing-hiang-tseu* (« *Jou ts'eu hong tchouang* ») sont peut-être les meilleurs de ses *ts'eu.*

Yang Ki, né à *Kia-tcheou,* avait pour surnom *Mong-tsai.* Très intelligent dès sa jeunesse, il fut beaucoup admiré par le célèbre poète contemporain *Yang Wei-tcheng.* Après sa nomination comme sous-préfet de *Yong-yang,* il remplit la fonction de *Ngan-tch'a-fou-che* (2) de *Chan-si* (1340?-1400?).

---

(1) Académicien.

(2) Chef en second des fonctionnaires de la justice dans une province.

Son recueil de *ts'eu* s'intitule *Mei-ngan-ts'eu*. Nous y trouvons des descriptions minutieuses et délicates et des expressions travaillées et nouvelles (1). L'auteur est incontestablement un disciple de l'école *Kiang*, surtout de *Che Ta-tsou*.

Yang Chen (1488-1559), dit *Cheng-ngan* ou *Yong-sieou*, naquit à *Sin-tou*. Il fut reçu docteur en 1511 et devint plus tard *Han-lin-sieou-tchouan* (2). Treize ans après il fut exilé à *Yong-tch'ang* et il y demeura jusqu'à sa mort, pendant presque un demi-siècle.

Après la mort de *Lieou Ki*, *Kao K'i* et *Yang Ki*, les *ts'eu* des *Ming* s'étaient pour ainsi dire tus pendant un siècle (1400-1500). C'est *Yang Chen* qui les fit revivre. On a de lui un recueil *Cheng-ngan-ts'eu*. Son style est remarquable par la couleur, comme nous en témoignent le *Tchouan-ying-k'iu* (« *Chouang yen* »), le *Wou-ye-t'i* (« *Yu lai kiang tchang po houen* ») et le *Tchao-kiun-yuan* (« *Leou wai tong fong tao tsao* »).

Wang Che-tcheng, natif de *T'ai-ts'ang* se surnommait *Yuan-mei*. Ayant obtenu le grade de docteur en 1547, il remplit la fonction de *Hing-pou-chang-chou* (3) (1526-1590).

A l'exemple de *Yang Chen*, *Wang* produisit aussi des *ts'eu* dans un style coloré. Parmi eux, le *Houan-k'i-cha* (« *Tch'ouang wai hien sseu tseu tsai yeou* ») et le *Yu-mei-jen* (« *Feou p'ing tche tai yang houa k'iu* ») sont vraiment des pièces maîtresses.

---

(1) Le *Hia-tch'ou-lin* (« *Seou tou t'ien fei* ») et le *Tchou-ying-yao-hong* (« *Houa ying tch'ong tch'ong* »).

(2) Académicien.

(3) Ministre de la Justice.

Tch'en Tseu-long est né à *Ts'ing-p'ou* en 1608. Il était surnommé *Wo-tseu* et avait pour nom littéraire *Ta-tsouen*. Reçu docteur en 1637, il obtint l'emploi de *Tch'ouei-kouan* (1) de *Chao-hing*, puis la charge de *Ki-che-tchong*. Il devint finalement *Ping-pou-che-lang*. Après la chute de l'empire des *Ming*, il voulut soulever une révolte contre les Mandchous. Malheureusement son projet fut découvert par ses ennemis et il fut arrêté. S'étant enfui, il se jeta à l'eau et mourut, en 1647.

Ses œuvres sont réunies sous le titre de *Siang-tchen-ko-ts'eu*. Par la coloration du style, par la profondeur des sentiments et par la grâce des expressions, *Tch'en* enrichit les *ts'eu* des *Ming* ; il dépassait tous ses contemporains et fut le maître de son époque. Ses meilleures pièces se rapprochent de celles de *Li Yu* et de *Fong Yen-ki* :

Couché seul, j'ai un peu froid et je pleure secrè-
[tement.
Quand je suis triste, il me semble être dans un rêve;
[et je m'attriste davantage quand
[je rêve réellement.
Le sont du cor vient d'arriver au petit pavillon
[rouge.

Le vent souffle la lampe assombrie et agite le rideau
[brodé.
Sous la lune voilée, les fleurs jettent à peine leur
[ombre sur le store.
La mélancolie de jadis remonte à mon cœur.
(Le *Houan-k'i-cha*).

(1) Juge d'une préfecture.

Hia Houan-chouen, dit *Ts'ouen-kou*, était originaire de *Houa-t'ing*. Il était le meilleur disciple de *Tch'en Tseu-long*. Doué d'une intelligence précoce, il étudia profondément tous les ouvrages classiques et excella à écrire la prose et la poésie dès son enfance. De très bonne heure, il occupa la charge de *Tchong-chou-chö-jen*. Il participa avec son maître à la lutte contre les Mandchous. Ayant échoué, il fut pris et condamné à mort par ses ennemis, âgé de seize ans seulement (1631-1647).

Bien que mort si tôt, il a pourtant une place indiscutable dans l'hstore des *ts'eu*. De lui nous avons un recueil intitulé *Yu-fan-t'ang-ts'eu*. Son style est pareil à celui de son maître. Comme il était passionné et qu'il avait assisté à tous les malheurs de sa famille (1) et de sa patrie, il nous donne des pièces très touchantes, telles que le *Tchou-ying-yao-hong* (« *Kou fou t'ien kong* ») et *Yu-yeou-tch'ouen-chouei* (« *Li tch'eou sin chang tchou* ») et le *Yi-tsien-mei* (« *Wou hien chang sin si tchao tchong* »).

Tous ces poètes, les plus importants des dynasties *Kin*, *Yuan* et *Ming*, étaient en général des imitateurs des grands poètes antérieurs. *Wei Tchouang* et *Li Yu* se retrouvent dans les œuvres de *Tchao Mong-fou*, de *Tch'en Tseu-long*, etc. ; *Sou Che* et *Sin K'i-tsi* dans celles de *Yuan Hoa-wen*, de *Po P'o*, de *Kao K'i*, etc. ; *Tchang Yen* et *Che Ta-tsou* dans celles de *Tchang Tchou*, de *K'ieou Yuan*, de *Yang Ki*, etc. Mais, à vrai dire, nul d'entre eux n'a pu produire de vers du premier rang.

(1) Son père *Hia Yun-yi* et son oncle *Hia Tche-hiu* se suicidèrent à cause de la destruction de leur patrie.

CHAPITRE V

LA RESURRECTION DU *TS'EU*

Comme le printemps succède à l'hiver, la résurrection du *ts'eu* succède à son déclin. Elle eut lieu sous la dynastie mandchoue, dite des *Ts'ing* (1644-1911) ; laquelle marque la dernière étape de l'histoire de ce genre poétique.

Les poètes redevinrent nombreux. Les anthologies telles que le *Kouo-tch'ao-ts'eu-tsong* de *Wang Tch'ang*, le *Kouo-tch'ao-ts'eu-tsong-eul-pien* de *Wang Chao-tch'eng*, le *Kouo-tch'ao-ts'eu-tsong-siu-pien* de *Houang Hien-ts'ing*, le *Kouo-tch'ao-ts'eu-tsong-pou-pien* de *Ting Chao-yi*, etc, nous recommandent trois mille auteurs. Les recueils publiés dans les grandes collections (1) sont au nombre de deux cent quarante-six.

De grands maîtres reparurent. Ils remportèrent un succès énorme et dépassèrent tous les poètes de la période immédiatement précédente.

Les études critiques refleurissent aussi. Les ouvrages qui nous apprennent les règles de la musique ou de la rhétorique poétique et dans lesquels l'auteur expose ses opinions sur les poètes anciens, sont plus abondants même qu'à l'époque *Song*.

---

(1) Voir le *Ts'ing-ming-kia-che-yu* de *Souen Mo*, le *Po-ming-kia-ts'eu* de *Nie Sien* et *Tseng Wang-souen*, le *K'in-houa-leou-ts'eu-tch'ao* de *Wang Tch'ang*, le *Yun-ts'eu-tsai-k'an-wei-k'o-ming-kia-ts'eu* de *Miao Ts'iuan-souen*, le *Kouei-sieou-po-kia-ts'eu* de *Siu Nai-tch'ang*, le *Tchö-si-lieou-kia-ts'eu* de *Kong Siang-lin*, etc.

Les tendances prépondérantes sont représentées par trois écoles : celles de *Tch'en Wei-song*, de *Tchou-yi-tsouen* et de *Na-lan Sing-tö*. La première descend des écoles *Sou* et *Sin*; la deuxième, des écoles *Tcheou* et *Kiang*. Quant à la troisième, elle tire son origine des œuvres de *Wei Tchouang*, de *Fong Yen-ki* et de *Li Yu*.

I. L'ECOLE *TCH'EN*

Parmi les chefs des trois groupes, *Tch'en Wei-song* était l'aîné. Né en 1625, à *Yi-hing*, il avait pour surnom *K'i-nien* et pour nom littéraire *Kia-ling*. Il descendait d'une famille illustre. Son père *Tch'en Tcheng-houei* était un homme sérieux et studieux. Dans la société politique et littéraire dite *Fou-chö*, *Tch'en* père était très estimé. Il avait cinq fils dont *Tch'en Wei-mei*, *Tch'en Wei-yo* et notre poète devinrent les plus fameux. Tous trois cultivaient le *ts'eu*. *Tch'en Wei-mei* nous donna le recueil *Yi-chan-ts'ao-t'ang-ts'eu*, *Tch'en Wei-yo* le recueil *Hong-yen-ts'eu*. Mais notre poète dépassa de beaucoup ses deux frères.

Par un article littéraire, *Tch'en Wei-song* devint célèbre en sa neuvième année et, plus tard, le grand écrivain *Kong Ting-tseu* l'admira. Avec *P'eng Kou-tsin* et *Wou Han-tch'a*, notre poète était considéré comme un des « trois phénix du Midi ». Longtemps après avoir conquis le grade de bachelier, il fut recommandé spécialement à l'empereur comme candidat à l'examen dit « *Po-hio-hong-ts'eu* » (1). Il y réussit en 1679 et occupa la charge de *Kien-t'ao* (2). Trois ans après, il mourut.

---

(1) C'était l'examen où l'empereur recevait seulement les écrivains ou les érudits déjà connus. Les candidats étaient en général recommandés par de hauts dignitaires.

(2) Académicien.

« Les oiseaux et les fleurs de la montagne, fredonna-t-il pendant son agonie, sont mes grands amis. »

Sa production poétique est très riche. Son recueil de *ts'eu*, le *Kia-ling-ts'eu*, contient trente volumes. Quelques pièces notamment le *Tong-fong-ti-yi-tche* (« *Yen lieou ts'an t'ing* ») et le *Ting-hiang* (« *Souei kin tch'eng pan* ») sont remarquables par des descriptions minutieuses et des expressions raffinées. C'est que l'auteur était grand ami de *Tchou Yi-tsouen* (1) et subissait peut-être un peu son influence.

Mais la plus grande partie de son recueil fut écrite à la manière de *Sou Che* ou *Sin K'i-tsi*. Il est de beaucoup supérieur à *Yuan Hao-wen*, à *Po P'o*, à *Kao K'i*. C'est seulement chez lui qu'on peut revoir la beauté des hautes montagnes ou des grands fleuves. Les sentiments que ses *ts'eu* évoquent sont aussi semblables à ceux dont nous anime la musique militaire. Voici un de ses chefs-d'œuvre, inspiré par une peinture :

La marée bat le rempart solitaire ;
La lune seule éclaire les bateaux de chanteuses.
Les corbeaux pleurent dans la nuit ;
Les fleurs fanées s'attristent.
A côté des chevaux de pierre devant les cinq cryptes [impériales.
Les eaux coulent silencieusement...

(1) *Tchou* sera étudié plus loin.

Si l'on cherche, on ne trouve rien ;
Si l'on regarde, on est comme dans un rêve ;
Cette étoffe est peinte sans doute avec des larmes.
Elle m'accompagnera pendant le reste de ma vie
[vagabonde.
(Le *Ts'in-yuan-tch'ouen*).

Les membres de l'école *Tch'en* étaient assez nombreux. Nous n'en étudierons ici que cinq: *Wou K'i, Wan Chou, Houang King-jen, Tchang Houei-yen* et *Wen T'ing-che.*

Wou K'i, originaire de *Kiang-tou*, était surnommé *Yuan-ts'eu*. Reçu « *Kong-cheng* » (1), il remplit d'abord la fonction de *Tchong-chou* (2), puis celle de préfet de *Hou-tcheou*. Détesté de son supérieur, il dut démissionner. Avec quelques écrivains contemporains, il organisa une société, appelée *Tch'ouen-kiang-houa-yue-chö*, et se consacra uniquement à la littérature pendant sa vieillesse (1619-1694).

Son recueil de *ts'eu* s'intitule *Yi-hiang-ts'eu*. Le grand poète *Tchou Yi-tsouen* (3) croit y découvrir de la ressemblance entre l'auteur et *Tch'en Yun-p'ing* (4). Il se trompe pourtant. C'est plutôt *Sou Che, Sin K'i-tsi* et quelquefois *Ho Tchou* qui se retrouvent dans l'œuvre de *Wou*. Le *Man-kiang-hong* et le *Tien-kiang-tch'ouen* (« *Ki tou ying t'i* ») peuvent nous servir de témoignages à cet égard.

(1) Grade entre le baccalauréat et la licence.
(2) Copiste impérial.
(3) Voir le *Kouo-tch'ao-ts'eu-tsong*, t. IV, p. I.
(4) Un des partisans de l'école *Kiang K'ouei*.

Wan Chou, dit *Hong-yeou*, naquit à *Yi-hing*. Ainsi que *Lieou Kouo* et *Wou Wen-ying*, il vivait comme hôte chez les hommes d'état contemporains. Pendant ses dernières années, vers 1680, *Wou Hing-tsou*, gouverneur du *Kouang-tong* et du *Kouang-si* le prit comme secrétaire. C'est là que le poète acheva son grand travail *Ts'eu-liu* (1630?-1690?).

Parmi les poètes anciens, *Sou Che* et *Houang T'ingkien* étaient considérés par *Wan* comme ses maîtres. aussi son style est-il toujours viril. (1) Il était, en outre, très ingénieux à composer des vers de la forme dite *Houei-wen* (2). Bien que ce ne soit qu'un jeu poétique, on peut y voir l'adresse de l'auteur. Ses *ts'eu* sont colligés dans trois recueils : le *Hiang-tan-ts'eu*, le *Touei-siu-ts'eu* et le *Siuan-ki-souei-kin*.

Houang King-jen, surnommé *Tchong-tsö*, était né en 1749 à *Wou-tsin*. Intelligent mais malchanceux, il n'obtint que le grade de *Kong-cheng*. La plus grande partie de sa vie se passa en voyages. Les célèbres monts *Kieou-houa* et *K'ouang-lou*, les grands lacs *P'eng-li* et *Tong-t'ing*, il les visita tous. Parti de Pékin vers la province du *Chen-si*, il mourut à mi-chemin, en 1783.

Le *Tchou-mien-ts'eu* est son recueil de *ts'eu*. Avec une grâce chevaleresque, notre poète y chante son propre malheur. Les pièces maîtresses sont sans doute les suivantes : les *Ts'in-yuan-tch'ouen* (« *Tou chou wan kiuan* » et « *Kieou k'o king houa* ») et le *Chouei-tiao-ko t'eou* (« *Yi fou hao tong sao* »).

---

(1) Voir par exemple son *Kiang-tch'eng-tseu* (« *Tsouei lai fou chang mou lan tcheou* »).

(2) Dont chaque ligne peut être lue en sens inverse.

Tchang Houei-yen, originaire de la même ville que *Houang*, se surnommait *Kao-wen*. Ayant réussi à l'examen du doctorat, il fut nommé *Pien-sieou*. C'était un spécialiste du *Yi-king*, un des plus difficiles à étudier parmi les livres canoniques. On le considère aussi comme un grand prosateur. C'est lui qui, avec *Yun King*, fonda l'école dite de *Yang-hou*.

Comme poète, *Tchang* était chef de l'école de *Tch'ang-tcheou*. Il soutenait qu'un sujet bien choisi est l'élément le plus nécessaire á une pièce de *ts'eu* et négligeait un peu les règles musicales. Aussi estimait-il les poètes de l'école *Sou* comme les plus admirables. A ce point de vue, l'école de *Tch'ang-tcheou* n'était qu'une branche de l'école *Tch'en*. Son recueil, le *Ming-ko-ts'eu*, contient seulement une quarantaine de pièces, parmi lesquelles les *Chouei-tiao-ko-t'eou* (« *Tch'ang tch'an po mou ping* » et « *Tchou lien k'uan tch'ouen hiao* ») et le *Mou-lan-houa* (« *Tsin p'iao ling tsin leao* ») sont les plus remarquables.

Wen T'ing-che, né à *P'ing-hiang*, avait pour surnom *Tao-hi*. Après avoir fait ses études chez *Tch'en Li*, un des grands savants contemporains, il fut reçu docteur et nommé *Pien-sieou* aux environs de 1890. A cette époque l'impératrice douairière dite *Ts'eu-hi*, exerçait la régence. Pour lui avoir désobéi, il fut forcé de démissionner en 1896. Il alla au Japon en 1898 et retourna en Chine deux ans plus tard. Il mourut pendant un voyage au *Hou-nan* (1856-1904).

A la fin de la dynastie Mandchoue, le domaine du *ts'eu* appartient presque tout entier à l'école *Tchou*. *Wen*, l'auteur du *Yun-k'i-hien-ts'eu*, se dressait contre elle (1). Négligeant les règles musicales, méprisant les expressions raffinées, il suivait fidèlement les *ts'eu* modèles de *Sin K'i-tsi*. Dans ses pièces maîtresses, comme le *Pa-cheng-kan-tcheou* (« *Hiang king piao yue kia tong pien cheng* »), le *Chouei-long-yin* (« *Lo houa feï siu mang mang* ») etc., on peut entrevoir un homme qui chante tristement et héroïquement.

II. L'ECOLE *TCHOU*

L'école *Tchou* était la rivale de l'école *Tch'en* et fut fondée par le grand poète *Tchou Yi-tsouen.*

Tchou se surnommait *Si-tch'ang* et avait comme pseudonyme *Tchou-tch'a*. Il naquit à *Sieou-chouei* en 1629. Son arrière-grand-père, *Tchou Kouo-tsou*, était un haut dignitaire de l'époque *Ming*. Notre poète prévoyait, pendant sa jeunsese, la chute prochaine de l'empire des *Ming*, et, abandonnant la préparation des examens officiels, se consacra uniquement aux études des livres classiques. Pour gagner sa vie, il parcourut la plus grande partie de la Chine. En même temps, il continuait ses recherches historiques, examinant soigneusement les inscriptions qu'il trouvait dans ses divers séjours.

Au commencement de la dynastie Mandchoue, l'examen dit *Po-hio-hong-ts'eu* eut lieu en 1679. *Tchou* fut recommandé comme candidat et y réussit. Après avoir occupé la fonction de *Kien t'ao*, il donna sa démission et se retira dans sa ville natale. Au cours de son voyage

(1) Voir la préface du *Yun-k'i-hien-ts'eu* écrite par l'auteur lui-même.

dans le Midi, en 1702, l'empereur *Cheng-tsou* écrivit quatre caractères « *Yen king po wou* » (1) en l'honneur de l'érudition du poète. Il est mort en 1709, âgé de quatre-vingts ans.

Après la fin de la dynastie mongole, l'école *Kiang K'ouei* tomba en décadence. Seules les œuvres de *Wei Tchouang*, de *Fong Yen-ki* et de *Li Yu* servaient de modèles aux poètes d'alors. *Tchou*, avec ses amis, rendit de la vigueur à l'école vieillie (2). Il déclara :

Je n'imite ni *Ts'in Kouan*,
Ni *Houang T'ing-kien* ;
Mes *ts'eu* se rapprochent de ceux de *Tchang Yen* (3).

En effet, dans ses meilleures pièces (4), reparaissent toutes les qualités dominantes de *Tchang Yen*. Selon leurs différents genres, ses *ts'eu* sont groupés en quatre recueils : le *Kiang-hou-tsai-tsieou-tsi* contient des vers lyriques; le *Tsing-tche-kiu-k'in-ts'iu*, des vers passionnés et licencieux ; le *Tch'a-yen-ko-t'i-wou-tsi*, des vers descriptifs ; et le *Fan-kin-tsi*, des vers dits « *tsi-kiu* » (5).

---

(1) C'est-à-dire qu'il étudiait profondément les livres canoniques et connaissait plusieurs branches de la science.

(2) Voir le *Tong-tch'eng-tsa-ki* de *Li Ngo*.

(3) Voir son *Kiai-p'ei-ling* (« *Che nien mo kien* »).

(4) Le *Tou-kiang-yun* (« *T'ong t'ong kiai kou hie* »), le *Kao-yang-t'ai* (« *K'iao ying lieou hong* ») et le *Fong-tie-ling* (« *Ts'ing kai san pei tsieou* »).

(5) C'est-à-dire des *ts'eu* composés des lignes qui sont empruntées aux auteurs anciens.

Mais au point de vue littéraire, c'est le premier qui immortalise notre poète. Lisons notamment le *Mai-houa-cheng* :

Autour de la baie *Po-men*, il n'y a que des saules [fanés,
Les marées frappent le rempart sans cesse.
Sur les boulevards *Ta-tch'ang-kan* et *Siao-tch'ang-* [*kan*,
Les salles de concert et les cabarets sont déserts ;
Seuls des pêcheurs sont là.

Ainsi que les herbes automnales, les Six Dynasties [disparaissent.
L'autel sur lequel ont plu les fleurs célestes reste [vide (1).
Je contemple ce lieu où personne ne vient.
Au soleil couchant, des hirondelles volent çà et là.
Sombre aspect des montagnes et des fleuves !

Ts'ao Yong était aussi originaire de *Sieou-chouei*. Son surnom était *Ts'ieou-yo* et son nom de plume *Kiuan-p'ou*. Docteur et *Yu-che* (2) sous la dynastie *Ming*, il occupa des postes importants dans les provinces *Kouang-tong* et *Chan-si* au début de la dynastie Mandchoue. Il fut nommé *Hou-pou-che-lang* (3) pendant sa vieillesse (1613-1685).

Bienfaiteur du grand poète *Tchou*, il exerça égale-

(1) D'après la tradition, sous la dynastie *Leang*, un bouddhiste célèbre prêcha si bien sur cet autel que, du ciel, des fleurs tombèrent autour de lui.

(2) Fonctionnaire de contrôle.

(3) Ministre en second des Finances.

ment une heureuse influence sur ses *ts'eu* (1). Lui aussi, il imitait *Tchang Yen* plutôt que les autres poètes antérieurs. Dans son recueil, le *Tsing-t'i-t'ang-ts'eu*, nous en trouvons de nombreux témoignages, comme le *Yi-ngo-hong* (« *Ngai jeou houa hiang tchou lan tsie tö* »), le *Fong-houang-t'ai-chang-yi-tch'ouei-siao* (« *Chao tchou hong t'ien* »), etc.

Li Ngo se surnommait *T'ai-hong* et avait pour nom littéraire *Fan-sie*. Il naquit à *Ts'ien-t'ang* et fut reçu licencié vers 1720. Recommandé comme candidat à l'examen dit *Po-hio-hong-ts'eu* en 1736, il y échoua. Désespéré, il s'adonna dès lors exclusivement à la littérature et mourut seize ans après (1692-1752).

On a de lui un recueil précieux, le *Fan-sie-chan-fang-ts'eu*. Un peu différent de *Tchou*, l'auteur se rapproche plutôt de *Kiang K'ouei* et *Che Ta-tsou*, par ses vers soigneusement travaillés (2). Le *P'i-p'a-sien* (« *Hieou hen wou chan* »), le *Kio-tchao* (« *Houa li so* »), le *Yi-kieou-yeou* (« *Sou lieou yun k'iu* ») et le *Pa-kouei* (« *Tch'ou fan yen pei* ») sont estimés comme les plus beaux de ses *ts'eu*.

Hiang Hong-tsou, né dans le même district que *Li*, était surnommé *Lien-cheng*. Ayant obtenu le titre de licencié aux environs de 1830, il est mort en sa trente-septième année (1798-1835).

Au lieu d'imiter *Kiang K'ouei*, *Che Ta-tsou* ou *Tchang Yen*, *Hiang* était un des admirateurs de *Wou Wen-ying* (3). Ce qui caractérise ses œuvres, c'est la

(1) Cf. la préface du *Tsing-t'i-t'ang-ts'eu*, écrite par *Tchou Yi-tsouen*.

(2) Voir la critique de *Siu Tseu-chan*, citée dans le *Kouo-tch'ao-ts'eu-tsong*, t. XX, p. I.

(3) Le *Ts'eu-hio-t'ong louan* de M. *Wou Mei*, p. 211.

tristesse qui s'élève du fond de l'âme et qui ne provient pas des accidents de la vie. Parmi ses *ts'eu* colligés dans le *Yi-yun-ts'eu*, on lit et relit surtout le *Mou-lan-houa-man* (« *Lou cheng yao tan yue* », le *Lan-ling-wang* (« *Hiao yin po* ») et *Yuan-lang-kouei* (« *Ho liu tch'eng hia leou cheng ts'an* »).

Tsiang Tch'ouen-lin, surnommé *Lou-t'an*, est né en 1818, à *Kiang-yin*. L'empereur *Wen-tsong* (†1861) le nomma *Yen-ta-che* (1). Lassé de sa pauvreté et malheureux en amour, il se suicida en 1868.

Les mérites de son recueil *Chouei-yun-leou-ts'eu* consistent non seulement dans le raffinement de la forme et l'harmonie de la versification, mais surtout dans les thèmes, notamment les pillages de la guerre (2) pendant la révolte de *Hong Sieou-ts'iuan*, au milieu du dix-neuvième siècle. Approfondis par ce douloureux événement, les sentiments de l'auteur devenaient plus sincères et plus touchants. De même que les œuvres de *Tou Fou* (3), ses *ts'eu* ont une valeur historique autant que littéraire. En les comparant avec les *ts'eu* antérieurs, nous trouvons qu'ils sont semblables à ceux de *Kiang K'ouei* (4).

Wang P'ong-yun, né en 1848 et mort en 1904, était natif de *Lin-kouei* et surnommé *Yeou-hia*. Il fut reçu licencié en 1870 et nommé *Yu-che* ving ans plus tard. Pendant ses dernières années, ayant donné sa démission, il fit des voyages à Nankin, à Changhaï, etc.

---

(1) Fonctionnaire qui s'occupait du sel.

(2) Voir le *Mou-lan-houa-man* (« *Po ts'in houai yu tsi* »), le *Chouei-long-yin* (« *Yi nien sseu mong kouang yin* »), le *Tan-houang-lieou* (« *Han tche ping ye* ») et le *Yang-tcheou-man* (« *Ye mo tch'ao wou* »).

(3) Le plus grand poète sous la dynastie *T'ang*, connu par ses poèmes historiques qui relatent la révolte du général *Ngan Lou-chan*.

(4) *Ts'eu-hio t'ong-louen*, p. 187.

Le *Pan-t'ang-ts'eu-kao*, son recueil de *ts'eu*, nous montre clairement toute l'évolution de son style. Le *Tch'ang-t'ing-yuan-man* (« *Tcha tch'ouei k'i tch'eou sin ts'ien tie* ») et le *Ts'i-t'ien-yo* (« *Sin chouang yi ye ts'ieou houen sing* »), écrits vers 1885, marquent son imitation de *Kiang K'ouei* et *Wang Yi-souen*. Le *Nien-nou-kiao* (« *Teng lin tsong mou* ») et le *Mou-lan-houa-man* (« *Mang mang tch'en hai li* »), composés vers 1895, se rapprochent des *ts'eu* de *Sin K'i-tsi*. Et dans les productions de 1899 à 1904, telles que le *Wei-tch'e-pei* (« *Houo tch'eou p'ing* ») et le *Chouei-long-yin* (« *Souei han kouan kin ping chouang* »), nous reconnaissons surtout le style de *Wou Wen-ying*. Ajoutons que, influencé par l'école dite de *Tch'ang-tcheou*, *Wang* considérait aussi un bon sujet comme le plus important élément du *ts'eu*, tout en ne négligeant pas la musique. Aussi fonda-t-il une école dite du *Kouei* (de la province du *Kouang-si*), qui n'est pourtant qu'une branche de l'école *Tchou*.

Tcheng Wen-tcho, dit *Chou-wen*, naquit à *T'ie-ling*, en 1856. Son père avait été gouverneur du *Chan-si*. Différent de ses frères, qui n'étaient que des débauchés, il aimait les études littéraires. Après avoir conquis le titre de licencié en 1875, il devint *Nei-ko-tchong-chou* (1). Puis, il gagna sa vie chez les gouverneurs du *Kiang-sou*. Charmé par les beaux paysages de *Sou-tcheou*, il y passa sa vieillesse et y mourut en 1918.

Ainsi que le disent les critiques (2), *Tcheng* était considéré comme un émule de *Kiang K'ouei*. Il appré-

(1) Copiste impérial.

(2) Voir les préfaces du *Seou-pi-ts'eu*, écrites par *Wang Chou-yong*, *Yi Chouen-ting*, *Licou Tseu-hiong*, etc.

ciait beaucoup les qualités (1) personnelles du grand poète des *Song* et vivait de la même façon que lui. Il traite aussi de la musique dans les préfaces de ses *ts'eu* (2). Ses recueils de *ts'eu*, le *Seou-pi-ts'eu*, le *Leng-hong-ts'eu*, le *T'iao-ya*, etc., nous séduisent par les mêmes charmes que ceux du *Po-che-tao-jen-ko-k'iu*. On peut placer au même rang les *ts'eu* de *Kiang* et les pièces suivantes de *Tcheng* : le *Mo-yu-eul* (« *Miao wou t'ien mi tch'eou wou ti* »), le *Si-tseu-tchouang-man* (« *Chan song yue lai* ») et le *Sao-houa-yeou* (« *Nien yai ts'ao ts'ao* »), etc.

III. L'ECOLE *NA-LAN*

Na-lan Sing-tö, fondateur de la troisième école, était né en 1655 et surnommé *Yong-jo*. Il était fils de *Ming-tchou*, homme d'Etat célèbre au commencement de la dynastie Mandchoue. Grâce à ses talents multiples, il réussit dans les exercices militaires, dans les études classiques et surtout dans la poésie. Vers l'âge de dix-huit ans, il fut reçu docteur et ensuite nommé *Che-wei* (3). Attirés par son renom littéraire et son hospitalité, de grands écrivains d'alors, comme *Tchou Yi-tsouen*, *Tch'en Wei-song*, *Yen Cheng-souen*, *Kiang Tch'en-ying*, *Kou Tcheng-kouan*, etc., fréquentaient son salon. Ayant fait ses études avec de célèbres lettrés et été favorisé par l'empereur, il avait vécu heureux jusqu'à la mort inat-

---

(1) Voir la préface du *Seou-pi-ts'eu* écrite par l'auteur lui-même.

(2) Par exemple, la préface du *Man-kiang-hong* (« *Kan hai wen yi* »).

(3) Gardien impérial.

tendue de sa femme qui était très belle et douée du talent poétique (1). Il mourut prématurément en 1685.

C'est une vérité incontestable que *Na-lan* est un émule de *Li Yu*. Entre ces deux grands poètes, on voit plusieurs points de ressemblance. Tous deux sortaient d'une famille noble et avaient un caractère sentimental. Leurs œuvres sont également caractérisées par une connaissance profonde de la douleur et par un style simple et facile. En lisant le *Yin-chouei-ts'eu*, son recueil de *ts'eu*, nul lecteur ne peut s'empêcher d'être ému. Par exemple :

Bien-aimée, tu m'as donné un rendez-vous à côté [des pivoines,
Pourquoi ne te souviens-tu pas de notre amour ?
Je peux parler de ma passion seulement avec le vent [printanier,
Qui ne me répond pas, pourtant, de toute la journée.

Tous les chatons de saule s'envolent.
La saison peut à peine rester davantage.
Les fleurs tombées sur la terre ressemblent à celles [de l'année dernière,
Mais maintenant il pleut finement.
(Le *Ts'ieou-ts'ien-so*.)

P'eng Souen-yu, surnommé *Tsouen-souen*, était ori-

(1) Elle a un recueil, intitulé *Siuan-mong-ts'eu*.

ginaire de *Hai-yen*. Ayant obtenu le titre de docteur, en 1659, il réussit aussi à l'examen dit *Po-hio-hong-ts'eu*, en même temps que *Tch'en Wei-song* et *Tchou Yi-tsouen*. Par la suite, il devint successivement *Li-pou-che-lang* (1), *Tchang-yuan-hio-che* (2) et *Tsong-ts'ai* (3) de l'histoire des *Ming*. Quand il se retira, l'empereur écrivit quelques caractères en son honneur (1631-1700).

Son recueil de *ts'eu*, le *Yen-lou-ts'eu*, se distingue par la coloration du style. Il nous rappelle souvent le *Siao-chan-ts'eu* de *Yen Ki-tao*, bien que ses sentiments ne soient pas aussi touchants, comme nous le montrent le *Cheng tch'a-tseu* (« *Po tsouei pou tch'eng hiang* »), le *Houan-k'i-cha* (« *Ts'ouei lang cheng wen tien k'iu tch'e* ») et le *T'a-so-hing* (« *Ying tchö kin so* »).

Wang Che-tcheng (1634-1711), natif de *Sin-tch'eng*, avait pour surnom *Yi-chang* et pour pseudonyme *Yu-yang-chan-jen*. Grand écrivain de son temps, homme politique assez capable, il arriva jusqu'au grade de *Hing-pou-chang-chou* pendant sa vieillesse.

P'eng Souen-yu dit (4) que *Wang* possédait toutes les qualités poétiques de *Sou Che*, de *Sin K'i-tsi*, de *Kiang K'ouei* et de *Che Ta-tsou*. C'est sans doute un éloge excessif et, en même temps, une critique erronée. C'est plutôt *Li Ts'ing-tchao* qui exerça une influence sur notre poète. Dans son recueil de *ts'eu*, le *Yen-po-ts'eu*, il employait fréquemment les rimes utilisées par la

---

(1) Ministre en second de l'Intérieur.

(2) Doyen de l'Académie.

(3) Rédacteur en chef.

(4) Cité dans le *Kouo-tch'ao-ts'eu-tsong*, t. II, p. I.

grande poétesse (1). Ses *ts'eu* (2) nous montrent la même beauté que celle du *Seou-yu-tsi*.

Kou Tcheng-kouan, grand ami de *Na-lan*, était né à *Wou-si* et surnommé *Houa-fong*. Vers l'âge de trente ans, il réussit à l'examen de la licence et occupa la charge de *Kouo-che-yuan-tien-tsi* (3) (1637-1690 ?).

Colligés sous le titre *T'an-tche-ts'eu*, les *ts'eu* du poète présentent deux qualités : la simplicité de la langue et la profondeur des sentiments. En les lisant, on est touché sans découvrir aucune trace de l'effort de l'auteur (4).

Wang Che-siang, dit *Siao-chan*, naquit à *T'ai-ts'ang*. Reçu bachelier, il obtint l'emploi de sous-préfet de *Tsin-kiang* vers 1730. Environ dix ans plus tard, il fut promu préfet de *Tch'eng-tou*. Agé de soixante-neuf ans, il est mort en 1744.

Dans la première moitié du dix-huitième siècle, l'école qui nous occupe n'était plus florissante. Ce sont les écoles *Tch'en* et *Tchou* qui s'épanouissaient alors.

---

(1) Cf. le *Fong-kouang-t'ai-chang-yi-tch'ouei-siao* (« *King ying ping yuan* »), le *Tien-kiang-tch'ouen* (« *Chouei man tch'ouen t'ang* ») et le *Tsouei-houa-yin* (« *Hiang kouei siao yuan hien ts'ing tcheou* »).

(2) Cf. les *Houan-k'i-cha* (« *Lieou nouan houa han yu sseu sou* » et « *Pei kouo ts'ing k'i yi tai lieou* ») et le *P'ou-sa-man* (« *Yu lan houa fa ts'ing ming kin* »).

(3) Fonctionnaire dans le bureau des historiographes.

(4) Cf. les *Ho-sing-lang* (« *Ki tseu p'ing ngan feou* » et « *Ngo yi p'iao ling kieou* »), le *Yen-eul-mei* (« *Cheou kiuan siang lien yu tch'ou cheou* ») et le *Ts'ai-sang-tseu* (« *Ts'ieou lai k'an tsin sing ho ye* »).

Wang seul suivait fidèlement le modèle de *Yen Ki-tao* (1) et y remporta un succès considérable. Dans sa famille, plusieurs membres composaient des *ts'eu* dans la même tendance (2) et l'école *Na-lan* est ainsi revenue à la vie. Il nous donna plusieurs recueils (3). Les *Ts'ai-sang-tseu* (« *Li houa siao yuan tong fong sie* » et « *Leang po tao tsin ts'eng leou ying* »), le *Lin-kiang-sien* (« *Yi touan liu ts'ing wou tcho tch'ou* ») et le *Houan-k'i-cha* (« *Si yu tsien fong yu touan houen* ») sont généralement considérés comme des pièces maîtresses.

Wang Kouo-mei (1877-1927) était originaire de *Hai-ning* et se surnommait *Tsing-ngan*. A la fin du règne de l'empereur *Tö-tsong* (1875-1908), il fit ses études au Japon et ensuite occupa une charge dans le ministère de l'Instruction publique. Après la révolution de 1911, il alla de nouveau au Japon. Environ dix ans plus tard, il retourna en Chine. Puis, l'Université de Pékin et l'Université *Ts'ing-houa* le nommèrent directeur d'études. Menacé par la révolution dite nationaliste de 1927, il s'est suicidé.

Grand philologue et archéologue, *Wang* est souvent négligé par les historiens du *ts'eu*. Mais ses pièces, réunies à la fin du *Kouan-t'ang-tsi-lin* (4), nous révèlent

---

(1) Cf. le *Kouo-tch'ao-ts'eu-tsong*, t. XXIV, p. I.

(2) Cf. le *Tou-k'i-chan-tchouang-ts'eu-houa* de *Sie Tchang-chan*, le *Hiang-slue-ts'eu-tch'ao* de *Wang Han-chou*, le *Lin wou che-yu* de *Wang Sou*, le *Tsö-hiu-ts'eu* de *Wang Lou* et le *Pie-houa-jen-yu* de *Wang Song*.

(3) Le *Hiang-t'ao-tsi*, le *Kan-han-tsi*, le *Ts'ing-sao-yo-fou*, le *Tch'ou-chan-k'i-yu* et le *K'i-t'ing-yi-yu*.

(4) Recueil des morceaux historiques, littéraires, etc. de *Wang*, publié par *Tsiang Jou-tsao*.

un talent remarquable. Il est très habile à traduire la douleur d'amour ou célébrer la beauté du sacrifice. Son style se rapproche de celui de *Fong Yen-ki*, peut-être un peu plus orné. On peut facilement s'en rendre compte après avoir lu les *Tie-liuan-houa* (« *Tso ye mong tchong to chao hen* » et « *Teou kio siao lai ts'ing siu ngo* »), le *Ts'ing-p'ing-yo* (« *Tch'ouei yang chen yuan* »), le *Sou-mo-tchö* (« *Kiuan p'ing lan* »), etc.

IV. LES ETUDES CRITIQUES

Enfin, nous examinerons rapidement les livres concernant les études de *ts'eu*. C'est une production considérable de l'époque Mandchoue. Les ouvrages sur la technique sont au nombre d'une vingtaine ; il y a près de cinquante anthologies et environ quarante œuvres critiques. Il est inutile d'en faire l'énumération complète; nous n'en étudierons donc qu'une dizaine.

Pour la technique, nous mentionnerons seulement le *Ts'eu-liu*, le *K'in-ting-ts'eu-p'ou* et le *Ts'eu-lin-tcheng-yun*.

Le *Ts'eu-liu*, publié en 1687 par *Wou Hing-tsou*, est l'ouvrage capitale du poète *Wan Chou* et reste précieux même de nos jours. Il contient six cent soixante airs et se divise en vingt volumes. L'auteur y étudie soigneusement et spirituellement les différentes formes des airs, la ponctuation du texte et le ton des caractères. Les airs sont arrangés d'après le nombre de caractères employés. Pour chaque air, il donne des exemples tirés des auteurs connus et aussi des explications très utiles. *Yen Cheng-*

souen (1) dit que le *Ts'eu-liu* était le meilleur livre sur la technique du *ts'eu* et qu'après sa publication, on comprenait l'ignorance des poètes des *Ming*. Cette critique n'est nullement excessive (2).

Trente ans après la publication du *Ts'eu-liu*, parut le *K'in-ting-ts'eu-p'ou*. Composé sous le patronage de l'empereur *Cheng-tsou*, ce livre a des matières plus riches que le précédent. Il comprend quarante tomes et contient huit cent vingt-six airs. Malheureusement, des airs de « *K'iu* » sont mélangés parmi ceux du *ts'eu*, ce qui réduit un peu la valeur de cet ouvrage.

Le *Ts'eu-lin-tcheng-yun*, publié en 1821, fut écrit par *Ko Tsai*. En étudiant les meilleures pièces anciennes (3), *Ko* divise les rimes du *Tsi-yun* (4) en dix-neuf groupes (5). Connaissant à fond le *ts'eu* (6), ainsi que la phonétique, il remporta facilement un grand succès. Les règles musicales du *ts'eu* qu'il expose dans la préface sont très utiles à connaître.

Parmi les anthologies, le *Ts'eu-tsong* et le *Li-tai-che-yu* sont les plus importants.

---

(1) Cf. sa préface du *Ts'eu-liu*. (Voir aussi le *Ts'eu-che* de *Lieou Yu-p'an*, p. 103.)

(2) Il est naturel pourtant que chaque ouvrage présente des insuffisances. A la fin de la dynastie mandchoue, il y eut deux savants *Siu Pen-li* et *Tou Wen-lan*, qui essayèrent de compléter le livre de *Wan Chou*. L'un écrivit le *Ts'eu-liu-che-yi*; l'autre, le *Ts'eu-liu-pou-yi*. Tous deux ajoutent deux cent quinze airs.

(3) Cf. la préface du *Ts'eu-lin-tcheng-yun*, écrite par *Kou Ts'ien-li*.

(4) Dictionnaire des rimes de la dynastie *Song*.

(5) Voir chap. I de notre étude.

(6) Il a écrit un recueil de *ts'eu*, intitulé *Ts'ouei-wei-ya-ts'eu*. Il a aussi composé des anthologies, telles que le *Ts'i-kia-ts'eu-siuan*, etc.

Le *Ts'eu-tsong*, composé par le grand poète *Tchou Yi-tsouen*, fut publié en 1678. La première édition ne contenait que trente volumes; les suivantes en comprenaient trente-six. C'est une anthologie remarquable. Elle embrasse une longue période, des *T'ang* aux *Yuan*. Les poètes cités sont au nombre de cinq cents environ ; les pièces choisies sont plus de deux mille. Pour chaque auteur, il y a une biographie sommaire et parfois on peut y trouver des textes de critique. Pour composer cette anthologie, *Tchou* a emprunté beaucoup de livres, manuscrits ou imprimés, à ses amis (1). Il a cherché sa matière dans environ cent soixante recueils, une vingtaine d'anthologies, dans des ouvrages d'histoire officielle, des contes, des ouvrages critiques, etc. Il avait formé le projet de composer une anthologie des *ts'eu* des *Ming*, mais il n'a pas pu le réaliser (2).

Le *Li-tai-che-yu* fut composé sur l'ordre de l'empereur *Cheng-tsou* et publié en 1707. Divisé en cent tomes, il compte environ neuf mille pièces, des *T'ang* aux *Ming*. Elles sont arrangées, non pas chronologiquement, mais d'après les airs. A la fin de ce grand livre se trouvent deux appendices, l'un contient des notices biographiques, l'autre des critiques littéraires ; tous deux sont très utiles pour l'étude du *ts'eu*.

En ce qui concerne les œuvres critiques, les plus

(1) Voir l'introduction de cette anthologie écrite par l'auteur lui-même.

(2) Des savants postérieurs composèrent maints livres pour le compléter, notamment le *Ts'eu-tsong-pou-yi* de *T'ao Leang*, le *Ming-ts'eu-tsong* et le *Kouo-tch'ao-ts'eu-tsong* de *Wang Tch'ang*, le *Kouo-tch'ao-ts'eu-tsong-eul-pien* de *Wang Chao-tch'eng*, le *Kouo-tch'ao-ts'eu-tsong-siu-pien* de *Houang Hien-ts'ing*, le *Kouo-tch'ao-ts'eu-tsong-pou-pien* de *Ting Chao-yi*, etc. Ces livres contiennent quelques deux cents tomes.

connues sont le *Ts'eu-yuan-ts'ong-t'an*, le *Ts'eu-lin-ki-che*, le *T'ing-ts'ieou-cheng-kouan-ts'eu-houa*, le *Tou-k'i-chan-tchouang-ts'eu-houa* et le *Jen-kien-ts'eu-houa.*

Le *Ts'eu-yuan-ts'ong-t'an*, dont l'auteur est *Siu Kieou*, comprend douze tomes. Il est remarquable par la richesse des matières. On y trouve non pas les opinions de l'auteur lui-même, mais des critiques extraites des ouvrages anciens.

Les vingt volumes du *Ts'eu-lin-ki-che*, qui sont une production de *Tchang Sou*, contiennent la biographie des poètes et les critiques sur leurs *ts'eu*, arrangées chronologiquement. Ainsi que le *Ts'eu-yuan-ts'ong-t'an*, il est indispensable à l'étude du *ts'eu*, par l'abondance de ses documents.

De *Ting Chao-yi* nous avons le *T'ing-ts'ieou-cheng-kouan-ts'eu-houa*. Il se divise en vingt volumes. Bien que *Ting* fût un des héritiers de l'école *Kiang K'ouei*, il admirait aussi les chefs des autres écoles. Ses opinions sont donc impartiales. De plus, il critique le *Ts'eu-tsong* et le *Ts'eu-liu*, sévèrement mais justement.

Le *Tou-k'i-chan-tchouang-ts'eu-houa* de *Sie Tchang-chan* contient douze tomes. Différent de *Ting*, *Sie* passe pour un des admirateurs de *Sou Che*, surtout de *Sin K'i-tsi*. C'est un critique impitoyable. Il n'aime ni l'école *Tch'en Wei-song*, ni l'école *Tchou Yi-tsouen*. Seulement quelques émules de *Na-lan Sing-tö* peuvent éviter ses railleries.

Wang Kouo-wei, le premier des critiques chinois qui aient connu la littérature européenne, nous donna le *Jen-kien-ts'eu-houa*. Inférieur aux autres par la quantité, cet ouvrage les dépasse en qualité. Son mérite essentiel consiste à nous indiquer très clairement les qualités et les défauts des œuvres, et la place des poètes dans l'histoire littéraire. Il avait un grand respect pour *Fong Yen-kĭ*, *Lĭ Yu*, *Sin K'i-tsi* et *Na-lan Sing-tö* ; tandis qu'il jugeait avec la plus grande sévérité *Tcheou Pang-yen*, *Kiang K'ouei*, *Wou Wen-ying* et *Tchang Yen*.

Notons qu'après la chute de la dynastie Mandchoue, le *ts'eu* retomba en décadence. Les critiques et les auteurs qui avaient ranimé ce genre poétique redevinrent rares. Bien que *Wang Kouo-wei* et *Tcheng Wen-tcho* survécussent après la révolution de 1911, aucun nouveau maître n'a paru pendant les vingt-trois premières années de la République chinoise. Cette fois, c'est probablement la véritable mort, et non pas le déclin momentané.

Cela tient sans doute à ce que la révolution a, en même temps que le régime politique, changé la culture spirituelle de la Chine contemporaine. Des lettrés, à leur retour d'Occident, ont introduit des éléments de la littérature étrangère, notamment la « new poetry », le « vers libre », le « poème en prose », etc. Les auteurs s'efforcent de s'affranchir du joug des règles de versification sous lesquelles se trouvèrent le *che*, le *ts'eu* et le *k'iu* pendant plus de mille ans. Ce mouvement d'émancipation littéraire condamne, pour ainsi dire, à une mort certaine le *ts'eu*, ainsi que les autres genres.

Récemment, des poètes ont tenté de faire revivre le *ts'eu* : d'où le mouvement dit du « *sin-ts'eu* » (du nouveau *ts'eu*). Ils changent un peu les règles anciennes pour se concilier les révolutionnaires et ainsi prolonger la vie du *ts'eu*. Mais sans aucun doute, cet effort est voué à l'échec. Désormais, l'étude du *ts'eu* ne sera plus qu'une recherche historique, le mot « *ts'eu* » ne sera plus qu'un terme du passé.

Vu : le 14 janvier 1935.

Le Doyen de la Faculté des Lettres
de L'Université de Paris,
H. DELACROIX.

Vu et permis d'imprimer :

Le Recteur de L'Académie de Paris,
S. CHARLETY.

REPERTOIRE DES CARACTERES CHINOIS

(C)

1. CHA-TCH'OUANG-HEN, 50.
2. CHAN, 24, 25.
3. CHAN-KOU-TAO-JEN, 112.
4. CHAN-KOU-TS'EU, 112.
5. CHAN LOU FONG LAI TS'AO MOU HIANG, 119.
6. CHAN MO WEI YUN, 58, 132.
7. CHAN-SI, 149, 161, 164.
8. CHAN SONG YUE LAI, 165.
9. CHAN TCHE LOU, 13, 52.
10. CHAN-TCHONG-PO-YUN-TS'EU, 130.
11. CHAN-T'ING-YEN-MAN, 32.
12. CHAN-YIN, 121.
13 CHANG, 14, 15, 19, 20, 21, 22, 23, 24, 25, 26, 27, 46, 47, 48, 49.
14. CHANG-HING-PEI, 50.
15. CHANG-KIO, 19, 30.
16. CHANG KOU PA TS'IEN SOUEI, 118.
17. CHANG-LIN-TCH'OUEN-MAN, 8.
18. CHANG-SI-P'ING, 57.
19. CHANG SIN MO WEN TS'IEN TCH'AO CHE, 147.
20. CHANG-TIAO, 16, 30, 38.
21. CHANG-TCH'OUEN-K'IU, 133.
22. CHAO-CHE-CHAN-FANG-PI-TS'ONG, 69.
23. CHAO HENG-TCHENG, 145, 147.
24. CHAO-HING, 115, 151.
25. CHAO KO YUE, 119.
26. CHAO-NAN, 19.
27. CHAO NIEN T'ING YU KO LEOU CHANG, 63.
28. CHAO-NIEN-YEOU, 35, 37, 38, 98, 100, 102.
29. CHAO-PIEN, 43, 47, 110, 118, 119, 122.
30. CHAO TCHOU HONG T'IEN, 162.
31. CHAO-YEOU, 132.
32. CHAO-YUN, 113.
33. CHE, 20,46, 68, 70, 74, 96, 127, 135, 141, 174.

34. CHE-CHE-LING, 6, 8, 32.
35. CHE-CHOUO-SIN-YU, 118.
36. CHE-HIANG-KIN-T'ONG, 56.
37. CHE HIAO-YEOU, 99.
38. CHE-HOU, 135.
39. CHE-HOU-SIEN, 14, 39, 127.
40. CHE-HOU-TS'EU, 135.
41. CHE-KING, 19, 118.
42. CHE KING-T'ANG, 78.
43. CHE-KOUO-TCH'OUEN-TS'IEOU, 10.
44. CHE-LIEOU-TSEU-LING, 54.
45. CHE-LIN-TS'EU, 113.
46. CHE-MEN-WEN-TSEU-CHAN, 95.
47. CHE NIEN MO KIEN, 160.
48. CHE NIEN TS'IEN CHE, 65.
49. CHE NIEN YI KIO YANG TCHEOU MONG, 133.
50. CHE NIU TONG TCHOUANG LIEN, 75.
51. CHE SONG-TCHE, 122.
52. CHE TA-TSOU, 58, 127, 150, 152, 162, 167.
53. CHE-TCHEOU, 9.
54. CHE-TCHEOU-MAN, 7.
55. CHE-TCHEOU-YIN, 9.
56. CHE-TCHONG, 80.
57. CHE-T'EOU, 142.
58. CHE TSAI, 61.
59. CHE TSAI KIANG HOU, 47, 65.
60. CHE-TS'ONG, 140.
61. CHE-TSOU, 129.
62. CHE-WEI, 165.
63. CHEN K'IEN, 20.
64. CHEN KOUO, 9.
65. CHEN-NIU-FOU, 118.
66. CHEN-SI, 157.
67. CHEN-TAO, 106.
68. CHEN-TCHEOU, 71.
69. CHEN TÖ-TS'IEN, 109.
70. CHEN-TSONG, 100, 107.
71. CHEN YI-FOU, 95.
72. CHEN YI WOU CHOUAI YI, 118, 119.
73. CHEN YO, 19.
74. CHEN-YO-TCHOUAN, 20.
75. CHENG, 20, 65.
76. CHENG-CHENG-MAN, 47, 53, 118, 129, 134.
77. CHENG-K'IEOU, 105.
78. CHENG-K'IEOU-TS'EU, 105.
79. CHENG-K'IEOU-TS'EU-SIU, 101.
80. CHENG-NGAN, 150.
81. CHENG-NGAN-TS'EU, 150.
82. CHENG-TCH'A-TSEU, 35, 44, 75, 79, 91, 113, 131, 167.

83. CHENG TCH'OU K'O KONG, 47, 122.
84. CHENG-TSOU, 160, 171, 172.
85. CHENG-YU, 129.
86. CHEOU KIUAN SIANG LIEN YU TCH'OU CHEOU, 168.
87. CHEOU LI KIN YING WOU, 58.
88. CHEOU-NGEN-CHEN, 33.
89. CHEOU Tö LIEN K'AI KIE PAN YEOU, 131.
90. CHEOU-YANG, 62.
91. CHO, 49.
92. CHO FONG TCH'OUEI P'O MAO, 147.
93. CHOU, 28, 49, 53, 81, 82, 93, 121, 130.
94. CHOU-HIA, 129.
95. CHOU SI PA, 55, 61.
96. CHOU-WEN, 164.
97. CHOU-YING, 33, 45, 47, 55, 62, 124.
98. CHOU-YUAN, 131.
99. CHOUAI LIEOU CHOU CHOU T'AI MAN TI, 138.
100. CHOUAI TS'AO TCH'EOU YEN, 64, 125.
101. CHOUANG-CHENG-TSEU, 37.
102. CHOUANG-CHOUANG-YEN, 127.
103. CHOUANG-HOUA-YU, 39.
104. CHOUANG-K'I, 134.
105. CHOUANG KIANG CHOUEI HEN CHEOU, 54.
106. CHOUANG-KIO, 18.
107. CHOUANG LO WEI WAN T'ONG SIN KIE, 131.
108. CHOUANG-TCHAO-LEOU-WEI-K'O-TSEU, 95.
109. CHOUANG-T'EOU-LIEN, 49.
110. CHOUANG-TIAO, 14, 15, 30, 34.
111. CHOUANG TSIANG CHOUEN PO, 124, 126.
112. CHOUANG-YE-FEI, 34, 44, 53.
113. CHOUANG YEN, 150.
114. CHOUANG-YEN-EUL, 36.
115. CHOUEI, 62.
116. CHOUEI-LONG-YIN, 39, 43, 45, 53, 55, 64, 118, 119, 121, 129, 144, 159, 163, 164.
117. CHOUEI MAN TCH'OUEN T'ANG, 168.
118. CHOUEI PI FONG TS'ING, 51.
119. CHOUEI TIAO CHOU CHENG TCH'E TSIEOU

T'ING, 12.
120. CHOUEI-TIAO-KO-T'EOU, 10, 43, 46, 55, 110, 112, 113, 114, 118, 119, 122, 137, 138, 139, 142, 157, 158.
121. CHOUEI TIEN FONG LEANG, 13.
122. CHOUEI-TSING-LIEN, 56.
123. CHOUEI TSING LIEN LI P'O LI TCHEN, 73.
124. CHOUEI WAN YIN HO, 137.
125. CHOUEI-YUN-LEOU-TS'EU, 163.
126. CHOUEN-TI, 144.
127. CHOUO-CHE-TSOUEI-YU, 109.

(E)

1. EUL, 110, 119.
2. EUL KIA FOU SIU SIN YONG YI, 12.
3. EUL-LANG-CHEN, 37, 57.
4. EUL YI, 119.

(F)

1. FA, 29.
2. FA-KIA-TAO-YIN, 12.
3. FA-K'IU-HIEN-SIEN-YIN, 34, 36, 44.
4. FA-K'IU-TI-EUL, 36.
5. FAN, 27, 28, 61.
6. FAN-CHENG, 67.
7. FAN-KIN-TSI, 160.
8. FAN-NIU-YUAN, 49.
9. FAN-SIE, 162.
10. FAN-SIE-CHAN-FANG-TS'EU, 162.
11. FAN TCH'ENG-TA, 121, 123, 127, 130, 135
12. FAN TCHONG-YEN, 118, 135.
13. FANG, 104.
14. FANG-HOUEI, 133.
15. FANG KIU-CHAN, 55.
16. FANG-SIN-K'OU, 133.
17. FANG-TCH'ENG, 72.
18. FANG TCH'ENG-P'EI, 67.
19. FANG TCH'OUAN TS'IEN LI LING PO K'IU, 125.
20. FANG-TS'AO-TOU, 52.
21. FANG TS'IEN-LI, 104.
22. FANG TS'AO TAO HENG T'ANG, 13.
23. FANG TS'AO TCHEOU TS'IEN TAO LOU, 13.
24. FANG-WONG-TS'EU, 121.
25. FEI, 23.
26. FEI-K'ING, 72.
27. FEI K'IONG PAN LIU, 98.
28. FEI-SIUE-MAN-K'IUN-CHAN, 13, 106.
29. FEI TCHAO TS'ONG T'IEN HIA, 122.
30. FEN CHANG YI HI YEOU

LEI HEN, 91.
31. FEN-NING, 112.
32. FEOU P'ING TCHE TAI YANG HOUA K'IU, 150.
33. FONG CHEOU-WEI, 57.
34. FONG-HIEN-PEI, 33.
35. FONG HIU, 128.
36. FONG-HOUANG-T'AI-CHANG-YI-TCH'OUEI-SIAO, 54, 162, 168.
37. FONG KI KIN NI TAI, 99.
38. FONG KI LOU YUN TS'ONG, 92.
39. FONG-KOUEI-YUN, 37, 42, 77.
40. FONG-LAI-TCH'AO, 39.
41. FONG LAO YING TCH'OU, 58, 100.
42. FONG-LEOU-TCH'OUEN, 92.
43. FONG LEOU YU YU TCH'ENG KIA JOUEI, 98.
44. FONG-LIEOU-TSEU, 7, 34, 55, 65, 100.
45. FONG LIN TIAO WAN YE, 100.
46. FONG LING-KIUN, 84.
47. FONG NOUAN YING KIAO, 58.
48. FONG-SI-WOU, 36, 138.
49. FONG-SIANG, 75.
50. FONG TCHAN, 52.
51. FONG TCHOU TCH'EN HIANG HOUA YI TSIN, 134.
52. FONG-TIE-LING, 160.
53. FONG YAO TONG, 52.
54. FONG YEN-KI, 12, 50, 55, 62, 65, 81, 83, 84, 86, 90, 94, 99, 130, 131, 151, 154, 160, 170, 174.
55. FOU, 100.
56. FOU-CHö, 154.
57. FOU JOU, 147.
58. FOU-KIEN, 113, 116.
59. FOU-MA-TOU-WEI, 91.
60. FOU-NIAO-FOU, 118.
61. FOU-T'ANG-TOU-MOU-K'IAO-T'I, 53.
62. FOU-TCHEOU, 70.
63. FOU-YANG, 138.
64. FOU YONG LAO K'IU TCHOUANG TS'AN, 144.
65. FOU YONG TCH'ENG PAN LIU, 65.

(H)

1. HAI, 23.
2. HAI-CHAN-KI, 68.
3. HAI-NING, 169.
4. HAI T'IEN HIANG HIAO, 57.
5. HAI-YEN, 70, 167.
6. HAN, 8, 24, 25, 60, 62, 116.

7. HAN CHAN TS'I TS'IE, 47, 98.
8. HAN-CHE, 131.
9. HAN HAN JE KIO TSEU YEN FEOU, 135.
10. HAN HOUANG, 70.
11. HAN KIU, 57.
12. HAN-KONG-TCH'OUEN, 36, 43, 121.
13. HAN-LIN-HIO-CHE, 113.
14. HAN-LIN-HIO-CHE-TCH'ENG-TCHE, 143, 144, 145.
15. HAN-LIN-SIEOU-TCHOUAN, 138, 150.
16. HAN PO CHOUANG P'AN KIN FONG, 49.
17. HAN TAN HIANG SIAO TS'OUEI YE TS'AN, 12.
18. HAN TCHE PING YE, 162.
19. HAN T'O-TCHEOU, 127.
20. HAN-YANG, 123.
21. HAN YO, 68, 74, 75.
22. HANG-TCHEOU, 101, 107, 123, 129.
23. HAO, 20, 25.
24. HAO-CHE-KIN, 32, 43, 45, 64.
25. HAO-CHE-KOUANG, 68.
26. HAO-JAN-TCHAI-YA-T'AN, 101.
27. HAO-NIU-EUL, 60.
28. HEN, 24.
29. HEN-TCH'OUEN-TCH'E, 33, 64.
30. HEOU, 27.
31. HEOU-CHOU, 80, 90, 92, 93.
32. HEOU-HAN, 78, 79.
33. HEOU KOUAN MEI TS'AN, 99.
34. HEOU KOUAN TAN FONG TCH'OUEI TSIN, 57.
35. HEOU KOUAN TENG, CHEN, 58, 64.
36. HEOU-LEANG, 78, 79.
37. HEOU-T'ANG, 78, 79, 80, 92, 94.
38. HEOU-TCHEOU, 78, 80, 93.
39. HEOU-TCHOU, 86.
40. HEOU-TSIN, 78, 79.
41. HEOU-TS'OUEN-CHE-HOUA-SIU-TSI, 121.
42. HEOU-TS'OUEN-TCH'ANG-TOUAN-KIU, 122.
43. HEOU WEN-TS'AN, 95.
44. HI-TCH'AO-T'IEN, 36.
45. HI-TCHEN, 120.
46. HI-TCHEOU, 10.
47. HI-TCHEOU-MAN, 10.
48. HI-TS'IEN-YING-MAN, 31.
49. HIA,29.
50. HIA-FANG-YUAN, 74.

51. HIA HOUAN-CHOUEN, 148, 152.
52. HIA-KOUEI, 71.
53. HIA TCHE-HIU, 152.
54. HIA-TCH'OU-LIN, 150.
55. HIA YUAN-TING, 95.
56. HIA-YUN-FONG, 37.
57. HIA YUN-YI, 152.
58. HIAI, 23.
59. HIAI FANG-CHOU, 58.
60. HIANG, 162.
61. HIANG-CHAN-KIU-CHE, 71.
62. HIANG HONG-TSOU, 162.
63. HIANG-HOU-PIEN, 57.
64. HIANG KING PIAO YUE KIA TONG PIEN CHENG, 159.
65. HIANG KOUEI SIAO YUAN HIEN TS'ING TCHEOU, 168.
66. HIANG LENG KIN YI, 54.
67. HIANG LIEN K'ING YUN, 13, 54.
68. HIANG-SIUE-TS'EU-TCH'AO, 169.
69. HIANG-TAN-TS'EU, 157.
70. HIANG-T'AO-TSI, 169.
71. HIANG TSEU-YIN, 112, 114.
72. HIANG YING HIAO PO, 10.
73. HIANG YU, 73.
74. HIAO, 25.
75. HIAO CHOUANG TCH'OU TCHOU, 129.
76. HIAO FONG SOUAN, 52.
77. HIAO Sö YUN K'AI, 60.
78. HIAO TCHOUANG TCH'OU LEAO MING KI SIUE, 87.
79. HIAO-TSONG, 115, 135.
80. HIAO YIN PO, 163.
81. HIAO YIN TCHONG CHOUANG TIAO NGAN TS'AO, 11.
82. HIE-TCHE-KIO, 19.
83. HIE-TCHE-TIAO, 16, 30, 36.
84. HIEN, 27, 28.
85. HIEN-HIEN-KIU-CHE, 138.
86. HIEN-TCHAI-K'IN-TS'IU-WAI-P'IEN, 105.
87. HIEN TSAI LING YIN, 110.
88. HIEOU HEN WOU CHAN, 162.
89. HIEOU SIANG WEN, 79.
90. HIN, 24.
91. HING-HIANG-TSEU, 44, 149.
92. HING-HOUA-T'IEN, 56.
93. HING-POU-CHANG-CHOU, 150, 167.
94. HING-POU-CHE-LANG, 72.
95. HIO-SONG-TCHAI-TS'EU-YUN, 20.

96. HIO-TCHENG, 129.
97. HIONG TCHONG TS'IEN TCHONG TCH'EOU, 56.
98. HIONG-YO, 138.
99. HIU-CHENG, 67.
100. HIUAN-TSONG, 68, 70.
101. HIUN-TAO, 147.
102. HO, 29.
103. HO CHAN T'ING CHANG TSIEOU JOU TCH'OUAN, 140.
104. HO-CHENG-TCH'AO, 35.
105. HO-FEI, 123.
106. HO-HOUAN-TAI, 37.
107. HO-K'IAO-LIEOU, 51.
108. HO KIN TCH'OU K'AI, 133.
109. HO LIU TCH'ENG HIA LEOU CHENG TS'AN, 163
110. HO-MAN-TSEU, 8, 55, 97.
111. HO-PEI, 147.
112. HO-SIN-LANG, 43, 60, 61, 62, 116, 118, 119, 122, 168.
113. HO TCH'EOU, 48.
114. HO-TCH'ONG-T'IEN, 13, 33, 51, 98.
115. HO TCHOU, 13, 53, 130, 133, 147, 156.
116. HO TCH'OU SIANG FONG, 46.
117. HO TCH'OU YEOU NIU, 82.
118. HO-TCHOUAN, 41, 51, 52, 55, 74, 82, 132.
119. HO-TONG, 91.
120. HO-TOU-CHEN, 7, 49, 74, 94.
121. HO-YE-PEI, 12, 49, 51, 58, 82.
122. HONG CHOUANG YI CHOU TS'I LEANG, 144.
123. HONG FEN TS'OUEI PIE, 47, 59.
124. HONG HING, 51.
125. HONG-LIN-K'IN-KIN, 35.
126. HONG-LOU-K'ING, 120.
127. HONG-LO-NGAO, 34.
128. HONG NGEOU HIANG TS'AN YU TIEN TS'IEOU, 134.
129. HONG SIEOU, 61.
130. HONG SIEOU-TS'IUAN, 163.
131. HONG SOU CHEOU, 54, 121.
132. HONG-TCH'OUANG-KIONG, 10, 101.
133. HONG-TCH'OUANG-T'ING, 42.
134. HONG-YE-KAO, 80.
135. HONG-YEN- TS'EU, 154.
136. HONG-YEOU, 157.
137. HOU, 61, 70, 119.
138. HOU CHANG HIEN WANG, 52.
139. HOU CHE, 69, 71, 92, 128.

140. HOU-NAN, 115.
141. HOU-PEI, 100, 115.
142. HOU-POU-CHANG-CHOU, 113.
143. HOU-POU-CHE-LANG, 84, 149, 161.
144. HOU-TCHEOU, 107, 123, 128, 142, 156.
145. HOU-TCHONG-T'IEN, 65, 130.
146. HOU TSEU, 67, 69.
147. HOU YING-LIN, 69.
148. HOUA-FAN, 36, 48.
149. HOUA-FONG, 168.
150. HOUA HOUA, 11.
151. HOUA JE-SIN, 11.
152. HOUA-KIEN-TSI, 84.
153. HOUA LI SO, 162.
154. HOUA MING YUE NGAN LONG K'ING WOU, 87.
155. HOUA-NGAN-TS'EU-SIUAN, 7.
156. HOUA PIAO KOUEI LAI LAO LING WEI, 140.
157. HOUA-T'ANG-TCH'OUEN, 132.
158. HOUA TCHE FEOU, 120.
159. HOUA TCHENG FANG, 92.
160. HOUA-T'ING, 147, 152.
161. HOUA-WAI-TSI, 129.
162. HOUA-YANG, 92.
163. HOUA YING TCH'ONG TCH'ONG, 150.
164. HOUAI, 126.
165. HOUAI-HAI-KIU-CHE-TCH'ANG-TOUAN-KIU, 132.
166. HOUAI-NAN, 92.
167. HOUAI TCH'OU K'OUANG WANG KI TS'IEN LI, 56.
168. HOUAI-TIEN-TCH'OUEN, 13.
169. HOUAI TSO MING TOU, 125.
170. HOUAN, 24, 25, 65.
171. HOUAN-K'I-CHA, 12, 32, 44, 48, 61, 88, 91, 92, 94, 131, 133, 138, 150, 151 167, 168, 169.
172. HOUAN K'I TSEU LOU TSEU, 118.
173. HOUAN-KING-YO, 14, 34, 44.
174. HOUAN TCH'OU KIAI CHAN YE, 53, 112.
175. HOUANG, 158.
176. HOUANG CHENG, 7, 51.
177. HOUANG-FOU SONG, 12, 74.
178. HOUANG-HIEN-TS'ING, 153, 172.
179. HOUANG-HO-TS'ING-MAN, 105.
180. HOUANG-HOUA-CHAN.

TCHOU, 138.
181. HOUANG HOUA CHEN HIANG, 53.
182. HOUANG KIN PANG CHANG, 98.
183. HOUANG KING-JEN, 156, 157.
184. HOUANG LEANG MONG KIO, 53.
185. HOUANG-LI-JAO-PI-CHOU, 35.
186. HOUANG TCH'AO, 81.
187. HOUANG-TCHEOU, 94, 107.
188. HOUANG-TCHEOU-YI, 69.
189. HOUANG-TCHONG, 14.
190. HOUANG-TCHONG-CHANG, 15, 33.
191. HOUANG-TCHONG-KIO, 16, 39.
192. HOUANG-TCHONG-KONG, 14, 15, 30, 31, 33.
193. HOUANG-TCHONG-PIEN-KONG, 18.
194. HOUANG-TCHONG-PIEN-TCHE, 16, 17.
195. HOUANG-TCHONG-TCHE, 17.
196. HOUANG-TCHONG-TCHENG-TCHE, 18, 39.
197. HOUANG-TCHONG-YU, 18, 39.
198. HOUANG T'ING-KIEN, 53, 60, 70, 99, 112, 157, 160.
199. HOUANG KIN SI TCHE HO SI, 98.
200. HOUANG-YING-EUL, 31.
201. HOUEI, 22.
202. HOUEI-FONG-TS'EU-HOUA, 69.
203. HOUEI-HOUEI-KIAO-TSIN-TCHONG-KOUO-TI-YUAN-LIEOU, 91.
204. HOUEI-LAN-FANG-YIN, 32, 38.
205. HOUEI SIEOU CHANG SI FONG, 64.
206. HOUEI T'ANG FONG K'I PO WEN SI, 91.
207. HOUEI-TCHEOU, 108.
208. HOUEI-TSONG, 96, 108, 125.
209. HOUEI-WEN, 157.
210. HOUEN, 24.
211. HOUO, 64.
212. HOUO-CHENG,67.
213. HOUO NING, 55, 78, 79, 84.
214. HOUO TCH'EOU P'ING, 164.
215. HOUO-TS'ING-TCHEN-TS'EU, 104.

(J)

1. JAO-FO-KO, 34.
2. JAO TCH'OUANG KI CHOU, 59.

3. JEN-FOU, 141.
4. JEN-KIEN-TS'EU-HOUA, 173.
5. JEN-KIN, 146.
6. JEN-LEI-YIN, 133.
7. JEN-TSONG, 7, 96, 99, 130.
8. JEN YEN KOUAN JONG, 53.
9. JEN-YUE-YUAN, 137, 147
10. JONG-TCHEOU, 112.
11. JOU, 19, 20, 28, 29, 46, 47, 48, 49.
12. JOU KIN K'IO YI KIANG NAN LO, 61.
13. JOU-MONG-LING, 7, 12, 40, 45, 78, 134.
14. JOU TS'EU HONG TCHOUANG, 149.
15. JOU-YU-CHOUEI, 41.
16. JOUAN YEN LONG SI LIEOU, 48.
17. JOUEI-HO-SIEN, 41, 44, 48, 53, 112.
18. JOUEI-LONG-YIN, 34.
19. JOUEI-PIN, 14.
20. JOUEI-PIN-CHANG, 15.
21. JOUEI-PIN-KIO, 16.
22. JOUEI-PIN-KONG, 15.
23. JOUEI-PIN-PIEN-KONG, 19.
24. JOUEI-PIN PIEN-TCHE, 17.
25. JOUEI-PIN-TCHE, 17.
26. JOUEI-PIN-YU, 18.
27. JOUEI-TCHÖ-KOU, 12, 39.

(K)

1. KAI-TCHE, 121.
2. K'AI-FONG, 114.
3. K'AI-HI, 116.
4. KAN, 27.
5. KAN HAI WEN YI, 165.
6. KAN-HAN-TSI, 169.
7. KAN-HOUANG-NGEN, 34, 121.
8. KAN LIU TOUEI YUN, 128.
9. KAN NGEN TO, 50.
10. KAN-TCHEOU, 9, 130.
11. KAN-TCHEOU-K'IU, 10.
12. KAN-TCHEOU-LING, 42.
13. KAN-TS'AO-TSEU, 31.
14. K'AN, 28.
15. K'AN-HOUA-HOUEI, 33.
16. K'AN TCH'OUEI YANG MI YUAN, 64.
17. K'ANG YU-TCHE, 57.
18. KAO-CHAN-LIEOU-CHOUEI, 34.
19. KAO TCHEN-FOU, 52.
20. KAO KI-HING, 80.
21. KAO K'I, 148, 149, 150, 152, 156.
22. KAO-KONG, 15.
23. KAO-KONG-KIO, 16.
24. KAO-KONG-PIEN-TCHE, 16.
25. KAO-KONG-TCHENG-

TCHE, 17.
26. KAO KOUAN-KOUO, 127, 135.
27. KAO-NGAN, 148.
28. KAO-PAN-CHö-TIAO, 18, 30.
29. KAO-P'ING-TIAO, 18, 40.
30. KAO-TA-CHE-KIO, 18.
31. KAO-TA-CHE-TIAO, 15.
32. KAO-TSONG, 115.
33. KAO-TSOU, 20.
34. KAO-WEN, 158.
35. KAO-YANG-T'AI, 62, 64, 65, 130, 160.
36. KAO-YEOU, 132.
37. KENG, 26.
38. KENG-LEOU-TSEU, 36, 50, 60, 73, 79.
39. K'EOU-HIEN-TS'EU, 149.
40. K'EOU TCHOUEN, 54.
41. KI, 145.
42. KI-CHE-TCHONG, 90, 151.
43. KI JE LAI TCHEN KO TSOUEI, 101.
44. KI-LEAO-FAN, 33.
45. KI MONG WEI HO, 122.
46. KI P'OU YEN SIAO CHOUEI NIAO FEI, 56.
47. KI-TAO, 131.
48. KI-TI, 149.
49. KI Tö K'IU NIEN, 50.
50. KI Tö NA NIEN HOUA HIA, 12.
51. KI TOU FONG LEOU T'ONG YIN YEN, 62.
52. KI TOU YING T'I, 156.
53. KI TSEU P'ING NGAN FEOU, 168.
54. KI-WOU-T'ONG, 40.
55. KI YU KOUAN T'A SIUE CHE TS'ING YEOU, 130.
56. K'I, 29.
57. K'I-K'ING, 94.
58. K'I-LEAO-YUAN, 40.
59. K'I-LO-HIANG, 58, 64, 129.
60. K'I-NIEN, 154.
61. K'I NIU SONG HOUA, 97.
62. K'I-TAN, 78.
63. K'I-T'ING-YI-YU, 169.
64. K'I YUE TCH'OUEI PI, 105.
65. KIA, 23, 25.
66. KIA-HIEN, 115, 124.
67. KIA-HIEN-TCH'ANG-TOUAN-KIU, 116, 122.
68. KIA-HING, 124.
69. KIA JEN HIO Tö P'ING YANG K'IU, 61, 97.
70. KIA-JEN-TSOUEI, 35.
71. KIA-LING, 154.
72. KIA-LING-TS'EU, 155.
73. KIA-TCHEOU, 149.
74. KIA-TCHONG, 14.
75. KIA-TCHONG-CHANG, 15.

34.
76. KIA-TCHONG-KIO, 16.
77. KIA-TCHONG-KONG, 15, 31.
78. KIA-TCHONG-PIEN-KONG, 18.
79. KIA-TCHONG-PIEN-TCHE, 17.
80. KIA-TCHONG-TCHE, 17.
81. KIA-TCHONG-YU, 18, 39.
82. KIA YI, 118.
83. KIA YO JEN WEI TCHE, 101.
84. K'IA FANG FEI MONG SING, 53.
85. KIAI, 9, 23.
86. KIAI-LIEN-HOUAN, 13, 38, 44, 130.
87. KIAI-P'EI-LING, 160.
88. KIAI-T'IE-SIE, 38, 57.
89. KIAI-YU-HOUA, 41, 45.
90. KIAI YU KONG HOUA TCH'OU HOUA YEN, 138.
91. KIANG, 20, 22, 44, 102, 123, 127, 144, 146, 147, 150, 154, 165.
92. KIANG CHAN SIN MEI, 142.
93. KIANG CHANG TS'AO TS'IEN TS'IEN, 94.
94. KIANG-CHEN-TSEU, 140.
95. KIANG HOU LO P'O, 142.
96. KIANG-HOU-TSAI-TSIEOU-TSI, 160.
97. KIANG KONG-FOU, 123.
98. KIANG K'OUEI, 9, 10, 31, 42, 46, 47, 55, 56, 59, 62, 64, 123, 124, 125, 130, 135, 156, 160, 162, 163, 164, 167, 173, 174.
99. KIANG NAN HAO FONG KING KIEOU TS'ENG NGAN, 72.
100. KIANG-NAN-LIEOU, 32.
101. KIANG-NAN-SIN-TS'EU, 114.
102. KIANG-NAN-TCH'OUEN, 36, 54.
103. KIANG NAN YI, 12.
104. KIANG NGO, 123.
105. KIANG-PEI-KIEOU-TS'EU, 114.
106. KIANG PIAO, 95.
107. KIANG-SI, 115.
108. KIANG-SOU, 164.
109. KIANG TCH'EN-YING, 165.
110. KIANG-TCH'ENG MEI HOUA-YIN, 57.
111. KIANG-TCH'ENG-TSEU, 41, 57, 92, 109, 132, 157.
112. KIANG-TOU, 156.
113. KIANG-TOU-TCH'OUEN, 33.
114. KIANG WEI, 57.
115. KIANG-YEOU-SSEU, 19.
116. KIANG-YIN, 115, 163.
117. KIANG-YUE-HOUANG-

KIANG-CHAN, 13.
118. K'IANG HOUAN, 100.
119. K'IANG-TS'OUEN-TS'ONG-CHOU, 77, 95.
120. KIAO, 14, 15, 49.
121. KIAO-CHEOU, 100, 146.
122. KIAO-CHOU-LANG, 71, 81, 101, 112, 113.
123. K'IAO, 25.
124. K'IAO YING LIEOU HONG, 160.
125. KIE, 29.
126. KIEN, 25.
127. KIEN CHOUO, 65.
128. KIEN-K'ANG, 121.
129. KIEN-K'I, 9.
130. KIEN-K'I-KIN, 9.
131. KIEN LI HOUA TCH'OU TAI YE YUE, 104.
132. KIEN MEI HOUA YI FAN KING KAN, 147.
133. KIEN-T'AO, 154, 159.
134. KIEN-TCH'A-YU-CHE, 71.
135. KIEN-TCHEOU, 137.
136. KIEN-TSEU-MOU-LAN-HOUA, 12, 36, 42, 44, 109, 110.
137. KIEN-YI-TA-FOU, 84.
138. K'IEN-TCHEOU, 112.
139. KIEOU YUE SŐ. 47, 124, 125.
140. KIEOU-HOUA, 157.
141. KIEOU-KIANG, 103.
142. KIEOU K'IU TCHONG, 57.
143. KIEOU K'O KING HOUA, 157.
144. KIEOU-PIEN, 19.
145. KIEOU-T'ANG-CHOU, 66.
146. KIEOU-TCHANG-KI, 11.
147. KIEOU YEOU HO TCH'OU, 57.
148. KIEOU-YI, 115.
149. K'IEOU SIEN K'IU YE, 58.
150. K'IEOU YUAN, 144, 145, 146, 147, 152.
151. KIN, 6, 8, 115, 120, 125, 136, 137, 139, 141, 147, 152.
152. KIN-HOUA, 69.
153. KIN JE FOU HO JE, 118.
154. KIN KIANG YENG CHOUEI, 90.
155. KIN KOU FONG LIEOU YUAN POU PING, 109.
156. KIN KOU KI TS'I TCHEOU, 143.
157. KIN LAI SAI CHANG, 53.
158. KIN LAI TCH'EOU SSEU T'IEN LAI TA, 58.
159. KIN LEOU HOUA CHEN, 57, 98.
160. KIN-LIEN-TSI, 76.
161. KIN-DIEN-TSI-PA, 69.
162. KIN-LING, 123, 148.

163. KIN P'OU TCH'OUEN NIU, 51, 82.
164. KIN SSEU YI CHANG YU SSEU CHEN, 83.
165. KIN-T'AN, 70.
166. KIN-T'ANG-TCH'OUEN, 13, 37, 55.
167. KIN-TCHAN-TSEU, 35.
168. KIN-TCH'AN-TAO, 56.
169. KIN-TSIAO-YE, 33.
170. KIN TSIEN HONG K'I TCH'E, 92.
171. KIN-TS'IUAN, 73.
172. KIN YUAN TONG FONG WAI, 128.
173. K'IN-HOUA-LEOU-TS'EU-TCH'AO, 153.
174. K'IN-TING-TS'EU-P'OU, 46 49, 170, 171.
175. K'IN-TSONG, 125.
176. KING, 26.
177. KING CHOUEI YE LAI TS'IEOU YUE, 12.
178. KING-K'EOU, 147.
179. KING K'O, 62, 117.
180. KING-NAN, 80, 90, 94.
181. KING-TCHAO, 70.
182. KING-YEOU, 106.
183. KING YING PING YUAN, 168.
184. K'ING-KIA-TSIE, 34.
185. K'ING-KIN-TCHE, 32, 97.
186. K'ING-KONG-TCH'OUEN, 44, 124, 126.
187. K'ING-PEI, 37, 39, 57.
188. K'ING-PEI-YO, 32, 33, 98.
189. K'ING-TCH'OUEN-KONG, 38.
190. K'ING-TCH'OUEN-TSö, 97.
191. K'ING-YUAN, 129.
192. K'ING YUN WEI YUE, 109.
193. KIO, 28, 49.
194. KIO-TCHAO, 39, 125, 162.
195. KIO-TIAO, 30.
196. K'IO, 65.
197. KIONG, 26.
198. K'IONG K'IONG Sö YI TCHEN WOU KIA, 133.
199. K'IONG-YAO-TSI, 91.
200. KIU-HOUA-SIN, 40, 47.
201. KIU-YE, 105, 112.
202. K'IU, 19, 20, 21, 22, 23, 24, 25, 26, 27, 28, 30, 46, 47, 48, 49, 55, 95, 136, 171, 174.
203. K'IU CHOUEI LIEOU CHANG, 118.
204. K'IU HIEN, 51.
205. K'IU K'IU, 52.
206. K'IU NIEN JEN TSAI FONG HOUANG TCH'E, 147.
207. K'IU-TSEU-SIANG-KONG, 79.

208. K'IU-YEOU-TCH'OUEN, 128.
209. K'IU-YU-KOUAN, 33.
210. K'IU YUAN, 119.
211. KIUAN KIUAN CHOUANG YUE LENG TSIN MEN, 57.
212. KIUAN-NGO, 19.
213. KIUAN P'ING LAN, 170.
214. KIUAN-P'OU, 161.
215. KIUAN SIU FONG T'EOU HAN YU TSIN, 131.
216. KIUAN-SIUN-FANG, 41.
217. KIUAN YEOU LAO YEN, 137.
218. KIUN-T'ö, 128.
219. KIUN FANG KOUO HEOU SI HOU HAO, 99.
220. KO, 25, 26, 171.
221. KO FA CHOUEI KIA YEN CHANG, 49.
222. KO-K'I-MEI-LING, 42.
223. KO-LIEN-T'ING, 37.
224. KO-P'OU-LIEN-KIN, 8, 100.
225. KO-P'OU-LIEN-KIN-P'O, 34.
226. KO TCH'ANG-KENG, 95.
227. KO-T'EOU, 78.
228. KO T'IEN-MIN, 123.
229. KO TSAI, 21, 171.
230. K'O LIEN CHENG P'IAO LING TAO T'OU MI, 11.
231. K'O LIEN KIN SI YUE, 119.
232. KONG, 14.
233. KONG-CHENG, 156, 157.
234. KONG-KIN, 128.
235. KONG SIANG-LIN, 153.
236. KONG-TIAO, 14, 30.
237. KONG TING-TSEU, 154.
238. KONG-TS'AO, 70.
239. K'ONG TCH'ENG HIAO KIO, 10, 56.
240. K'ONG TSI WOU PIEN, 50.
241. KOU CHAN KIUAN, 48.
242. KOU FOU T'IEN KONG, 152.
243. KOU HIONG, 49, 50, 51, 52, 55, 58, 84, 90, 93.
244. KOU HOUANG, 69, 70.
245. KOU-KIN-TS'EU-HOUA, 79.
246. KOU-K'ING-PEI, 37.
247. KOU KOUO TANG NIEN Tö YI, 121.
248. KOU LIEN K'ONG, 46.
249. KOU-LOUAN, 13, 49.
250. KOU-SI, 14.
251. KOU-SI-CHANG, 15.
252. KOU-SI-KIO, 16.
253. KOU-SI-KONG, 15.
254. KOU-SI-PIEN-KONG, 19.
255. KOU-SI-PIEN-TCHE, 17.
256. KOU-SI-TCHE, 17.
257. KOU-SI-YU, 13.
258. KOU TCHENG-KOUAN, 165, 168.

259. KOU TCH'ENG YIN, 125.
260. KOU TS'IEN-LI, 171.
261. KOU-YE, 100.
262. KOUA, 23, 26.
263. KOUA KIO TEOU TCHENG, 118, 119.
264. KOUAI, 23.
265. KOUAN HO TCH'EOU SSEU WANG TCH'OU MAN, 46.
266. KOUAN KIEN POU SOUEI KIUN K'IU, 55.
267. KOUAN-T'ANG-TSI-LIN, 169.
268. KOUAN TAO-CHENG, 143.
269. KOUANG KING PO NIEN, 11, 109.
270. KOUANG-LING, 84.
271. KOUANG-SI, 91, 157, 164.
272. KOUANG-TONG, 91, 157, 161.
273. KOUANG-TSONG, 116.
274. K'OUANG-LOU, 157.
275. KOUEI, 54, 164.
276. KOUEI-KI, 128.
277. KOUEI-K'IU-LAI, 40.
278. KOUEI-K'IU-LAI-TS'EU, 110, 112, 118.
279 KOUEI-K'IU-NAN, 33, 101
280. KOUEI-KOUO-YAO, 73, 74.
281. KOUEI-P'ING, 94.
282. KOUEI-SIEOU-PO-KIA-TS'EU, 153.
283. KOUEI-TCH'AO-HOUAN, 35.
284. KOUEI-TCHE-HIANG, 56.
285. KOUEI-TIEN-TS'IEOU, 68.
286. K'OUEI-TCHEOU, 121.
287. KOUEN, 9.
288. KOUO, 26.
289. KOUO CHAO-K'ONG, 68.
290. KOUO CHAO YANG, 98.
291. KOUO-CHE-YUAN-TIEN-TSI, 168.
292. KOUO-HIANG, 65.
293. KOUO-KIEN-HIE, 56.
294. KOUO-KIEN-HIE-KIN, 40.
295. KOUO-LANG-EUL-KIN, 42.
296. KOUO-TCH'AO-TS'EU-TSONG, 153, 156, 162, 167, 169, 172.
297. KOUO-TCH'AO-TS'EU-TSONG-EUL-PIEN, 153, 172.
298. KOUO-TCH'AO-TS'EU-] TSONG-POU-PIEN, 153, 172.
299. KOUO-TCH'AO-TS'EU-TSONG-SIU-PIEN, 153, 172.
300. KOUO TCH'OUEN CHŬ LEAO, 127.
301. KOUO-TS'ANG, 148.
302. KOUO-TSEU-KIEN-KIAO-CHEOU, 112, 113.

303. KOUO-TSEU-TCHOU-KIAO, 144.
304. KOUO-TSE-TCHOU-POU, 100.
305. KOUO-TS'IN-LEOU, 34.
306. KOUO-TS'ö, 118.
307. KOUO WEI, 78.
308. K'OUO CHEN WOU T'IEN, 128.

(L)

1. LAI CHE LOU YI YI HIANG JOUEN, 56.
2. LAN-LING-WANG, 7, 13, 39, 101, 163.
3. LAN-T'ING-CHE-SIU, 118.
4. LANG JAN, 110.
5. LANG-T'AO-CHA, 13, 36, 38, 89, 135, 143, 147.
6. LANG-T'AO-CHA-LING, 37.
7. LANG-T'AO-CHA-MAN, 11, 38.
8. LAO KING SIAO T'IAO, 13.
9. LAO LAI K'O HI, 63.
10. LEANG, 20, 75, 161.
11. LEANG-CHOU, 20.
12. LEANG K'I-HIUN, 30.
13. LEANG PO TAO TSIN TS'ENG LEOU YING, 169.
14. LEANG SIEOU MEI FONG, 128.
15. LEANG-TCHEOU, 9.
16. LEANG-TCHEOU-LING, 9, 32, 65.
17. LEANG T'IAO HONG FEN LEI, 50.
18. LEANG-T'ONG-SIN, 33.
19. LEANG YE TENG KOUANG TS'OU JOU TEOU, 101.
20. LEAO TCH'EN HIANG, 60.
21. LEAO-YANG, 73, 138.
22. LEI, 60.
23. LEI-KIANG-YUE, 13.
24. LENG-HONG-TS'EU, 165.
25. LEOU CHANG TS'ING T'IEN PI SSEU TCH'OUEI, 98.
26. LEOU CHANG YONG LIEN FEI SIU, 55.
27. LEOU KIO TCH'OU SIAO YI LIU HIA, 133.
28. LEOU T'AI HIANG HIAO, 12.
29. LEOU TS'IEN CHOU LIEOU, 61.
30. LEOU TS'IEN LOUAN TS'AO, 99.
31. LEOU WAI TONG FONG TAO TSAO, 150.
32. LEOU YU TCH'EN TCH'EN TS'OUEI KI TCH'ONG, 138.
33. LI, 69, 70, 84, 111, 116, 132, 135, 162.
34. LI CHANG-YIN, 72.

35. LI-CHOUEI, 100.
36. LI HOUA SIAO YUAN TONG FONG SIE, 169.
37. LI HOUA TCH'OUEN MOU, 140.
38. LI JE TS'IEN MEN, 97.
39. LI K'O-YONG, 78.
40. LI-KOUANG-LIE-TCHOUAN. 118.
41. LI LING, 60, 62, 116.
42. LI LONG-KI, 68.
43. LI NGO, 160, 162.
44. LI PI, 70.
45. LI-PIE-NAN, 40.
46. LI PIEN, 80, 84, 93.
47. LI PO, 68, 69, 118.
48. LI-POU-CHANG-CHOU, 135, 137, 139.
49. LI-POU-CHE-LANG, 92, 107, 167.
50. LI-POU-LANG-TCHONG, 74, 113.
51. LI-SAO, 19.
52. LI SAO T'ONG YIN, 138.
53. LI SIUN, 52, 70, 81, 83, 90, 92.
54. LI-TAI-CHE-YU, 92, 171, 172.
55. LI TCH'ANG WAN TCHOUAN, 140.
56. LI-TCHE-HIANG, 37.
57. LI-TCHE-HIANG-KIN, 34, 37.
58. LI-TCH'ENG, 115.
59. LI TCH'ENG-KIU, 69.
60. LI-TCHEOU, 113.
61. DI TCH'EOU SIN CHANG TCHOU, 152.
62. LI Tö-YU, 10, 68.
63. LI TS'ING-TCHAO, 12, 47, 51, 54, 58, 59, 95, 120, 130, 133, 167.
64. LI TS'ONG-CHAN, 87
65. LI TS'ONG-K'IEN, 87.
66. LI TS'OUEN-HIU, 10, 59, 78.
67. LI-YANG, 146.
68. LI YING, 12, 90, 93.
69. LI YE, 74, 75.
70. LI YEN-NIEN, 118.
71. LI YU, 20, 46, 52, 70, 81, 83, 84, 86, 87, 89, 93, 94, 131, 132, 151, 152, 154, 160, 166, 174.
72. LIEN, 62.
73. LIEN CHANG KIN HIA SI, 73.
74. LIEN-CHENG, 162.
75. LIEN-FANG-SSEU-KING-LI, 147.
76. LIEN HONG LEI YU KAN, 101, 103.
77. LIEN-LI-TCHE, 68.
78. LIEN-TCHEOU, 71, 108.
79. LIEN WAI YU TCHAN

TCHAN, 89.

80. LIEOU, 102, 106, 111, 112, 132, 138, 139.

81. LIEOU-CHAO-TS'ING, 43, 47, 59, 65.

82. LIEOU-CHE-YI-KIA-TS'EU, 95.

83. LIEOU-CHE-YI-KIA-TS'EU-SIUAN, 128.

84. LIEOU CHOUEI K'IU TCH'EN, 57.

85. LIEOU KI, 148, 150.

86. LIEOU-K'O-TCHOU, 37.

87. LIEOU K'O-TCHOUANG, 42, 46, 47, 53, 60, 61, 63, 120, 121, 122, 146.

88. LIEOU KOUO, 11, 13, 42, 56, 64, 120, 121, 157.

89. LIEOU MIN, 80.

90. LIEOU NIEN TCH'OUEN MONG KOUO, 140.

91. LIEOU NOUAN HOUA HAN YU SSEU SOU, 168.

92. LIEOU PIN, 130.

93. LIEOU POU Tö, 94.

94. LIEOU Sö TCHö LEOU NGAN, 58.

95. LIEOU TAI HAO HOUA, 147.

96. LIEOU TCHE-YUAN, 78.

97. LIEOU-TCHEOU-KO-T'EOU, 8, 43, 118, 119, 122.

98. LIEOU-TCH'EOU, 40, 57, 104.

99. LIEOU TCHONG-YIN, 137, 138.

100. LIEOU TCH'ONG, 80.

101. LIEOU-TCH'OU-SIN, 33.

102. LIEOU T'O KIN LIU, 52.

103. LIEOU TSEU-HIONG, 164.

104. LIEOU TSONG-YUAN, 69.

105. LIEOU-YAO, 9.

106. LIEOU-YAO-K'ING, 32 33.

107. LIEOU-YAO-LING, 9, 42.

108. LIEOU YEN, 80.

109. LIEOU-YI-TS'EU, 99.

110. LIEOU YI YI, 54.

111. LIEOU YIN TCHö, 101.

112. LIEOU YONG, 7, 10, 11, 31, 47, 56, 57, 96, 97, 98, 99, 101, 111, 132.

113. LIEOU YU-P'AN, 10, 68, 74, 77, 80, 95, 104, 171.

114. LIEOU YU-SI, 69, 71.

115. LIN-KIANG, 114.

116. LIN-KIANG-SIEN, 40, 41, 43, 80, 131, 169.

117. LIN-KOUEI, 163.

118. LIN-NGAN, 124.

119. LIN POU, 64.

120. LIN-TCHONG, 14.

121. LIN-TCHONG-CHANG, 16, 36.

122. LIN-TCHONG-KIO, 16.
123. LIN-TCHONG-KONG, 15, 32.
124. LIN-TCHONG-PIEN-KONG, 19.
125. LIN-TCHONG-PIEN-TCHE, 17.
126. LIN-TCHONG-TCHE, 18.
127. LIN-TCHONG-YU, 18, 40.
128. LIN-TCH'OUAN, 130.
129. LIN-WOU-CHE-YU, 169.
130. LING, 6, 8.
131. LING-KIEN-KO-WEI-K'O-MING-KIA-TS'EU, 95.
132. LING-LONG-SSEU-FAN, 34, 128.
133. LING PO POU KOUO HENG T'ANG LOU, 133.
134. LING-TCHEOU, 94.
135. LIU, 14.
136. LIU-CHE, 67.
137. LIU PIN-LAO, 52, 105.
138. LIU WEI-TCH'OUAN, 53.
139. LIUAN-TS'ING-CHEN, 51.
140. LO HOUA CHE TSIE, 118.
141. LO HOUA FEI SIU MANG MANG, 159.
142. LO JE SIEOU LIEN KIUAN, 110.
143. LO JE YONG KIN, 12, 58, 134.
144. LO K'I CHEN KONG, 146.
145. LO K'IUN PO PO TS'IEOU PO JAN, 91.
146. LO TAI JE HIANG, 50.
147. LO TCHEN-YU, 77.
148. LO-T'IEN, 71.
149. LO-YANG, 81, 120.
150. LO-YI-CHE, 50.
151. LONG-CHAN-HOUEI, 38.
152. LONG-CHAN-TS'EU, 138.
153. LONG-SI, 79, 90, 129.
154. LONG-SI-KIUN, 115.
155. LONG-TCHEOU-TS'EU, 121.
156. LONG-Tö, 101.
157. LOU, 69, 79.
158. LOÛ-CHE, 147.
159. LOU CHENG YAO TAN YUE, 163.
160. LOU CHOU T'ING T'I KIUE, 60, 62.
161. LOU-HOUA, 144.
162. LOU HOUAI TS'IEN CHOU, 129.
163. LOU LAO TS'IEOU SSEU, 128.
164. LOU-LING, 99, 121.
165. LOU MAN TCHONG T'ING, 59.
166. LOU MI CHOUAI TS'AO CHOU SING KOUA, 53.
167. LOU SIN, 68.
168. LOU-T'AN, 163.
169. LOU-TCHEOU, 100, 138.
170. LOU-TCHö, 112.

171. LOU T'ONG, 113.
172. LOU TSOU-KAO, 135.
173. LOU WOU TIAO TSIN T'AI TCH'ENG LOU, 48.
174. LOU YANG FANG TS'AO TCH'ANG T'ING LOU, 131.
175. LOU YANG HIANG MO TS'IEOU FONG K'I, 125.
176. LOU-YAO, 9.
177. LOU YE MAN T'ING TCHEOU, 56.
178. LOU YEOU, 13, 47, 54, 64, 65, 120, 121.
179. LOU-YI-T'ING-TS'EU-YUN, 21.
180. LOU YU, 69.
181. LOUAN HOUA FEI SIU, 132.
182. LOUEN-T'AI-TSEU, 40.
183. LOUEN-YU, 110, 118.
184. LOUEN YUN CHE KOU, 122.

(M)

1. MA, 26.
2. MA YIN, 80.
3. MAI, 28.
4. MAI-HOUA-CHENG, 13, 161.
5. MAI P'EI T'ANG SIUAN TSAI YANG LIEOU, 113.
6. MAN, 6, 8, 64.
7. MAN-KIANG-HONG, 32, 41, 43, 44, 47, 105, 106, 109, 113, 114, 124, 125, 146, 147, 156, 165.
8. MAN-KIUAN-TCH'EOU, 35.
9. MAN-KONG-HOUA, 92.
10. MAN-LOU-HOUA, 32, 101, 103.
11. MAN-TCH'AO-HOUAN, 33.
12. MAN-T'ING-FANG, 40, 43, 58, 60, 100, 103, 110, 132, 137.
13. MAN-TS'EU, 6, 7, 96, 97, 101.
14. MANG MANG TCH'EN HAI LI, 164.
15. MAO, 70.
16. MAO-CHAN-FONG-KOU-JEN, 13.
17. MAO CHö KIN LI K'I K'IU, 55.
18. MAO HI-TCHEN, 90, 93.
19. MAO P'ANG, 13, 135.
20. MAO SIEN-CHOU, 6, 10, 68.
21. MAO TSIN, 95.
22. MAO WEN-SI, 50, 51, 52, 78.
23. MAO YEN TI SIAO, 63.
24. MEI-CHAN, 106.
25. MEI-HOUA-YIN, 13, 52.
26. MEI-K'I-TS'EU, 127.
27. MEI-K'I YONG, 52, 104, 105.
28. MEI-K'IN-CHE-LOUEN, 115
29. MEI-NGAN-TS'EU, 150.

30. MEI SIEN FEN, 51.
31. MEI-TCH'ENG, 100.
32. MEI-WOU, 13.
33. MEI YING CHOU TAN, 48.
34. MEN LAI T'AN TS'IO, 57.
35. MEN WAI LOU YIN TS'IEN K'ING, 55.
36. MEOU-TCHEOU, 93, 107.
37. MI-CHEN-YIN, 40, 41.
38. MI FEI, 137.
39. MI-SIEN-YIN, 35.
40. MI-TCHEOU, 107.
41. MIAO TS'IUAN-SOUEN, 153.
42. MIAO WOU T'IEN MI TCH'EOU WOU TI, 165.
43. MIN, 75, 81.
44. MING, 136, 146, 147, 148, 150, 151, 152, 159, 160, 167, 171, 172.
45. MING-KO-TS'EU, 158.
46. MING-SIEOU-TSI, 137.
47. MING-TCH'ANG, 139.
48. MING-TCH'ANG-TS'EU-JEN, 139.
49. MING-TCHOU, 165.
50. MING-TS'EU-TSONG, 172.
51. MO, 28, 29.
52. MO-CHAN-K'I, 34, 61.
53. MO MO TS'IEOU YUN TAN, 93.
54. MO-YU-EUL, 44, 113, 144, 145, 146, 165.
55. MO-YU-TSEU, 146, 147.
56. MONG-FOU-YONG, 48.
57. MONG HEOU LEOU T'AI KAO SO, 131.
58. MONG-HOUAN-KING, 33.
59. MONG-K'I-PI-T'AN, 9.
60. MONG-KIANG-K'EOU, 13.
61. MONG-KIANG-NAN, 13.
62. MONG KIAO, 118.
63. MONG KIO T'EOU TCH'OUANG FONG YI SIEN, 11.
64. MONG-SIEN-HIANG, 35.
65. MONG TCHE-SIANG, 80.
66. MONG-TCH'OUANG, 128.
67. MONG-TCH'OUANG-TS'EU-TSI, 31, 128.
68. MONG-TÖ, 71.
69. MONG TOUAN LIEOU TS'IAO, 51.
70. MONG-TSAI, 149.
71. MONG-WEN, 94.
72. MOU, 23.
73. MOU-HOU-CHA, 8.
74. MOU-LAN-HOUA, 12, 37, 65, 83, 87, 158.
75. MOU-LAN-HOUA-LING, 41, 42.
76. MOU-LAN-HOUA-MAN, 8, 43, 53, 55, 119, 140, 163, 164.

77. MOU LO CHE LAI, 149.
78. MOU-TCHEOU, 101.
79. MOU TS'AO TOUEI TS'ING YUN TSIN P'OU, 128.

(N)

1. NA-LAN, 165, 166, 168, 169.
2. NA-LAN SING-Tö, 154, 165, 173, 174.
3. NAI, 21.
4. NAN-HAN, 80.
5. NAN-HIANG-TSEU, 7, 8, 31, 38, 44, 49, 54, 55, 91, 92, 109.
6. NAN KIAO KIEOU T'AN TSAI, 142.
7. NAN-KING, 101.
8. NAN-KO-TSEU, 8, 36, 44, 58, 73, 74, 92, 99.
9. NAN-LIU, 14.
10. NAN-LIU-CHANG, 16.
11. NAN-LIU-KIO, 16.
12. NAN-LIU-KONG, 15, 30, 32.
13. NAN-LIU-PIEN-KONG, 19.
14. NAN-LIU-PIEN-TCHE, 17.
15. NAN-LIU-TCHE, 18.
16. NAN-LIU-TCHENG-TCHE, 18.
17. NAN-LIU-YU, 18.
18. NAN-T'ANG, 80, 81, 84, 86, 90, 92, 93, 99.
19. NAN-TCH'ANG, 123.
20. NAN-TCH'AO, 67.
21. NAN TCH'AO TS'IEN KOU CHANG SIN CHE, 137.
22. NAN TCHO, 69.
23. NAN TOU CHE TAI SAO TS'ING CHAN, 100.
24. NAN-YANG, 78.
25. NAN-YUE, 91.
26. NAO HONG YI K'O, 126.
27. NEI-CHE-CHö-JEN, 92.
28. NEI-HIANG, 139.
29. NEI-KIA-KIAO, 37.
30. NEI-KO-TCHONG-CHOU, 164.
31. NEI-T'ING-KONG-FONG, 79.
32. NGAI JEOU HOUA HIANG TCHOU LAN TSIE Tö, 162.
33. NGAI TS'ING CHAN K'IU HONG TCH'EN YUAN, 146.
34. NGAN-HIANG, 33, 45, 47, 124, 125.
35. NGAN-KONG-TSEU, 39, 40.
36. NGAN LIEOU TCH'OUEI KIN SIEN, 50.
37. NGAN LOU-CHAN, 163.
38. NGAN TAN YANG HOUA T'IEN, 135.
39. NGAN-TCH'A-FOU-CHE, 149.
40. NGAN-TING-KIUN, 86.

41. NGAN YUAN CHA P'ING, 49, 54.
42. NGAN-YUN, 53.
43. NGEOU-YANG KIONG, 12, 49, 54, 55, 90, 92.
44. NGEOU-YANG SIEOU, 12, 51, 52, 56, 63, 65, 96, 99, 100, 112.
45. NGO CHE P'ING KIUN, 118.
46. NGO CHE TS'ING TOU CHAN CHOUEI LANG, 56.
47. NGO-CHOU-TS'EU-SIUAN, 147.
48. NGO KIEN KIUN LAI, 118.
49. NGO TCHE TSAI LEAO K'OUO, 46, 119.
50. NGO YI P'IAO LING KIEOU, 168.
51. NGO YI POU KIU TCHö, 118.
52. NIAO KIUAN FEI HOUAN YI, 118.
53. NIE KOUAN-K'ING, 7.
54. NIE SIEN, 153.
55. NIEN NIEN SIUE LI, 134.
56. NIEN-NOU-KIAO, 13, 43, 45, 57, 63, 122, 126, 134, 137, 142, 164.
57. NIEN YAI TS'AO TS'AO, 165.
58. NIEOU HI-TSI, 78, 79, 84.
59. NIEOU K'IAO, 49, 50, 55, 79, 84, 90, 91.
60. NIEOU SENG-JOU, 90.
61. NIU-HIUN, 8.
62. NIU-KOUAN-TSEU, 33, 42, 50, 57, 58, 83, 90.
63. NONG CHE KIANG NAN YEOU YE TSEU, 143.
64. NOUEN LIEN SIEOU NGO, 111.
65. NOUEN TS'AO JOU YEN, 55.

(P)

1. PA-CHENG-KAN-TCHEOU, 11, 41, 43, 98, 114, 159.
2. PA-KOUEI, 162.
3. PA NGO CHEN SIN, 112.
4. PA-PAO-TCHOUANG, 32.
5. PA-TCH'A, 72.
6. PA-YIN-HIAI, 13.
7. PAI-SING-YUE-MAN, 7, 41.
8. PAN-CHö, 9.
9. PAN-CHö-TIAO, 18, 30, 39.
10. PAN-T'ANG-TS'EU-KAO, 164.
11. PAN-YUN-LAI, 133.
12. P'AN-KOUAN, 70, 90.
13. PANG-K'ING, 127.
14. P'ANG TCH'E LAN YI PIEN, 55.
15. PAO MA HING TCH'OUEN, 56.
16. PAO T'AN KIN LIU YUAN

YANG TCHEN, 52, 79.
17. P'AO-K'IEOU-YO, 8, 37.
18. PEI-HAN, 80.
19. PEI JOU TS'IEN LAI, 64, 119.
20. PEI KOUO TS'ING K'I YI TAI LIEOU, 168.
21. PEI-MONG-SO-YEN, 10.
22. PEI-PIEN-SIAO-TCHOUEI, 68.
23. PEI WANG CHEN TCHEOU LOU, 61, 122.
24. P'ENG KOU-TSIN, 154.
25. P'ENG-LI, 157.
26. P'ENG SOUEN-YU, 66, 166.
27. P'ENG-TCH'ENG, 71, 106.
28. PI-CHOU-KIEN, 93, 101.
29. PI-CHOU-LANG, 84.
30. PI-CHOU-MAN-TCH'AO, 87.
31. PI-CHOU-TCHENG-TSEU, 120, 132.
32. PI-CHOU-TCH'ENG, 71, 112.
33. PI-KI-MAN-TCHE, 6, 95, 104, 111.
34. PI-KO-SIEOU-TCHOUAN, 114.
35. PI LAN KAN WAI SIAO TCHONG T'ING, 92.
36. PI T'AO T'IEN CHANG TSAI HOUO LOU, 132.
37. P'I-P'A-SIEN, 162.
38. P'I P'AO TS'OU TI HONG KONG KIN, 80.
39. PIAO, 53.
40. PIAO-CHENG, 74.
41. P'IAO SIAO NGO CHE KOU FEI YEN, 60.
42. PIE-HOUA-JEN-YU, 169.
43. PIE HEOU POU TCHE KIUN YUAN KIN, 63.
44. PIE LI TS'ING SIU, 57.
45. PIEN, 79, 127.
46. PIEN-HIEN-CHENG, 133.
47. PIEN-KONG, 14, 18.
48. PIEN-SIEOU, 149, 158.
49. PIEN-TCHE, 14, 16.
50. PIEN-TOU-FOU, 100, 101.
51. P'IEN, 7, 47.
52. P'IN-LING, 58.
53. P'IN-TCHEOU-YU-TI-P'OU, 128.
54. PING, 102.
55. PING KIE KIN HOU, 106.
56. PING-POU-CHANG-CHOU, 107, 122.
57. PING-POU-CHE-LANG, 75, 122, 151.
58. PING-POU-LANG-TCHONG, 143.
59. PING TCH'E, 97.
60. PING T'IAO MOU YE, 55.
61. P'ING, 19, 20, 21, 22, 23, 24, 25, 26, 27, 46, 47, 48.
62. P'ING-HIANG, 158.

63. P'ING-KIANG, 114.
64. P'ING-KOUEI, 78.
65. P'ING-YI, 72.
66. PO, 142.
67. PO-CHE-TAO-JEN, 123.
68. PO-CHE-TAO-JEN-KO-K'IU, 31, 124, 165.
69. PO-HIO-HONG-TS'EU, 154, 159, 162, 167.
70. PO HOUA, 141.
71. PO-KIEN, 137.
72. PO KIUN K'IE TENG TCH'ö, 119.
73. PO KIU-YI, 12, 64, 71, 73.
74. PO-KONG, 114.
75. PO MIAO MIAO, 54.
76. PO-MEI, 9.
77. PO-MEI-NIANG, 35.
78. PO-MEI-TSö-PIEN, 9.
79. PO-MEN, 161.
80. PO-MING-KIA-TS'EU, 153.
81. PO P'O, 141, 144, 152, 155.
82. PO-TCH'E-LEOU, 56.
83. PO-TCHEOU, 71.
84. PO TCHOUO CHOUEI YU, 63, 122.
85. PO-TSEU-LING, 13.
86. PO-TSEU-YAO, 13, 57.
87. PO TS'IN HOUAI YU TSI, 163.
88. PO TSOUEI POU TCH'ENG HIANG, 167.
89. PO-WEN, 148.
90. PO WOU NONG YUN TCH'EOU YONG TCHEOU, 134.
91. PO-YI-KIAO, 64, 105.
92. PO-YU, 93.
93. P'O LI PEI T'AN MIEN, 137.
94. P'O-LO-MEN, 9.
95. P'O-LO-MEN-YIN, 35, 42, 118.
96. P'O NGO TCH'OU KING YI TIEN HONG, 52.
97. P'O-TCHEN-YO, 8, 9, 37, 97.
98. P'O-YANG, 123.
99. P'ONG-LAI-KOU-TCH'OUEI, 95.
100. POU-FA, 105.
101. POU-SOUAN-TSEU, 36, 43, 45, 118, 119.
102. POU-SOUAN-TSEU-MAN, 36
103. POU-TCHEOU, 75.
104. POU-WONG, 70.
105. POU YEOU CHEN, 128.
106. P'OU-SA-MAN, 8, 11, 31, 39, 40, 43, 45, 61, 68, 69, 73, 75, 82, 87, 88, 90, 91, 93, 97, 168.
107. P'OU-T'IEN, 106, 122.
108. P'OU-YANG, 69.

(S)

1. SA-TOU-LA, 145, 147.
2. SAI, 49.

3. SAI-KOU, 39, 98.
4. SAI-T'IEN-HIANG, 13.
5. SAI-WONG-YIN, 34, 44.
6. SAI-YUAN-TCH'OUEN, 33.
7. SAN CHE SAN NIEN, 110.
8. SAN-CHENG, 67.
9. SAN-POU-YO, 34, 38.
10. SAN SSEU FONG, 62.
11. SAN-T'AI, 70, 104.
12. SAN-TCHOU-MEI, 38, 65, 127.
13. SAN-TSEU-LING, 36, 92.
14. SAN YUE CHE SAN HAN CHE JE, 56.
15. SAO-HOUA-YEOU, 35, 165.
16. SAO SI FONG MEN KING, 129.
17. SAO-TI-HOUA, 35.
18. SENG TCHONG-CHOU, 57.
19. SEOU LOU T'IEN FEI, 150.
20. SEOU-PI-TS'EU, 164, 165.
21. SEOU-YU-TSI, 133, 168.
22. SI, 28, 29.
23. SI-CHE, 42.
24. SI CHE TS'ENG YEOU KIA JEN, 118.
25. SI-CHOUANG-CHOUANG,32.
26. SI-FEN-TCH'AI, 52.
27. SI-FONG-YAO-POU-K'I, 48.
28. SI-HO, 34, 36, 44.
29. SI-HONG-YI, 33, 45, 55, 125, 128.
30. SI-HOU-TCHE-YU, 95.
31. SI-K'I-TSEU, 49.
32. SI-KIANG-YUE, 13, 32, 43, 47, 56, 120.
33. SI-LENG, 62.
34. SI-LOU-KI-TCHEOU-TSI, 104.
35. SI-P'ING-YO, 36.
36. SI SAI CHAN TS'IEN PO LOU FEI, 70.
37. SI-TCH'ANG, 159.
38. SI TCH'ENG YANG LIEOU LONG TCH'OUEN JEOU, 132.
39. SI-TCH'OUEN-LANG, 33.
40. SI TS'AO YEN KIAI JOUAN, 48.
41. SI-TSEU-TCHOUANG, 57.
42. SI-TSEU-TCHOUANG-MAN, 165.
43. SI-TS'IEOU-HOUA, 36.
44. SI WOU FEI TSIUE, 135.
45. SI YU TSIEN FONG YU TOUAN HOUEN, 169.
46. SI-YUAN, 68.
47. SIANG-KIANG-TSING, 128.
48. SIANG-KIEN-HOUAN, 13, 88, 89.
49. SIANG-SSEU-EUL-LING, 32.
50. SIANG-SSEU-LING, 35.
51. SIANG-TCHEN-KO-TS'EU,

151.
52. SIANG T'IEN FONG YU P'O HAN TCH'OU, 64.
53. SIANG-YANG-K'IU, 118.
54. SIANG-YUE, 13, 35.
55. SIAO, 20, 25.
56. SIAO-CHAN, 168.
57. SIAO-CHAN-TS'EU, 131, 167.
58. SIAO-CHE, 9.
59. SIAO-CHE-KIO, 19.
60. SIAO-CHE-TIAO, 15, 30, 36.
61. SIAO-HIEN, 100.
62. SIAO KING HONG HI, 56, 131.
63. SIAO-LAN, 147.
64. SIAO LEOU LIEN YUAN HENG K,ONG, 64.
65. SIAO LIE, 11.
66. SIAO-LING, 6, 7.
67. SIAO-MEI-HOUA, 13, 53.
68. SIAO SO TS'ING TS'IEOU TCHOU LEI TCHOUEI, 62, 65.
69. SIAO SOUEN P'AN WEN, 63, 122.
70. SIAO-T'AO-HONG, 147.
71. SIAO-TCH'ANG-KAN, 161.
72. SIAO-TCHEN-SI, 41.
73. SIAO-TCHEN-SI-FAN, 41.
74. SIAO-TCHONG-CHAN, 13, 32, 80.
75. SIAO T'IAO T'ING YUAN, 134.
76. SIAO-TS'EU, 6, 7.
77. SIAO YU FEN CHAN, 105.
78. SIE, 29, 62, 119, 173.
79. SIE-SIN-NGEN, 88.
80. SIE TCHANG-CHAN, 169, 173.
81. SIE TCHAO-YUN, 58, 83, 84, 90, 91.
82. SIE-TCH'E-TCH'OUEN, 13.
83. SIE-TCH'OUEN-MAN, 32.
84. SIE-TS'IEOU-NIANG, 13.
85. SIE YUAN-HOUAI, 13.
86. SIEN, 24, 25.
87. SIEN CHENG K'IONG TCHANG CHE CHENG YAI, 121.
88. SIEN-LIU-KIO, 16.
89. SIEN-LIU-KONG, 15, 30, 32.
90. SIEN-LIU-PIEN-TCHE, 17.
91. SIEN-LIU-TCHENG-TCHE, 18.
92. SIEN-LIU-TIAO, 18, 41.
93. SIEN MOU LAI CHE, 47, 124, 125.
94. SIEOU-CHOUEI, 159, 161.
95. SIEOU KOUAN JEN JEN KIUAN T'A TS'ING, 138.
96. SIEOU LIEN KAO TCH'OU LIN T'ANG K'AN, 93.
97. SIEOU-TCHEOU, 105.

98. SIEOU-YONG, 139.
99. SIN, 43, 114, 115, 120, 121, 122, 123, 125, 142, 146, 147, 154.
100. SIN CHOUANG YI YE TS'IEOU HOUEN SING, 164.
101. SIN-CHOUEI-TIAO, 10.
102. SIN-HO-YE, 57, 178.
103. SIN HOUANG YAO TONG TS'OUEI PAO, 100.
104. SIN K'I-TSI, 42, 46, 47, 48, 53, 55, 56, 57, 58, 59, 60, 62, 63, 64, 112, 115, 116, 121, 122, 135, 140, 149, 152, 155, 156, 159, 164, 167, 173, 174.
105. SIN-NGAN, 74.
106. SIN-T'ANG-CHOU, 67.
107. SIN-T'CHENG, 167.
108. SIN TCH'OUEN YEN TSEU HOUAN LAI TCHE, 50.
109. SIN-TOU, 150.
110. SIN-TS'EU, 174.
111. SIN-YEN-KOUO-TCHOUANG-LEOU, 40.
112. SING FEN NIEOU TEOU, 132.
113. SIU, 53, 69.
114. SIU CHANG, 72.
115. SIU CHE-HENG, 69.
116. SIU FOU, 56.
117. SIU KAN-TCH'EN, 57.
118. SIU K'IEOU, 66, 173.
119. SIU NAI-TCH'ANG, 153.
120. SIU PEN-LI, 5, 171.
121. SIU-TCHEOU, 93, 107.
122. SIU TSEU-CHAN, 162.
123. SIUAN-KI-SOUEI-KIN, 157.
124. SIUAN-MONG-TS'EU, 166.
125. SIUAN-TS'ING, 37.
126. SIUAN-TSONG, 69.
127. SIUE-CHE-EUL, 13.
128. SIUE-MEI-HIANG, 31.
129. SIUN-FANG-TS'AO, 56.
130. SIUN-KOUAN, 72.
131. SIUN SIUN MI MI, 47, 134.
132. SO-TCH'OUANG-HAN, 38, 44, 128.
133. Sö, 49.
134. SONG, 6, 7, 8, 20, 21, 31, 62, 68, 69, 80, 84, 86, 92, 94, 95, 96, 98, 100, 104, 106, 113, 114, 115, 120, 125, 127, 129, 130, 133, 135, 136, 137, 139, 141, 142, 143, 144, 153, 165, 171.
135. SONG-CHE, 9, 95.
136. SONG-CHOU, 8.
137. SONG-KAO, 140.
138. SONG K'I, 56, 135.
139. SONG-KIANG, 147.
140. SONG KIANG YEN PO, 127.

141. SONG-K'ING, 90.
142. SONG KIU T'ANG CHEN, 113.
143. SONG SIANG-FONG, 7.
144. SONG-SIUE-TAO-JEN, 142.
145. SONG-SIUE-TCHAI-TS'EU, 143.
146. SONG-TCHENG-YI, 32, 98.
147. SONG-WOU-KOUANG-TCHOUAN, 67.
148. SONG YU, 119.
149. SOU, 43, 106, 108, 109, 111, 112, 113, 114, 116, 120, 123, 137, 142, 147, 154, 158.
150. SOU CHE, 7, 11, 42, 54, 56, 64, 99, 106, 108, 109, 111, 116, 120, 121, 132, 135, 137, 138, 139, 140, 142, 149, 152, 155, 156, 157, 167, 173.
151. SOU LIEOU YUN K'IU, 162.
152. SOU-MO-TCHÖ, 39, 49, 60, 170.
153. SOU NGO, 11, 69.
154. SOU SIUN, 107.
155. SOU-TCHEOU, 70, 123, 164.
156. SOU-TCHONG-TS'ING, 37, 38, 44, 73, 74, 93, 134.
157. SOU-TCHONG-TS'ING-KIN, 37, 98.
158. SOU TSIEOU TS'AN SING YEN YU TCHE, 61.
159. SOU-WOU-MAN, 106.
160. SOUEI, 66, 68.
161. SOUEI-CHOU, 66, 67.
162. SOUEI HAN KOUAN KIN PING CHOUANG, 164.
163. SOUEI KIN TCH'ENG PAN, 155.
164. SOUEI-KIN-TS'EU-P'OU, 13.
165. SOUEI-T'I-LIEOU, 51.
166. SOUEI YUAN TCH'ONG LIEN, 111.
167. SOUEN KOUANG-HIEN, 10, 50, 51, 52, 55, 70, 83, 84, 90, 94.
168. SOUEN MO, 153.
169. SSEU-FAN-TSIEN-MEI-HOUA, 13.
170. SSEU-HOU-TS'AN-KIUN, 113, 143.
171. SSEU-K'ONG T'OU, 74.
172. SSEU-KOUEI-YO, 37.
173. SS6U-MA, 71.
174. SSEU-MA SIANG-JOU, 62.
175. SSEU-MA TS'IEN, 62, 118.
176. SSEU-MING, 128.
177. SSEU MING YEOU K'OUANG K'O, 139.

178. SSEU T'ANG HOU YING. 97.
179. SSEU-TCHEOU, 113, 133.
180. SSEU-TI-HIANG, 11, 74.
181. SSEU-T'OU, 78.
182. SSEU-YIN-TCHAI-WEI-K'O-TS'EU, 95.
183. SSEU-YUAN-TCHOU, 36.
184. SSEU YUE CHE TS'I, 50, 58.

(T)

1. TA-CHE, 9.
2. TA-CHE-KIO, 18.
3. TA-CHE-TIAO, 14, 15, 30, 33.
4. TA-CHENG-TSI, 104.
5. TA-CHENG-YO, 9.
6. TA-KIANG-CHENG, 13.
7. TA-KIANG-SI-CHANG-K'IU, 13.
8. TA-KIANG-TONG-K'IU, 13, 138, 139.
9. TA-K'IU, 6, 8, 9, 10.
10. TA-LEANG, 104.
11. TA-LEANG-TS'EU-YIN, 104.
12. TA-LI-P'ING-CHE, 107.
13. TA-LIU, 14.
14. TA-LIU-CHANG, 15.
15. TA-LIU-KIO, 16.
16. TA-LIU-KONG,15.
17. TA-LIU-PIEN-KONG, 18.
18. TA-LIU-PIEN-TCHE, 16.
19. TA-LIU-TCHE, 17.
20. TA-LIU-YU, 18.
21. TA-P'OU, 39.
22. TA-TCH'ANG-KAN, 161.
23. TA-TCH'ENG-FOU, 101, 104, 105.
24. TA T'I HOUA YEN KING LANG MOU, 103.
25. TA-TS'EU, 6.
26. TA-TSOUEN, 151.
27. TA-YA, 19.
28. TA-YO-YI, 9.
29. T'A-SO-HING, 31, 36, 44, 45, 56, 59, 99, 127, 131, 132, 167.
30. TAI, 21, 23.
31. TAI CHOU-LOUEN, 69, 70, 71.
32. TAI HOU WOU CHEN NGAI, 119.
33. TAI-TCHE, 121.
34. TAI-TSEU, 97.
35. TAI YUAN HONG SIEOU, 51.
36. T'AI, 23.
37. T'AI-CHE-LING, 148.
38. T'AI-HIO-TCHEN, 100.
39. T'AI-HONG, 162.
40. T'AI-P'ING, 112.

41. T'AI P'ING T'IEN TSEU, 51.
42. T'AI-P'ING-YU-LAN, 8.
43. T'AI TCHE TCHOUEI YU, 47, 62, 124.
44. T'AI TCHEN KOU NIU, 57.
45. T'AI-TCH'ENG-LOU, 65.
46. T'AI-TS'ANG, 150, 168.
47. T'AI-TSEU-CHAO-FOU, 84.
48. T'AI-TSONG, 86.
49. T'AI-TSOU, 75, 142, 148.
50. T'AI-TS'OU, 14.
51. T'AI-TS'OU-CHANG, 15.
52. T'AI-TS'OU-KIO, 16.
53. TAI-TS'OU-KONG, 15, 31.
54. T'AI-TS'OU-PIEN-KONG, 18.
55. T'AI-TS'OU-PIEN-TCHE, 17.
56. T'AI-TS'OU-TCHE, 17.
57. T'AI-TS'OU-YU, 18.
58. T'AI-WEI, 91, 93.
59. T'AI-YUAN, 72.
60. T'AI YUAN-KIUN, 145.
61. TAN-FONG-YIN, 38, 65.
62. TAN-HOUANG-LIEOU, 10, 40, 56, 163.
63. TAN PI TCH'OUEN TSEU, 48.
64. TAN TAN TS'ING TENG SI SI HIANG, 140.
65. TAN YEN CHOU YU TS'ING TS'IEOU, 138.
66. T'AN, 27.
67. T'AN-FANG-SIN, 40, 41.
68. T'AN-P'O-HOUAN-K'I-CHA, 12, 94.
69. T'AN-TCHE-TS'EU, 168.
70. T'AN-TCH'OUEN-MAN, 45, 64, 105, 125.
71. TANG, 22.
72. TANG CHE NGO TSOUEI, 113.
73. TANG TCH'OU TSIU SAN, 98.
74. T'ANG, 6, 8, 22, 60, 67, 69, 75, 77, 78, 81, 94, 96, 139, 163, 172.
75. T'ANG-CHOU, 11.
76. T'ANG-SONG-TA-K'IU-K'AO, 9.
77. T'ANG-TO-LING, 56.
78. TAO FAN, 35.
79. TAO-HI, 158.
80. TAO KIEN TCH'OU YU SAI, 122.
81. TAO-KONG, 15, 30, 32.
82. TAO-KONG-KIO, 16.
83. TAO-KONG-PIEN TCHE, 17.
84. TAO-KONG-THENG-TCHE, 17.
85. TAO-LIEN-TSEU, 8.
86. T'AO HOUA LOU, 52.
87. T'AO K'I LIEOU K'IU HIEN TSONG TSIE, 49.

88. T'AO LEANG, 172.
89. T'AO YUAN-MING, 110, 112. 118.
90. TAO-YUAN-YI-KOU-JEN, 60.
91. TCHA TCH'OUEI K'I TCH'EOU SIN TS'IEN TIE, 164.
92. TCH'A-YEN-KO-T'I-WOU-TSI, 160.
93. TCH'AI-T'EOU-FONG, 54, 121.
94. TCHAN, 27.
95. TCHAN YU, 64.
96. TCH'AN, 25.
97. TCHANG, 69, 158.
98. TCHANG HAN, 129.
99. TCHANG HI-FOU, 74.
100. TCHANG HIAO-SIANG, 54, 135.
101. TCHANG HOUEI-YEN, 156, 158.
102. TCHANG PI, 12, 51, 58, 84, 90, 92.
103. TCHANG P'ING-FOU, 123.
104. TCHAN SI HOU PAN KAO SIN YU, 144.
105. TCHANG SIEN, 7, 12, 31, 52, 56, 61, 64, 65, 96.
106. TCHANG SONG-LING, 69.
107. TCHANG SOU, 69, 92, 173.
108. TCHANG TCHE-HOUO, 69, 70, 73, 76.
109. TCHANG-TCHEOU, 122.
110. TCHANG TCHOU, 141, 144, 146, 147, 152.
111. TCHANG TCH'OU, 129.
112. TCHANG TSEU, 129, 135.
113. TCHANG-TSEU-YE-TS'EU, 31, 97.
114. TCHANG TSI, 127.
115. TCHANG TSOUEN, 129.
116. TCHANG YEN, 8, 42, 58, 62, 64, 65, 95, 101, 127, 129, 130, 144, 146, 147, 152, 160, 162, 174.
117. TCHANG-YUAN-HIO-CHE, 167.
118. TCH'ANG-CHA, 123.
119. TCH'ANG-CHEOU-YO, 39.
120. TCH'ANG HEN FOU TCH'ANG HEN, 118.
121. TCH'ANG-HOUA, 108.
122. TCH'ANG-NGAN, 60, 70, 81.
123. TCH'ANG NGAN KOU TAO MA TCH'E TCH'E, 98.
124. TCH'ANG-SIANG-SSEU, 37, 45.
125. TCH'ANG SONG, 118.
126. TCH'ANG TCH'AN PO MOU PING, 158.
127. TCH'ANG-TCHEOU, 149, 158, 164.
128. TCH'ANG-TIAO, 6.

129. TCH'ANG-T'ING-YUAN-MAN, 32, 164.
130. TCHAO, 113.
131. TCHAO CHE-HOUEI, 101.
132. TCHAO-CHE-K'IN-TS'IU, 113.
133. TCHAO CHOU-YONG, 56.
134. TCHAO-HOUEI, 87.
135. TCHAO-HOUEN, 119.
136. TCHAO KIU, 52.
137. TCAO-KIUN-YUAN, 44, 105, 150.
138. TCHAO LING-CHE, 55.
139. TCHAO MING-TCH'ENG, 133.
140. TCHAO MONG-FOU, 141, 142, 143, 144, 146, 152.
141. TCHAO PING-WEN, 137, 138.
142. TCHAO POU-TCHE, 112.
143. TCHAO TCH'ANG-K'ING, 99.
144. TCHAO TCH'ONG-TCHE, 135.
145. TCHAO TING-TCH'EN, 57.
146. TCHAO TOUAN-LI, 104, 105.
147. TCHAO-TSONG, 75.
148. TCHAO YE MI MI TS'IEN LANG, 56.
149. TCHAO YI-FOU, 127.
150. TCHAO YO, 20.
151. TCH'AO CHENG TCH'AO LO HO CHE LEAO, 143.
152. TCH'AO HOUEI K'IO KOUO SI LING P'OU, 125.
153. TCH'AO-JAN, 109.
154. TCH'AO-TCHONG-TS'OU, 43, 121.
155. TCH'AO T'IEN MEN WAI LOU, 53.
156. TCHE, 14, 17, 22, 28.
157. TCHE CHANG LIEOU YING HOUO LEI WEN, 58.
158. TCHE-KIUN, 138.
159. TCHE-NENG, 135.
160. TCHE-TCHAO, 39, 125.
161. TCHE-TCHE-KAO, 72, 75, 79.
162. TCHE-TCHOUAN, 104, 105.
163. TCHE-YAO, 75.
164. TCH'E CHANG TCHOU JEN, 118.
165. TCHEN, 24, 104, 151, 154, 155, 158, 159.
166. TCHEN TCHANG HIUN LOU KO SIEOU WEI, 12, 92.
167. TCHEN TCH'ANG HOUAI YI TOU HOUEI KOU YANG TCHEOU, 122.
168. TCHEN-TCHEOU, 143.
169. TCHEN-TING, 101, 137, 141.
170. TCH'EN, 62, 168.

171. TCH'EN LAI WEN TSI, 118, 119.
172. TCH'EN LEANG, 136.
173. TCH'EN LI, 158.
174. TCH'EN TCHENG-HOUEI, 154.
175. TCH'EN TSEU-LONG, 148, 151, 152.
176. CH'EN WEI-MEI, 154.
177. TCH'EN WEI-SONG, 112, 154, 165, 167, 173.
178. TC'EN WEI-YO, 154.
179. TCH'EN YU-YI, 12, 135.
180. TCH'EN YUAN, 91.
181. TCH'EN YUN-P'ING, 12, 104, 127, 135, 156.
182. TCHENG, 26, 64, 86, 164, 165.
183. TCHENG FOU, 74.
184. TCHENG-HOUANG-TCHONG-KONG, 14, 31.
185. TCHENG-HOUANG-TCHONG-KONG-KIO, 16.
186. TCHENG-HOUANG-TCHONG-KONG-PIEN-TCHE, 16.
187. TCHENG-HOUANG-TCHONG-KONG-TCHENG-TCHE, 17.
138. TCHENG-KONG, 30.
189. TCHENG NGAI TCH'ENG TCHEN, 47.
190. TCHENG-P'ING-TIAO, 13, 40.
191. TCHENG-POU-YO, 35.
192. TCHENG TAN YI CHE TSIEOU, 57, 101.
193. TCHENG-TCHONG, 84.
194. TCH'ENG TCH'OUEN-PO, 21
195. TCHENG WAN T'ONG HOUA LEANG PIN TCH'OUEI, 48.
196. TCHENG WEN-TCHO, 164, 174.
197. TCH'ENG, 148.
198. TCH'ENG HIA LOU, 13, 53.
199. TCH'ENG KAI, 135.
200. TCH'ENG KIU-FOU, 143.
201. TCH'ENG MING-CHE, 21.
202. TCH'ENG NAN LOU, 54.
203. TCH'ENG-TOU, 168.
204. TCH'ENG-TSI, 79.
205. TCHEOU, 30, 44, 96, 101, 102, 104, 105, 106, 110, 123, 124, 127, 154.
206. TCHEOU CHō, 20.
207. TCHEOU JE YI YIN, 47.
208. TCHEOU-KIN-T'ANG, 36.
209. TCHEOU KING FANG YONG, 51.
210. TCHEOU MI, 10, 48, 53, 55, 127, 128.
211. TCHEOU PANG-YEN, 10, 11, 13, 31, 42, 47, 48, 49, 53, 57, 58, 60, 61, 65, 96.

98, 100, 128, 133, 135, 174.
212. TCHEOU-TCH'EN, 138.
213. TCHEOU Tö-TS'ING, 30.
214. TCHEOU-YE-YO, 32, 98.
215. TCH'EOU HOUAN CHEOU PAN, 53.
216. TCH'EOU-NOU-EUL, 34.
217. TCH'EOU-NOU-EUL-KIN, 48, 120.
218. TCH'EOU-NOU-EUL-MAN, 34.
219. TCH'EOU-SSEU, 119.
220. TCHö, 20, 119.
221. TCHö-KIANG, 116.
222. TCHö-KOU-T'IEN, 12, 43, 45, 56, 58, 113, 131, 138, 140.
223. TCHö-SI-LIEOU-KIA-TS'EU, 153.
224. TCHö-TSONG, 101, 107, 108, 132, 133.
225. TCHONG, 21, 142.
226. TCHONG-CHAN-CHE-HOUA, 130.
227. TCHONG-CHOU, 156.
228. TCHONG-CHOU-CHö-JEN, 92, 152.
229. TCHONG-HENG, 21.
230. TCHONG HING TCHOU TSIANG CHOUEI CHE WAN JEN YING, 122.
231. TCHONG-KIU, 144.
232. TCHONG KOU HAN, 50.
233. TCHONG-KOUAN-CHANG-KIO, 19.
234. TCHONG-KOUAN-CHANG-TIAO, 16.
235. TCHONG-KOUAN-CHOUANG-KIO, 19.
236. TCHONG-KOUAN-CHOUANG-TIAO, 15.
237. TCHONG-KOUAN-HOUANG-TCHONG-KIO, 16.
238. TCHONG-KOUAN-HOUANG-TCHONG-KONG, 15.
239. TCHONG-KOUAN-HOUANG-TCHONG-PIEN-TCHE, 17.
240. TCHONG-KOUAN-HOUANG-TCHONG-TCHENG-TCHE, 18.
241. TCHONG-KOUAN-KAO-KONG, 15, 31.
242. TCHONG-KOUAN-KAO-KONG-KIO, 16.
243. TCHONG-KOUAN-KAO-KONG-PIEN-TCHE, 17.
244. TCHONG-KOUAN-KAO-KONG-TCHENG-TCHE, 17.
245. TCHONG-KOUAN-KAO-PAN-CHö-TIAO, 18.
246. TCHONG-KOUAN-KAO-

TA-CHE-KIO, 18.
247. TCHONG-KOUAN-KAO-TA-CHE-TIAO, 15.
248. TCHONG-KOUAN-SIAO-CHE-KIO, 19.
249. TCHONG-KOUAN-SIAO-CHE-TIAO, 15.
250. TCHONG-KOUAN-SIEN-LIU-KIO, 16.
251. TCHONG-KOUAN-SIEN-LIU-KONG, 15.
252. TCHONG-KOUAN-SIEN-LIU-PIEN-TCHE, 17.
253. TCHONG-KOUAN-SIEN-LIU-TCHENG-TCHE, 18.
254. TCHONG-KOUAN-SIEN-LIU-TIAO, 18.
255. TCHONG-KOUAN-TAO-KONG, 15.
256. TCHONG-KOUAN-TAO-KONG-KIO, 16.
257. TCHONG-KOUAN-TAO-KONG-PIEN-TCHE, 17.
258. TCHONG-KOUAN-TAO-KONG-TCHENG-TCHE, 17.
259. TCHONG-KOUAN-TCHENG-P'ING-TIAO, 18.
260. TCHONG-KOUAN-TCHONG-LIU-KIO, 16.
261. TCHONG-KOUAN-TCHONG-LIU-KONG, 15.
262. TCHONG-KOUAN-TCHONG-LIU-PIEN-TCHE, 17.
263. TCHONG-KOUAN-TCHONG-LIU-TCHENG-TCHE, 17.
264. TCHONG-KOUAN-TCHONG-LIU-TIAO, 18.
265. TCHONG-KOUAN-YU-TIAO, 18.
266. TCHONG-KOUAN-YUE-KIO, 19.
267. TCHONG-KOUAN-YUE-TIAO-KIO, 16.
268. TCHONG-KOUANG, 86.
269. TCHONG-LIU, 14.
270. TCHONG-LIU-CHANG, 15, 36.
271. TCHONG-LIU-KIO, 16.
272. TCHONG-LIU-KONG, 15, 30, 31, 32.
273. TCHONG-LIU-PIEN-KONG, 19.
274. TCHONG-LIU-PIEN-TCHE, 17.
275. TCHONG-LIU-TCHE, 17.
276. TCHONG-LIU-TCHENG-KIO, 16.
277. TCHONG-LIU-TCHENG-TCHE, 17.
278. TCHONG-LIU-TIAO, 18, 39.
279. TCHONG-LIU-YU, 18, 40.
280. TCHONG-MEOU, 145.

281. TCHONG-TCHEOU-YO-FOU, 136, 138, 140.
282. TCHONG-TCHOU, 84, 86, 93.
283. TCHONG-TCH'OU, 71.
284. TCHONG-TIAO, 6.
285. TCHONG-T'IAO, 75.
286. TCHONG-TSö, 157.
287. TCHONG-YUAN-YIN-YUN, 30.
288. TCH'ONG-NGAN, 97.
289. TCH'ONG LIEN KOUA, 52.
290. TCH'ONG-TCHENG, 101.
291. TCHOU, 28, 61, 77, 155, 158, 159, 160, 161, 162, 164, 168, 172.
292. TCHOU CHE TCHONG TCH'AO, 146.
293. TCHOU HI, 67.
294. TCHOU HIAO-TSANG, 76, 95.
295. TCHOU KOUO-TSOU, 159.
296. TCHEOU LIEN KIUAN TCH'OUEN HIAO, 158.
297. TCHOU-MA-T'ING, 37.
298. TCHOU-MA-TSEU, 41.
299. TCHOU-MIEN-TS'EU, 157.
300. TCHOU-SI, 126.
301. TCHOU-TCH'A, 159.
302. TCHOU TOUEN-JOU, 47, 56, 57, 59, 60, 63, 120.
303. TCHOU TS'IUAN-TCHONG, 75, 78.
304. TCHOU-TSO-LANG, 70, 113.
305. TCHOU YI-TSOUEN, 154, 155, 156, 159, 162, 165, 167, 172, 173.
306. TCHOU-YING-T'AI-KIN, 8, 43.
307. TCHOU-YING-YAO-HONG, 13, 34, 150, 152.
308. TCHOU-YU-TS'EU, 130.
309. TCHOU YU TSO NI CHA, 119.
310. TCH'OU, 80.
311. TCH'OU-CHAN-K'I-YU, 169.
312. TCH'OU FAN YEN PEI, 162.
313. TCH'OU-KONG-TCH'OUEN, 10.
314. TCH'OU NIU POU KOUEI, 73.
315. TCH'OU NIU YU KOUEI NAN P'OU, 48.
316. TCH'OU SIN YI HEN HOUA K'I WAN, 131.
317. TCH'OU T'IEN K'ONG WAN, 130.
318. TCHOU T'IEN TS'IEN LI TS'ING TS'IEOU, 55.
319. TCH'OU-TS'EU, 19, 118.
320. TCHOUAN-CHENG-YU-MEI-JEN, 41.
321. TCHOUAN TCHOU P'IAO

P'ONG YI MONG KOUEI, 88.
322. TCHOUAN-TIAO-EUL-LANG-CHEN, 53.
323. TCHOUAN-YING-K'IU, 150.
324. TCH'OUAN-HOUA-TCHE, 34.
325. TCH'OUAN-YEN-YU-NIU, 56.
326. TCHOUANG-KIANG, 62.
327. TCHOUANG-TSEU, 118.
328. TCHOUANG-TSONG, 78.
329. TCH'OUANG TS'IEN TCHONG Tö PA TSIAO CHOU, 59.
330. TCH'OUANG WAI HIEN SSEU TSEU TSAI YEOU, 150.
331. TCHOUEI YU YI TS'EU YUN, 131.
332. TCH'OUEI-KOUAN, 151.
333. TCH'OUEI-SSEU-TIAO, 38.
334. TCH'OUEI YANG CHEN YUAN, 170.
335. TCHOUEN, 24.
336. TCH'OUEN, 24.
337. TCH'OUEN CHAN YEN YU LIEN, 79.
338. TCH'OUEN FONG NGO LIE, 57.
339. TCH'OUEN HOUA TS'IEOU YUE HO CHE LEAO, 52, 89.
340. TCH'OUEN JE YEOU, 11.
341. TCH'OUEN JOU CHEN KING WAN MOU FANG, 80.
342. TCH'OUEN-KIANG-HOUA-YOUE-CHö, 156.
343. TCH'OUEN K'IU KI CHE HOUAN, 60.
344. TCH'OUEN-K'IU-YE, 13.
345. TCH'OUEN MAN YUAN, 91.
346. TCH'OUEN Sö NAN LIEOU, 55.
347. TCH'OUEN Sö TCH'OUEN Sö, 50, 55.
348. TCH'OUEN TAO NAN LEOU SIUE TSIN, 105.
349. TCH'OUEN-TS'AO-PI, 13.
350. TCH'OUEN TS'AO TS'IUAN WOU SIAO SI, 55.
351. TCH'OUEN-TS'ONG-T'IEN-CHANG-LAI, 141.
352. THH'OUEN WAN FONG NOUAN, 82.
353. TCH'OUEN YE LAN, 79.
354. TCH'OUEN YI, 11.
355. TCH'OUEN YU MOU, 93.
356. TCH'OUEN YU TSIN, 92.
357. TCH'OUEN YU TSOU, 83.
358. TCH'OUEN YUN YUAN, 57.
359. TENG, 26.
360. TENG LEOU YAO WANG

TS'IN KONG TIEN, 76.
361. TENG LIN TSONG MOU, 56, 164.
362. T'ENG TCH'OUANG TCHE TCHANG TCHAO MIEN K'I, 134.
363. T'ENG-WANG-KO-CHE-SIU, 118.
364. TEOU K'EOU HOUA FAN YEN YEN CHEN, 50.
365. TEOU KIO SIAO LAI TS'ING SIU NGO, 170.
366. TEOU-PO-HOUA, 31.
367. TEOU TCH'ENG TCH'E KOUAN, 52.
368. TEOU TSIEOU TCHE KIEN, 64, 122.
369. T'EOU-CHENG-MOU-LAN-HOUA, 41.
367. T'EOU LAO K'ONG CHAN, 118.
371. TI CHE, 65.
372. TI-JEN-KIAO, 37, 105.
373. TI-KIA-LONG, 32.
374. TI-TCHEOU-TI-YI, 38.
375. TI TI T'ONG HOU HAN LEOU YEN, 51.
376. T'I TSIANG MEN TSING, 129.
377. T'I-YIN-TENG, 42.
378. T'IAO, 25.
379. T'IAO-K'I-YU-YIN-TS'ONG-HOUA, 67, 95.
380. T'IAO-SIAO, 55.
381. T'IAO-SIAO-LING, 50, 70, 71.
382. T'IAO-YA, 165.
383. TIE, 7.
384. TIE-LIUAN-HOUA, 38, 43, 45, 56, 62, 65, 86, 103, 131, 143, 170.
385. TIE MONG MI TS'ING HIAO, 10.
386. TIE TCHANG SI TCH'E, 62, 64.
387. T'IE, 29.
388. T'IE-LING, 164.
389. TIEN-KIANG-TCH'OUEN, 32, 44, 156, 168.
390. TIEN TCHEN YAO LEANG, 55, 125.
391. TIEN TI TS'I TS'ING, 59.
392. T'IEN, 20, 27, 28, 54, 62.
393. T'IEN K'I WOU TS'ING, 109.
394. TIEN-LAI-HIEN-TS'EU-YUN, 21.
395. T'IEN-LAI-TSI, 142.
396. T'IEN-MA, 124.
397. T'IEN-SI, 147.
398. T'IEN-SIEN-TSEU, 11, 39, 41, 83.
399. T'IEN TSEU CHENG TSö, 20.

400. T'IEN-TSEU-TS'AI-SANG-TSEU, 59.
401. T'IEN-TSEU-YING-T'I-SIU, 7.
402. T'IEN-TS'EU-MING-KIAI, 6, 10, 68.
403. T'IEN-WEI, 104, 105.
404. T'IEN-WEN, 119.
405. TING, 173.
406. TING CHAO-YI, 153, 172, 173.
407. TING-FONG-PO, 35, 37, 38, 43, 52, 119.
408. TING-HIANG, 155.
409. TING-HIANG-KIE, 38.
410. TING-SI-FAN, 41, 74.
411. TING TOU, 21.
412. T'ING HI TS'ING P'EI K'ONG YAO SIE, 53, 119.
413. T'ING TS'IEN TCH'OUEN TCHOU HONG YING TSIN, 46.
414. T'ING-TS'IEOU-CHENG-KOUAN-TS'EU-HOUA, 173
415. T'ING-YUN, 118.
416. T'ING YUN NGAI NGAI, 118.
417. TO, 28.
418. TO CHAO HEN, 89.
419. TO-LI, 7.
420. Tö, 29.
421. Tö-JOUEN, 90.
422. Tö-TSONG, 70, 169.
423. T'O-YEN-TS'EU, 144.
424. TONG, 21.
425. TONG-CHAN-TSI-TS'EU, 137.
426. TONG-CHAN-YO-FOU, 133.
427. TONG FANG KI Tö TCH'OU SIANG YU, 98.
428. TONG FONG K'I, 12.
429. TONG FONG TCH'OUEI PI TS'AO, 65.
430. TONG-FONG-TI-YI-TCHE, 34, 155.
431. TONG-K'I-TS'EU-HOUA, 95.
432. TONG NAN HING CHENG, 98.
433. TONG-P'OU-KIU-CHE, 107.
434. TONG-P'OU-YO-FOU, 108, 111.
435. TONG-SIEN-KO, 39, 40, 41, 43, 113.
436. TONG-SIEN-KO-LING, 6, 99.
437. TONG-TCH'EN-TSA-KI, 160.
438. TONG-T'ING, 157.
439. TONG WOU TCH'ENG NAN, 113.
440. TONG YUN NGAN TAN T'IEN K'I, 98.
441. T'ONG-CHOU, 130.
442. T'ONG-P'AN, 107, 121, 133.
443. T'ONG T'ONG KIAI KOU HIE, 160.

444. T'ONG YUN MI POU, 57.
445. TOU CHANG SIAO LEOU TCH'OUEN YU MOU, 83.
446. TOU CHOU WAN KIUAN, 157.
447. TOU FOU, 163.
448. TOU-K'I-CHAN-TCHOUANG-TS'EU-HOUA, 169, 173.
449. TOU-KIANG-YUN, 36, 44, 47, 100, 147, 160.
450. TOU-KIANG-YUN-SAN-FAN, 36.
451. TOU-KOUAN-LANG-TCHONG, 96.
452. TOU LI TS'ANG MANG TSOUEI POU KOUEI, 118.
453. TOU-LING, 81.
454. TOU MOU, 126.
455. TOU-TCHE-YUAN-WAI-LANG, 71.
456. TOU WEN-LAN, 5, 80, 171.
457. TOU-YANG-TSA-PIEN, 11, 69.
458. TOU YI WEI LEOU FONG SI SI, 56.
459. T'OU, 61.
460. TOUAN-KI, 81.
461. TOUAN-NGAN-TSIE, 10, 68.
462. TOUAN TCH'ENG-CHE, 74.
463. TOUAN YEN LI SIU KOUAN SIN CHE, 53.
464. T'OUAN CHAN T'OUAN CHAN, 71.
465. TOUEI, 23.
466. TOUEI SI CHAN YAO LO, 140.
467. TOUEI SIAO SIAO MOU YU CHAI KIANG T'IEN, 98.
468. TOUEI-SIU-TS'EU, 157.
469. TOUEI T'ING WOU NGAN TAN, 146.
470. T'OUEI TCH'OU HIANG KOUAN, 57.
471. TOUEN-HOUANG, 76.
472. TOUEN-HOUANG-LING-CHE, 77.
473. T'OUEN-T'IEN-YUAN-WAI-LANG, 97.
474. TSAI, 110, 119, 120, 137, 138.
475. TSAI-SIANG, 79.
476. TS'AI CHEN, 54, 56, 105, 106.
477. TS'AI-LIEN-LING, 35.
478. TS'AI-LOU-YIN, 10.
479. TS'AI LOU YUAN YANG P'OU, 10.
480. TS'AI-SANG-TSEU, 45, 46, 85, 99, 168, 169.
481. TS'AI SIEOU YIN K'IN FONG YU TCHONG, 12, 58, 131.

482. TS'AI SONG-NIEN, 120, 137, 139.
483. TS'AI YONG, 8.
484. TS'AI-YUN-KOUEI, 40.
485. TS'AN, 59.
486. TS'AN PA YEN TCHOUANG YUAN TONG FONG, 12.
487. TS'AN SIUE T'ING YIN, 64.
488. TS'AN-TCHE-TCHENG-CHE, 99.
489. TS'AN-YI-KOUAN, 121.
490. TSAO-LAN-HIANG, 41.
491. TSAO-MEI-FANG, 31.
492. TS'AO, 53.
493. TS'AO HIUN, 13.
494. TS'AO LEANG-WOU, 20.
495. TS'AO TS'AO LI T'ING NGAN MA, 50.
496. TS'AO TSOU, 135.
497. TS'AO YONG, 161.
498. TS'AO YUAN-TCHONG, 69.
499. TS'AO YUAN-TCH'ONG, 55.
500. TSEN, 64.
501. TSENG WANG-SOUEN, 153.
502. TSEOU-KI, 81.
503. TSEU, 20.
504. TSEU-K'I, 74.
505. TSEU-NGANG, 142.
506. TSEU-TCHAN, 107.
507. TSEU-TCHEOU, 90.
508. TSEU-T'ONG, 69.
509. TSEU-TOUAN, 138.
510. TSEU-YE, 96.
511. TS'EU, 5, 6, 7, 9, 14, 19, 20, 29, 30, 31, 42, 46, 49, 53, 54, 59, 64, 65, 66, 67, 68, 69, 70, 72, 73, 74, 75, 76, 78, 79, 80, 81, 82, 83, 84, 85, 86, 87, 88 89, 91, 92, 93, 95, 96, 97, 98, 99, 101, 102, 104, 105, 106, 108, 109, 110, 112, 113, 114, 115, 116, 117, 119, 120, 121, 122, 124, 125, 126, 127, 128, 129, 130, 131, 132, 133, 134, 135, 136, 137, 138, 139, 140, 141, 142, 143, 144, 146, 147, 150, 151, 152, 153, 154, 156, 157, 158, 159, 160, 162, 163, 164, 165, 166, 167, 168, 169, 170, 171, 172, 173, 174, 175.
512. TS'EU-CHE, 10, 68, 74, 77, 171.
513. TS'EU-HI, 158.
514. TS'EU-HIO, 30.
515. TS'EU-HIO-T'ONG-LOUEN, 72, 74, 78, 128, 145, 162, 163.
516. TSEU-KIA-TCHOUAN-TSI, 95.
517. TS'EU-LIN-KI-CHE, 69, 92, 99, 173.

518. TS'EU-LIN-TCHENG-YUN, 20, 21, 170, 171.
519. TS'EU-LIU, 5, 46, 54, 157, 170, 171, 173.
520. TS'EU-LIU-CHE-YI, 5, 171
521. TS'EU-LIU-POU-YI, 5, 171.
522. TS'EU-LOUEN, 135.
523. TS'EU-P'AI, 5.
524. TS'EU-P'IN, 121.
525. TS'EU-SIUAN, 69, 70, 72, 92, 128.
526. TS'EU-TIAO, 5.
527. TS'EU-T'ONG-YUAN-LIEOU, 66.
528. TS'EU-TSONG, 127, 171, 172, 173.
529. TS'EU-TSONG-POU-YI, 172.
530. TS'EU-YING, 105.
531. TS'EU-YUAN, 8, 95, 101, 130.
532. TS'EU-YUAN-TS'ONG-T'AN, 66, 95, 173.
533. TS'EU-YUN, 20, 53.
534. TSI, 22.
535. TSI-HIEN-PIN, 37.
536. TSI-KIU, 160.
537. TSI MO HOUA T'ANG K'ONG, 91.
538. TSI-NAN, 128, 133.
539. TSI-T'IEN-CHEN, 37, 39.
540. TSI-YUN, 21, 171.
541. TS'I, 22, 29.
542. TS'I-CHE, 8, 40.
543. TS'I-KIA-TS'EU-SIUAN, 171.
544. TS'I-LEANG-FAN, 42, 45, 125.
545. TS'I-T'IEN-YO, 9, 31, 44, 48, 106, 129, 144, 164.
546. TS'I-TONG-YE-YU, 95.
547. TSIANG JOU-TSAO, 169.
548. TSIANG-KIUN, 60.
549. TSIANG TCH'OUEN-LIN, 163.
550. TSIANG TSIE, 53, 55, 63, 127, 135.
551. TS'IANG T'EOU MA CHANG, 142.
552. TS'IAO-KO, 120.
553. TSIE, 28.
554. TSIE-KIU, 118.
555. TSIE YE TCH'AO YING, 62, 65, 130.
556. TSIE-YU, 118.
557. TS'IE TCH'OU YU WEI TSIEN, 60.
558. TS'IE-TSO-LING, 8.
559. TSIEN T'ING KAO YE HIA, 97.
560. TS'IEN, 60.
561. TS'IEN-CHOU, 79, 80, 82, 90, 91, 92, 93.
562. TS'IEN-FO-TONG, 76.
563. TS'IEN FONG YUN K'I, 48, 120.

564. TS'IEN-FOU, 122.
565. TS'IEN KOU KIANG CHAN, 48.
566. TS'IEN KOU LI TSIANG KIUN, 118, 119.
567. TS'IEN LIEOU, 80.
568. TS'IEN-P'AN, 115.
569. TS'IEN-T'ANG, 96, 100, 146, 162.
570. TS'IEN TCHANG HIUAN YAI SIO TS'OUEI, 47.
571. TS'IEN TCHANG KING T'IEN CHEOU, 56.
572. TS'IEN TCH'OUEN T'ING YUAN TONG FONG HIAO, 56.
573. TS'IEN-TS'IEOU-SOUEI, 41.
574. TS'IEN-TS'IEOU -SOUEI-YIN, 8.
575. TSIEOU MIEN YEN KIN YU, 52.
576. TSIEOU-PIEN-TS'EU, 114.
577. TSIEOU-TS'IUAN-TSEU, 10, 41, 50, 51, 73, 75, 91,
578. TSIEOU YEN, 97.
579. TS'IEOU-JOUEI-HIANG, 35, 36.
580. TS'IEOU-KIEN-YO-FOU, 145.
581. TS'IEOU KOUANG YI P'IEN, 139.
582. TS'IEOU LAI K'AN TSIN SING HO YE, 168.
583. TS'IEOU-SIAO-YIN, 39, 46.
584. TS'IEOU-SSEU, 35.
585. TS'IEOU-TS'IEN-SO, 166.
586. TS'IEOU TS'IEN TCHENG NAO FEN TS'IANG, 12.
587. TS'IEOU YE HIANG KOUEI SSEU TSI LEAO, 50.
588. TS'IEOU-YE-YUE, 35, 98.
589. TS'IEOU YI MAN P'ING WOU, 147.
590. TS'IEOU-YO, 161.
591. TS'IEOU YU LIEN MIEN, 91.
592. TS'IEOU YU TS'IEOU YU, 51.
593. TS'IEOU YU YI HO PI, 55.
594. TSIN, 78.
595. TSIN-KIANG, 168.
596. TSIN-NING, 144.
597. TSIN P'IAO LING TSIN LEAO, 158.
598. TS'IN, 27, 142.
599. TS'IN FONG TS'ANG TS'OUEI, 132.
600. TS'IN-FOU-YIN, 81.
601. TS'IN-FOU-YIN-SIEOU-TS'AI, 81.
602. TS'IN KOUAN, 7, 12, 48, 55, 58, 60, 64, 99, 130, 132, 140, 160.
603. TS'IN KOUEI, 114.

604. TS'IN LEOU TONG FONG LI, 46.
605. TS'IN-TCHEOU, 92.
606. TS'IN-YUAN-TCH'OUEN, 43, 46, 62, 63, 64, 112, 117, 118, 119, 122, 149, 156, 157.
607. TSING, 26.
608. TSING-NGAN, 169.
609. TSING-TCHE-KIU-K'IN-TS'IU, 160.
610. TSING-T'I-T'ANG-TS'EU, 162.
611. TS'ING, 7, 26 ,153.
612. TS'ING-CHANG-YUAN, 46.
613. TS'ING-HO-KIUN, 129.
614. TS'ING-HOUA, 169.
615. TS'ING KAI SAN PEI TSIEOU, 160.
616. TS'ING KING TCH'OU CHENG FONG SI SI, 105.
617. TS'ING LAN TI TCH'OU TIEN, 47, 100.
618. TS'ING LO T'IEN YUAN CHAN, 97.
619. TS'ING-MING-KIA-CHE-YU, 153.
620. TS'ING-PI, 146.
621. TS'ING-PI-KO-TS'EU, 147.
622. TS'ING-P'ING-YO, 8, 33, 38, 43, 49, 59, 63, 68, 82, 93, 134, 140, 170.
623. TS'ING-P'OU, 151.
624. TS'ING-SAO-YO-FOU, 169.
625. TS'ING TCH'E SIAO P'OU K'AI YUN WOU, 49.
626. TS'ING-TCHEN-KIU-CHE, 100.
627. TS'ING-TCHEN-TSI, 31, 100, 101.
628. TS'ING-T'IEN, 148.
629. TS'ING TS'IEN T'IE CHOUEI P'ING WOU CHOU, 65.
630. TS'ING YE LOU SSEU FEI YI TCHE, 12.
631. TS'ING-YU-NGAN, 45, 101, 133.
632. TS'IO-K'IAO-SIEN, 36, 43, 140.
633. TS'IUAN-T'ANG-CHE, 67.
634. TS'IUAN-T'ANG-TS'EU-SIUAN, 69.
635. TSIUE-KIU, 67.
636. TSIUE TAI KIA JEN NAN TŌ, 51, 82.
637. TSO-CHE-YI, 75.
638. TSO LENG K'I HOUA, 58.
639. TSO-SSEU-TOU-CHE, 139.
640. TSO-SSEU-YUAN-WAI-LANG, 139.
641. TSO YE MONG TCHONG TO CHAO HEN, 170.
642. TSO YE YU CHOU FONG

TS'EOU, 134.
643. TSö, 46, 47, 48.
644. TSö-FAN, 34.
645. TSö-HIU-TS'EU, 169.
646. TSö-HONG-YING, 52.
647. TSö YUE KAO HAN CHOUEI CHE HIANG, 119.
648. TS'ö-FOU-HIUAN-KOUEI, 67.
649. TSONG-TS'AI, 167.
650. TS'ONG-CHE, 92.
651. TS'OU-P'O-MAN-LOU-HOUA, 42.
652. TSOUEI HI K'IONG HIAI FEOU CHANG SIE, 53.
653. TSOUEI-HONG-TCHOUANG, 39.
654. TSOUEI-HOUA-KIEN, 7, 79.
655. TSOUEI-HOUA-YIN, 134, 168.
656. TSOUEI-KAO-LEOU, 43, 120.
657. TSOUEI-KONG-TSEU, 50, 93.
658. TSOUEI LAI FOU CHANG MOU LAN TCHEOU, 157.
659. TSOUEI-LO-P'O, 36, 45, 109, 135.
660. TSOUEI P'O TCH'OUEN CHAN SI KIEOU HIANG, 131.
661. TSOUEI-P'ONG-LAI, 13, 37, 38, 97, 129.
662. TSOUEI-T'AO-YUAN, 33, 41.
663. TSOUEI-TCH'OUEI-PIEN, 31, 52.
664. TSOUEI-WONG-K'IN-TS'IU-WAI-P'IEN, 99.
665. TSOUEI-WONG-T'ING-KI, 112.
666. TSOUEI-WONG-TS'AO, 110, 118.
667. TS'OUEI, 9, 106.
668. TS'OUEI CHOU FANG T'IAO TCHAN, 65.
669. TS'OUEI LANG CHENG WEN TIEN K'IU TCH'E, 167.
670. TS'OUEI LANG T'OUEN P'ING YE, 119.
671. TS'OUEI-LEOU-YIN, 14, 35, 47.
672. TS'OUEI NGO SIEOU TAI K'IE JEN K'AN, 109.
673. TS'OUEI-WEI-YA-TS'EU, 171.
674. TSOUEN-SOUEN, 166.
675. TSOUEN-TS'IEN-TSI, 68, 84.
676. TS'OUEN-KOU, 152.

(W)

1. WAN, 157.
2. WAN CHE YUN YEN HOU

KOUO, 120.
3. WAN CHOU, 5, 46, 49, 54, 156, 157, 170.
4. WAN KING LO K'IONG PEI, 109.
5. WAN LI MI FEOU YUN, 119.
6. WAN MA POU SSEU, 122.
7. WAN-NIEN, 75.
8. WAN-NIEOU-HOUAN, 9, 127.
9. WAN TCHE HIANG SIUE K'AI YI PIEN, 49.
10. WAN TCHOUANG TCH'OU KOUO, 87.
11. WAN YE TCHAN TS'IEOU CHENG LOU KIE, 11.
12. WANG, 81, 107, 108, 127, 129, 139, 144, 150, 164, 167, 169.
13. WANG CHAO-TCH'ENG, 153, 172.
14. WANG CHE-SIANG, 168.
15. WANG CHE-TCHENG, 148, 150, 167.
16. WANG CHEN, 126.
17. WANG CHEN-TCHE, 81.
18. WANG CHOU-YONG, 164.
19. WANG-HAI-TCH'AO, 41, 48, 98, 132.
20. WANG HAN-CHOU, 169.
21. WANG HI-TCHE, 118.
22. WANG K'I, 69.
23. WANG-KIANG-MEI, 13.
24. WANG-KIANG-NAN, 10, 13 33, 61, 67, 68, 74, 89, 109.
25. WANG KIEN, 69, 71, 80, 81 90.
26. WANG-KOUAN, 75.
27. WANG KOUO-WEI, 9, 169, 173, 174.
28. WANG LOU, 169.
29. WANG-MEI, 10, 55.
30. WANG NGAN-CHE, 56, 107, 135.
31. WANG P'ONG-YUN, 84, 95.
32. WANG POU, 118.
33. WANG SONG, 169.
34. WANG SOU, 169.
35. WANG TCH'ANG, 153, 172.
36. WANG TCH'O, 6, 95, 104, 111.
37. WANG-TCH'OUEN-HOUEI, 13.
38. WANG T'ING-YUN, 137, 138.
39. WANG T'Ö-K'I, 13, 52.
40. WANG TOU MEN MAN CHAN TS'ING SIUE, 146.
41. WANG TS'IANG, 62.
42. WANG TSONG-PEI, 91.
43. WANG YEN, 10.
44. WANG YI-SOUEN, 48, 54, 64, 127, 128, 144, 146, 164.

45. WANG-YUAN-HING, 40, 41.
46. WANG YUN, 145.
47. WEI, 22, 62, 71, 72, 143.
48. WEI-FAN, 31, 33, 37.
49. WEI HIONG KIA MONG, 109.
50. WEI KIEN-SOU, 81.
51. WEI-K'O-MING-KIA-TS'EU, 95.
52. WEI MI TCHö YAO, 110.
53. WEI-NAN, 71.
54. WEI-TCH'E-PEI, 34, 35, 164.
55. WEI TCH'ENG-PAN, 90, 91.
56. WEI-TCHEOU, 133.
57. WEI TCHOUANG, 11, 12, 50, 51, 58, 61, 81, 82, 83, 84, 86, 90, 92, 94, 152, 154, 160.
58. WEI TCH'OUEN SEOU, 125.
59. WEI YI KIA TCHONG JE MEN, 99.
60. WEI YING-WOU, 69, 70.
61. WEN, 24, 91, 92, 93, 94, 158.
62. WEN SIN TCHOU HOU, 122.
63. WEN TA-LIN, 72.
64. WEN T'ING-CHE, 156, 158.
65. WEN T'ING-YUN, 10, 11, 12, 49, 50, 52, 55, 58, 60, 61, 72, 73, 74, 83, 84, 86, 90, 94.
66. WEN TSEU YEN K'IU HEOU HAN KONG K'ING, 11.
67. WEN-TSONG, 163.
68. WO-TSEU, 151.
69. WOU, 28, 29, 80, 102, 127, 130, 137, 138, 156.
70. WOU-CHAN-YI-TOUAN-YUN, 35, 76.
71. WOU CHE LEOU T'AI, 132.
72. WOU HAN-TCH'A, 154.
73. WOU-HIEN, 96, 113.
74. WOU HIEN CHANG SIN SI TCHAO TCHONG, 152.
75. WOU-HIEN-K'IN-P'OU, 146.
76. WOU-HING, 96.
77. WOU HING-TSOU, 157, 170.
78. WOU JEN-TCH'EN, 10.
79. WOU JOU P'ING K'ONG, 98.
80. WOU KI, 136, 137.
81. WOU K'I, 156.
82. WOU-KIEOU, 112.
83. WOU-KIUN, 135.
84. WOU K'IUN HIANG NOUAN KIN NI FONG, 90.
85. WOU-KOUAN, 121.
86. WOU-LAN, 73.
87. WOU LANG, 21.
88. WOU-LING-K'I, 149.
89. WOU-LING-TCH'OUEN, 35.

134.
90. WOU MAO SIE K'I TAO P'EI YU, 94.
91. WOU MEI, 72, 74, 78, 128, 145, 162.
92. WOU-MEN, 54.
93. WOU-SI, 146.
94. WOU-SIANG, 100.
95. WOU-SOU-NIEN, 13.
96. WOU TCHANG KI, 11.
97. WOU TCH'ANG-CHEOU, 95.
98. WOU-TCH'EOU-K'O-KIAI, 11, 102.
99. WOU T'ONG LO, 52.
100. WOU-T'ONG-YU, 142.
101. WOU TOUAN, 65.
102. WOU TSEU-NGAN, 21.
103. WOU-TSIN, 157.
104. WOU WEN-YING, 10, 12, 31, 42, 48, 53, 57, 127, 128, 130, 145, 157, 162, 164, 174.
105. WOU-YE-T'I, 138, 150.
106. WOU YEN TOU CHANG SI LEOU, 88.
107. WOU-YI, 13, 14.
108. WOU-YI-CHANG, 16, 38.
109. WOU-YI-KIO, 16, 39.
110. WOU-YI-KONG, 15, 33.
111. WOU-YI-PIEN-KONG, 19.
112. WOU-YI-PIEN-TCHE, 17.
113. WOU-YI-TCHE, 18, 39.
114. WOU-YI-YU, 18, 42.
115. WOU-YUE, 80.

(Y)

1. YA-YEN, 104.
2. YANG, 20, 22, 104.
3. YANG CHEN, 121, 148, 150.
4. YANG HING-MI, 80.
5. YANG-HOU, 158.
6. YANG HOUA TCHONG JE K'ONG FEI WOU, 55.
7. YANG KI, 148, 149, 150, 152.
8. YANG-KOUAN, 62, 86.
9. YANG-KOUAN-YIN, 8.
10. YANG KOUANG, 67, 68.
11. YANG LIEOU HOUEI T'ANG, 133.
12. YANG-LIEOU-TCHE, 50.
13. YANG LING WAN LI, 65, 130.
14. YANG-T'AI-LOU, 37.
15. YANG-T'AI-MONG, 78.
16. YANG-TCHEOU, 101, 123, 124.
17. YANG-TCHEOU-MAN, 32, 125, 126, 163.
18. YANG TCHö-MIN, 104.
19. YANG-TCH'OUEN-TSI, 84.
20. YANG-TI, 68.
21. YANG T'ING-SIEOU, 123.
22. YANG TSAN, 10, 95.
23. YANG WEI-TCHENG, 149.
24. YAO-TCHANG, 123.

25. YAO TS'AO YI HO PI, 112.
26. YAO YE YUE MING JOU CHOUEI, 12.
27. YE, 29, 119.
28. YE CHEN-HIANG, 21.
29. YE-FEI-TS'IO, 32, 34, 45.
30. YE HIA SIE YANG TCHAO CHOUEI, 103.
31. YE-HO-HOUA, 34, 128.
32. YE-KIN-MEN, 43, 83, 91, 94.
33. YE LAI TCH'EN TSOUEI SIE TCHOUANG TCH'E, 134.
34. YE MO TCH'AO WOU, 163.
35. YE MONG-Tö, 52, 98, 112, 113.
36. YE-PAN-YO, 7, 40, 98.
37. YE-YEN-YEN, 36.
38. YE-YEOU-KONG, 39, 103.
39. YE YU TSOEI KOUA LOU, 119.
40. YEN, 27, 28, 69, 130, 131, 135.
41. YEN CHENG-SOUEN, 165, 170.
42. YEN CHOU, 46, 47, 52, 56, 61, 93.
43. YEN-EUL-MEI, 135, 149, 168.
44. YEN HONG KOUO HEOU YING KOUEI K'IU, 47.
45. YEN-HOUO, 115.
46. YEN-KAO, 137.
47. YEN KI-TAO, 12, 58, 121, 133, 138, 140, 147, 167, 169.
48. YEN KING PO WOU, 160.
49. YEN KOUANG YAO P'IAO WA, 127.
50. YEN-KOUEI-LEANG, 40, 41.
51. YEN LIEOU TS'AN T'ING, 155.
52. YEN LO HENG LIN, 133.
53. YEN LO P'ING CHA, 106.
54. YEN-LOU-TS'EU, 167.
55. YEN-MEN, 147.
56. YEN-MEN-TS'EU, 147.
57. YEN-PO-TS'EU, 167.
58. YEN SIUAN, 51.
59. YEN Sö POU SIU TCHOUANG YANG, 97.
60. YEN-TA-CHE, 163.
61. YEN TCHEN-K'ING, 69.
62. YEN-TCH'OUEN-T'AI-MAN, 32, 97.
63. YEN TSEU NI NAN, 56.
64. YEN-TS'ING-TOU, 40, 48.
65. YEN YANG TS'ING KING, 51.
66. YEN-YAO-TCH'E, 142.
67. YEN YEN K'ING YING, 59, 127.
68. YEOU, 27.
69. YEOU-HIA, 163.

70. YEOU-KONG, 70.
71. YEOU-KOU-TS'EU, 106.
72. YEOU MEI JEN HI, 118.
73. YEOU MEOU, 123.
74. YEOU-NGAN, 115.
75. YEOU-SO-SSEU, 113.
76. YEOU-TCH'ENG-SIANG,137
77. YEOU Tö HIU TO LEI, 56.
78. YI, 110, 116, 118, 146.
79. YI-CHAN, 139.
80. YI-CHAN-TS'AO-T'ANG-TS'EU, 154.
81. YI-CHAN-YO-FOU, 140.
82. YI-CHANG, 167.
83. YI-CHANG-TCHONG-SIU-TI-YI, 38, 64.
84. YI CHENG KI YEOU PAO TS'AN KENG HIE, 98.
85. YI CHOUEN-TING, 164.
86. YI FOU HAO TONG SAO, 157.
87. YI-HIANG-TS'EU, 156.
88. YI-HING, 154, 157.
89. YI HO TSEU TCHOAN, 118, 119.
90. YI-HOU-TCHOU, 87.
91. YI-KIANG-NAN, 12, 13, 71, 72.
92. YI KIANG TS'IEOU CHOUEI TAN HAN YEN, 147.
93. YI-KIEOU-YEOU, 38, 44, 146, 162.
94. YI KIN YU HEN, 129.
95. YI-KING, 158.
96. YI K'IONG LEANG KIU, 53.
97. YI K'IU SIN TS'EU TSIEOU YI PEI, 131.
98. YI K'IU YEOU KOUAI YIN SIN, 58.
99. YI KO SIAO YUAN EUL, 121.
100. Y-KOU-JEN, 13.
101. YI KOUEI KOU TCH'AN P'O, 64.
102. YI LI TCH'OUEN KOUANG WOU LAI, 65.
103. YI-LO-SO, 35, 55.
104. YI-LO-YUE, 49.
105. YI LOUEN YUE HAO, 142.
106. YI-NAN-WANG, 40.
107. YI-NGAN-KIU-CHE, 133.
108. YI-NGO-HONG, 125, 128, 162.
109. YI NIEN SSEU MONG KOUANG YIN, 163.
110. YI-TCHE-HOUA, 48, 56.
111. YI-TCHE-TCH'OUEN, 48.
112. YI-TCHEOU, 9, 112.
113. YI TCH'UAN SONG TCHEOU JEN YI SIE, 57.
114. YI TOUAN LIU TS'ING WOU TCHOU TCH'OU, 169.

115. YI TSAN, 145, 146.
116. YI-TSIEN-MEI, 44, 45, 58, 118, 134, 152.
117. YI-TS'IN-NGO, 68.
118. YI-TSö, 14.
119. YI-TSö-CHANG, 16, 38.
120. YI-TSö-KIO, 16.
121. YI-TSö-KONG, 15, 32.
122. YI-TSö-PIEN-KONG, 19
123. YI-TSö-PIEN-TCHE, 17.
124. YI-TSö-TCHE, 18.
125. YI-TSö-YU, 18, 41.
126. YI-TSONG, 75.
127. YI-TS'ONG-HOUA, 32.
128. YI-TS'OUEN-KIN, 36.
129. YI-WOU, 128.
130. YI-YE-LO, 10, 59, 78.
131. YI YE TONG FONG, 56.
132. YI YI NGO WEI NIEOU, 119.
133. YI-YUN-TS'EU, 163.
134. YIN, 6, 8, 14, 24.
135. YIN CHOUEI-TS'EU, 166.
136. YIN HOUAN, 128.
137. YIN-KIA-HING, 40, 41.
138. YIN TSI LONG HOUANG, 54.
139. YIN-YO-TCHE, 66.
140. YING, 26.
141. YING HOUA LO TSIN KIAI TS'IEN YUE, 78.
142. YING LIEOU YEN T'I, 65.
143. YING-SIN-TCH'OUEN, 33.
144. YING TCHEOU TCHONG YU, 144.
145. YING TCHö KIN SO, 167.
146. YING-TCHONG, 14.
147. YING-TCHONG-CHANG, 16.
148. YING-TCHONG-KIO, 16.
149. YING-TCHONG-KONG, 15.
150. YING-TCHONG-PIEN-KONG, 19.
151. YING-TCHONG-PIEN-TCHE, 17.
152. YING-TCHONG-TCHE, 18.
153. YING-TCHONG-YU, 18.
154. YING-TCH'OUAN, 71.
155. YING-TCH'OUEN-YO, 13, 35, 36, 37, 49.
156. YING-T'IEN-TCH'ANG, 37, 38, 90.
157. YING-WEN, 115.
158. YO, 28.
159. YO-FOU-POU-T'I, 144.
160. YO-FOU-TCHE-MI, 95.
161. YO-FOU-TSA-LOU, 10, 68.
162. YO-FOU-YU-LOUEN, 7.
163. YO-TCHANG-TSI, 31, 97.
164. YO-TCHE, 8, 9, 66 ,67.
165. YO-YANG-LEOU-KI, 118.
166. YONG, 21.
167. YONG-CHOU, 99.
168. YONG-JO, 165.
169. YONG-SIEOU, 150.

170. YONG-TCH'ANG, 150.
171. YONG-TCHEOU, 79, 108
172. YONG-WOU-TS'EU, 129, 144.
173. YONG-YANG, 149.
174. YONG YE P'AO JEN HO TCH'OU K'IU, 93.
175. YONG-YU-YO, 12, 38, 44, 48, 58, 113, 118, 134.
176. YONG-YUAN-TS'EU-YUN, 21.
177. YU, 14, 18, 23.
178. YU-CHAN-TCHEN, 42.
179. YU CHANG-K'ING, 123.
180. YU CHAO TCHE CHE, 122.
181. YU-CHE, 161, 163.
182. YU-CHE-TCHONG-TCH'ENG, 79, 94, 148.
183. YU CHE YEN, 119.
184. YU-FAN-T'ANG-TS'EU, 152.
185. YU-FEI-YO, 40.
186. YU-FOU, 7, 69, 76.
187. YU-FOU-YIN, 70.
188. YU-HIANG, 74.
189. YU-HOU-TIE, 38, 41, 98.
190. YU-HOUA, 140.
191. YU-K'I, 140.
192. YU-KIA-NGAO, 39.
193. YU-KIAI-HING, 35, 134.
194. YU-KIAI-TCHOUAN, 95.
195. YU-KING-YAO, 10, 38.
196. YU-KOUEI-CHAN, 142.
197. YU KOUO HOUEI T'ANG, 57.
198. YU KOUO TS'AN HONG CHE WEI FEI, 48.
199. YU LAI KIANG TCHANG PO HOUEN, 150.
200. YU LAN HOUA FA TS'ING MING KIN, 168.
201. YU-LEOU-TCH'E, 38.
202. YU-LEOU-TCH'OUEN, 33, 44, 46, 47, 63, 98, 103, 131.
203. YU LEOU TCH'OUEN WANG TS'ING YEN MIE, 90.
204. YU-LIEN-HOUAN, 34, 56.
205. YU-LIN-LING, 35, 44, 98.
206. YU-LONG-TS'ONG, 54.
207. YU LOU HIANG, 50, 60.
208. YU-MEI-JEN, 31, 39, 44, 45, 52, 63, 79, 89, 132, 143, 150.
209. YU-MEI-LING, 41.
210. YU-NIU-YAO-SIEN-P'EI, 8, 31, 98.
211. YU-T'ANG-TCH'OUEN, 52.
212. YU-TCH'AN-SIEN-CHENG-CHE-YU, 95.
213. YU-TCHE, 61, 139.
214. YU-TCHONG-HOUA, 121.
215. YU-TCHONG-HOUA-MAN, 44, 111.

216. YU-TCHOU-SIN, 35.
217. YU TCH'OU YU TAN, 129.
218. YU-TIAO, 18, 30, 42.
219. YU-T'IEN-CHENG, 129.
220. YU TSIE HONG MEI TSIEN YIN, 64.
221. YU TSIEN TIAO KONG, 121.
222. YU TS'ING K'I CHOUANG, 98.
223. YU WAN LONG HAN, 12.
224. YU-YANG-CHAN-JEN, 167.
225. YU YEN HIANG WEI LOUEN K'IEN KIUAN, 47.
226. YU-YEOU-TCH'OUEN-CHOUEI, 46, 152.
227. YUAN, 24, 25, 30, 96, 129, 136, 139, 141, 146, 148, 152, 172.
228. YUAN HAO-WEN, 112, 139, 140, 142, 145, 152, 155.
229. YUAN KIE, 139.
230. YUAN-LANG-KOUEI, 34, 44, 64, 163.
231. YUAN-MEI, 150.
232. YUAN-TCHEN, 146.
233. YUAN-TCH'OUEN-LANG, 40, 99.
234. YUAN TŌ-MING, 139.
235. YUAN-TS'EU, 156.
236. YUAN-WANG-SOUEN, 51.
237. YUE, 29, 62.
238. YUE-HIA-TI, 45.
239. YUE-K'I-TCH'OUEN, 56.
240. YUE KIAO KING WOU SI POU TING, 103.
241. YUE-KIO, 19.
242. YUE LENG LONG CHA, 47.
243. YUE LO SING TCH'EN, 50.
244. YUE-TCHAO-LI-HOUA, 51.
245. YUE TI WOU TCH'EN, 128.
246. YUE-TIAO, 14, 16, 38.
247. YUE-TIAO-KIAI-TCH'EOU, 11.
248. YUN, 8.
249. YUN KI TO, 11.
250. YUN-K'I-HIEN-TS'EU, 158, 159.
251. YUN-KIEN, 124.
252. YUN KIEN KOUEI KONG TSEU, 138.
253. YUN KING, 158.
254. YUN-LIN-KIU-CHE, 146.
255. YUN-TCHEOU, 79.
256. YUN-TSEU-TSAI-K'AN-WEI-K'O-MING-KIA-TS'EU, 153.
257. YUN-YAO-TSI-TSA-K'IU-TSEU, 77.

C

1.紗窗恨. 2.刪.山.潛. 3.山谷道人. 4.山谷詞. 5.山路風來草木香. 6.山抹微雲. 7.山西. 8.山送月來. 9.山之麓. 10.山中白雲詞. 11.山亭宴慢. 12.山陰. 13.商上. 14.上行杯. 15.商角. 16.上古八千歲. 17.上林春慢. 18.上西平. 19.傷心莫問前朝事. 20.商調. 21.傷春曲. 22.少室山房筆叢. 23.邵亨貞. 24.紹興. 25.少歌曰. 26.召南. 27.少年聽雨歌樓上. 28.少年游. 29.哨遍. 30.燒燭鴻天. 31.少游. 32.少蘊. 33.詩史. 34.師師令. 35.世說新語. 36.侍香金童. 37.石孝友. 38.石湖. 39.石湖仙. 40.石湖詞. 41.詩經. 42.石敬塘. 43.十國春秋. 44.十六字令. 45.石林詞. 46.石門文字禪. 47.十年磨劍. 48.十年前事. 49.十年一覺揚州夢. 50.侍女動妝奩. 51.史嵩之. 52.史達祖. 53.石州. 54.石州慢. 55.石州引. 56.侍中. 57.石頭. 58.十載. 59.十載江湖. 60.石淙. 61.世祖. 62.侍衛. 63.沈謙. 64.沈括. 65.神女賦. 66.陝西. 67.仲道. 68.陝州. 69.沈德潛. 70.神宗. 71.沈義父. 72.甚矣吾衰矣. 73.沈約. 74.沈約傳. 75.聖,生. 76.聲聲慢. 77.聖求. 78.聖求詞. 79.聖求詞序. 80.升庵. 81.升庵詞. 82.生查子. 83.勝處可宮. 84.聖祖. 85.聖興. 86.手捲湘簾雨初收. 87.手裹金鸚鵡. 88.受恩深. 89.守得蓮開結伴遊. 90.壽陽. 91.數. 92.朔風吹破帽. 93.數.樹.蜀.殊. 94.叔夏. 95.梳洗罷. 96.叔問. 97.疏影. 98.叔原. 99.衰柳疏疏苔滿地. 100.衰草愁烟. 101.雙聲子. 102.雙燕. 103.霜花腴. 104.雙溪. 105.霜降水痕收. 106.雙角. 107.雙螺未綰同心結. 108.雙照樓彙刻詞. 109.雙頭蓮. 110.雙調. 111.雙槳蓴波. 112.霜葉飛. 113.雙燕. 114.雙燕兒. 115.水. 116.水龍吟. 117.水滿春塘. 118.水碧風清. 119.水調數聲持酒聽. 120.水調歌頭. 121.水殿風涼. 122.水晶簾. 123.水晶簾裏玻璃枕. 124.誰挽銀河. 125.水雲樓詞. 126.順帝. 127.說詩晬語.

E

1.而. 2.兒家夫壻心容易. 3.二郎神. 4.而已.

F

1.乏. 2.法駕導引. 3.法曲獻仙音. 4.法曲第二. 5.凡,范.梵.帆. 6.泛聲. 7.番錦集. 8.番女怨. 9.樊榭. 10.樊榭山房詞. 11.范成大. 12.范仲淹. 13.方. 14.方回. 15.方巨山. 16.芳心苦. 17.方城. 18.方成培. 19.放船千里凌波去. 20.芳

H

J

K

浦燕近. 225.陽浦蓮近拍. 226.葛長庚. 227.歌頭. 228.葛天民. 229.戈載. 230.可憐生飄零到荼蘼. 231.可憐今夕月. 232.宮. 233.貢生. 234.公謹. 235.龔翔麟. 236.宮調. 237.龔鼎孳. 238.功曹. 239.空城曉角. 240.空磧無邊. 241.古嬋娟. 242.奪天工. 243.顧夐. 244.顧況. 245.古今詞話. 246.古傾杯. 247.故國當年得意. 248.古簾空. 249.孤鸞. 250.姑洗. 251.姑洗商. 252.姑洗角. 253.姑洗宮. 254.姑洗變宮. 255.姑洗變徵. 256.姑洗徵. 257.姑洗羽. 258.顧貞觀. 259.古城陰. 260.顧千里. 261.姑射. 262.卦. 263.蝸角鬬爭. 264.怪,夬. 265.關河愁思望處滿. 266.冠劍不隨君去. 267.觀堂集林. 268.管道昇. 269.光景百年. 270.廣陵. 271.廣西. 272.廣東. 273.光宗. 274.匡廬. 275.歸桂. 276.會稽. 277.歸去來. 278.歸去來辭. 279.歸去難. 280.歸國謠. 281.貴平. 282.閨秀百家詞. 283.歸朝歡. 284.桂枝香. 285.桂殿秋. 286.夔州. 287.袞. 288.果,過. 289.郭紹孔. 290.過韶陽. 291.國史院典籍. 292.國香. 293.過澗歇. 294.過澗歇近. 295.郭郎兒近. 296.國朝詞綜. 297.國朝詞綜二編. 298.國朝詞綜補編. 299.國朝詞綜續編. 300.過春社了. 301.括蒼. 302.國子監教授. 303.國子助教. 304.國子主簿. 305.過秦樓. 306.國策. 307.郭威. 308.闊甚吳天.

L

1.來時露浥衣香潤. 2.蘭陵王. 3.蘭亭詩序. 4.琅然. 5.浪淘沙. 6.浪淘沙令. 7.浪淘沙慢. 8.老景蕭條. 9.老來可喜. 10.梁. 11.梁書. 12.梁啟勳. 13.涼波倒浸層樓影. 14.兩袖梅風. 15.梁州. 16.梁州令. 17.兩條紅粉淚. 18.兩同心. 19.良夜燈光簇如豆. 20.燎沉香. 21.遼陽. 22.淚. 23.酹江月. 24.冷紅詞. 25.樓上晴天碧四垂. 26.樓上縈簾飛絮. 27.樓角初銷一縷霞. 28.樓台向曉. 29.樓前疏柳. 30.樓前亂草. 31.樓外東風到早. 32.樓宇沉沉翠幾重. 33.李. 34.李商隱. 35.溧水. 36.梨花小院東風謝. 37.梨花春暮. 38.麗口千門. 39.李克用. 40.李廣列傳. 41.李陵. 42.李隆基. 43.厲鶚. 44.李泌. 45.離別難. 46.李昇. 47.李白. 48.禮部尚書,吏部尚書. 49.禮部侍郎. 50.禮部郎中. 51.離騷. 52.離騷痛飲. 53.李珣,李詢. 54.歷代詩餘. 55.離腸宛轉. 56.荔枝香. 57.荔枝香近. 58.歷城. 59.李成矩. 60.澧州. 61.離愁心上住. 62.李德裕. 63.李清照. 64.李從善. 65.李從謙. 66.李存勗. 67.溧陽. 68.李璟. 69.李曄. 70.李延年. 71.李漁,李煜. 72.練. 73.臉上金霞細. 74.蓮生. 75.廉訪司經歷. 76.簾烘淚雨乾. 77.連理枝. 78.連州,廉州.

M

61.夢江南.62.孟郊.63.夢覺透窗風一線.64.夢仙鄉.65.孟知祥.66.夢窗.
67.夢窗詞集.68.夢得.69.夢斷漏悄.70.孟載.71.孟文.72.模,姥,暮.73.穆
護砂.74.木蘭花.75.木蘭花令.76.木蘭花慢.77.木落時來.78.睦州.79.莫草堆青雲
浸浦.

N

1.納蘭.2.納蘭性德.3.奈.4.南渼.5.南鄉子.6.南郊舊壇在.7.南宗.8.南歌
子,南柯子.9.南呂.10.南呂商.11.南呂角.12.南呂宮.13.南呂變宮.14.南呂變徵.15.
南呂徵.16.南呂正徵.17.南呂羽.18.南唐.19.南昌.20.南朝.21.南朝千古傷心事.
22.南卓.23.南都石黛掃晴山.24.南陽.25.南越.26.鬧紅一舸.27.内史舍人.
28.内鄉.29.内家嬌.30.内閣中書.31.内廷供奉.32.愛柔花向朱闌借得.
33.愛青山去紅塵遠.34.暗香.35.安公子.36.岸柳垂金線.37.安祿山.38.
黯淡養花天.39.按察副使.40.安定郡.41.岸遠沙平.42.暗韻.43.歐陽
炯.44.歐陽修.45.我試評君.46.我是清都山水郎.47.蛾術詞選.48.我
見君來.49.我志在寥闊.50.我亦飄零久.51.我亦卜居者.52.鳥倦飛還矣.53.
聶冠卿.54.聶先.55.年年雪裏.56.念奴嬌.57.年涯草草.58.牛希濟.59.牛嶠.
60.牛僧孺.61.女訓.62.女冠子.63.儂是江南游冶子.64.嫩臉修蛾.65.嫩草
如烟.

P

1.八聲甘州.2.八歸.3.把我身心.4.八寶妝.5.八文.6.八音諧.7.拜星月慢.8.
般涉.9.般涉調.10.半塘詞稿.11.伴雲來.12.判官.13.邦卿.14.傍池闌倚遍.
15.寶馬行春.16.寶檀金縷鴛鴦枕.17.拋球樂.18.北漢.19.杯汝前來.20.北郭
清溪一帶流.21.北夢瑣言.22.稗邊小綴.23.北望神州路.24.彭古晉.25.彭羲.
26.彭孫遹.27.彭城.28.秘書監.29.秘書郎.30.避暑漫鈔.31.秘書正字.32.秘
書丞.33.碧雞漫志.34.秘閣修撰.35.碧闌干外小中庭.36.碧桃天上栽和
露.37.琵琶仙.38.披袍窣地紅宮錦.39.表.40.表聖.41.飄蕭我是孤飛雁.
42.別花人語.43.別後不知君遠近.44.別離情緒.45.汴逾.46.辨弦聲.47.變
宮.48.編修.49.變徵.50.汴都賦.51.片.52.品令.53.蘋洲漁笛譜.54.并.55.冰結
金壺.56.兵部尚書.57.兵部侍郎.58.兵部郎中.59.冰甕.60.冰條木葉.61.平.62.萍鄉.
63.平江.64.平珪.65.馮翊.66.白.67.白石道人.68.白石道人歌曲.69.博學鴻詞.70.白

華.71.伯堅.72.百郡怯登東.73.白居易.74.伯恭.75.波泖泖.76.薄媚.77.百媚
娘.78.薄媚摘遍.79.白門.80.百名家詞.81.白樸.82.百尺樓.83.播州.84.剝啄
誰賦.85.百字令.86.百字謠.87.泊秦淮雨霽.88.薄醉不成鄉.89.伯溫.90.薄
霧濃雲愁永晝.91.百宜嬌.92.伯王.93.玻璃北潭面.94.婆羅門.95.婆羅門
引.96.破萼初驚一點紅.97.破陣樂.98.鄱陽.99.蓬萊鼓吹.100.不伐.101.卜算
子.102.卜算子慢.103.濮州.104.逋翁.105.步幽深.106.菩薩蠻.107.莆田.108.浦陽.

S

1.薩都拉.2.塞.3.塞姑.4.賽天香.5.塞翁吟.6.塞垣春.7.三十三年.8.散聲.9.三
部樂.10.三四峰.11.三台.12.三姝媚.13.三字令.14.三月十三寒食日.15.掃花游.16.
掃西風門徑.17.掃地花.18.僧仲殊.19.瘦綠添肥.20.瘦碧詞.21.漱玉集.
22.昔,錫胄.23.西施.24.昔時曾有佳人.25.惜雙雙.26.惜分釵.27.西風搖步
綺.28.西河.29.惜紅衣.30.西湖志餘.31.西溪子.32.西江月.33.西泠.34.西麓
繼周集.35.西平樂.36.西塞山前白鷺飛.37.錫鬯.38.西城楊柳弄春柔.39.
惜春郎.40.細草沿階軟.41.西子妝.42.西子妝慢.43.惜秋花.44.棲烏飛絕.
45.細雨尖風欲斷魂.46.西苑.47.湘江靜.48.相見歡.49.相思兒令.50.相
思令.51.湘真閣詞.52.湘天風雨破寒初.53.襄陽曲.54.湘月.55.蕭,霄,小,笑,
嘯.56.小山.57.小山詞.58.小食.59.小石角.60.小石調.61.蕭閒.62.小徑紅稀.63.
小闌.64.小樓連苑橫空.65.蕭列.66.小令.67.小梅花.68.蕭索清秋珠淚墜.
69.小孫盤問.70.小桃紅.71.小長干.72.小鎮西.73.小鎮西犯.74.小重山.75.蕭
條庭院.76.小詞.77.小雨分山.78.薛,謝,些.79.謝新恩.80.謝章鋌.81.薛昭
蘊.82.謝池春.83.謝池春慢.84.謝秋娘.85.謝元淮.86.先,仙,銑,獮,霰,線.87.
先生筇杖是生涯.88.仙呂角.89.仙呂宮.90.仙呂變徵.91.仙呂正徵.92.仙呂調.93.
仙姥來時.94.秀水.95.繡館人人倚臨青.96.繡簾高軸臨塘看.97.秀州.98.
秀容.99.辛.100.新霜一夜秋魂醒.101.新水調.102.新荷葉.103.新篁搖動翠葆.
104.辛棄疾.105.新安.106.新唐書.107.新城.108.新春燕子還來至.109.新都.110.新
詞.111.新雁過妝樓.112.星分牛斗.113.緒,徐.114.徐商.115.徐士俊.116.徐釚.117.
徐幹臣.118.徐鉉.119.徐乃昌.120.徐本立.121.徐州.122.徐紫珊.123.璇璣碎錦.
124.選夢詞.125.宣清.126.宣宗.127.雪獅兒.128.雪梅香.129.尋芳草.130.巡宮.131.
尋尋覓覓.132.鎖窗寒.133.塞.134.宋,送.135.宋史.136.宋書.137.嵩高.138.宋祁.139.松

T

時.139.趙明誠.140.趙孟頫.141.趙秉文.142.晁補之.143.趙長卿.144.晁沖之.145.
趙鼎臣.146.晁端禮.147.昭宗.148.照野瀰瀰淺浪.149.趙以夫.150.趙鑰.151.
潮生潮落何時了.152.潮回卻過西陵浦.153.超然.154.朝中措.155.朝天
門外路.156.徵,支,脂,之,紙,旨,止,寘,至,志,質,職.157.枝上流鶯和淚聞.158.致
君.159.致能.160.徵招.161.知制誥.162.製撰.163.致堯.164.池上主人.165.真,臻,軫,
震.166.枕帳薰爐隔繡幃.167.鎮長淮一都會古揚州.168.真州.169.真定.170.陳
171.長來問疾.172.陳亮.173.陳澧.174.陳貞慧.175.陳子龍.176.陳維嵋.177.陳維
崧.178.陳維岳.179.陳與義.180.陳恒.181.陳允平.182.蒸,拯,諍,証,爭,鄭.183.鄭符.
184.正黃鐘宮.185.正黃鐘宮角.186.正黃鐘宮變徵.187.正黃鐘宮正徵.188.正宮.189.
征埃成陣.190.正平調.191.征部樂.192.正單衣試酒.193.正中.194.鄭春波.195.爭挽
桐花兩鬢垂.196.鄭文焯.197.丞.198.城下路.199.程垓.200.程鉅夫.201.程名世.
202.城南路.203.成都.204.成績.205.周.206.周捨.207.晝日移陰.208.晝錦堂.209.
晝景方永.210.周密.211.周邦彥.212.周臣.213.周德清.214.晝夜樂.215.抽還手版.216.
醜奴兒.217.醜奴兒近.218.醜奴兒慢.219.抽思.220.哲者.221.浙江.222.鷓鴣
天.223.浙西六家詞.224.哲宗.225.鍾,腫.226.中山詩話.227.中書.228.中書舍人.229.
仲恒.230.中興諸將誰是萬人英.231.仲舉.232.鐘鼓寒.233.中管商角.234.中管
商調.235.中管双角.236.中管双調.237.中管黃鍾角.238.中管黃鍾宮.239.中管黃鍾變
徵.240.中管黃鍾正徵.241.中管高宮.142.中管高宮角.243.中管高宮變徵.244.中管
高宮正徵.245.中管高般涉調.246.中管高大石角.247.中管高大石調.248.中管小
石角.249.中管小石調.250.中管仙呂角.251.中管仙呂宮.252.中管仙呂變徵.253.中
管仙呂正徵.254.中管仙呂調.255.中管道宮.256.中管道宮角.257.中管道宮變徵.
258.中管道宮正徵.157.中管正平調.260.中管中呂角.261.中管中呂宮.262.中管中呂變
徵.263.中管中呂正徵.264.中管中呂調.265.中管羽調.266.中管越角.267.中管越調角.
268.重光.269.中呂.270.中呂商.271.中呂角.272.中呂宮.273.中呂變宮.274.中呂變徵.275.中
呂徵.276.中呂正角.277.中呂正徵.278.中呂調.279.中呂羽.280.仲謀.281.中州樂府.282.中主.
283.仲初.284.中調.285.中條.286.仲則.287.中原音韻.288.崇安.289.重簾掛.290.崇正.291.
燭,竹,朱.292.柱石中朝.293.朱熹.294.朱孝臧.295.朱國祚.296.珠簾捲春曉.297.駐
馬聽.298.竹馬子.299.竹眠詞.300.竹西.301.竹垞.302.朱敦儒.303.朱全忠.304.著作
郎.305.朱彝尊.306.祝英台近.307.燭影搖紅.308.珠玉詞.309.珠玉作泥沙.310.楚

311.初禪綺語、312.初翻羽雁背、313.楚宮春、314.楚女不歸、315.楚女欲歸南浦、316.
初心已恨花期晚、317.楚天空晚、318.楚天千里清秋、319.楚辭、320.轉聲虞美人、321.
轉燭飄蓬一夢歸、322.轉調二郎神、323.轉應曲、324.傳花枝、325.傳言玉女、326.
莊姜、327.莊子、328.莊宗、329.窗前種得芭蕉樹、330.窗外閒絲自在游、331.墜雨已
辭雲、332.推官、333.垂絲釣、334.垂楊深院、335.準、樽、336.諄、337.春山烟欲斂、338.
春風惡劣、339.春花秋月何時了、340.春日游、341.春入神京萬木芳、342.春江花
月社、343.春去幾時還、344.春去也、345.春滿院、346.春色難留、347.春色春色、348.春
到南樓雪盡、349.春草碧、350.春草全無消息、351.春從天上來、352.春晚風暖、353.春
夜闌、354.春衣、355.春欲暮、356.春欲盡、357.春雨足、358.春雲怨、359.登、等、隥、360.登樓
遥望秦宮殿、361.登臨縱目、362.藤林紙帳朝眠起、363.滕王閣詩序、364.荳蔻
花繁烟艷深、365.斗鬢宵來情緒惡、366.鬭百花、367.斗城池館、368.斗酒彘肩、
369.偷聲木蘭花、370.投老空山、371.底事、372.殢人嬌、373.笛家弄、374.氐州第一、375.
滴滴銅壺寒漏咽、376.啼螢門靜、377.剔銀燈、378.條、379.苕溪漁隱叢話、380.調
笑、381.調笑令、382.苕雅、383.疊、384.蝶戀花、385.蝶夢迷清曉、386.疊嶂西馳、387.帖、388.
鐵嶺、389.點絳唇、390.簟枕邀涼、391.點滴淒清、392.天、忝、栝、393.天豈無情、394.天
籟軒詞韵、395.天籟集、396.天馬、397.天錫、398.天仙子、399.天子聖哲、400.添字采桑子、
401.添字鶯啼序、402.填詞名解、403.田為、404.天問、405.丁、406.丁紹儀、407.定風波、408.
丁香、409.丁香結、410.定西番、411.丁度、412.聽兮清珮瓊瑤些、413.亭前春逐紅英盡
414.聽秋聲館詞話、415.停雲、416.停雲靄靄、417.鐸、418.多少恨、419.多麗、420.德、421.德
潤、422.德宗、423.蛻巖詞、424.東冬董、425.東山集詞、426.東山樂府、427.洞房記得初相
遇、428.東風起、429.東風吹碧草、430.東風第一枝、431.東溪詞話、432.東南形勝、433.東坡居
士、434.東坡樂府、435.洞仙歌、436.洞仙歌令、437.東城雜記、438.洞庭、439.東武城南、
440.凍雲黯淡天氣、441.同叔、442.通判、443.鼕鼕街鼓歇、444.同雲密布、445.獨上小
樓春欲暮、446.讀書萬卷、447.杜甫、448.賭棋山莊詞話、449.渡江雲、450.渡江雲三犯、
451.都官郎中、452.獨立蒼茫醉不歸、453.杜陵、454.杜牧、455.度支員外郎、456.杜文瀾、457.
杜陽雜編、458.獨倚危樓風細細、459.兜、460.端己、461.段安節、462.段成式、463.斷烟
離緒關心事、464.團扇團扇、465.隊、466.對西山摇落、467.對瀟瀟暮雨灑江天、
468.堆絮詞、469.對庭蕪黯淡、470.退處鄉關、471.燉煌、472.燉煌零拾、473.屯田
員外郎、474.哉、475.宰相、476.蔡伸、477.采蓮令、478.采綠吟、479.采綠鴛鴦渺、480.采桑

672.翠蛾羞黛怯人看.673.翠薇雅詞.674.駿孫.675.尊前集.676.存古.

W

1.萬.2.萬事雲烟忽過.3.萬樹.4.晚景落瓊杯.5.萬里蘭浮雲.6.萬馬不嘶.7.萬年.8.萬年歡.9.萬枝香雪開已遍.10.晚妝初過.11.萬葉戰秋聲露結.12.王.13.王紹成.14.王時翔.15.王世貞,王士禎.16.汪森.17.王審知.18.王樹榮.19.望海潮.20.王黃錫.21.王羲之.22.王琦.23.望江梅.24.望江南.25.王建.26.王官.27.王國維.28.王幹.29.望梅.30.王安石.31.王鵬運.32.王勃.33.王嵩.34.王懷.35.王昶.36.王灼.37.望春回.38.王庭筠.39.王特起.40.望都門滿山晴雪.41.王嬙.42.王宗弼.43.王衍.44.王沂孫.45.望遠行.46.王惲.47.微,尾,未,衛,尉,魏.48.尾犯.49.維熊佳夢.50.韋見素.51.彙刻名家詞.52.為米折腰.53.渭南.54.剔遲杯.55.魏承班.56.衛州.57.韋莊.58.為春瘦.59.為伊家終日悶.60.韋應物.61.吻,問,文.62.問訊竹湖.63.溫大臨.64.文廷式.65.溫庭筠.66.問棠嵩去後,漢公卿.67.文宗.68.臥子.69.屋,沃,勿,吳.70.巫山一段雲.71.霧失樓台.72.吳漢槎.73.吳縣.74.無限傷心夕照中.75.無弦琴譜.76.吳興.77.吳興祚.78.吳任臣.79.誤入平康.80.吳激.81.吳綺.82.无咎.83.吳郡.84.舞裙香暖金泥鳳.85.務觀.86.握蘭.87.吳娘.88.武陵溪.89.武陵春.90.烏帽斜欹倒佩魚.91.吳梅.92.無悶.93.無錫.94.無想.95.無俗念.96.五張機.97.吳昌綬.98.無愁可解.99.梧桐落.100.梧桐雨.101.無端.102.吳子安.103.武進.104.吳文英.105.烏夜啼.106.無言獨上西樓.107.無射.108.無射商.109.無射閏.110.無射宮.111.無射變宮.112.無射變徵.113.無射徵.114.無射羽.115.吳越.

Y

1.雅言.2.陽,養,漾,楊.3.楊慎.4.楊行密.5.陽湖.6.楊花終日空飛舞.7.楊基.8.陽關.9.陽關引.10.楊廣.11.楊柳迴塘.12.楊柳枝.13.楊舲萬里.14.陽台路.15.陽台夢.16.揚州.17.揚州慢.18.楊澤民.19.陽春集.20.煬帝.21.楊廷秀.22.楊纘.23.楊維禎.24.堯章.25.瑤草一何碧.26.遙夜月明如水.27.葉,業,也.28.葉申薌.29.夜飛鵲.30.葉下斜陽照水.31.夜合花.32.謁金門.33.夜來沉醉卸妝遲.34.野幕巢烏.35.葉夢得.36.夜半樂.37.夜厭厭.38.夜游宮.39.夜雨醉瓜廬.40.鹽,嚴,魘,儼,艷,驗,顏.41.嚴繩孫.42.晏殊.43.眼兒媚.44.燕鴻過後鶯歸去.45.延和.46.彥高.47.晏幾道.48.研經博物.49.烟光搖縹瓦.50.燕歸梁.51.檐溜纓傳.52.烟絡橫林、53.雁落平沙、54.延露詞、55.雁門、56.雁門詞、57.延波詞、58.閒選、59.艷色不須妝樣、60.鹽大使、61.顏真卿、62.宴春台慢、63.燕子呢喃、64.宴清都、65.燕飏晴景、66.宴瑤池、67.燕燕輕盈、68.尤、幽、有、黝、宥、幼、69.幼霞、70.幼公、71.友古詞、72.有美人兮、73.尤袤、74.幼安、75.有所思、76.右丞相、77.有得許多淚、78.吳、易、79.遺山、80.亦山草堂詞、81.遺山樂府、82.貽上、83.霓裳中序第一、84.一聲雞又報殘更歇、85.易順鼎、86.一幅好東綃、87.藝香詞、88.宜興、89.一犁自專、90.一斛珠、91.憶江南、92.一江秋水淡寒烟、93.憶舊游、94.一襟餘恨、95.易經、96.一笻雨屐、97.一曲新詞酒一杯、98.一去又乖音信、99.一個小園兒、100.憶故人、101.一規古蟾魄、102.迤邐春光無賴、103.一絡索、104.憶蘿月、105.一輪月好、106.意難忘、107.易安居士、108.一萼紅、109.一年似夢光陰、110.一枝花、111.一枝春、112.伊州、宜州、113.一川松竹任欹斜、114.一段旅情無著處、115.倪瓚、116.一剪梅、117.憶秦娥、118.夷則、119.夷則商、120.夷則角、121.夷則宮、122.夷則變宮、123.夷則變徵、124.夷則徵、125.夷則羽、126.懿宗、127.一叢花、128.一寸金、129.義烏、130.一葉落、131.一夜東風、132.一以我為牛、133.憶雲詞、134.引、音、隱、135.飲水詞、136.尹煥、137.引駕行、138.陰積龍荒、139.音樂志、140.映、141.櫻花落盡階前月、142.鶯柳烟堤、143.迎新春、144.瀛洲種玉、145.鶯擲金梭、146.應鍾、147.應鍾商、148.應鍾角、149.應鍾宮、150.應鍾變宮、151.應鍾變徵、152.應鍾徵、153.應鍾羽、154.穎川、155.迎春樂、156.應天長、157.應問、158.葯、159.樂府補遺、160.樂府指迷、161.樂府雜錄、162.樂府餘論、163.樂章集、164.樂志、165.岳陽樓記、166.用、167.永叔、168.容若、169.用修、170.永昌、171.永州、雍州、172.詠物詞、173.滎陽、174.永夜拋人何處去、175.永遇樂、176.榕園詞韻、177.羽、魚、虞、語、噳、御、遇、178.玉山枕、179.俞商卿、180.余少之時、181.御史、182.御史中丞、183.於是焉、184.玉樊堂詞、185.于飛樂、186.漁父、187.漁父引、188.虞卿、189.玉蝴蝶、190.玉華、191.玉溪、192.漁家傲、193.御街行、194.余玠傳、195.玉京謠、196.玉龜山、197.雨過回塘、198.雨過殘紅濕未飛、199.雨來江漲波渾、200.玉蘭花發清明近. 201. 玉漏遲. 202. 玉樓春. 203. 玉樓春望晴烟滅. 204. 玉連環. 205. 雨霖鈴. 206. 玉瓏璁. 207. 玉爐香. 208. 虞美人. 209. 玉梅令. 210. 玉女摇仙珮. 211. 玉堂春. 212. 玉蟾先生詩餘. 213. 裕之, 玉卮. 214. 雨中花. 215. 雨中花慢. 216. 玉燭新. 217. 玉杵餘丹. 218. 羽調. 219. 玉田生. 220. 欲借紅梅薦飲. 221. 羽箭雕弓. 222. 雨晴氣爽. 223. 玉腕籠寒. 224. 漁洋山人. 225. 欲掩香幃論繾綣. 226. 魚游春水. 227. 元, 阮, 願. 228. 元好問. 229. 元結. 230. 阮郎歸. 231. 元美. 232. 元鎮. 233. 怨春郎. 234. 元德明. 235. 園英. 236. 怨王孫. 237. 月. 238. 月下笛. 239. 越溪春. 240. 月皎驚烏棲不定. 241. 越角. 242. 月冷龍沙. 243. 月落星沉. 244. 月照梨花. 245. 月地無塵. 246. 越調. 247. 越調解愁. 248. 均. 249. 雲鬟墮. 250. 雲起軒詞. 251. 雲間. 252. 雲間貴公子. 253. 惲敬. 254. 雲林居士. 255. 鄆州. 256. 雲自在龕彙刻名家詞. 257. 雲謠集雜曲子.

BIBLIOGRAPHIE

Wen T'ing-yun : Le *Wen-fei-k'ing-ts'eu* (Recueil de *ts'eu* de *Wen*), éd. *Ts'eu-kia-tchouan-tsi*, 1922, Pékin.

Wei Tchouang : Le *Wei-touan-ki-ts'eu* (Recueil de *ts'eu* de *Wei*), éd. *Ts'eu-kia-tchouan-tsi*, 1922, Pékin.

Li Ying et *Li Yu :* Le *Nan-t'ang-eul-tchou-ts'eu* (Recueil de *ts'eu* des deux rois des *Nan-t'ang*), éd. *Ts'eu-kia-tchouan-tsi*, 1922, Pékin.

Fong Yen-ki : Le *Yang-tch'ouen-tsi* (Recueil de *ts'eu* de *Fong*), éd. *Sseu-yin-tchai-wei-k'o-ts'eu*, 1888, Pékin.

Tchang Sien : Le *Tchang-tseu-ye-ts'eu* (Recueil de *ts'eu* de *Tchang*), éd. *K'iang-ts'ouen-ts'ong-chou*, 1917, Changhai.

Lieou Yong : Le *Yo-tchang-tsi* (Recueil de *ts'eu* de *Lieou*), éd. *K'iang-ts'ouen-ts'ong-chou*, 1917, Changhai.

Ngeou-yang Sieou : Le *Lieou-yi-ts'eu* (Recueil de *ts'eu* de *Ngeou-yang*), éd. *Lieou-che-yi-kia-ts'eu*, réimp. 1910, Changhai.

— Le *Tsouei-wong-k'in-ts'iu-wai-p'ien* (Recueil de *ts'eu* de *Ngeou-yang*), éd. *Chouang-tchao-leou-wei-k'o-ts'eu* (1).

Tcheou Pang-yen : Le *Ts'ing-tchen-tsi* (Recueil de *ts'eu* de *Tcheou*), éd. *Sseu-yin-tchai-wei-k'o-ts'eu*, 1888, Pékin.

Mei-K'i Yong : Le *Ta-cheng-tsi* (Recueil de *ts'eu* de *Mei-K'i*), éd. *Ts'eu-kia-tchouan-tsi*, 1922, Pékin.

(1) Cette collection est publiée par *Wou Tch'ang-Cheou* qui vécut à la fin de la dynastie mandchoue.

Tchao Touan-li : Le *Hien-tchai-k'in-ts'iu-wai-p'ien* (Recueil de *ts'eu* de *Tchao*), éd. *Chouang-tchao-leou-wei-k'o-ts'eu*.

T'ien Wei : Le *T'ien-pou-fa-ts'eu* (Recueil de *ts'eu* de *T'ien*), éd. *Ts'eu-kia-tchouan-tsi*, 1922, Pékin.

Liu Pin-lao : Le *Cheng-k'ieou-ts'eu* (Recueil de *ts'eu* de *Liu*), éd. *Lieou-che-yi-kia-ts'eu*, 1910, Changhai.

Ts'ai Chen : *Le Yeou-kou-ts'eu* (Recueil de *ts'eu* de *ts'ai*), éd. *Lieou-che-yi-kia-ts'eu*, 1910, Changhai.

Sou Che : Le *Tong-p'o-yo-fou* (Recueil de *ts'eu* de *Sou*), éd. *K'iang-ts'ouen-ts'ong-chou*, 1917, Changhai.

Houang T'ing-kien : Le *Chan-kou-ts'eu* (Recueil de *ts'eu* de *Houang*), éd. *Lieou-che-yi-kia-ts'eu*, 1910, Changhai.

Tchao Pou-tche : Le *Tchao-che-k'in-ts'iu* (Recueil de *ts'eu* de *Tchao*), éd. *Lieou-che-yi-kia-ts'eu*, 1910, Changhai.

Ye Mong-tö : Le *Che-lin-ts'eu* (Recueil de *ts'eu* de *Ye*), éd. *Lieou-che-yi-kia-ts'eu*, 1910, Changhai.

Hiang Tseu-yin : Le *Tsieou-pien-ts'eu* (Recueil de *ts'eu* de *Hiang*), éd. *Lieou-che-yi-kia-ts'eu*, 1910, Changhai.

Sin K'i-tsi : Le *K'ia-hien-tch'ang-touan-kiu* (Recueil de *Sin*), éd. 1928, Changhai.

Tchou Touen-jou : Le *Ts'iao-ko* (Recueil de *ts'eu* de *Tchou*), éd. *Sseu-yin-tchai-wei-k'o-ts'eu*, 1888, Pékin.

Lou Yeou : Le *Fang-wong-ts'eu* (Recueil de *ts'eu* de *Lou*), éd. *Lieou-che-yi-kia-ts'eu*, 1910, Changhai.

Lieou Kouo : Le *Long-tcheou-ts'eu* (Recueil de *ts'eu* de *Lieou*), éd. *K'iang-ts'ouen-ts'ong-chou*, 1917, Changhai.

Lieou K'o-tchouang : Le *Heou-ts'ouen-tch'ang-touan-kiu*

(Recueil de *ts'eu* de *Lieou*), ed. *K'iang-ts'ouen-ts'ong-chou*, 1917, Changhai.

Kiang K'ouei : Le *Po-che-tao-jen-ko-k'iu* (Recueil de *ts'eu* de *Kiang*), éd. *K'iang-ts'ouen-ts'ong-chou*, 1917, Changhai.

Che Ta-tsou : Le *Mei-k'i-ts'eu* (Recueil de *ts'eu* de *Che*), éd. *Sseu-yin-tchai-wei-k'o-ts'eu*, 1888, Pékin.

Wou Wen-ying : Le *Mong-tch'ouang-ts'eu-tsi* (Recueil de *ts'eu* de *Wou*), éd. *K'iang-ts'ouen-ts'ong-chou*, 1917, Changhai.

Tcheou Mi : Le *P'in-tcheou-yu-ti-p'ou* (Recueil de *ts'eu* de *Tcheou*), éd. *K'iang-ts'ouen-ts'ong-chou*, 1917, Changhai.

Wang Yi-souen : Le *Houa-wai-tsi* (Recueil de *ts'eu* de *Wang*), éd. *Sseu-yin-tchai-wei-k'o-ts'eu*, 1888, Pékin.

Tchang Yen : Le *Chan-tchong-po-yun-ts'eu* (Recueil de *ts'eu* de *Tchang*), éd. *K'iang-ts'ouen-ts'ong-chou*, 1917, Changhai.

Yen Chou : Le *Tchou-yu-ts'eu* (Recueil de *ts'eu* de *Yen*), éd. *Lieou-che-yi-kia-ts'eu*, 1910, Changhai.

Yen Ki-tao : Le *Siao-chan-ts'eu* (Recueil de *ts'eu* de *Yen*), éd. *K'iang-ts'ouen-ts'ong-chou*, 1917, Changhai.

Ts'in Kouan : Le *Houai-hai-kiu-che-tch'ang-touan-kiu* (Recueil de *ts'eu* de *Ts'in*), éd. *K'iang-ts'ouen-ts'ong-chou*, 1917, Changhai.

Ho Tchou : *Le Tong-chan-yo-fou* (Recueil de *ts'eu* de *Ho*), éd. *Sseu-yin-tchai-wei-k'o-ts'eu*, 1888, Pékin.

Li Ts'ing-tchao : Le *Seou-yu-tsi* (Recueil de *ts'eu* de *Li*), 1928, Pékin.

Fan Tch'eng-ta : Le *Che-hou-ts'eu* (Recueil de *ts'eu* de *Fan*), éd. *K'iang-ts'ouen-ts'ong-chou*, 1917, Changhai.

Wou Ki : Le *Tong-chan-tsi-ts'eu* (Recueil de *ts'eu* de *Wou*), éd. *Ts'eu-kia-tchouan-tsi*, 1922, Pékin.

Ts'ai Song-nien : Le *Ming-sieou-tsi* (Recueil de *ts'eu* de *Ts'ai*), éd. *Sseu-yin-tchai-wei-k'o-ts'eu*, 1888, Pékin.

Lieou Tchong-yin : *Le Long-chan-ts'eu* (Recueil de *ts'eu* de *Lieou*), éd. *Ts'eu-kia-tchouan-tsi*, 1922, Pékin.

Yuan Hao-wen : Le *Yi-chan-yo-fou* (Recueil de *ts'eu* de *Yuan*), éd. *K'iang-ts'ouen-ts'ong-chou*, 1917, Changhai.

Po P'o : Le *T'ien-lai-tsi* (Recueil de *ts'eu* de *Po*), éd. *Sseu-yin-tchai-wei-k'o-ts'eu*, 1888, Pékin.

Tchao Mong-fou : Le *Song-siue-tchai-ts'eu* (Recueil de *ts'eu* de *Tchao*), éd. *Wei-k'o-ming-kio-ts'eu*, 1689.

Tchang Tchou : Le *T'o-yen-ts'eu* (Recueil de *ts'eu* de *Tchang*), éd. *K'iang-ts'ouen-ts'ong-chou*, 1917, Changhai.

Wang Yun : *Le Ts'ieou-kien-yo-fou* (Recueil de *ts'eu* de *Wang*), éd. *K'iang-ts'ouen-ts'ong-chou*, 1917, Changhai.

Wang Yun : Le *Ts'ieou-kien-yo-fou* (Recueil de *ts'eu* de *K'ieou*), éd. *K'iang-ts'ouen-ts'ong-chou*, 1917, Changhai.

Yi Tsan : Le *Ts'ing-pi-ko-ts'eu* (Recueil de *ts'eu* de *Yi*), éd. *Ling-kien-ko-wei-k'o-ts'eu* (1).

Sa-tou-la : Le *Yen-men-ts'eu* (Recueil de *ts'eu* de *Sa-tou-la*), éd. *Ling-kien-ko-wei-k'o-ts'eu*.

Chao Heng-tcheng : Le *Ngo-chou-ts'eu-siuan* (Recueil de *ts'eu* de *Chao*), éd. *Sseu-yin-tchai-wei-k'o-ts'eu*, 1888, Pékin.

Lieou Ki : Le *Lieou-wen-tch'eng-kong-ts'eu* (Recueil de *ts'eu* de *Lieou*), éd. *Ts'eu-kia-tchouan-tsi*, 1922, Pékin.

---

(1) Cette collection est publiée par *Kiang Piao* qui est né en 1860 et mort en 1899.

Kao K'i : Le *K'eou-hien-ts'eu* (Recueil de *ts'eu* de *Kao*), éd. *Sseu-pou-ts'ong-k'an*, 1922, Changhai.

Yang Ki : Le *Mei-ngan-ts'eu* (Recueil de *ts'eu* de *Yang*), éd. *Ts'eu-kia-tchouan-tsi*, 1922, Pékin.

Yang Chen : Le *Cheng-ngan-ts'eu* (Recueil de *ts'eu* de *Yang*), éd. 1924, Nankin.

Wang Che-tcheng : Le *Yen-tcheou-chan-jen-ts'eu* (Recueil de *ts'eu* de *Wang*), éd. *Ts'eu-kia-tchouan-tsi*, 1922, Pékin.

Tch'en Tseu-long : Le *Siang-tchen-ko-ts'eu* (Recueil de *ts'eu* de *Hia*), 1925, Nankin.

Hia Houan-chouen : Le *Yu-fan-t'ang-ts'eu* (Recueil de *ts'eu* de *Hia*), éd. 1925, Nankin.

Tch'en Wei-song : Le *Kia-ling-ts'eu* (Recueil de *ts'eu* de *Tch'en*), éd. *Ts'ing-ming-kia-che-yu* (1).

Wou K'i : Le *Yi-hiang-ts'eu* (Recueil de *ts'eu* de *Wou*), éd. *Po-ming-kia-ts'eu* (2).

Wan Chou : Le *Hiang-tan-ts'eu* (Recueil de *ts'eu* de *Wan*), éd. *Po-ming-kia-ts'eu*.

— Le *Touei-su-ts'eu* et le *Siuan-ki-souei-kin* (Recueils de *ts'eu* de *Wan*), éd. *Ts'eu-kia-tchouan-tsi*, 1922, Pékin.

Houang King-jen : Le *Tchou-mien-ts'eu* (Recueil de *ts'eu* de *Houang*), éd. *Ts'eu-kia-tchouan-tsi*, 1922, Pékin.

Tchang Houei-yen : Le *Ming-ko-ts'eu* (Recueil de *ts'eu* de *Tchang*), éd. *Ts'eu-kia-tchouan-tsi*, 1922, Pékin.

Wen Ting-che : Le *Yun-k'i-hien-ts'eu* (Recueil de *ts'eu* de *Wen*), 1922, Changhai.

---

(1) Cette collection est publiée par *Souen Mo* qui est né en 1614 et mort en 1693.

(2) Cette collection est publiée par *Nie Sien* (dix-septième siècle) et *Tseng Wang-souen* (1624-1699).

Tchou Yi-tsouen : Le *Kiang-hou-tsai-tsieou-tsi* (Recueil de *ts'eu* de *Tchou*), éd. *Po-ming-kia-ts'eu*.

— Le *Tsing-tche-kiu-k'in-ts'iu*, le *Tch'a-yen-ko-t'i-wou-tsi* et le *Fan-kin-tsi* (Recueils de *ts'eu* de *Tchou*), éd. *Ts'eu-kia-tchouan-tsi*, 1922, Pékin.

Ts'ao Yong : Le *Tsing-t'i-t'ang-ts'eu* (Recueil de *ts'eu* de *Ts'ao*), éd. *Po-ming-kia-ts'eu*.

Li Ngo : Le *Fan-sie-chan-fang-ts'eu* (Recueil de *ts'eu* de *Li*), éd. *Sseu-pou-ts'ong-k'an*, 1922, Changhai.

Hiang Hong-tsou : Le *Yi-yun-ts'eu* (Recueil de *ts'eu* de *Hiang*), éd. *Ts'eu-kia-tchouan-tsi*, 1922, Pékin.

Tsiang Tch'ouen-lin : Le *Chouei-yun-leou-ts'eu* (Recueil de *ts'eu* de *Tsiang*), éd. *Yun-tseu-tsai-k'an-wei-k'o-ming-kia-ts'eu* (1).

Wang P'ong-yun : Le *Pan-t'ang-ts'eu-kao* (Recueil de *ts'eu* de *Wang*), éd. *Ts'eu-kia-tchouan-tsi*, 1922, Pékin.

Tcheng Wen-tcho : Le *Seou-pi-ts'eu*, le *Leng-hong-ts'eu*, le *T'iao-ya*, le *Ts'iao-fong-yo-fou* et le *Pi-tchou-yu-yin* (Recueils de *ts'eu* de *Tcheng*), éd. *Ta-ho-chan-fang-ts'iuan-chou*, 1925, Changhai.

Na-lan Sing-tö : Le *Yin-chouei-ts'eu* (Recueil de *ts'eu* de *Na-lan*), éd. *Po-ming-kia-ts'eu*.

P'eng Souen-yu : Le *Yen-lou-ts'eu* (Recueil de *ts'eu* de *P'eng*), éd. *Ts'ing-ming-kia-che-yu*.

Wang Che-tcheng : Le *Yen-po-ts'eu* (Recueil de *ts'eu* de *Wang*), éd. *Ts'ing-ming-kia-che-yu*.

Kou Tcheng-kouan : Le *T'an-tche-ts'eu* (Recueil de *ts'eu* de *Kou*), éd. *Po-ming-kia-ts'eu*.

Wang Che-siang : Le *Hiang-t'ao-tsi*, le *Kan-han-tsi*, le *Ts'ing-sao-yo-fou*, le *Tch'ou-chan-k'i-yu* et le *K'i-*

(1) Cette collection est publiée par *Miao Ts'iuan-souen* qui est né en 1844 et mort en 1919.

t'ing-yi-yu (Recueils de *ts'eu* de *Wang*), éd. *Ts'eu-kia-tchouan-tsi*, 1922, Pékin.

Wang Kouo-wei : Le *Kouan-t'ang-tch'ang-touan-kiu* (Recueil de *ts'eu* de *Wang*), éd. *Wang-tchong-k'io-kong-yi-chou*, 1927, Tientsin.

***

Le *Ts'iuan-t'ang-ts'eu-siuan* (Anthologie de *ts'eu* des *T'ang* et des Cinq Dynasties), éd. 1921, Changhai.

Le *Kin-lien-tsi* (Anthologie des *ts'eu* anciens), éd. *K'iang-ts'ouen-ts'ong-chou*, 1917, Changhai.

Le *Yun-yao-tsi-tsa-k'iu-ts'eu* (Anthologie de *ts'eu* divers), éd. *K'iang-ts'ouen-ts'ong-chou*, 1917, Changhai.

Yuan Hao-wen : Le *Tchong-tcheou-yo-fou* (Anthologie de *ts'eu* des *Kin*), éd. *K'iang-ts'ouen-ts'ong-chou*, 1917, Changhai.

***

Tchang Yen : Le *T'seu-yuan* (La source du *ts'eu*), nouv. éd. 1926, Pékin.

Wan Chou : Le *Ts'eu-liu* (Les règles du *ts'eu*), nouv. éd., 1926, Changhai.

Ko Tsai : Le *Ts'eu-lin-tcheng-yun* (Le dictionnaire des rimes du *ts'eu*), éd. *Sseu-yin-tchai-wei-K'o-ts'eu*, 1888, Pékin.

TABLE DES MATIERES

CHAPITRE I. — LA TECHNIQUE DU *TS'EU* 5

I. Les airs 5

II. Les modulations, les tons et les rimes .. 14

III. Les règles musicales 29

IV. La rhétorique du *ts'eu* 53

CHAPITRE II. — LA NAISSANCE DU *TS'EU* 65

I. Les origines du *ts'eu* 65

II. Le *ts'eu* des *T'ang* 69

III. Le *ts'eu* des Cinq Dynasties 78

IV. Le *ts'eu* des Dix Royaumes 80

CHAPITRE III. — L'EPANOUISSEMENT DU *TS'EU* 95

I. L'école *Tcheou* 96

II. Lécole *Sou* 106

III. L'école *Sin* 114

IV. L'école *Kiang* 123

V. Les poètes indépendants 130

CHAPITRE IV. — LE DECLIN DU *TS'EU* 136

I. Le *ts'eu* des *Kin* 136

II. Le *ts'eu* des *Yuan* 141

III. Le *ts'eu* des *Ming* 147

CHAPITRE V. — LA RESURRECTION DU *TS'EU* 153
I. L'école *Tch'en* 154
II. L'école *Tchou* 159
III. L'école *Na-lan* 165
IV. Les études critiques 170
REPERTOIRE DES CARACTERES CHINOIS 176
BIBLIOGRAPHIE 249

冯沅君自传

（一）家庭情况

我是一九〇〇年生的，今年五十一岁，河南省唐河县人。在学校读书时，名字是淑兰，字德馥。发表文章时，用过素秋、淦女士、沅君、易安、大琦、吴仪等笔名。

我的家庭是个中等地主，靠收租维持。我的父亲可以分得六顷（百亩）地。他有一兄一弟，直到一九一七年我出外上学校为止，三房始终同居。因此，当时家中，有十八顷地，每年收入约近万元（银元）。三房老少男女共二十余人，男女雇工十余人。三房分居后，家中只有两三个雇工。

我的父亲是个进士，做过湖北省崇阳县知县，一九〇八年去世。母亲也是地主出身，读过书，不能写作，为人极勤俭厚道，一九四四年去世。我有一妹，两兄。妹夫是地主，已去世十余年。妹是家庭妇女，能读报写信，现在东北依靠她儿子（赵守忠，西南解放前在重庆私立乡村建设学院教书，现在东北佳木斯农场工作）过活。长兄冯友兰学哲学，次兄冯景兰学地质学，皆以教书为业，现均在北京清华大学工作。两个嫂嫂都是家庭妇女，都读过书。

在封建势力仍然存在的社会里，女子不能承继母家财产，因此我对家里的田地从来不重视；同时，我离家已卅余年，教书为生已二十余年，土地关系早已摆脱。两兄一妹的情况和我也差不多。所以我对于土地改革是绝对拥护的。这样对于广大人民，国家前途有利益的政策谁也没有理由不拥护，何况对于自己毫无损害。

我是一九二九年和陆侃如结婚的，从未生育。他的家庭职业等另见他的自传。

我的职业始终是教书。我吃的是教书饭。现在我每月的薪金约百万元，除去友谊的帮助亲友外，无固定的经济负担。

（二）学校教育

由于我的家庭是有文化的，更由于我的母亲热爱文化，所以在四十多年前，我就幸运的读了书。六岁开始上学，十二岁后便半日读书，半日学刺绣、缝纫。跟先生念书的日子很少；主要靠自修，母亲与哥哥有时给我些指导，学习的多是文学、史学方面的。十七岁后我方进学校。

我到北京进学校在一九一七年秋，这时候，北京女子师范学校的国文专修科正招生，凡具有中学毕业生同等学力的皆可报考，而且考的科目都是文史方面的。我考取了，小学,中学两个阶段就被我这样跳过。两年后(一九一九年)，这个学校改为国立北京女子高等师范，国文专修科改为国文系，我也就成为高师的学生。从革命先烈李守常先生授业就在此时，开始知道社会主义。

一九二二年夏，我在北京女子高等师范毕业，接着就进北京大学研究所作研究生，并在大学部选习自己爱好的功课，于鲁迅先生授业就在此时。我的新文艺作品也多是这三年内写的。

因为教了几年书，手头有了积蓄，一九三二年夏便同我的丈夫陆侃如同到法国巴黎大学读书。在巴黎住了三年，研究的方向是文学史。

（三）工作简历

我的教师生活开始于一九二五年。第一个学校是金陵大学。该校教授陈锺凡先生因要到广州讲学，向学校请了个较长的假期，并介绍我接替他的功课，讲师名义，月薪一百五十元。同事有胡光炜（详后）、束世徵（安徽人，抗战期内曾任四川大学教授，现不知何往。）

次年陈先生返校，沈兼士（时为北大研究所主任，一九四七年去世）介绍我到中法大学教书，月薪一百八十元，并为北大研究所编刊物，月薪一百元。同事有魏建功（现为北大教授）、台静农（日本投降后在台大教书，近无消息）等。

一九二八年，暨南大学国文系主任陈锺凡先生约我任教，同时我的未婚夫陆侃如在上海工作，我便离北京到上海。同年中国公学校长胡适之也约我去教书，次年又兼复旦课（陈望道先生约），三处合计月薪约三百元。三校同事有洪深、叶圣陶、罗隆基等。

一九三〇年，胡适之辞去中国公学校长，北平师范大学校长徐炳昶先生（与我同乡，并是亲戚，现在科学院工作）却约我到师大研究所担任指导研究工作，我便离沪回北京。到京后，又在北大（中文系主任马裕藻先生约），师大（中文系钱玄同先生约，与马先生均久故）教课，三处合计，收入与在上海时略等。两校同事有俞平伯（北大）、黎锦熙（师大）等。一九三二年赴法留学，教书工作暂时结束。

一九三五年，从法国回来，杨亮功（曾任安徽大学校长，国民党反动政府监察使，今不知何往，和我是中国公学的同事）介绍我天津河北省立女子师范学院教书，月薪二百四十元。同事有曹禺、李霁野等。

抗日战起，平津沦陷，我因患胃肠炎需要动手术休养，次年方南下。刚到西南后方时，在武汉大学教书，我的哥哥冯友兰（恰巧在武大）是介绍人，月薪三百元，同事有叶圣陶、杨端六、袁昌英等。

在武汉大学一年，因为该校的惯例不聘夫妇教授（只有杨端六与袁昌英是武大开办时去的，是例外），我的丈夫陆侃如在中山大学教书，我便到中山大学了。月薪三百六十元。同事有钟敬文、洪深等。

四二年，中山大学闹易长风潮，师范学院院长买通流氓痛打学生，大批教授愤而辞职，我与我的丈夫陆侃如也因此离去。适东北大学国文系高晋生先生（与侃如是清华研究院同学）来约，我们就到该（译者按，原文缺“校”字）任教。月薪六百元。四五年日寇投降，四六年随校返沈阳。我因腹瘤割后身体极弱，东北祁寒不能支持，同时四七年六二反饥饿反内战运动爆发，特务在校横行，遂与陆侃如回来到山大，介绍人是杨振声先生（现在北大）。在东大同事有赵纪彬、杨向奎、杨荣国、叶丁易诸人。

解放后除在本校教书外，兼任市妇联副主席，各界人民代表会议代表，协商委员会委员，市文联筹备委员会副主任，抗美援朝青岛分会妇女支会主席，山东省人民政府委员，山东省妇联副主席等职。

说明：1951 年 3 月 15 日经中央教育部批准，华东大学合并于山东大学，任命华岗为校长。此时山东大学在青岛。本文为冯沅君先生保留底本原稿，誊录保持原式样。

后　记

搜寻冯沅君先生的博士论文起始于 2021 年。这一年 4 月 9 日，山东省古典文学学会、山东大学文学院在济南联合主办山东省古典文学学会年会暨陆侃如、冯沅君学术研讨会。会议对陆侃如、冯沅君两先生中国古代文学研究的杰出成就进行了全面总结，对他们为山东大学中国古代文学学科建设、发展以及人才培养做出的重大贡献作了高度评价。会议开幕式上还举行了陆、冯《中国诗史》手稿捐赠仪式。会议期间，我同几位专家闲聊，大家都认为，《陆侃如冯沅君合集》之外，冯沅君先生还有一些佚文佚作，尤其是她留法期间的博士论文尚未发现，造成研究其学术历程和学术思想的一大空白，实在是一件憾事。

我从二十余年前开始关注与冯沅君先生相关的文献资料，并陆续撰写了几篇关于冯先生俗文学研究和学术生平的文章，这既缘于我对冯先生高尚品格和崇高成就的敬仰，也有一些私人的感情在其中。家父关德栋先生与冯先生于 20 世纪 40 年代相识，并于 1953 年受冯先生邀请调任山东大学教授。在山大期间，家父与冯先生合作开设宋元明清文学课程，一起制订敦煌文学研究计划和助教培养计划，他们共事二十余年，结下了深厚的友谊。我幼年曾与陆、冯两位先生毗邻而居，如今数十年过去，冯先生走在路上那颤颤巍巍的羸弱身影还时常浮现在我的脑海中。

家父生前不止一次对我讲过冯、陆两位先生的生平轶事，包括他们简朴的生活和勤奋的工作，当然也包括他们对学术的求索和创新。冯先生去世后，家父非常关心她遗作的整理出版问题。家父在 1975 年 2 月 2 日致赵景深先生的信中说："她的遗稿据侃如说约存一箱，但究竟都还存下些什么？始终还没检阅，具体情况当然也就很难说了。我曾问过关于戏曲史方面的书稿，据他说也还不了解剩了啥。当然整理也就更谈不到了。据我过去与沅君先生谈话时知道的，她当年对'远山堂'曲品剧品一书，也作过些工作；对作家生平，也有一些史料整理；对一些剧、曲也弄过些考证。后来搞宋以后的诗歌，还有些属于副产品的小玩艺儿。对陆游诗，曾计划完成全集的校点注释（可能是'校笺'）。至于笔记（读书札记之类）还占有较大的数量。想来她既存有一箱遗稿，应该就是这一范围；其详只能将来了解了。"

4 月 4 日致赵景深先生的信中又说，冯先生遗稿无论多少，"总还是该整理的，其中总有可为后人参考的东西在，听之湮没是工作的损失"。

冯先生留学法国期间曾师从于著名汉学家伯希和，而伯希和长期以来被视为盗取敦煌宝库的"文化强盗"，藉此之故，冯先生数十年来几乎不提自己在法国的留学经历。但在私下场合，她还是和家父谈起她在法国所做的研究，以及留法经历对她学术生涯的影响。冯先生提供的这些线索为我们日后搜寻她的博士论文提供了极大的便利。

在此要特别感谢北京外国语大学单志斌博士。2022 年春，他利用在法国学习的机会，上下求索，不辞辛苦，顺利查到冯先生的博士论文并复印带回国内，奠定了后续一切工作的基础。

论文初稿翻译完毕后，山东社会科学院车振华博士和山东大学外国语学院焦宏丽博士合作撰写的《新发现的冯沅君博士学位论文〈词的技法和历史〉——兼论冯沅君的词学研究》一文在《光明日报·文学遗产》发表，并被人大复印资料和多家网站转载，引起了良好的学术反响，充分证明了冯沅君著作的重要学术价值。

山东大学杜泽逊教授和李剑锋教授对于我们查找和翻译冯沅君博士论文的工作给予了大力支持和帮助，杜先生更是在百忙之中赐序鼓励，这是令我们着实感动的。

今年是冯沅君先生逝世五十周年，谨以此书作为对冯先生的纪念！

关家铮

2024 年 9 月